対岸へ。

オーシャンスイム
史上最大の挑戦

ダイアナ・ナイアド
菅しおり 訳

FIND A WAY
DIANA NYAD

三賢社

対岸へ。

オーシャンスイム史上最大の挑戦

装幀：水戸部 功

教えて、このかけがえのない未踏の人生で、
あなたは何をしようと思う?

メアリー・オリヴァー
『夏の日』

目次

I 危機

穏やかに始まったかけ声が、感情の高ぶりとともに激しさを増していく。マリーナ・ヘミングウェイの桟橋から朗々と響くわたしたちの声が、ハバナ旧市街の敷石道を駆け抜け、かなたのアメリカの海岸を目指して海を渡っていく。

究極の夢を追う仲間《イクストリーム・ドリーム・チーム》の、総勢三五名が集合する。輪の中心には、わたしとともにボニー、キャンディス、マーク、バートレットがいる。わたしの命綱となる人たちだ。

わたしは声を張り上げ、問いかける。

「スタートはどこ?」

誰もが答える。

「キューバ!」

さらに気合いを込めて問う。

「ゴールはどこ?」

答えにも勢いが増す。

「フロリダ!!!!」

信念に我を忘れる者たち。宗教とは無関係の信仰集会。熱に浮かされた信徒が声を合わせる。わたしたちはひとつ。今度こそできる。集団の激情に突き動かされて、熱狂を超えた境地に達する。二〇一一年九月二三日、ハバナの蒸し暑い午後遅くに、わたしたちの声が、信者たちの声が流れていく。

チームの面々がそれぞれの持ち場の船へ散っていくなか、わたしはホテルの部屋に帰る。チームは二時間のうちに通関手続きを済ませ、マリーナ・ヘミングウェイの港口《こうこう》からのスタートに備えなくてはならない。

わたしは無言の儀式に戻る。ウォーター・ローディング。ヨガ。ストレッチ。深呼吸。瞑想で心を静め、集中する。時間をかけて自分に語りかける。一語ごとに息を吸ったり吐いたりしながら、もしかすると不可能な、命を躍動させるこの企てについて、脳に指令を植えつける。

ひとつひとつ、着実に。申し分のない海況に一瞬たりともだまされてはいけない。どんな状況に陥っても、受け入れて対処すること。全力を尽くし、最高の自分になれ。勇気を、気概を奮い起こせ。肉体が弱っても、絶望という負の力を入り込ませてはならない。負の思考のかけらを放置すれば、災いを招いてしまう。疲れて衰弱した脳に負の思考を入り込ませると、不安を抑えられなくなる。決意を固めよ。今ここで。その決意を侵したり損なったりするものを寄せつけるな。

チタンのヘルメットをかぶってから最初のストロークに入るところを思い描く。ヘルメットは決意の象徴だ。この意志の力はけっして衰えない。二度の失敗を経たわたしたちは思う。途中に現れるかもしれないじゃまものを知り尽くしているとはいえ、ゆくてに広がるのはじつに広大な、無限の力を秘めた未開の海原だ。スイマーにとってのエベレスト、青い惑星の海を渡る壮大な企て。いまだになし遂げられてはいない。一九五〇年以降、つわものたちがこの大海を渡る冒険に乗り出したが、サメ除けのケージ（檻《おり》）なしで渡り切った者は皆無だ。

自分にはできる。自分ならできる。そのマントラは呼吸のリズムにのって、準備運動のあいだじゅう続く。体が温まってほぐれる。心が鋼《はがね》になる。魂が、この旅に求められる不屈の境地に達する。

〈コミュニスト・ホテル・アクアリオ〉の簡素な一室で、ボニーと無言のまま作業にとりかかる。わたしは床《ゆか》に毛布を広げ、首を回し、ハムストリングを伸ばし、腰をひねる。エクササイズのあいまに水を少しずつ飲む。ロープの片方のポケットにゴーグルを、もう片方にスイムキャップを入れてあるが、ちゃんと入っているかどうか、神経質に何度も確かめる。水着はロープのとなりのフックにかかっている。現実離れした感覚がわき起こる。深く息を吸うごとに、酸素分子がみぞおちの底まで達したあとに、二酸化炭素がじわじわと唇まで上がっていくのを、五感を超えた力で知覚する。背中に〝Fearless Nyad〟（不敵なナイアド）という縫い取りのあるローブの折り目に、それまで気づかなかった羊毛と綿の無数の毛玉が見える。冷たい水が、まるでひとしずくずつ落ちていくかのようにのどを流れる。数分ごとにボニーの低い冷静な声が確認する。イエスかノーだけで答える。話す必要はない。話すべきことは話してある。準備が整う。

キャンディスが心のこもった最後のあいさつにやってくる。わたしはしあわせ者だ。生涯の友にふたりも恵まれて。キャンディスに触れられると、穏やかな気持ちが広がる。わたしの肩や首にキャンディスが両手を置いて、ゆっくりと深い呼吸をすると、そのリズムがこちらに乗り移って神経が鎮まる。海に出たら片時もそばを離れないとキャンディスが約束してから船に向かう。

午後四時四五分の予定時刻きっかりに、わたしたちをスタート地点に送るゴルフカートが現れる。ボニーと寄り添って坐る。沈黙が続く。顔見知りの気さくなホルヘが運転するが、ホルヘも状況を理解して口をきかない。そのひとときの重みははた目にも明らかだ。角を曲がって海が見えると、ボニーとわたしの心に希望が押し寄せてきて、互いの思いを目くばせで確認せずにはいられない。鏡面のように凪《な》いだ海。海面のじっと動かない雲の影が、水平線まで続いている。この申し分のない海況が六〇時間も続くと考えるほどおめでたくはない。三〇時間、一〇時間、いや二時間だって怪しいものだ。けれど、今このときだけは、目の前の穏やかな光景が妖精の魔法のように効いて、これから何時間も順調に泳げるという吉兆かと思わせる。

〝大熊《ビッグ・ベア》〟こと、ハバナのだいじな友人のホセ・ミゲル・エスリッチ会長、そしてメキシコ出身のたいせつな仲間で、イクストリーム・ドリーム・チームのキューバ作戦チーフのキャシー・ロレッタが、岩場でわたしを待ち受ける。有名なマリーナ・ヘミングウェイの港口に連なるこの岩場から飛び込んで、スタートを切る予定だ。そこはアーネスト・ヘミングウェイが魚を釣り、酔っ払い、享楽的な話をした場所。一九五九年のキューバ革命以前に、ケネディ一族やシナトラ一家やマフィアのドンたちが、豪奢なヨットで夜な夜などんちゃん騒ぎを繰り広げた場所。とりどりの伝説に彩られた港は、当然ながらこの横断計画の魅力を増す大きな要因だ。スタートの岸壁は、もともと海賊や他国の侵略から島国を守るために天然の岩場を補強したものだが、今ではよそ者を締め出すとともに、キューバ人を閉じ込めてもいる。この禁断の地からわたしの母国へ、国家から国家へとはるばる泳いで渡ること。真夜中に急ごしらえの舟でこの海岸を離れた、数多《あまた》のキューバ人の人生を余すところなく理解すること。そのドラマに引き込まれずにはいられない。政治問題とは距離を置くわたしがいつも惹きつけられてきたのは、胸を打つできごとが紡ぐドラマだ。

渦《うず》や反流を伴う激しいメキシコ湾流、海中にひそむとりわけ危険な生きものを考えると、この旅路は、地球のほかの場所での外洋横断とは別格と言える。世界の赤道域の海図を広げて、数百キロメートル級の水泳が可能なほど温かい海を調べると、これほどスイマーの能力が試されるコースは、ほかにはぜったいに見つからない。キューバ～フロリダ間は、母なる自然が荒れ狂う海域だ。キューバ人もわたしのチームもみな、この特別な試みの意味をよくわかっている。目の前の海が歴史の舞台になる。

キューバの報道陣が勢ぞろいし、カメラが岩場に沿ってずらりと並ぶ。スタート地点には、特大のキューバ国旗の美しい紺青のストライプが、力強く堂々とひるがえる。チームの五艇の船が沖合で見守る。近くに浮かぶ多数のキューバの船が、二〇キロメートルほど沖の国際水域までわたしたちに付き添う予定だ。

平らな岩場に下りると、チームが大声援を送る。「進め！　進め！　進め！」。ボニーとともに、チームに向かってこぶしを振る。

ボニーがわたしの体にグリースを塗り始めるのと同時に、スイムキャップとゴーグルをつける。マスコミからの二、三の礼儀正しい質問に答える。長たらしい質問には事前の記者会見で対応済みだ。わずかばかりの問い。「今のお気持ちは？」、「穏やかな海を目の前にして、自信がわきましたか？」、「今回で最後でしょうか？」

もっともな質問だ。これが三度めの挑戦。今回で最後だろうか？　もちろん、これで最後だ。でも、わたしは過去二回そう言っている。

この冒険の規模に圧倒されて、心が目の前のできごとからしばらく離れていく。わたしは六二歳、何十年もむかしにここに立っていたときの、生意気で未熟な二八歳ではない。この先どんなとてつもない自然が待ち受けるのか、じゅうぶんすぎるほど知っている。

かなたの水平線に目を向けると、長い時を経てもなお生き続ける夢が、その全貌が心を占める。大それたことをという思いがわく。常軌を逸した過激なトレーニング。わたしについてきてくれた聡明でひたむきな人たち。この壮大な横断計画は、わたしだけでなく彼らにとっても重大な意味を持つ。わたしたちはともに二度の失敗に苦しんだ。最初は三三年前に、二度めはたった六週間前に。あれほど桁外れの苦労のすぐあとに失敗を受け入れるのは、二回ともとてもむずかしかった。それでも、自分たちが見せた勇敢さゆえに、自分たちがつくり上げた横断計画の完成度ゆえに、誇りで胸がいっぱいになった。今のわたしにはあまりにも大きすぎる夢だ。その全体像がわたしを呆然とさせ、このしっかりした岩場から遠くへ連れ去る。わたしの魂に宿るキューバ～フロリダ横断は、耐久スポーツの域をはるかに超えた存在だ。わたしが信じるものすべての象徴、わたしの世界観の象徴と化している。あの水平線へとひたすら水をかくこと、それは神を信じる者が天国を乞い求めるのと同じ行為だ。夢を思い描き、計画を立て、トレーニングをし、圧倒的に不利な状況を前にしても頑として妥協しない――この夢が求める人材は、わたしがなりたい人物そのもの。あこがれの人物像だ。けれど、この夢の深遠さを思うのは、今は荷が重い。ついに向こう岸にたどり着けば、魂の底からじっくり考える時間はいくらでもあるだろう。今はただ最初のストロークに入り、リズムに乗り、挑戦を始めなくてはならない。

スーパー・ボウルの競技場に飛び出す前に、屋内の通路で立ち止まるアメフト選手。ウィンブルドン選手権の芝のコートに歩き出す前に、自分の名前がアナウンスされるのを待つテニス選手。オリンピックの短距離の決勝で、クラウチング・スタートの体勢に入るトラック競技のスター選手。その誰もが、悲鳴を上げる神経をなだめるためのさまざまな手だてについて語る。周囲に気を取られずに意識を内部に集中させるための、仮想の目隠しについて。早く最初の一打からいつものプレーに入りたいと願う気持ちについて。大望を心の奥底にしまっておくための知恵について。はっと我に返ると、岩場に戻っている。ボニーがふたたび現実の存在になる。泳ぎ始めなくては。

　チームに会釈する。もう声を張り上げたりはしない。ここからは堅実にことを進める。ボニーと抱き合い、そっと「進め」と言い交わす。ボニーがうなずいて、わたしは宙に身を躍らせる。現実としての跳躍。比喩としての跳躍。空中で、フランス語で自分を奮い立たせる。「かかれ！《クラージュ》」過酷な数週間、数カ月、数十年の労苦の末に、キー・ウェストでの苛立たしい天候待ちの末に、最初のストロークに入る。言いようのない安堵の思い。

　ボイジャー号の右側（右舷）へ泳いでいく。この船はわたしの護衛船、誘導船、キー・ウェストでの練習用の船。前回の試みの、二九時間近くの導き手。全長一一メートルあまりの双胴船に、ここで強烈な愛着を覚える。案内人。庇護者。わたしにとっては単なる船ではなく、海の冒険家《ボイジャー》。魂を宿し、わたしを守る。この頑丈な海洋船の船尾には、海面すれすれの一画があって、そこでボニーをはじめとする介添え役《ハンドラー》が手厚く世話をしてくれる。舵輪の位置を中央から右舷の端に変えたのは、ディー・ブレイディをはじめとする操舵役《ドライバー》が、天才航海長《ナビゲーター》のジョン・バートレットの命じる航路を間違いなくたどり続けるためだ。バートレットの指示に従って航路をつねに少しずつ修正しながら最善の方角へ進むこと、そして船がわたしを置いていったり、船がわたしに置いていかれたりしないよう、完璧な速度を保つことが求められる。片時も気を抜かずに、わたしがボニーの持ち場のすぐそばを泳げるような位置に船を保つことも必要だ。ドライバーに話しかけるのは、バートレット、ボニー、作戦チーフのマーク・ソリンジャーのみ。わたしが船から離れれば、それだけ危険度が増すし、ハバナからフロリダまでの最短ルートから逸れてしまう。泳ぐ距離が数メートル、数キロメートルと増えていき、もしかすると不可能な試みが、ほんとうに不可能になる。

バートレットが航路の選定を行うのは、ハンドラーの持ち場のすぐ上にある船室だ。わたしがハンドラーの持ち場方向の左側で息継ぎをすると、バートレットが海図に顔をうずめ、さまざまな機器の表示を読み取っているところが見える。たまに互いと目が合う。水をかいているとき、補給や給水のために立ち泳ぎをしているときに、連帯のまなざしを交わす。バートレットはナビゲーター用の船室の窓から、ボニーやハンドラーに直接話しかけられる。マークやドライバー、船上のほかのクルーに話をするには、甲板に上がればいい。

サメの監視役《シャーク・ダイバー》が見張りに立つのは、船の屋根だ。昼間のメキシコ湾流なら、透明度の高さのおかげで船の屋根から海の深いところまで黒い影を視認できるので、シャーク・ダイバーにはサメがわたしの近くをうろつく前にうまく対処できるという自信がある。夜間となると、話が違ってくる。夜は明かりを一切使わない。明かりは小魚を呼び、ひいてはサメを呼んでしまう。これから迎えるような月明かりのない夜には、誇張ではなく、自分の伸ばした手すら見えない。ボイジャー号の右舷から六メートルほどの位置にわたしがちゃんといることを、ハンドラーが知る手掛かりは、手が海面を叩く水音のみ。漆黒の闇のなかでスイマーの姿が見えるのは、交替で当番につくふたりの伴走役《カヤッカー》だけで、ふたりのカヤックの船底には電子サメ除け装置《シャーク・シールド》がくくりつけてある。

シャーク・シールドの楕円形の電界バリアを水中に広く発生させて効果をもたらすために、わたしの右側のカヤッカーは、装置をわたしから約一メートル以内に保たなくてはならない。もうひとりのカヤッカーは、やはり船底に装置をつけて、わたしが急に止まったらチームに急停止の指示を出せるよう、真後ろにいる。最初の当番のふたりがボイジャー号のそばで配置につき、ほかのカヤッカー四人は船で休んで、ふたりひと組での当番に備える。

　スタート地点からボイジャー号へ送られたボニーが、船尾の持ち場につくころには、わたしも船に追いついている。鏡面のような海にそそのかされて、この海況がずっと続くという幻想をいだいてはいけないと、自分に何度も言い聞かせる。序盤の興奮で絶好調のような気がしているので、速度を抑え、じっくり進もうとする。高速で距離を稼ぎたい、この凪《なぎ》を利用して今のうちに先へ進んでおきたい、ストローク・レート〔訳注：一分間のストローク数〕を少し上げたいという誘惑にかられる。だが、プロならわきまえている。長距離を乗り切れるペースを保たなくてはならない。海が穏やかなうちに距離を稼ごうとして、肉体を少しでも消耗させると、あとでつけが回ってくる。持てるエネルギーを残らず振り絞らなくてはならないときに。

　ボニーが、落ち着いてストローク・レートを少し落とすようにという合図を送ってくる。そのむかし、二〇代のころはいつも毎分六〇ストロークで泳いでいた。まさに時計のように。六時間を六〇ストローク単位で数えた。英語で六〇ストロークを六〇回数えれば一時間。ドイツ語で一時間、スペイン語で一時間、フランス語で一時間。続いて半分は英語で、半分はドイツ語で一時間。そして半分はスペイン語で、半分はフランス語で一時間を数えた。そうやって六〇ストローク×六〇回方式で六時間ぶん数えてから時計を見ると、きっちり六時間経っていた。五時間五八分でも、六時間一分でもなく、きっちり六時間。だが今は、痛めた二頭筋腱への負担を減らすために習得した、クロールの新しいフォームがおもな原因で、平均して毎分五二〜五四ストロークで泳いでいる。ボニーの合図によれば、毎分五八ストロークくらいに上がっているので、もう少し落としてほしいという。

夕暮れどきが近づいて、夜間の心配などせずに、この気持ちのいい凪がどのくらい続くかを思い描こうと努力しながらも、とてもしあわせな気持ちだ。いつもの歌を頭に流し始める。水平線の左半分の、息継ぎをする方角に、夕焼けが溶けたバターのように広がって、オレンジ色の模様のある黄金色のセロファンに見える。後方のハバナの街の影がしだいに消えていく。ボイジャー号のクルーがそれぞれの持ち場に落ち着いているのが見える。カヤッカーふたりが、船尾からシャーク・シールドをたなびかせながら、わたしの傍らで配置につこうとしている。全員が一体となって水平線へなめらかに進み、わたしはチームのかけ声を耳によみがえらせ、頭のなかで一〇〇回唱える。

左腕、右腕とかきながら「スタートはどこ？」

左腕、右腕：「キューバ！」

左腕、右腕：「ゴールはどこ？」

左腕、右腕：「フロリダ！！」

夜が訪れようとしている。数分ごとに空が暗くなっていく。夜間用のカウント方法と曲目を用意する。確かに毎分を、または少なくとも補給と補給のあいだの九〇分をひと区切りと考えるのがいちばんだが、わたしはもっと長い単位で目標を設ける戦略もとっていて、夜間、昼間、夜間、昼間と区切って考える。ここからは、あすの夜明けまでのひと区切りをこなす。今夜はボブ・ディランの『くよくよするなよ』で始めるつもり。歌と歌のあいだに二〇〇〇ストロークずつ、四カ国語で数えていくというやりかたにする。さあ、始めよう。

満たされている。海水は温かく、海面に楽々と浮かんだわたしのストロークは力強く、ゴーグルもスイムキャップも身になじんでいる。最初の夜を乗り切ろう。それだけが今夜のわたしたちの目標だ。振り返ってもハバナの明かりが見えないという瞬間が待ち遠しい。スタートからまだ二時間だが、マークもボニーもバートレットもブレイディも、今のところ理想の海況にうれしそうだ。万事、計画どおりに進んでいる。リズムに乗って、調子は上々。

「うわあああああああああ！　うわあああ！　ああああああ！　びりびりくる！　一、二、三、四、五、六……体が焼ける、焼ける、**焼けてる！！**　助けて……ボニー、**助けて！**」

カツオノエボシに刺された激痛なら知っている。突き刺すような痛みに続いて、たいてい呼吸困難に陥り、吐気を催すこともある。でも、これはカツオノエボシじゃなく、ＳＦの世界の得体の知れない生き物だ。まるで煮えたぎった油に放り込まれたかのよう。**体が焼けてる！！**　もがきながら船に近づく。

麻痺感覚があることをボニーに伝えようと、苦しい呼吸の合間にもつれる舌で言葉を発する。背のなかほどや肺のあたりが固まっていく。もう腕を水中から上げることもできない。脊髄《せきずい》の機能が奪われたようだ。息ができない。苦しみながら「何これ？　いつまで続くの？」と口走る。

救急救命士のダイバー、ジョン・ローズが水中に入る。この場で医療班の役割を務められるのはジョンだけだ。ジョンは本来はシャーク・ダイバー・チームの一員で、海中であらゆる生物に対処した経験があるが、この海域は初めてだ。わたしの腕を乾いたスポンジで拭いて、ダイビング用のヘッドライトの明かりで、そこらじゅうにいるクラゲを観察する。水面に顔を出して、ものすごい数の群れだと報告する。角砂糖ほど小さくて、鮮やかな紺青色。見たことのない種だという。

そしてジョンも、水温の高さゆえに全身を覆うタイプのウエットスーツを着ていなかったせいで、クラゲに刺される。わたしが苦しんでいるのと同じ症状に――極度の息苦しさと、脊髄が麻痺する感覚に――襲われ、必死に船上に戻って、ボニーに問題が生じたことを訴える。ジョンは身長一九〇センチ、体重九三キロなので、身長一六八センチで体重六四キロのわたしほどは毒の影響を強く感じないはずなのに、甲板で苦痛に身もだえしている。あえぎながら、呼吸数が毎分三回まで落ちていると言い、命の危険を感じている。ボニーがジョンに、スイマーの問題に集中しなくてはならないから、なんとか自力で対処してくれと告げる。ジョンが自分でアドレナリンの注射を二本打つが、クラゲの正体がわからないので、わたしに同じ注射を施すのをためらう。国際水域まで行かないと医療班に合流できないが、少なくともあと数時間はかかる。

公式の立会人のスティーヴン・ミュナトネスが、クラゲ毒の生死に関わるほどの影響からして、スイマーが船で短時間休んでも違反行為にならないと言う。けれど、わたしは水から上がりたくなかった。これはわたしの夢なのだ。途中で船に上がることで、その夢を〝段階的〟カテゴリーに入れてしまいたくなかった（マラソン・スイミング〔訳注：海や湖など自然界の水中を泳ぐオープン・ウォーター・スイミングのなかで、距離が一〇キロメートルを超えるもの〕の規則では、スイマーが特定の緯度・経度で水から上がって、発生したなんらかの危機に対処し、水から上がった場所からふたたび泳いだ場合には、〝段階的〟な記録と見なされる）。この長い旅に携わる者は誰も、段階的な記録に分類されたくはない。これまでの懸命の努力を思えば。

水中にとどまる。素材がネオプレンではない薄いラッシュガードを、ボニーが着せてくれる（ネオプレン素材は浮力があるので、マラソン・スイミングでは着用が禁止されている）。泳ぎにくいが、せめて腕や肩はこれ以上刺されないようにとの願いを込めて。闇のなかを泳ぎ続けるうちに、溶けた蠟《ろう》でやけどをしたかのような感覚はおさまっていくが、麻痺した感じや呼吸の苦しさはひと晩じゅう、そして翌日の午前中までずっと続く。

ボニーの傍らの甲板で、ジョンの体調が戻るまで数時間かかる（ただし、ジョンは三日後の記者会見でも、まだのどに圧迫感を覚えていて正常な呼吸ができないと報告することになる）。船上のジョンがボニーに「人間離れしてるよ。こっちは死ぬところだった。なのに、まだ泳いでる。信じられない」と言う。

翌早朝の日の出前には、マイアミ大学の医療班が船団に合流していて、ジョンに話を聞き、あの特殊なクラゲや、わたしとジョンが見舞われた症状の説明を受ける。チームのおおかたのメンバーにも話を聞くと、それぞれの船で事件に気づいた人たちは、海では音が伝わりやすいせいか、闇の向こうからの身の毛もよだつ絶叫にぞっとしたという。わたしの安否を本気で気遣ったそうだ。

医療班は、想定されるあらゆる緊急事態に備えている。ただし、このクラゲを除いて。そんなクラゲの話など誰も聞いたことがない。医療班の医師たちは救急とスポーツ医学を専門とし、クラゲの世界にはなじみがない。医者としての常識をもとに、気道確保に全力を尽くす。現場に立った医療班は、吸入器、アドレナリンの注射、酸素マスク療法、副腎皮質ホルモン剤の注射、噴霧吸入器での薬剤の投与を行う。こういう一連の治療が、通常の補給と給水よりもひんぱんに行われる。いつも補給と給水は九〇分ごとで、飲食物をとるあいだ、四〜一一分は立ち泳ぎをしなくてはいけない。スイマーは海に出たら、伴走船、カヤック、サーフボード、そのほかどんなものにも触れたりつかまったりすることが禁じられている。海を渡るあいだはずっと、自身の力で浮かんでいなくてはならない。しかし、スイマーに浮力を与えない限りは、面倒をみたり、食べ物を手渡したり、注射を施したりしてもかまわない。夜明け前の、午前二時か三時ごろに医療チームがやってきてから、たぶん午後の二時か三時まで、わたしは懸命に息を整え、水をかく力を奮い起こそうとする。クラゲに刺されたあとの長い回復時間のあいだ、ボニーからほぼ三〇分おきにボイジャー号の補給場所に呼ばれる。最善を尽くしているつもりだが、ボニー、マーク、バートレットは、わたしが前に進んでいるとはいえ、速度は落ちていて、一時間に予定していた距離の六〇パーセントしか進んでいないことに胸を痛めている。この東へ流れるメキシコ湾流に逆らって北へ進むには、推進力が弱いし、時間も足りない。わたしの知らないうちに、チームは東へ、バハマへ流されつつあった。

午後の半ばを過ぎても、酸素吸入や治療のための中断が減ったとはいえ、ふだんの泳力が戻ったわけではない。体に力が入らず、海中で水をかいても、いつものように水をしっかりつかまえて推進力を得ることができない。泳ぐ動作を弱々しく続けているだけだ。優れた肺活量から生まれるはずのエネルギーも感じない。このころには二重の苦しみが襲う。クラゲの毒による衰弱に加えて、くり返し投与された数々の薬剤によるショック症状。のろのろと泳いでいく。それでも、最初の夜を乗り越えるという目標はすでに達成されている。そして、昼間を乗り切るという課題もこなしつつある。

衰えを意識する。だが、怒りや自己憐憫に時間やエネルギーを割いたりはしない。こういう持久力の限界を超えた冒険は往々にして、人生の縮図として役立つ。よく言われるように、人生ではシナリオAの計画を立て、シナリオBになったときの対応策を念頭に置きつつ、思いもよらないシナリオCに賢く備えておいても、とんでもないできごとが起きる。人はそういうシナリオZに叩きのめされながらも、心を落ち着けて、内外のあらゆる手立てを探る。

二年前にテキサス州での講演後に、わたしを招いた人たちと屋外のデッキでランチをともにしていたときのこと。たまたま坐ったテーブルで、ある若い夫婦が身の上話をした。夫妻の長男は、子宮内でへその緒が首にからまったせいで、酸素欠乏による脳障害を負い、一四歳で亡くなった。次の子どもには特に健康上の問題はなかった。だが三人めの女の子は、一家族にふたりというのは一〇億分の一の確率なのだが、やはりへその緒がからまったせいで脳障害を持って生まれた。長男を亡くし、知的障害のある子を苦労して育てながら、〝健常な〟子どもにもできるだけすばらしい人生を送らせようとしているという話を、明るい目をした笑顔の夫婦から聞いたら、どう感じるだろうか？　わたしの目に涙が込み上げてきたが、その夫はだいじょうぶと言った。自分たちは失ったものではなく、持っているものに目を向けて、健康と喜びの日々に感謝している、と。

だから、広大な青い外海であの夫婦のことを考える。ふたりの頼もしく、りりしい表情が目に浮かぶ。言語に絶する悲劇にも揺るがない結束の強さ。ベストを尽くして生きる姿勢。今のわたしは抗《あらが》い、もがいている。けれど、わたしもチームの仲間も、この旅に後ろ向きのあきらめの気持ちを一瞬も入り込ませず、前に進んでいる。気力が衰えても、なおも言葉によって左右の腕が交互に動く。

「ゴールはどこ？　フロリダ」

自動操縦の状態に戻り、疲れきってうまく働かない脳をチタン製の決意で保護して、今ではシナリオZをすっかり受け入れている。フロリダには、事前の計画どおりにはたどり着けないだろう。すでに予想を超えた被害が生じているものの、目的地へ進んではいる。スタートから二四時間が過ぎようとしている。最悪の時期は脱した。

透明度の高い、なめらかな海面を泳いでいくと、ふたたび太陽が西へ落ちて消えかけ、二十数時間ぶりにまたしあわせな気持ちになる。歌を口ずさむ。ジェームズ・テイラー。危機は去り、わたしは生き残った。いや、生き残っただけではない。打ち勝ったのだ。体がゆるんでリズムを取り戻し始めている。この二〇時間は、危機を頑として乗り越えよと肉体に説き続けることだけに費やされた。両腕をなんとか持ち上げて水をかき、肺をなだめ――くたくたになった。一瞬たりとも苦しみから逃れられなかった。わたしたち全員の持てるものを残らず奪っていった二〇時間。今はみんな落ち着きを取り戻しつつある。

心をさまよわせる余裕が生まれ、みごとなまでに青いメキシコ湾流の透明さに気づき、沈みゆく太陽の動きを約五〇ストロークごとに目で追いながら、子どものころのある記憶へと、それまで思い出すことのなかった記憶へと連れ戻される。わたしはずっと、キューバ～フロリダ横断の夢が芽生えたのは一九七八年の二八歳のときで、その年に初めて企画して試みたと語ってきた。けれど、ほんとうの最初のひらめきは九歳のころ、フロリダ州フォート・ローダーデールの浜辺に立っていた日にさかのぼる。キューバ革命が始まって間もないころで、にわかに何千人もの亡命キューバ人がわたしの住む街に押し寄せてきていた。わたしはキューバ人と友だちになって、美しい故国の話を聞いたり、居間でサルサを踊ったり、キューバ料理を味わったりした。無数のアメリカ人と同じく――たぶん世界じゅうの無数の人たちと同じく――わたしもキューバの神秘性に魅せられた（そして、これまでずっと魅せられている）。写真だけでもうっとりさせられた。コロニアル様式の建物の、暗黄色や淡緑色やくすんだ青。開け放たれたヨーロッパふうの細長い窓から見える、サクソフォーンやドミノに興じる男たち。ヘミングウェイが通った伝説のバー〈エル・フロリディータ〉前の敷石の路地で、サルサを踊るカップル。海岸沿いの広々としたマレコン通りを流す、いかにも一九五〇年代らしい粋なアメリカ車。わたしはキューバに夢中になった――芸術に、建築に、音楽に、スポーツ選手に。今、譫妄《せんもう》と平静さが相半ばする状態で、キューバとアメリカのあいだのどこかで、意識と無意識のはざまで、九歳のときにフォート・ローダーデールの浜辺に母と立っていたときのことを思い出す。

「ママ、キューバってどこ？　見えないんだけど、あっちのどこにあるの？」

母がわたしを引き寄せ、水平線を指した。「あそこよ。ちょうどあそこ。見えないけど、すごく近いの。泳いで渡れるくらい」

2
猛毒

日没の太陽の光が消えていく。見渡す限りの海を暗闇が覆う。脳の片隅で夜用の曲目を選ぼうとするけれど、どの曲が今夜の気分に合うかを考えるほど、落ち着いた気分にはなれない。ある強迫観念にとらわれて。きのうの夕暮れどきに襲ってきた正体不明の生物が、また攻撃してくるのだろうか？　建前でもなんでもなく、たとえ自分のいちばんきらいな人であっても、あんな目に遭ってほしくはない。

昨夜のできごとは青天の霹靂《へきれき》だった。不気味な混乱を伴っていた。チームは未知のものに翻弄された。それでも、ボニーとわたしはぶれなかった。チームが同調し、無言で、忠実に動いた。統制を取り戻そうと突き進んだ。この横断を頓挫させはしない。わたしたちの根性も気概も損なわれなかった。

きょうの明け方、クラゲの包囲から一二時間以上経って、チームはあの生物がキューバの遠浅の海から現れたに違いないと論じつつ、ふた晩めは深海に出ているのでだいじょうぶだろうと判断していた。マイアミ大学の医師たちが、ジョン・ローズからのクラゲの情報を、衛星電話で大学の海洋生物学部に伝えた。専門家たちからは、当惑しているという返答が来た。ハコクラゲとおぼしき、致死性の毒を持つ恐ろしい群れのようだが、刺された跡を精査するまでは断定はできないという。だが、ハコクラゲに刺されるとたいがい死んでしまうとは明言した。サメに襲われて死ぬ人よりも、ハコクラゲに刺されて死ぬ人のほうが多い。触手の一本一本に数十万の刺胞《しほう》を備え、触手が獲物に触れると、刺胞内から射出された針が、相手の心血管系と中枢神経系に毒を急速に送り込む。ハコクラゲからわたしの体を守る手立てに関しては、有効な助言はなかった。これは全員にとって、まったくの未知の領域だった。

一時間ほど前の夕暮れどきに、ボニーがまたラッシュガードを着るよう勧めた。わたしはけさの日の出とともにラッシュガードを脱いでいた。ゆるくて体にぴったり合わず、腕を上げる動作をいっそう困難にする厄介なしろものなのだ。だが、クラゲに刺された箇所はおもに首回り、上腕、前腕、わきの下だった。あの苦しい体験をくり返すことにくらべれば、厄介なラッシュガードなど苦労でもなんでもない。海洋生物学者は、クラゲ毒で感作《かんさ》〔訳注：特定の抗原に対する反応が強まること〕が起きるとも話していた。ある生物に何度も刺されたり嚙まれたりすると、毒液に対して免疫ができる。特定の種のヘビを扱う人たちは、免疫機能を上げるためにわざと嚙まれたりもする。しかし、感作が起きる毒液もあって、刺されるたびに耐性がどんどん下がっていく。ハコクラゲの毒液もそうだ。

横断が始まったら、原則としてチームの面々は、スイマーの肉体や精神の状態を除き、サメや航路や天候などのありとあらゆる問題についてはスイマーの知らないところで協議し、対応する。スイマーが気づかないのがベストなのだ。わたしの仕事は自分をしっかり保ち、前に進むこと。スタート前は、わたしがいわばチームの最高経営責任者だ。あらゆる計画を立て、計画の細かいところまで確認する。だが、いったんスタートしたらただのスイマーだ。現にボニーもマークもバートレットも、海ではわたしのことを「スイマー」と呼ぶ。

しかしきょうは、わたしがひんぱんに止まっては立ち泳ぎをし、お決まりのクロールではなく水から頭を出したまま平泳ぎをしているので、チームからハコクラゲに関して学んだ内容を知らされた。船とマイアミ大学の海洋生物学者とのやりとりから、わたしとジョンを襲った生物の正体がはっきりわかったわけではないし、あの生物の行動やわたしを守る方策の手掛かりが得られたわけでもない。だが、わたしたち自身がさまざまな種類のクラゲに接した経験から確実に言えるのは、クラゲが浮上して刺すのは夕暮れどきということ。でも、広大な海原なのだから、昨夜の襲撃はただの災難で、特殊なクラゲの群れにたまたま突っ込んだに違いない。きっとだいじょうぶ。

とはいえ、小さく青い角砂糖のような生物の大群をかき分けて進むところをまた想像すると、圧倒的な不安と恐怖が脳をざわつかせる。サメに関しては、けっしてこんなふうには感じないのに。チームがサメを見つけても、わたしはめったに気づかない。担当する者が静かに作業を進める。わたしに知らせてもろくなことはないからだ。サメの危険についてはまったく考えない。どうしようもないから。海では無力だ。ゴーグルは曇りぎみだし、一分間に五二回ほどは息継ぎのために頭を動かすので、基本的には何も見えない。セント・マーティン島、メキシコ、キー・ウエストでの遠泳トレーニングのあとはいつも、イルカの群れが何時間も船についてきて遊んでいたこと、大きなウミガメがそこらじゅうで浮上したり潜ったりしていたこと、フランスの豪華なヨットが周囲を何度か旋回したことを、クルーが楽しげに語るのを耳にした。わたしはというと、見えたのはボニーかマーク、そしてボイジャー号の右舷だけ。海では聴覚も低下する。体内の温度をできるだけ正常に保とうと、耳をスイムキャップでぴったり覆うからだ。これほど感覚を完全に奪われるに等しい状態になるのは、さまざまなスポーツのなかでもまれだ。過激なアルパイン・クライマーに高度などの問題が試練を与え、また別の要因がウルトラ・ランナーやウルトラ・サイクリストや南極探検家を苦しめはするが、知覚を奪われた究極の長距離スイマーほど、自分の思考のみと向き合ったり、安全上の理由から、警告を受けたり環境と接触したりする能力を奪われる冒険家はいない。

わたしにはサメを見張ることはできない。論外だ。海面に落ちた雲の影も、波がしらの下の黒さも――疲れた目には、どれもサメのひれに見え始める。じたばたせずにシャーク・ダイバー・チームを信頼しなくてはいけないし、実際に信頼している。シャーク・チームを率いるのは、世界的に有名なオーストラリア人のシャーク・ダイバー、ルーク・ティプル。毎日のようにサメと泳ぎ、習性を理解している。わたしはきのうのハバナでのチーム・ミーティングでルークに対し、この横断でサメに関しては一〇〇パーセント安全なのかと、全員の前で単刀直入に尋ねた。ルークはこちらにまっすぐな視線を向けて、そんな保証はどこにもないと言った。海は彼らのもの。人間は彼らが何ごともなく通過させてくれるよう求めるしかない。

ルークはまた、自分や五人のシャーク・ダイバーは、好奇心の強いサメとわたしのあいだで中立を保つつもりだと、まばたきもせずに断言した。そして、あらゆる捕食生物と同様に、サメもなじみのないものに関わりあってわが身を危険にさらすようなまねはしたがらないとも言い添えた。たとえば、わたしたちの船団、カヤック、わたしの下方にめぐらす電界バリアだ。ルークはサメの保護論者なので、けっしてサメを殺さない。ここはサメの自然生息地であり、ルークは年じゅう保護活動を行っている。最近では人間が殺すサメの数は年間一億七〇〇〇万頭、その多くが生きたままひれを切り取られ、なすすべもなく海底に沈んでいくという、残虐非道なやりかたで殺される。大型の捕食生物が急激に絶滅へ向かっているので、生態系のほかの種が驚異的な増加率を見せていて、それはハコクラゲにも言える。ルークはサメを殺さないが、シャーク・チームはサメが出たら勇敢にも危険に身をさらして、弱点の鼻づらを探り棒で叩く。ルークは、飢えた荒くれ者が下から襲いかかる可能性を否定はできないものの、自分とシャーク・チームの面々はサメの行動を熟知しているので、人を急襲するのを思いとどまらせる技術があると請け合ってくれる。わたしたちに、有能な保護者の手にゆだねられている自信がみなぎる。

シャーク・ダイバーのうち四名はボイジャー号で見張りに立ったり、水中でわたしのそばについたりし、残りの二名はボイジャー号の横を走るダイバー・チームの船で休憩しながら、次の当番に備える。サメを見つけても、ほかの船の者には警報を出さない。ただ、作戦チーフのマークだけは、シャーク・ダイバーの出動を知っておかなくてはならない。マークは、海に何名入っているのか、どこにいるのか、船に戻るのはいつかをつねに把握する立場にある。出動を知らずに、ダイバーを海に置き去りにするようなことがあってはならない。ダイバーたちとマークは、ひそやかに作業を進める。わたしがいちばん知る必要のないこと、それは大型の海洋生物が下についてきていることだ。そして、チームの取り決めがどうあれ、わたしにはどのみち何も知りようがない。

けれど、ふた晩めが訪れた今、たぶんわたしはハコクラゲについて知りすぎている。もっと正確に言えば、何も知らないのに何もかもを恐れている。海での経験が豊富なわたしたちの誰も、シャーク・ダイバーでさえも、昨夜襲ってきた生物に触れたことも、以前に目撃したこともない。ふだんの泳ぎができていない。集中力を欠いている。あの痛みの記憶が新しすぎる。外傷後ストレスをなまなましく感じている。夜を乗り越えるための長々しいカウント方式や歌の準備に入れない。思考力を失ったかのようだ。心が乱れている。

スタートから二六時間、クラゲの襲撃から二四時間。漆黒の闇。思ったとおり、時間どおりに……。

「うわあ！　……うわあ、うわあ、うわあ、うわあ！！」二度めとあって間違えようもない、破壊的な痛み。

脊髄の麻痺。焼けている！　たちまち肺が苦しくなる。昨晩よりも毒に弱くなっているかもしれない。刺されるのが二度めだし、クラゲの攻撃後の二四時間にいつもより無理を強いられたから——もちろん、何時間にもわたってくり返し投与された数々の薬剤で、体が混乱状態に陥っていることも含めて。ラッシュガードも役に立っていない。ふたたび立会人のスティーヴン・ミュナトネスが、生死に関わる問題による中断を認め、わたしもこのときは意識がもうろうとしていて抵抗できない。ボニーとマークがわたしをボイジャー号に引っ張り上げる。

続く二時間は、当然ながら途切れ途切れの記憶しかない。のちに横断計画の記録映画『対岸』で、その場面を観た。医療チームが直ちに重症度の見きわめに入る。わたしの頭部を支えるボニーは、語気は鋭いが、パニックに陥ってはいない。「息をして、ダイアナ、息をするの！」。マークやキャンディスや医師の顔が垣間見える。混濁した意識のなか、二時間の大半の記憶が支離滅裂だったり抜け落ちていたりする。

緊急事態で数分以上も水から上がっていたので、この横断が公式には〝段階的〟な記録に分類されることが確実になる。しかたがない。チームはこんなに遠くまで達し、多くを費やしているので、簡単にはやめられない。誰もシナリオＺなど望みはしないが、そういうなりゆきなのだ。

スイマーが水から引き上げられた精確な位置へ、GPSの記録どおりに戻ってほしいとマークに頼まれて、バートレットが困惑する。主任医師のクリフ・ペイジのもとへ行き、わたしの深刻な事態を目の当たりにしたと言う。わたしの生命が本気で危ぶまれる。続行は無理だろう。ペイジ医師が、こんな人は見たことがないが、本人がボニーに海中に戻してほしいと頼んでいると説明する。

一〇名ほどの仲間が、船とクルーとわたしの準備にかかる。低い会話の声。無言の重苦しい空気。クラゲの猛毒にやられたあとで、いったいどうして二四時間も泳げるのか。命を奪う可能性のあるクラゲ毒で二度めに倒れたあと、いったいどうして海に入るのか。答えはない。肚《はら》を決めるのみ。ボニーとキャンディスは、親友がまさに死にかけるところを目撃したばかりなのに、ちゅうちょしない。口もとを引き結び、わたしに自信と落ち着きのまなざしを向ける。計画は終わりだという常識的な考えが、チームのほかの面々を支配する。医療班はこれが悲惨な状況であり、陸に戻って病院に行くべきだと重々承知しているが、判断の基準は最初から決まっているし、人間の意志の力は、恐怖と常識が入り混じった気持ちよりもはるかに強い。わたしを思いとどまらせるのはむりだ。ボニーもわたしと一致団結している。ふたりの信条である〝進め〟という決意の合言葉は、無敵なのだ。

シャーク・チームが綿のパーカーを材料に、あわただしく保護マスクを作っている。理想とは言いがたいものになるだろう。目と口の部分をゴーグルと呼吸のために切り取っただけの、ただの綿の布。ボニーがわたしにライクラのブーツと手袋、ラッシュガードを慎重に身に着けさせる。追加された衣類が、泳ぎの相当な妨げになるだろう。肩に急激に負担がかかるはずだ。だが、この間に合わせの防護服はマラソン・スイミングの規則に反していないし、藁《わら》にもすがる思いからの応急措置とはいえ、どれも生存に必要なものだ。ラッシュガードだけではハコクラゲの触手を防ぐ役に立たなかったことは、すでにわかっているのだから。

　船に引っぱり上げられた緯度・経度に到着したと、バートレットが告げる。計画の続行のために、各船がすみやかに持ち場につく。さまざまな船からの心からの声援が、今夜はわたしたちだけのものの闇の一画に響き渡る。ふたたび団結する。漆黒の海にそっと入ると、各船が盛大に鳴らす警笛と大声援が、本人たちの想像以上にわたしを助ける。段階的な記録になることが確実になり、シナリオZの展開が残念でならず、打撃とさえ言える。だが、やめるつもりはない。

　緩慢なストローク。呼吸機能はいつもの半分。肉体は弱っているが意志は堅く、頭のなかで唱えはじめる。左腕、右腕とかきながら、ウィンストン・チャーチルの演説の言葉に頼る。

「ぜったいに屈するな……ぜったいに、ぜったいに、ぜったいに……」

　ボイジャー号のトランポリン・デッキで重症度を判定されてから、遠い夜明けへと暗い海にふたたび滑り下りるまで、ふた晩めは大ざっぱな記憶しかない。闇を長時間進むあいだも、まったく現実を把握できない。その夜は水泳とはほど遠い、生への死にもの狂いの戦いだ。クロールでの一〇〇回ほどのストロークの合間に、息を整えるためにゆっくり平泳ぎをするしかない。そうして酸素不足から筋肉の力がなくなると、仰向けに浮かんであえぎながら、まるで平静になれと説くように肺を両手で支え、泳ぎ続けるために心拍数を一三〇あたりまで落ち着かせる。なかなかはかどらないシナリオZ。だが、苦悶の時間が続いても、夜を乗り切ろうとしている。七〇年代の、夜に泳ぐのが大好きだったころの記憶がはっきりとよみがえる。あのときは、ひそやかな刺激を感じる気がした。星空のもとで水中を滑り、真夏の灼けつく太陽の、心をおびやかす強い日差しがないのもうれしかった。けれど、今の時代になって未知のクラゲの襲来に圧倒され、夜の水泳が悪夢と化している。ボニーが、日の出を目指して耐えてと励ます。

日の出は遅い。夏は過ぎ、九月下旬なので夜が長く、昼間が短い。闇に光が差すのを文字どおり一ストロークごとに待ち望みながら、重い防護服を脱ぐのももうすぐだと自分に言い聞かせる。両手がずきずきする。ライクラの手袋がぜんぜん手に合っていない。水をかくたびにかなりの抵抗があるので、ストロークの完遂に全神経を集中させなくてはならない。ありがたいのは、泳ぎを再開してからはクラゲに刺されていないこと。この戦闘用の装備が効果をもたらしているのだろうか？　それともあの生物が浮上して刺すのは夕方だけなのだろうか？

星々の光がほんとうに弱くなっているのかを見るには、深く息を吸って、水から頭をいつもより高く上げなくてはならない。確かに空が漆黒から濃い紺色に変わっている。数秒のあいだ泳ぎをやめてボニーに、だぶつくラッシュガードや保護マスクを取ってもだいじょうぶか尋ねる。ボニーが、ちゃんと夜が明けるまであと一時間くらいがまんしてと言う。一時間後に身軽になったわたしは案の定、ハバナをスタートしたばかりのとき以来、初めて歌っている。ビートルズの『ヒア・カムズ・ザ・サン』。

あの地獄のような長時間のトレーニングは、もちろん肉体の準備のためだったが、感覚を麻痺させるほどの孤独の深さに、心が対処できるよう調整するためでもあった。なのに、苦心の末にみずから開発したカウント方法や気分に合わせた歌が、この横断ではほとんど使われていないことにがく然とする。スタートから約三六時間。マリーナ・ヘミングウェイを出てからの二時間を除いて、チームはずっと危機に見舞われてきたわけだ。

ナビゲーター用の船室のバートレットが航路計算に頭を使い、少々難度の高い北西への進路をとって、メキシコ湾流の東への激流に突っ込むコースをひねり出さざるをえなかった。スタートから三六時間後の現在地に不満があり、希望をいだいてもいないようだ。

わたしには、はかどりぐあいは知らされない。ボニーが出発前に桟橋でチームに言い渡す鉄則、それはなんびとたりともわたしに現在地を教えてはいけないということ。誰かがGPSの設定をちらっと見て、例えばハバナから九〇キロメートルほどの位置にいると知ったとしよう。そうして、道のりの半分まで来たと大喜びする。しかし、半分まで来たと言えるのかはまったくわからない。気まぐれに急変する天候や渦流から、(今回身をもって知った)海洋生物、わたしの衰弱に至るまで、数多《あまた》の不確定要素がからむからだ。航海の前半を何キロメートルも一定の速度で泳いでいられたからといって、九〇キロメートル以降も前半と同じように進んでいけるわけではない。昼間なら椰子《やし》の木が、夜間なら陸地の揺らめく明かりがちらりとでも見えないかと、視線を上げて前を見たりはぜったいにしない。見えるものといえば、意気消沈させる広大な水平線だけなのだから。ならばこの瞬間に意識を向けて、ただ動き続けるほうがいい。特定の動作をプログラミングされたロボットのように、顔を一分間に五二回、ボイジャー号に向けて。現在地も今の状況も尋ねない。聞いても教えてはくれない。鉄則に従って。

計画では、バートレット、マーク、ボニーがフロリダの岸までおよそ一〇時間と確信したら、わたしのもとへ来ることになっている。そのときまでは、三人がいくら進行に自信を持っても、いくら進行の遅れに不安をいだいていても、アメリカの浜まで約一〇時間という言葉を聞くまでは、わたしには現在地がまったくわからない。この二〇一一年九月二五日、わたしのあずかり知らないところで、三人は不安のどん底にあった。

水中のわたしにとって、まぶしい陽光と鏡面のような海はポジティブな精神に輝き、まわりじゅうからあたたかく包んでくれているようだ。重い素材をすべて脱ぎ捨てて、身軽になる。フロリダの海岸という希望を、片時も捨てていない。

みごとな進捗状況でないことはわかっている。いまだにクロールでの約一〇〇ストロークの合間に、ゆっくりと平泳ぎをして息を整えている。通常はなんらかの休憩をしたり、泳法やペースを変えたりせずに、何千回もストロークを続ける。泣き言や不平は言い出したら最後、止まらなくなって収拾がつかなくなるので自分に禁じているのだが、それと同様に、ふつうの状況のもとでは、心身への負担にうんざりしたからといって、一分でも二分でも休んではいけないことにしている。脚のストレッチのために一分間、仰向けに浮かんで雲の形に見とれるのに一分間などと休み始めると、すぐに五分間、また五分間と止まるようになる。停止時間が雪だるま式にふくらんで、手抜きなしで泳ぎに専念しなくてはならないのに、もはや最後までそうできなくなる。ふだんなら、泳ぎをやめるのはボニーに呼ばれて補給をするときだけだ。だが、わたしたちは明らかに異常事態の重圧から脱していない。

平泳ぎでつなぎながら呼吸を整えるたびに、ボニーが優しい口調のなかにもできるだけ緊急性をにじませながら、クロールで泳ぐ時間を増やすよう励まし、訴える。着実に北へスピードを保たないとやり遂げられないと言っているのだろうと、わたしは意識の下で考える。従おうとするが、極限まで圧迫された肺と酸素不足の筋肉のせいで、ふたたび平泳ぎに戻ってから、すぐに空気を求めてくるりと仰向けに浮かぶ(自分が二日間にわたり摂取した大量の薬剤に関する記録が、航海日誌の四ページにわたってぎっしりと記されていることを、のちに知った。今にして思えば、たぶんクラゲの毒液そのものよりも、薬剤の大量投与によって衰弱し、ふらふらになっていたのだろう)。太陽が高くのぼった正午ごろ、ボニーとマークとバートレットが、ハンドラーの持ち場のすぐ上に集まっていることに気づく。何かが進行中だ。

それが九月二五日の明け方以降に何度も行われた協議のしめくくりだったことも、あとになって知る。バートレットは海図を丹念に調べ、計算を重ねていた。終わりだった。わたしは二度めに襲われてからあまりに容体が悪くて、北へ向かうのに必要な体力がなかった。

ボニーがわたしに合図をする。マーク、バートレット、キャンディス、ジョン・ローズが、ハンドラー用の一画にひざをついている。ほかの仲間もすぐ上にたたずんでいる。バートレットが宣告する。スタートから四四時間三〇分。このペースだと、陸地まで最低でも七〇時間はかかり、しかもその陸地はフロリダではない。バハマ諸島のどこかの島に行きつくだろう、と。

みんなが泣いている。バートレットがわたしに、人生でいちばんつらい瞬間だと語る。この悪い知らせを伝えなくてはならないとは。そして、わたしがこの横断のために途方もない苦労をどれだけ重ねてきたか、なんとしてでも達成したいとどれだけ望んでいたか、この四四時間にどれだけ苦しんできたか、全員が知っているとも言う。この超人的な努力を自分の目で見られて誇らしい気持ちだと、涙を流しながら告げる。仲間たちが手を差し伸べてわたしと握手を交わし、頭に触れる。けれど、わたしはまだ涙する気になれない。ボイジャー号から離れ、延々と感情を爆発させる。「こんなことのために、クラゲどもに耐え抜くためにトレーニングをしたんじゃない！　キューバ〜フロリダ横断らしい、気高い冒険の旅じゃない！　これはオーシャン・スイミングというスポーツじゃない！　あの憎たらしいクラゲにぶち壊しにされるなんて！」

確かにそうだ。人生は思いどおりにはいかない。

船団の中央へ泳いでいき、ボイジャー号以外の四艇のクルーに手を振る。クラゲの毒でひどく衰弱してしまったので、もうフロリダへの到達は望めないと知らせる。スティーヴン・ミュナトネスがチームのみんなに、長くオーシャン・スイミングの立会人を務めてきたが、致死性の毒を持つクラゲに刺されたあとも泳ぎ続けたスイマーは見たことがない、しかも刺されてから四二時間も泳ぐなんてと語る。

ちなみに、チャーチルの「ぜったいに屈するな」という言葉には続きがある。「ぜったいに屈するな。道義や良識により、あえて屈する場合を除いては」。良識が優位に立ち、夢は砕けた。

総力戦から平時の状態へ、一瞬のうちに心の構えを変えられるわけがない。ボニーとマークに、日暮れまで泳ぎたいと告げる。わたしたちの美しい〝究極の夢《イクストリーム・ドリーム》〟に心からの敬意を払うために、ただそうしたいから。チームがふたたび動き出すが、ずっと泳ぎ続けたことで力が奪われているし、三回めの夜の闇と毒クラゲが数時間後に迫っている。

ここで、意志の強度がどれくらいのものかが明らかになる。頭のなかに最終の目標がしっかりあれば、なんでもできる。死に至る可能性のあるクラゲ毒に二度やられたあと、生き延びて泳ぎ続けることさえも。けれど、目的地への思いに胸をふくらませていなくては、意志も崩れてしまう。二〇ストロークだけで泳ぐのをやめて、ボニーとマークに計画の終了を合図で知らせる。

小型のゴムボートに引っぱり上げられ、大型船に移送される。そこで初めて、上腕、前腕、首、太もものいたるところに細長く残る、クラゲに刺された傷を目にする。背中にも赤く長いジッパーのような傷があるという。医療チームが点滴を始める。体はぼろぼろだが、心の打ちひしがれようには及ぶべくもない。あらかじめ敗北を想定などしないものだ。体じゅうの細胞は、きっとできると熱狂的に信じる。そうでなければ、こんな規模の企ては成功しない。だから、岸からまだ遠いところで（四四時間三〇分かかって進んだのは一三〇キロメートル）、傷だらけで、戦いに敗れて甲板に横たわっていることに、とにかく心を打ちのめされる。ハバナからキー・ウェストの最短の直線距離が約一六六キロメートルと考えると、一三〇キロメートルというのはフィニッシュ・ラインにひどく近いように思えるが、それは東に大きく逸れながら、バハマ諸島の方向へ進んだ距離だった。フロリダからは遠く離れたところにいる。

体とまったく同じく、心の回復にも時間が必要だ。船でキー・ウェストへ延々と何時間もかけて、疲労困憊の状態で向かいながら、このうえトレーニングと企画の日々をもう一年過ごすのかと怖じ気づく。それでも岸にたどり着くころには、自分の夢がまだ潰《つい》えていないという確信をいだく。

3 父

すべてが始まったのは、具体的にはわたしの五歳の誕生日、父の私室に呼ばれたときだった。父のアリスは芝居がかって、大仰だった。存在感に満ちていた。机の前に立って、あるページを開いた大辞典の向こうから両手を差し伸べる。わたしは父が今にも泣くのではないかと思ったが、父のそんな態度は日常茶飯事だった。父アリストテレス・ザニス・ナイアドの感情がたかぶらない日はなかった。

たとえば家族全員を午前三時にたたき起こし、特定の音が強調された、愛嬌のある強いなまりで家族に懇願する。「さあぁ、急いで。着替えるんだ。さあっき海に行ってきた。レンブラントの絵画に命が吹き込まれたみたいに月が輝いているよ。わたあしたちのために。この先の人生であんなに美しいものは見られなあい。急いで！」
「パパ、こんな時間にビーチになんて行けない。学校があるもの。眠っておかなきゃ」
「わからなあいかな、睡眠が過大評価されているってことが！　ぜったいに忘れられなあい光景なんだよ。さあぁ、着替えて！」

二〇分後、フォートローダーデールの自宅近くの浜辺で、家族がみな息をのむ。浅瀬に浸かった足もとから、水平線、いやその向こうとも思えるほどはるか遠くまで、月が光り輝く金色の道を敷いている。父の言うとおりだ。命を吹き込まれたレンブラント。忘れられない記憶。そういうときの生気にあふれ、人をわくわくさせる父に、家族が魅了されたこともあった。

ぱりっとした白のタキシード姿の父は、全盛期のオマー・シャリフに似ていた。もっとハンサムだったけれど。わたしが幼いころ、レストランでテーブルに向かうときに、女性たちが口をぽかんと開けて、手にフォークをぶら下げたまま父を目で追っていることに気づいた記憶がある。大した美貌だった。

父は詐欺を生業《なりわい》にしていた。嘘や窃盗、そしてのちの家族の推測では、もっと悪質な犯罪にも一流の才があった。人を引きつける話術も備えていた。ひっきりなしに手振りや生き生きとした表情をまじえることですばらしい効果を上げ、相手を何時間もとりこにした。本人によれば、一七カ国語をしゃべった。確かに、父がアラビア人、ギリシャ人、フランス人、スペイン人、イタリア人、ポルトガル人とぺらぺらしゃべるのを聞いた記憶がある――アジアの言語を除いて、ほぼどんな言葉でもあやつった。生まれたのはギリシャ、母はフランス人で父はギリシャ人だったが、子どものころにエジプトのアレクサンドリアに引っ越し、おしゃれなフランス人学校に通ったらしい。ただし、結局のところ父の言うことは何ひとつ信じられないので、生い立ちだって怪しいものだ。詐欺師は元来とらえどころのないもので、父も例にもれず、家に居つかなかった。よそでトランプに興じたり、架空の儲け話で相手の貯金を吐き出させようと企んだり、めかしこんできらびやかな船上パーティに出たりしていた。子ども時代を送るには楽しい家庭のように聞こえるかもしれない――確かに父となら、夕食時に退屈な会話をしなくてすんだ。けれど、わたしたち三きょうだいは父に関してはいつも、歓喜と不信感のあいだを行き来していた。

五歳になったこの日、父の切迫ぶりがあまりに強烈だったので、わたしは一心に耳を傾けた。父は激情のままに、それまでにないほど強いなまりで言った。「いとーし子よ、こちらへおいで。

この日を長いあいだ待ちわびていたのだ。おまえはもう五歳。わたあしの話のなかでもいちばんだいじなことを理解する用意のできた日、それがきょうなのだ、いとーし子よ。おいで。この重要な書物を、辞典を見るのだ。ほら、太字で印刷されたおまえの名前、家族の名前がここに。わたあしたち一族の名前が」

　感極まったかのように、天を仰ぎ見る。

「おまえに言っておくことがある、いとーし子よ。あす、おまえは保育園に行き、幼あき友に問うのだ。自分の名前が辞書に載っているか、と。友は載っていなあいと答えるだろう。載っているのはおまえひとり。おまえはとくべえつな存在なのだ。こちらへおいで、いとーしい子。ほら。わたあしの話をちゃんと聞いているかい？　おまえの名前だ。〝Nyad〔na·iad〕〟第一の定義は、ギリシャ神話から」

　そこで間をおいて、胸をぐいっとつかんでまた空を仰ぎ、声を震わせる。

「わたあしたち一族のことだ、いとーし子よ。〝Na·iad〟、ギリシャ神話の水の精、神の水を守るために湖、海、川、泉を泳ぐとある。しっかり聞くのだ、ここからがいちばん重要な部分だから。〝naiad：現代の俗称……〟」

　生まれながらの役者である父はそこで長い間をおいて、わたしを自分のほうにきちんと向かせ、一音節ごとに意味を込めながら発表する。「〝女子水泳選手の王者《チャンピオン》〟。なあんとすばらしい、いとーし子よ、これがおまえの運命なあのだ！」

　わたしは〝女子〟や〝水泳選手〟という言葉がうまくのみ込めなかった。しょせん、まだ五歳。耳に残ったのは〝チャンピオン〟という言葉だった。その日からわたしは、ほんの少しだけ肩をそびやかして歩くようになった。

父は楽天的なきらめきを放っていた。並外れた芸人、究極の人たらし。怒れる専制君主でもあり、厄介にも、良心のかけらもない人だった。家族の誰もが父を恐れていた。

気の短さからかんしゃくを起こすと、ギリシャ語やアラビア語で罵り、両手を空にむけて振り回したが、いきなりベルトかヘアブラシで叩くこともよくあった。幾度となく母を殴って、弟のビルや妹のリザやわたしを動転させて泣かせ、無力感をいだかせた。何より先に思い出すのが、母が台所の床に殴り倒されたときのことだ。わたしや弟妹は母の頬骨が折れたと思った。顔にしばらく大きなあざが残ったので、母は友人向けに怪我についてのつくり話をこしらえた。骨折ではないとわかったものの、父の正視に耐えないほどの怒りの爆発はそれだけではなかった。わたしたちの心に――弟と妹とわたしの心に傷を残したできごとがある。

急にドライブ旅行に出かけたことがあった。妹はまだ三歳だったと思う。妹はわたしよりも五歳下で、あいだに弟がいた。道中ずっと、妹が気持ちが悪いと言っていた。車酔いだった。父はいつもの横暴な態度で、妹に黙るよう命じた。車を止めるわけにはいかない。どこへ行くにしろ、日暮れまでにたどり着かないといけないのだから、と。母には妹が車内で戻すことがわかりきっていたが、いつものように、夫が怖くて反論できなかった。妹が吐くと、父の怒りが爆弾のごとく炸裂した。急ブレーキでハイウェイの路肩に車を止め、ステーションワゴンの後部座席に回り込み、幼い妹を引きずり出して引っぱたいた。その場面を鮮やかに思い出す。わたしは涙を流し、弟は恥ずかしさにうつむいていた。母はうろたえていたが、けっして車のドアを開けず、妹をかばいに行かなかった。

弟とわたしは、父のベルトによるみみず腫れを何度も経験した。〝出張〟から戻った父が、子どもたちに外国のお金をお土産にくれた。わたしは弟とふたりで、もらった紙幣を二階の床置式の暖房器具に隠した。そしてある日暖房がつけられ、火災が起きた。消防車が駆けつけ、ホースをかかえた消防士が二階の窓から消火に入った。事態はかなり深刻で、じゅうたんや家具がいくつも焼けた。父が子ども三人を坐らせて、それまでもさんざん聞かされたことのある偽りの演説を行った。「心配するな。怒ってなどいないから、お仕置きをするつもりはないあい。だが、これはとてえも、とてえも深刻な事態だ。原因を確かめなあくては。ほんとうのことを言うんだ――二度と起こさないためには、ほんとうのことを知らなあいと」

わたしと弟は口ごもった末に、暖房器具に紙幣をしまっておいたと白状した。びゅんっっっ！ベルトが登場し、前かがみになった弟とわたしの太ももやふくらはぎが容赦なくむち打たれた。父が怒りにかられると、自制心は少しも発揮されなかった。

胸躍る体験と父の憤怒とを行き来するジェットコースター、それがわが家のありかただった。父がわたしを相手に性的逸脱行為にも及んだことで、それまでの心の傷に恥辱まで加わった。ある強烈な一件が起きたのは、家族で楽しくビーチで過ごした日だった。母と弟は車を取りに行き、父、妹、わたしは駐車場に隣接するシャワーへ砂を洗い落としに行った。わたしは確か一〇歳、妹はまだ五歳だった。子どもはいつもそこで水着を脱いで、体をざっと流し、タオルにくるまる。それまで何百回もやっていたようにはだかでシャワーを浴びたが、この日は父に手を伸ばしてタオルをもらおうとすると、父につかまえられ、股間にぎゅっと押しつけられた。父の体の本能的な反応に触れるのは、初めてではなかった。以前にも父とのあいだに起きた、そういうぞっとするようなひとときを通じて。わたしは凍りついた。身動きをすることも、話すことも、息をすることもできなかった。父はわたしの瞳をのぞき込んで、にたにたと醜怪な笑みを浮かべながら、硬直したまま恥ずかしさにさいなまれるわたしを股間に押さえつけていた。こちらを見ていた幼い妹の表情は、ぜったいに忘れられない。心細げで、おびえきっていた。

それから何年も経って、母が当時ロサンゼルスに住んでいたわたしを訪ねてきたときに、子どものころのわたしの話を信じなかったこと、助けに飛んでいかなかったことを詫びた。母はすべて自分のせいだという自責の念に駆られ続け、その思いをかかえていられなくなっただけかもしれない。けれどその朝の母によれば、ある一件をついに話す気になったのは、そのころわたしが受けていた心理療法に役立つかもしれないからだった。

ビーチで父につかまえられたことや、シャワー中のその種のできごとによる精神的な外傷を忘れはしなかったが、母がその朝に語った話には覚えがなかった。母によるとわたしは五歳。ということは皮肉にも、同じ年に父は辞書の名前を読み上げて娘に自信を与え、幼い心に〝チャンピオン〟という概念をしみ込ませたわけだ。ある晩、父が泥酔して帰宅し、母にわたしと一緒に寝ると言った。わたしの部屋には小さなシングルベッドがあった。母は「だめよ、ベッドに行って」と、夫婦の寝室に行くように言った。すると父が母にびんたを食わせ、誰がボスなのかを知らしめた。父はわたしの部屋に入り、母は夫婦の部屋に引っ込んでドアを閉めた。朝になって母がわたしの部屋のドアを開けると、わたしはいなかった。二日酔いでまだ眠っている父は下着を脱いでいて、勃起した股間があらわになっていた。母の話はそこまでだった。わたしは「でもママ、そのとき何があったの？　わたしはどこにいた？　家のどこかで恐怖に震えていた？　それとも外に出て、自分より小さい子をいじめて怒りを発散させていたとか？」と聞いた。母は「ええと、わからない。あなたがどこにいたかはぜんぜん覚えてない」と言うばかりだった。娘のためにもこの一件を教えるべきだとは思ったものの、この話で自分が担った役割をちゃんと認識してはいなかった。

わたしが一二歳ごろになるまで、毎年のように引っ越しが続いた。父に逃げ出さなくてはいけない理由があったからだ。そのころ住んだ家々の記憶はほとんどない。覚えているのは、裏口から自分の部屋へ、自分の部屋から台所へ、なんとかして父に見つからずに移動しなくてはならなかったことくらいだ。いろいろな家の寝室、ベッド、浴室、表口、庭、庭木、台所、居間、テレビ、全体の間取りを、具体的に思い描けない。どれもあいまいだ。これはどうやら、虐待を受けた子どもに共通の症状らしい。子どもは逃亡することができないので、頭のなかで逃亡をはかる。壁の絵に描かれた世界へ入り込む。想像のなかで、遠くへ、安全地帯へ赴く。ここではないどこかへ。

はっきり思い描けるのは、家の玄関側の、巻き上げ式ブラインドのある一画だ。母が、パパに行ってらっしゃいのキスをしに来てと、子どもを呼ぶ声がする。父がいつもの〝出張〟に出かけるのだ。わたしは暗がりに隠れ、ブラインドのすき間から外をのぞく。弟と妹が家の前の私道に出て、父と抱き合っている。母がしつこくわたしを呼ぶ。わたしはその場から動かず、じっと黙っている。そして「飛行機が落っこちて、帰ってこなければいいのに」と、ひとりごとを言う。

一四歳のときに両親が離婚した。子ども時代でひときわ喜びに満ちた日々が訪れた。父が家を出ていく。おびえてばかりの日々が終わる。父が荷物を引き取って別れを告げるために、家にやって来た。わたしの胸をじろじろ眺め、あのゆがんだ醜怪な笑みを浮かべて「でっかくなってきたな！」と言った。体に触ろうと手を伸ばしてきたので、自室に逃げ込んで鍵をかけ、床《ゆか》に伏せているうちに、父の車が出ていく音が聞こえた。家の前に走っていき、車が遠くの角を曲がるのを確認すると、わたしの人生から父が永遠に姿を消したのだと、希望と安堵の念で胸がいっぱいになった。

父が車で去った日から間もなく、わたしたちは父が国外へ逃げなくてはならなくなったことを人づてに聞いた。父を探している人たちが、たいがい真夜中に、殺気立って家に押しかけてきた。父はその人たちに悪事を働いて、借金があった。けれど、わたしたちはほんとうに父のゆくえを知らなかった。

それから十数年経って、わたしがシカゴの書店にいたときに、ひとりの男性が自己紹介をして、妻と休暇でホンジュラスに滞在中、波打ち際を歩いていた妻がウニを踏みつけてしまったという話を始めた。そのとき近くの家から飛び出し、ダイビング用のブーツを手に駆け寄ってきたのが、どうもわたしの父だったらしい。父は、このブーツはいつも訪ねてくる娘のものだが、次に来るまでにまだ数日あるから、それまで貸してあげられると話したそうだ。わたしは黙ったまま、アリストテレス・ナイアドのホンジュラスでの隠遁生活について、できる限りの情報を集めた。

男性の話では、数日後に夫婦で父の家に夕食をともにしに行ったという。父は若く美しいラテン系の女性と暮らしていた。さもありなん。そして壁じゅうに、わたしが一九七〇年代にマラソン・スイミングに打ち込んでいたころの、記事の切り抜きや写真が飾ってあり、父は得意げに、娘がしょっちゅうここを訪れると話したそうだ。一四歳のとき以来、父と話したことも、絵葉書の一枚ももらったこともないのに。

　書店での一件から数年後、三四歳で当時のパートナーのニーナとマンハッタンで暮らしていたころ、ふたりとも料理の経験がないのに、ディナー・パーティを催すことにした。ニーナは当日、仕事の休みをとった。ふたりで朝寝坊をして、パーティの買い出しをし、花を買って、すてきな夜会に備えてアッパー・ウェスト・サイドのアパートメントをこぎれいに整える予定だった。親しい友人を十数人招いていた。

　パーティの朝、夜明け前に玄関のブザーが鳴った。最後にあのなまりを聞いてから二〇年が過ぎていたが、間違えようがなかった。父だ。特定の音を強調する、むかし聞きなれた発音で父が言った。「いとーし子よ、お父さんだよ。ずうっと会いたかった」。わたしは開錠ボタンを押した。黒い巻き毛はごま塩になったが、あまりのまぶしさに目をそらしたくなるほどぴかぴかに白かった歯は健在だ。いかにも父らしく、とびきり上等のシャンパンのボトル、豪勢な花束、焼き立てのクロワッサンをかかえて入ってきた。日に焼けてすらりとした、引き締まった体。ニーナがまだ寝ていると言うと、父はわたしが女性とつきあっているという事実に度を越した興奮ぶりを見せ、レズビアンの女性ふたりと暮らした人生最良の時代を自慢げに語った。

　人の性格は変わらないものだ。これぞわたしの父。相変わらず愉快で、相変わらず胡散《うさん》臭い。ニーナが起きてきて、三人で材料の買い出しに出かけた。父が料理を担当した。サーモンのケイパー入りレモンバターソース。父はいったんホテルに戻り、父の象徴である白のタキシード姿で現れた。そしてあらゆるパーティでそうしてきたように、その場を盛り上げた。女性全員と踊り、招待客全員と数々の言語でしゃべりまくった。こういう夜の集まりは、ふつうは盛況であっても真夜中には勢いが衰えるものだが、父は明け方までわたしたちをほら話で楽しませた。パーティの翌日、お礼の電話をかけてきた招待客はひとり残らず、わたしが子どものころにさんざん聞かされた台詞を口にした。「お父さまほどカリスマ性のあるかたにお会いしたのは初めて」ある人は、父の国連での通訳の仕事にはあこがれると言った――あんなに多くの言語を苦もなくあやつれるとは大したものだ、と。別の人は、父がＦＢＩとの仕事についてあまり他言できないのは当然だが、ふともらした手掛かりからうかがえた捜査内容からすると、とんでもなく刺激的な人生を送っているはずだと言った。

その夜、父にだまされなかった唯一の人間が、友人のキャンディスだった。趣味は手相、すでに何百人もの手相を見た経験があった。キャンディスは父の手のひらも見たが、良心の相がどこにも見当たらない人は初めてだった。かすかなしるしすらなかった。

父に会ったのも、連絡をもらったのも、それが最後だった。父はホンジュラスに、あるいは当時の隠遁の地に戻る途中、フォート・ローダーデールに住む母に会い、母は客用の寝室に父をひと晩泊めた。母によれば、ふたりで楽しく夕食をとっておしゃべりに興じたという。フランス語で言うと〝いつものように《コム・トゥジュール》〟。翌朝、父は空港にタクシーで向かう予定だった。母は約束があったので、父よりも少し早く家を出た。父に、玄関のドアは――自動ロックだから――閉めるだけでいいと指示して、父の幸運を祈り、会えてよかったと言った。母が帰宅すると、銀器と宝石がすべて消えていた。

わたしは幼い自分を守ってくれなかった母の弱さを――子ども三人も、自分すらも守れなかった弱さを――何度も嘆いたが、母はつまりは父にぞっこんだったのだ。激しい愛情をいだいていて、ついに離婚に踏み切ったのも、自分のためではなく子どものためだった。父がわたしに不適切な行為をしているのをうすうす感じていても助けにこず、わたしはそのことに何十年間も悩み抜き、憤った。だが母は、最後は子どもたちのためになることをしてくれた。離婚という、自分が孤独になる選択であっても。

虐待された経験がない人は、なぜ妻が虐待する夫から逃げ出さないのか、どうして子どもたちが虐待する親のことを愛情をこめて話すのか、理解に苦しむ。しかし、愛や愛着は複雑な、曲がりくねった感情だ。白黒をつけられる話ではない。

わたしは現在六〇代半ばだが、父も含めて、ほぼすべての経験を前向きにとらえるようになったこともあって、今が人生でいちばんいいときだと考えている。確かに、友だちの父親があたたかく愛情に満ち、子どもを庇護するまともな人間であることがうらやましかった。ボニーの父親のハーバートは、大柄で強靭でありながら優しくて神経がこまやか、ボニーを熱くぎゅっと抱きしめて、愛していると口にする。父親からこれほどの信頼や無条件の愛情を与えられるのはどんな気分なのだろうと、わたしはとまどった。キャンディスの父フロイドも同じだ。部屋を横切る娘を追うブルーの瞳が、喜びに輝いていた。あんなふうに父親からの変わらぬ無私の愛を感じるのは、どんなものなのだろう?

それは知りようもないが、わたしは何十年もかけて成熟し、生き抜くための鋼《はがね》のよろいを脱ぎ捨て、今は悪いことのなかにもよい部分を見出しながら、あの良心を欠いたろくでなしを、風変わりで憎めない気性の持ち主としても思い出すようにしている。そういう変化も、人の成長の一部ではないだろうか。過去をとらえ直し、ひところは日々を苦悩と心的な外傷に満ちたものにしたできごとのなかにも、どこかしら価値を見つけられるときが来る。

わたしの内面の旅路にはいろいろあったけれど、あれほど多感な時期に、名前にまつわる父の話から得た〝チャンピオン〟という自己認識は、何よりの支えになった。だから、睡眠の過大評価という考えかたと併せて、そのことでも父にありがとうと言える。

4 母

母のルーシーはわたしが子どものころ、ドアにたたずんでおやすみのあいさつをしていた。部屋に入ってわたしを優しく抱きしめたり、本を読んだりしてほしかった。けれど、母は距離を置いて、古い写真の子どものころの母とそっくり同じように、ドアの陰からおずおずとのぞきこみ、毎晩あの穏やかで抑揚のある声で話しかけた。

「いい子ね、おやすみ《ドール・ビヤン・シェリ》」。わたしも母に「おやすみ、ママ《ドール・ビヤン・ママン》」と返していた。

二〇〇七年に亡くなった母に対して、今では優しい気持ちしかない。母の遺灰を分けた小さく優美な壺が机にあって、その真鍮《しんちゅう》のふちに〝Dors bien, Maman〟（おやすみ、ママ）という銘が刻まれている。もっと勇敢で、もっと関心を寄せ、わたしのベッドまで来て枕に寄りかかってほしかったという、恨めしい気持ちは消えた。今は思い出のすべてが優しく、ため息を誘い、母の声もおびえてさむざむとしたものではなく、思いやりにあふれるフランス語の詩として耳によみがえる。それに、母と寄り添う時間はちゃんとあった。ビーチクラブのラウンジチェアで、わたしをふかふかしたタオルにくるんで抱っこしてくれた。『ぞうのババール』の絵本をフランス語で読んでくれたので、わたしは今でも緑色のスーツ姿の、ふしぎなババールの絵を見かけると心がなごむ。人は若いころ、親がもっとこうだったら、違う人格だったらと思うものだが、年齢なりの分別が身につくと、親の人となりや自分にしてくれたことの価値を認めるようになる。わたしは円熟期に入り、自分が母の愛らしさで満たされていることに気づいた。そして、母の人生の旅路をつぶさに知るほど、母親としての至らなさを許すようになった。とりわけ、わたしを幼少期の性的虐待から守る力がまったくなかったことを。

母のルーシー・ウィンズロウ・カーティスは、富裕で博学な名士の娘として、一九二五年にニューヨーク市に生まれた。父親は実業家であり、アーティスト、大学教授でもあったジョージ・ウォリントン・カーティス、七一歳。母親は玉の輿狙いの若いショーダンサーのジャネット、二一歳。カーティス家は、一〇〇年前にニューヨークで社会的な成功をおさめた一族の系統であり、始祖は一八〇〇年代初期の、マンハッタン初の女性医師だったルーシー・ウィンズロウ。（母の名はこの人にちなんだもので、わたしもウィンズロウというミドル・ネームを持っている）先祖のルーシーは赤ん坊用の鎮静シロップを、その手の製品の規制前に発明したらしい。神経を鎮める成分入りの市販薬で、ウィンズロウ医師の夫、ジェレマイア・カーティスが営業戦略を駆使すると、爆発的に売れた。

ブロードウェイのプログラムに〝ミセス・ウィンズロウの鎮静シロップ〟の広告が載った。作家のマーク・トウェインは持ち前の機知を発揮して、この製品をがぶ飲みするおとなの話を講演にまじえた。馬車の停車場に製品の大判のポスターが貼り出された。

わたしはだいぶあとになってから、このいっぷう変わった家族の歴史のおおかたを知ることになった。母でさえ概略しか知らなかったのだが、キャンディスがeBayでそのポスターに加えて、空色のほっそりした美しいシロップの瓶を見つけてくれた。一八六二年にニュー・オリンズで掘り出された品だった。その瓶も、母の優美な遺灰の壺のとなりにあって、毎日わたしの目にとまる。

いかにもアメリカらしい成功譚だ。この一九世紀の販促活動のおかげで、シロップは爆発的な売れ行きを見せ、カーティス家は一躍、富裕層の仲間入りをした。〝赤ちゃんの泣き声でひと晩じゅう眠れないのでは？　ミセス・ウィンズロウの鎮静シロップが、旦那さまとの夜のお出かけをお約束します！〟

二〇世紀に入るまでに、カーティス家は五番街五二丁目の西側の角に四階建ての住居を構え、通りの向かい側に厩舎《きゅうしゃ》も持っていた。今なら目の玉が飛び出るほどの資産価値があるだろう。もしカーティス家の系譜をたどる機会があれば、どんなぼんくらがその土地を売ってしまったのかが真っ先に知りたい！

カーティス家は高級住宅地のサウサンプトンにもみごとな館を持っていて、近くにはＪ・Ｆ・ケネディの妻ジャクリーン・リー・ブーヴィエの一族の有名な邸宅〝グレイ・ガーデンズ〟があった。そのカーティス家の大邸宅の写真を見たことがある。うわ、すごい。

母の両親については概略しかわからないが、一九二五年に若いダンサーのジャネットが、ジョージ・カーティスの子を身ごもったらしい。ジャネットは高齢の紳士である夫のジョージやマンハッタンを知り尽くしていた。冬にジョージが肺炎にかかったのは、部屋の窓が不自然にも開けっぱなしにされていたからだというゴシップが流れた。真相はどうあれ、母ルーシーがまだ赤ん坊のときに、父親が死んだ。

ジャネットが相続書類にサインした直後に、幼いルーシーは、フランス在住の六八歳の叔父アサートンのもとへ送り出された。アサートンは若いころにパリに移住し、デンマーク人女性インゲボーと見合い結婚し、後年にルーシーを養子に迎えることになった。

わたしの手元に、アサートンの当時の日記がある。アサートンは美術品の収集家で、おもにエジプトの工芸品を集めていた。じつはその収集品は、のちにルーヴル美術館に寄贈された。わたしは展示ケースのガラス越しに何度もその名前を見るたびに、アサートンと知り合いになりたかったと思う。アートの後援者だったアサートンとインゲボーは、ノートルダム・デ・シャン通りのガートルード・スタインとアリス・トクラスの家のとなりに住み、夫妻が開く夜会にはゴーギャンやマティス、F・スコット・フィッツジェラルドと妻ゼルダなどが、芸術を語りに顔を出した。

アサートンの日記に個人的な感情はほとんど見られないが、ある書き込みから、この老夫婦の喜びがうかがえる。実子を持たなかったふたりは、ルーシーの養育を楽しんでいた。「部屋の隅に行ってみると、小さなルーシーがベビーベッドの柵につかまって、人生最初の一歩を踏み出した！　なんと喜ばしい！」

母はよくアサートンとインゲボーのことを愛情をこめて話した。フランスにひたったことも——言語に、文学に、文化にひたったことも感謝していた。けれど、実母は失ってしまった。フランスに養子に出されたときは、あまりに幼すぎて実母を覚えてはいなかったものの、実母に見捨てられた心の痛みにひどく悩まされた。母の世代の人たちはみな、喪失や苦難に対し気丈にふるまったが、それでもなお母は、実母に捨てられたことに生涯苦しんだ。

アサートンの日記によれば、母は五歳ごろから一五歳までずっと、きっちり月に一度、ニューヨークの実母に手紙を書き続けた。最初のうちは、苦心して書かれた書状がどれも未開封のまま返送されてきて、娘には別れを告げたので手紙はもらいたくないという、実母からアサートンへのメモが添えてあった。その後、実母からはなんの連絡もなくなった。

母が一五歳のとき、ナチス・ドイツの侵攻がパリを震撼させた。アサートンとインゲボーは当時八〇代半ばと老齢だったので、フランスを離れられなかったが、ルーシーの身を案じてアメリカに戻らせることにした。こうして母は養父母と別れ、アメリカの実母に連絡のしようもなく、天涯孤独の身になった。フランス人、アメリカ人、スペイン人のおとなや子どもの集団に混じり、フランスを南下してピレネー山脈を越え、スペインからポルトガルに入り、どうにかニューヨーク行きの船に乗った。

アメリカで見つけた遠い親戚は、母にとても親切にしてくれた。そして母は、実母の家も探し当てた。

実母のアパートメントは、マンハッタンのイーストサイドのとある場所にあった。母がドアをノックして娘だと告げても、実母はほんの少しもドアを開けようとしなかった。母はお金目当てでも、同居したいわけでもないと言った。ただ慣れない街での新しい生活に助言がほしいだけだ、と。冷たく閉じられたドアの向こうから実母が告げた。赤ん坊は大むかしに人に渡した、ずっと手紙の返事を出さなかったのは理由があったからだ、あなたとは関わりあいたくない。

そのつらい体験のあと、母は自分の出自を記憶から消した。わたしや弟妹は、母の両親や祖父母についてほとんど何も知らないまま育った。だが、わたしが二〇代半ばにマンハッタン島を泳いで一周したあと、取材を受けるためにコロンビア大学のプールに行ったとき、建造後一〇〇年は経つモザイクタイル張りのプールの壁にあった写真に呆然とした。まだカメラマンが来ていなかったので、四隅から中央に向けて水のほとばしるプールのまわりをぶらぶらと歩いて、一九世紀末にまでさかのぼる、歴代の水泳選手の写真に見入っていた。全身を覆う水着に髪はまんなか分けの時代の、腕を胸でがっちり組んで立っている選手たち。写真の解説をひとつひとつ読んでいくと、ジョージ・ウォリントン・カーティスという名前のハンサムな選手に行き当たった。一瞬、頭が空白になった。祖父の名前だ。まさか。写真の解説によれば、コロンビア大学水泳・陸上チームの主将であり、ロングアイランド湾横断に初めて成功した人物だという。親族とまったくつながりがなく、感謝祭のディナーはいつも母と子ども三人だけ、おばもおじもいとこもいない者にとって、それは目を見張る新発見だった。わたしは祖父の顔を思い描けるようになった。そして、自分のなかに長距離を泳ぐ遺伝子があることを悟った。

けれど母には、フランスから戻ってきて実母とのつながりを切望したころも、自分の生まれた家に関してはわずかな知識しかなく、のちに子どもにもほとんど伝えなかった。母は自分で自分の口を養わなくてはならなくなった。わずか一五歳で、なんの技能もないまま。ニューヨーク市から何キロか北のドブス・フェリーという村の家庭で、住み込みの語学教師の口が見つかった。三人姉妹にちゃんとしたフランス語を教えるのが仕事だった。(それから数十年後、わたしはドブス・フェリーのマスターズ・スクールという私立校で講演をした際に、その一家の人から母の思い出を聞いた。フランス語の発音がみごとで、うっとりするようなパリの話をしてくれたという)

養父母に二度と会えなくなり、身の安全と愛情が欲しくてたまらなかったので、母はニューヨークに来て数年で、ほぼ初めてつきあった男性であるウィリアム・レント・スニードと結婚した。このパーク・アヴェニュー出身のだめ男は、長子のわたしの誕生が間近だというのに街から逃亡した。母は病院でもひとりぼっち、アパートメントに戻ってからも数日間、もしかすると数週間だったか、赤ん坊とふたりきりだった。ようやくやってきたスニードは、わたしのベビーベッドに行って、「ちっ、目が茶色じゃないか」と言い放ったという。

三年後、弟が生まれる直前に、スニードはまたもや薬物とアルコールの宴のために姿を消し、戻ったときに婚姻の最終段階が訪れた。

スニードは弟のビルの茶色い瞳を見て、わたしのときよりもさらにひどい反応をした。「息子まで茶色い目かよ。かんべんしてくれよ」

スニードが卑劣な小悪党で、夫として役立たず、父親としてはさらに役立たずであることがはっきりして、母は永久追放を言い渡した。荷物をまとめる時間を三〇分だけ与え、二度と自分や子どもに接触しないよう約束させた。母が法律上の姓をさっさと変えたので、子どもはスニードの存在をおとなになるまでまったく知らなかったが、知ったところでどうということもなかった。

母は新たな生活を始めるために、フロリダ州パーム・ビーチに引っ越した。ある日、わたしと赤ん坊のビルと一緒に浜辺に坐っていると、映画スターばりの美貌の男が――黒い巻き毛に褐色の肌の男が――強い外国なまりで話しかけてきた。そのなまりから海外の話になり、ふたりはほどなくフランス語で話し始めた。

このアリストテレス・ザニス・ナイアドという男と母には、フランス語という共通点があった。そして、ダンスやぜいたくな暮らしを好むことも。それから二年のあいだに、一家はパーム・ビーチからニューヨーク市に戻って、夏はニューハンプシャー州の湖畔のりっぱな屋敷で過ごした。そしてわたしが五歳のとき、両親が夏の湖畔の家に、生まれたばかりの妹のリザを連れて帰ってきた。子ども時代から二〇代に入るまでずっと、わたしは父が実父であり、リザも同じ父親から生まれた妹だと信じて疑わなかった。わたしの記事を書く人たちは父を〝継父〟と呼ぶが、実際には〝継父〟はいなかった。父が実父だった。

大学の休暇で帰省したときの、母とのふたつのだいじな会話をありありと覚えている。

ひとつめは、わたしのカミング・アウトだ。母といつも楽しみに通っていたフランス料理のレストランに行って、フランス語で夜遅くまで話し続けた。わたしは卓上の料理に手をつけないまま、勇気を奮い起こした。そしてついに母に告げた。自分が同性愛者で、女性の恋人がいることを。母は動じなかった。あくまでも冷静だった。洗練されたパリで育って、アメリカの俗物的な堅苦しい考えかたを一切しないことを誇りに思っていた。パリでガートルード・スタインとアリス・トクラスのカップルと出かけた話を快活に語って、わたしを喜ばせた。その夜のわたしたちは親友のようだった。ふたりとも上機嫌のまま帰宅した。

それからたった二四時間後、同じ大学の恋人が家に迎えに来た。わたしたちは母が全面的に受け入れてくれたことに舞い上がり、恋人も母に会いたがった。わたしが浴室で歯を磨いていると、家の前から金切り声の騒ぎが大音量で聞こえてきた。駆けつけて仰天した。母が表口で罵詈雑言を浴びせていて、「この変態が！　うちの娘をレズビアンなんかにさせないからね！」と言い放った。

恋人は乗ってきたレンタカーを残したまま、通りを全速力で逃げていった。

どうやら母へのカミング・アウトは、当初の印象ほどすんなりとは認められていなかったようだ。それでも、母はゆっくりとではあるが着実に、同性愛者という事実と和解していった。パリの人間としての母は、本音では娘の性的指向を心配するよりも、娘に美しく着飾って、映りのいい色の口紅をつけてほしかったのだろう。一緒に旅行すると、オートクチュールのスーツ、帽子、手袋で盛装した母は、ジーンズにスニーカーの娘と行動をともにすることにがっかりしていた。

わたしはといえば、同性愛者であることになんの葛藤もなかった。二一歳でそれがはっきりして、男の子に興味が持てない理由がようやくわかったという安堵感で、心が自由になった。文字どおり、一瞬のできごとだった。わたしは同性愛者の集いとも気づかないまま、あるパーティに行った。それまでもジョルジュ・サンドの小説を読んでいたし、一九二〇年代のパリの女性をお手本に、ハイスクール時代には寝室に鍵をかけ、きりっとした小粋なフランス女ふうに装って、夜の街を歩きまわったりもしていた。妹が捨てた青い目の人形を拾い出したこともある。人形を鏡台に飾り、ロイ・オービソンのレコードをかけて何時間も人形と踊った。

けれど、それはまだ頭のなかでの話だった。二一歳のパーティの夜、わたしは初めて生身の女性とスロー・ダンスを踊っていた。そして迷うことなく進んだ。

世間に大々的に公表する必要があるとは思わなかった。初めて女性と踊って以来、自分の同性愛という性的指向にすっかりなじんでいた。十数年のちにABC放送のスポーツ部門で働いていたとき、同僚たちに言われた。わたしが異性愛者だったら――少なくとも異性愛者のふりをしていたら、もっと出世できただろうに、と。そんなこともどうでもよかった。とんでもない成功を収めようが何をしようが、ほんとうの自分でいられなければ、けっしてしあわせにはなれない。

大学時代のだいじな会話のふたつめは、母には元夫がいて、わたしの父が生物学上の父ではないという打ち明け話だった。母とわたしはパジャマ姿で、それぞれソファの一角に心地よくおさまり、長年のあいだに何度も観たはずのTVドラマシリーズ『弁護士ペリー・メイスン』を鑑賞していた。何度めでもかまわなかった――ロサンゼルスの白黒の風景に、私道の砂利を踏むタイヤの音に、探偵ポール・ドレイクの千鳥格子《ちどりごうし》の背広に、ペリーの法廷でのやりとりにぞくぞくした。そうして母が、わたしに隠してきた秘密を告げた。

わたしはもともと、ダイアナ・ウィンズロウ・スニードだった。えっ？　意外な話だった。父は詐欺師で、嘘つきで、変人だったかもしれないが、少なくとも、ナイアドというかっこいい名前をくれたわけだ。（今では、名前が職業や性格を表すという〝アプトロニム〟と称される考えかたをする人たちの本では、かならずわたしの名が挙げられている）

ナイアド――naiad、海の精霊、女子水泳選手のチャンピオン――出生時の名前ではないかもしれないが、ずっとわたしの名前、ぴったりの名前だった。

わたしの話はさておき、母がふたりの夫に最後に会ったときのことを考えてみよう。片方は三〇分で荷物をまとめて出ていった。もう片方は母の宝石と銀器を残らず盗んだ。

ふたりとも、夫としても父親としてもほめられた人間ではないことがわかる。だが、母はほんとうに貴重な、だいじな人だった。上品で、教養があって、純粋で、聞き上手。情の深い物静かな人だった。いつなんどきでも大胆な行動に出る覚悟があった。怠惰なところは少しもなかった。

のちに母がアルツハイマー病に苦しんで子どもじみたふるまいに及ぶのを見るのは、ひどく控えめに言っても、身を切られる思いだった。しかし、母の最後の八年間、妹とわたしが近くで面倒を見るために、母をカリフォルニア州に移してからは、母とわたしはかつて互いにいだいていた深い慈しみの心を取り戻した。互いへの警戒心や口に出さない怒りはすべて消え去り、しまいには愛だけが残った。そして赦《ゆる》しの心も。母の側にも、わたしの側にも。

最後の数年間、頭が鈍って回らなくなると、母はときどき「世界でいちばんだめな母親だったわね」と言うようになった。わたしはそんな考えを即座に笑い飛ばした。「ママは世界でいちばんいい母親だったよ」。けれど、母が何を言いたいのか、ふたりともちゃんとわかっていた。母は子どもに返って何もできない状態にありながらも、わたしを守れなかったことを謝ろうとしていた。そしてわたしは、母の人生を、母自身が母親に見捨てられた事実を知るにつれ、母の謝罪へのわだかまりがなくなっていった。

5 裏切り

辞書のわたしの名前を父に見せられてからしばらくあとに、小学校の地理の教師で水泳の元オリンピック選手だった人が、水泳チームに入った子には全員Aの成績をつけてあげると言った。

翌日、わたしはプールサイドにいた。地理の教師が子どもたちの泳力を見きわめるために、数分間プールを泳ぐよう指示した。プールを何往復かして止まると、教師がわたしのレーンの上にいた。「おい、なんて名前だっけ?」

「ナイアド!」と高らかに言った。

「ナイアド、きみは世界一の水泳選手になるぞ」

そう、このコーチが大げさな物言いと熱気という意味で、父にひどく似ていることがわかった。人はコーチを、父に次ぐカリスマ性の持ち主と感じるのではないだろうか。コーチがわたしのなかに、なんらかの特別な才能を見出したわけではない。のめり込む何かを渇望している子どもを嗅ぎ分けたのだ。わたしはあんなに年少のころから——初めてプールに立った一〇歳のときから、ハイスクールを卒業するまでずっと——自室のドアの裏側に、〝あきらめずにがんばれば、石炭もダイヤになれる〟と書かれた大判のポスターを貼っていた。いつも何より重んじていたのは、たゆまぬ努力だった。

一〇歳になるころには、人生の残り時間の重圧も感じていた。学校で、おとなになったら何がしたいかという作文を書かされた。それから十数年後、わたしが二〇代で長距離スイマーとしていくらか有名になると、先生がずっと保管していた作文を送ってくれた。内容を要約すると、わたしは祖父母が八〇代前半から半ばで、ひとりは七〇代前半で亡くなったことを知ったようで、自分の残り時間がわずか七〇年ほど、もしかするとたった六〇年しかないと、ひどく心配になったらしかった。たいがいの一〇歳の子は一一歳になることすら想像がつかないというのに、わたしときたら、日々の過ぎるただならぬ速度が気になってしかたがなかった。やることが山ほどあって、なりたいものがたくさんあるのに、時間が足りない。

夜明け前に起きて泳ぎに行くようになった背景には、人生のはかなさについての、あの息苦しいほどの不安も多少あったのではないかと思う。わたしは世間の大半がまだ眠っているときに起きているという優越感を糧に、たちまち異常な域に入っていった。一〇歳にして一年三六五日、毎朝四時半に、目覚まし時計も必要とせずに起きていた。毎日、腹筋運動を一〇〇〇回と懸垂を五〇回。九九九回でも四九回でもいけない。フロリダ州でトップクラスの背泳選手になって、国内選手権大会を転戦するようになるまで、そう時間はかからなかった。率直に言って、わたしには速筋型の、超エリートレベルの短距離選手の才能はなかった。二〇代でオープン・ウォーター・スイミングの世界に入ってようやく、遺伝子上の本来の才能を開花させた。しかし、オリンピックの表彰台に立って身をかがめ、アメリカ合衆国の代表としてメダルをかけてもらうという未来像がもたらす高揚感のおかげで、どこか暗く心の休まらない子ども時代やティーンの時代に、ずっと目標を持つことができた。

規律ある生活がもたらす集中と自信に加えて、プールという避難所も得られた。夜明け前に自宅を出て――始業前と終業後にプールで、ウエイトトレーニング室で――一日四時間の練習をこなせば、帰宅は家族の夕食後になる。水泳はわたしにとって、身の安全も意味した。

そしてコーチの存在も大きかった。幸運にも、ほんものの父親とも思える人に出会えた。気さくで人好きのするコーチは、わたしの生活を気遣い、関わってもくれた。成績表が毎月配られると、コーチはわたしをプールの観覧席に一緒に坐らせた。ふたりで全科目の成績を検討し、コーチがどの授業がいちばん楽しいか、どの先生に刺激を受けるかを尋ねた。そして、きみはなりたいものになんでもなれる、賢くておもしろく、リーダー気質だと言った。それまでおとなを信頼した経験がなかったので、コーチに信頼を寄せた。

一二歳のある晩のこと。帰宅すると父がいらいらと歩き回っていた。

「おまえの入れ込みようは異常だぞ。夜はお母さんに氷で目を冷やしてもらって。弟や妹のようすも知らなあい。教会にも行きやしなあい。家で食事もしなあい。部屋に鍵をかけて、何時間もおかしな体操をして。クリスマスの朝だって水泳のために四時半起きだ。フットボールの選手みたいな筋肉じゃなあいか。おまけに髪まで妙な色になあって！」

「そのとおりよ、パパ。わたしは異常なの。異常じゃないと勝ち組にはなれない。だいじょうぶ、よかったわ、パパ。わかってくれるとは思わないけど。そうなるには異常じゃなきゃいけない。こういう話ができてわたしは世界チャンピオンになる。そうなるには異常じゃなきゃいけない。こういう話ができてもりだと言ったら、それは家族全員が八時半に寝静まってっていう意味なの！　わかった？」

「ああ、わかるさ。おまえを呼び止めたのは、お母さんとわたあしが……その、お母さんとわたあしがとてえも……とてえもおまえが怖いと言いたかったからだ。きょう家の鍵を渡すから、好きにしてくれ。お母さんもわたあしも、もうこういう生活は無理だ」

想像できるだろうか。娘をおびえさせた暴君、犯罪者が、そして母が、娘を怖がるなんて！母はわたしの規律ある生活に、誇りもとまどいも覚えていた。けれど、ちまたに知られるリトル・リーグのママたちにはけっしてならなかった。夜に子どもが車のヘッドライトの明かりで一〇〇〇回のスイングをこなせるよう、練習場にライトが向くように駐車するママたちには。水泳はわたしだけの世界だった。

一四歳。その夏、大きな州大会がわたしの学校で行われることになった。わたしは夕方の決勝に備えて昼寝をするために、コーチの家に行った。水泳チームのメンバーはみな、コーチの家族も同然だった。コーチの子どもたちのベビーシッターを務めたり、日曜にビーチでタッチ・フットボールに興じたり、週末の午後にコーチの自宅で長々とポーカーをしたりしていた。

力ずくだった。ショッキングだった。屈辱だった。

昼寝をしていた部屋にコーチが入ってきて、わたしにのしかかり、水着を剝いだ。かすれた声で、息を荒くして。生唾をのんでいた。わたしの胸をわしづかみにし、荒々しくもてあそんだ。なかに入ろうとしたが、わたしの体は固く閉じられていた。入れさせてくれと懇願されても、両脚はけっして開かなかった。体全体がものすごい力にとらえられていた。両脚が鋼鉄のように硬直して、互いとくっついたままだった。腕も両脇でまっすぐに固まっていた。のどのあたりでしか呼吸ができなかった。体の機能も心も、ショック状態に陥っていた。コーチはたった数分でわたしの腹に射精し、部屋に入ってきたときと同じようにすばやく出ていった。わたしは床に嘔吐し、震えながら吐いたものを片づけ、水着を着た。車でコーチとふたりきりで学校に戻らなくてはならなかった。いつもならぺちゃくちゃとおしゃべりを楽しむのに、このときは互いに無言だった。わたしは呆然とフロントガラスの向こうを見つめた。ずっとまばたきすらしなかったと思う。すべての機能が——感情も、思考も、体も——停止していた。

その晩、レースに敗れた。当時は州大会レベルで負けることなどなかったのに。チームの仲間は、わたしの調子が悪いのは風邪のせいだと思っていた。チームは団体戦のトロフィを獲得し、大会が終わるころ、チームメイトはプールの向こう側でスエットスーツを着て、ピザとコーラの夕食を食べにいく支度をしていた。いつものわたしだったら輪の中心にいて、率先してはしゃいでいただろう。けれど、チームでのわたしの立ち位置は、その夜に大きく変わった。飛び込み用のプールの底に潜って、無言で悔し涙を流し、声を限りに叫んだ。「こんなことに人生を台なしにはさせない！」

その夜、水深五メートルのプールの底で、その瞬間に、わたしが運命という概念に永遠に背を向けたのは確かだ。誰かにもてあそばれるのが宿命ではなかった。自分がチャンピオンになるのは〝運命〟ではないと確信したのも、その瞬間だった。きびしい練習と集中と意志の力が、未来を形づくる。あらかじめ決められていることなどない。

誰にも話さなかった。あまりの恥ずかしさゆえに。母にはぜったいに話せなかった。父から不適切な触りかたをされても救い出しに来ないことを、そばにいてくれないことを、母はすでにはっきり示していたから。コーチに成績表を見てもらう日々は終わった。ティーンのわたしの内面は、乱れに乱れた。

わたしはもうスター選手ではなく、ただの乳房と膣だった。練習にいちばん先に現れ、いちばん最後に帰るという熱意も消えた。コーチとふたりきりでいるところを見られるのが怖かった。勤労を旨とする価値観は、恐怖心に押しつぶされた。チームメイトに知られているという妄想にさいなまれた。社交的だったはずの自分を抑え込んで、仲間の前ではよそよそしくなった。どうにかして乳房を切り落としたいという考えにとりつかれた。今思えば、わたしが強靭な闘士になったのは、心に傷を負ったあの一四歳のときからだった。もろさを隠して、自分を鋼《はがね》に変えた。

コーチ宅での最初のできごとは、あわただしく手荒だった。続いてひそかな性的暴行が始まった。今はもちろん、それが性的虐待に共通のパターンであることを学んで、心も体も強いティーンエイジャーでも（チャンピオンという自負のある子でさえも）、性的暴行を働く父親、継父、コーチ、教師、聖職者に従うほかないと感じてしまう理由を理解している。わたしはコーチから練習後に会うことを命じられる日を恐れながらも――あえて言うなら、テロに脅かされながらも――どこか自分が選ばれた人間だという意識も持っていた。コーチはわたしに、おまえを心から愛している、自分はおとなだから欲求がある、おまえもいつかわかるだろうと言い聞かせた。ふたりでとても貴重なものを共有しているのだ、その意味は誰にもわかるまい、誰もこれを知ることはない。ふたりだけの特別な秘密だ。もし誰かに気づかれたら、おまえはぜったいにチャンピオンにはなれない。誰かに気づかれたら、おまえは放校処分を受けるだろう。ふたりだけの特別な秘密だよ。

ある春の日、チームの有力選手はオクラホマ州での全国大会に遠征する準備をしていた。エリート選手の育成を目指す学校だったので、チームには全国レベルの力量を持つ選手がたくさんいた。その日の午後は、軽い練習で済ませた。みな練習量を調整し、疲労のたまる練習を控え、だいじな大会に絶好調で臨めるように体を休めていた。翌日に遠征に出る選手は、コーチのオフィスに一五分ほどの間隔でひとりずつ入って、各自の本番の作戦を検討することになっていた。わたしの番になった。性的暴行を予測してはいなかった。いつも学校の外で行われていたからだ。車のなかや、通りの先のモーテルで。コーチのオフィスはプールやロッカー室に隣接していた。わたしは体をふいて、全国大会についての相談をしに向かった。自分が誇らしく、自尊心をくすぐられていた。わたしは学校の、チームのエリート選手。調整や全国大会で出場する種目について、コーチと話し合いに行くところ。ビタミンB_{12}の注射を打って、夜は何を食べるべきかを話し合うつもりだった。それは人生についての、前途あるだいじな人生についての相談のはずだった。

コーチと机を挟んで椅子に腰かけ、調整がうまくいっておらず休息が必要という話に取りかかったが、あまり先まで話せなかった。コーチの声がかすれ始め、聞き覚えのあるその声に体がこわばった。コーチが机の向こうからさっと出てきて、わたしの背後に立った。両手でわたしの水着を無理やり下ろし、全国大会の話などばからしいと言い出した。問題はこの乳房だけだ、と。耳元に荒い息を吹きかけながら、おまえは胸が大きすぎるから優秀な水泳選手にはなれないと告げた。前と同じように、体が麻痺し、恐怖に凍りつき、胸の上のほうでしか呼吸ができなかった。コーチがわたしを手際よく数メートル先の浴室へ引っ張っていき、シャワー室へ連れ込んだ。そこにシングルサイズのマットレスがあるのは以前から知っていたが、コーチがそれを何に使うのかは想像もつかなかった。マットレスはシャワー室の壁に立てかけてあった。コーチはわたしをそのマットレスに押しつけて、水着を引きずり下ろし、なかに押し入ろうとした。おびえたときの無意識の反応が始まり、全身が鋼鉄のようにがちがちに硬直し、両脚がきつく閉じて、腕が両脇で固まった。コーチが、脚を広げて入れさせてくれと懇願した。わたしは無言で、激しく切れ切れに息をしていた。わたしの外でコーチが上下に動くのをやめて、精液を下腹部に放出するまで待った。行為は二、三分で終わったと思う。コーチがオフィスに戻って、次の選手に入るようドア越しに大声で呼びかけた。わたしは急いで水着を引っぱり上げ、おどおどしながらオフィスを出て、歩道で母の迎えを待った。歩道の縁石に坐って、人生を呪い、自分を呪ったことを覚えている。自分が自分であることが、そしてもちろん女性であることが、この世の地獄に思えた。わたしはだいじな存在どころか、何の価値もなかった。

　自分の乳房を心穏やかにとらえ、誇りにさえ思うようになったのは、ごく最近になってからだ。四〇年ほどのあいだ、乳房が切り取られる悪夢で飛び起きていた。もっとひどいのは、手術による乳房の切除を考えたことだ。幸い、きれいな体を切り刻んで、あの畜生に永遠に傷つけられるようなまねはしなかった。若いころの性的虐待の悲しみに長々とひたったりはしなかったと、自信をもって言える。自分よりもはるかに凄惨な目にあった人が文字どおり何百万人もいることを、いつも肝に銘じてきた。とはいえ、わたしには自分の人生しか体験しようがない。これはわたし個人の経験であり、事実はそれぞれに深い意味を持つ。

　同じチームの男子が、肺活量を増やして泳力を向上させようと、自宅のアパートのプールで長時間息を止めていて溺死した。チーム全員で葬儀に出席した。儀式のあいだじゅう、コーチが亡くなった子の母親よりもずっと大声で、わざとらしく泣き叫び、ユダヤ教会堂に集った全員を面食らわせた。わたしはチームの女子数人と参列していたが、教会堂を出るとコーチが泣きながら近寄ってきて、きょうはどうしても一緒にいてくれと言った。チームの仲間は去っていった。立ち去る仲間の背中を見つめながら、もうふつうのティーンエイジャーとしては生きられないのだと怒りを感じたことを覚えている。ひとり残って、また囚われの身になった。ふたりでコーチの友人のアパートに行った。いつもどおりの流れだった。恐怖で体が麻痺した。コーチは鋼鉄の体に挿入できなかった。わたしは恥辱にまみれた。そしていつものように、恥ずかしさから沈黙を保った。

ティーンのときの性的暴行のあいだずっと、涙をこらえていた。憤りの涙が今にもあふれそうだった。自分の身に起きていることを止める力もないのだと感じて。純真さを奪われた悲しみの涙も抑えた。

幼い心に刻まれた性的虐待の刻印は消せない。どうして不屈の魂の、大胆な反逆児でさえある自分と、けだものから身を守れない自分とが同居しているのだろうか？　そんな疑問に人生のかなりのあいだ、五〇代の半ばに至るまでつきまとわれた。なぜコーチを壁に突き飛ばして、母か校長に話をしに行かなかったのだろう？　小さな闘士は現実から目をそむけたまま、行進を続けた。

今ふり返ると、自分の恵まれた立場に後ろめたさを感じていたようにも思う。街で公立校の子どもに会うと、私立校に通っていることを認めたくなかった。クリス・エバートが公営のテニスコートで何時間も練習するところを見て、プロレタリア的なところのあるわたしは、エバートの労働者階級という出自に敬服し、うらやましくさえ思った。『切なる願い』という詩に感銘を受けたことがあった。自分と他人をくらべるのは、喜びについてであれ苦しみについてであれ危険だと戒める詩だ。わたしは、貧困のなかで自分よりもずっとひどい虐待に耐える若者がいることを意識していた。恵まれた自分が文句を言うなんて下劣だと思っていた。

ハイスクールの三年生のときに心内膜炎という心臓の病気にかかって、三カ月間ベッドで安静を保たなくてはならなくなった。この時期に、愛らしい妹のリザと永遠のきずなを結んだ。寝たきりのまま、ほかの選手が泳力を発揮して自分を追い抜くところを思い描いて、一時的に気がおかしくなった。妹はそんなわたしをほかの誰よりも理解し、学校以外の時間をすべてわたしに費やした。わたしが安静の期間に三教科を一カ月ずつかけて勉強する計画を立てると、図書館と家を行き来して本を調達した。このときに宇宙に興味をいだき始めたわたしのために、森羅万象の驚異を記録するカードの整理も手伝った。さらに、夕食を楽しいものにもしてくれた。わたしの部屋に夕食をふたりぶん持ち込んで、一緒に笑ったり語り合ったりした。妹はむかしも今も、他者への共感と思いやりを教えてくれる先生だ。ほんとうのところ、母に子育てについてかなりのことを教えたのも、妹だと思う。あの三カ月間は、そのあと五〇年にわたる姉妹関係の基盤になった。

卒業までの残りの日々は、四時半起きの日課で目指したものよりも、日課そのものが目的になった。もっと年齢が下で、父がまだ家にいたころは、規律ある生活に集中することで家庭生活から距離を置いていられたし、もっと年齢が上がると、学校での社会生活から離れていられた。わたしはまだ自分が同性愛者であることを自覚しておらず、男の子やデートやダンスパーティに興味がないのは、コーチによる心的外傷のせいだと思っていた。そして規律ある生活のおかげで、コーチの悪質な行為で底なし沼に沈むこともなかった。内面は壊れていても、外面は強靭でたくましい人間だと思われていた。オリンピックの夢はもう現実味を失っていた。遠い夢ですらなくなった。心内膜炎のせいだけではない。アスリートの成長とともに、現実がくっきりと見えるようになる。一六歳から一七歳までに、わたしが一流ではなく二流の水泳選手であることがはっきりしていた。才能を生かせるオーシャン・スイミングの世界はまだ知らなかった。それでも、外洋の嵐を乗り切る救命ボートにすがるように、高レベルのアスリート用のきびしい訓練にしがみついていた。

思い返してみれば、卒業と短距離の水泳選手としてのキャリアの終幕が近づいていたころ、わたしはすっかりぼろぼろになっていたようだ。父はふしぎな魅力とカリスマ性はあったものの、くずだった。母は、ずっとあとになってから心優しい導き手になったが、当時は娘の問題にちゃんと関わってかばうような力がなかったせいで、わたしに怒りや失望を感じさせた。そして、初めての保護者らしい指導を期待したコーチにも裏切られた。秋には大学に進学する予定だったが、大学に行く理由がわからなかった。当時は女子選手にはスポーツ奨学金制度がなく、女子のエリート選手向けの課程もなかった。わたしは堂々として自信たっぷりで、生意気な態度すらとっていたが、内面はめちゃくちゃだった。

八月にメキシコシティ・オリンピックの選手選考会が行われた。もちろん、当時のわたしはオーシャン・スイマーとしての輝かしい日々が待っているとは、夢にも思っていなかった。たとえもうオリンピックが幻想でしかなくとも、水泳選手としてのキャリアを終わらせたくなかった。問題ばかりだった年月に忍耐力をみがき続けたおかげで、芯が強くなり、苦しみも和らげられていた。選考会に挑みたいと思った。

わたしの最後の一〇〇メートル背泳ぎ。エリート大会で万にひとつの、望み薄のチャンスに賭けて有終の美を飾る。上位三名が、メキシコシティ・オリンピック代表という誰もがうらやむ立場を争う。残りの五人は平凡な人生をまっとうする。

レースへとプールサイドを歩くわたしに、とてつもない重圧がのしかかっていた。

頭がぼうっとして、まるで体が勝手にゆっくりと処刑台へ向かっているようだ。何かにのめり込む高揚の日々が、これで終わるのだろうか？　水泳選手でなくなったら、自分はいったい何者なのか？　八年間一日も休まず、午前四時半に飛び起きたことを思う。弟や妹の夢が、わたしの夢の巨大さゆえにないがしろにされたこと。両親。コーチ。腹筋運動に懸垂。手加減なしで打ち込んだこと。ハイスクールの駐車場でマリファナをふかした経験すらなかった。あまりにも大きな犠牲を払っていた。

レースの前に、ある思想をたっぷり吹き込まれた。その一七歳の語る寓話のようなものは、わたしの人生を支える信条になった。人が祖母などの賢人から洞察に満ちた言葉をかけられて、自分なりの価値観をいだき始める。そういう人生を変える瞬間には、いつも興味をそそられる。わたしの場合は、皮肉にもと言うべきか、生涯変わらぬ決意の土台はティーンの女の子から、まだティーンのときに与えられた。人生のだいじな区切りの場面で、導きと冷静さが何より必要だったときに、チームメイトのスザンヌがわたしを正気に返らせた。

「ダイアナ、なんだかぼんやりしてるじゃない！　人生でいちばんだいじな試合だっていうのに、集中しきれてないの？　いったいどうしたの？」

両親、弟妹、練習、払った犠牲など、もろもろを話し始めた。

「ちょっと待ってよ！　たった一カ月前にチームのみんなを観覧席に坐らせて、手の届かない星に手を伸ばそうって熱く語ってたよね。まずその星を思い描いてから、いったんわきに置いておいて、現場で汗を流す。あなたがその効果を教えてくれたんだよ。規律を設けて、何分も、何時間も、何週間も、何カ月も打ち込む。そうしたらいつか自分の夢見た星に手が届くか、星のすぐ近くのはるかな高みでのびのびと動けるようになる。ダイアナ！　何度も何度もみんなにそう言ったのは、あなたじゃないの！

ほらほら！　大局を見たり、考え込んだりしている場合じゃないよ。ね、ビリー・ジーン・キングのドキュメンタリーを観たのを覚えてる？　ビリーはウィンブルドンに出るときに、組み合わせ表を見て『あらやだ、あの選手と準々決勝で当たったらどうしよう。セカンドサーブがすごくうまくなったって話だし』なんて言わないよ。

コートに出たら、ビリー・ジーンは獲物を狙うチーター。主審が誰だとか、天気がどうなるだとかはどうでもいい。ビリーの眼中にあるのは試合でも得点でもなければ、ボールですらない。ボールの毛羽《けば》なんだよ。ネットの向こうからボールが来たらラケットを後ろに引いて、何千回っていうストローク練習を味方に、天賦の才能を思いきり発揮して、完璧なバックハンドで返す。またボールが返ってきたとしても、もうネットぎわで獲物を狙っていて、すかさずスマッシュを決める。そうして二週間後には、ウィンブルドンの優勝プレートを頭上にかかげてる。（ちなみに、ビリー・ジーン・キングは引退までに、ウィンブルドンで驚異の通算二〇勝をあげた！）

いい？　テニスボールの毛羽みたいに詩的なたとえじゃないけど、小指の爪の付け根にある、白いところを見てみて。なんでこんなちっちゃな小爪《こづめ》の話を持ち出したかわかる？　きょう勝つか負けるかは、そのくらいの差しかないってこと」

　今はスザンヌが必要だ。このレースのために。危うい分かれ道に立つわたしの人生のために。スザンヌの話に魅せられている。ふたりでプールサイドに立ち、両手を目の高さにして小指の爪に我を忘れて見入っていると、場内が静まり返っていくような気がする。

「うん、見える」

「見えるよね。あなたが一〇〇メートル背泳ぎで、小爪の幅を泳ぐのにかかる時間は？」

　しばらく考え込む。「わからないけど、一〇〇〇分の一秒かな」

「そんなはずないよ！」スザンヌがはねつける。「ちゃんと計算して。それよりずっと短い時間しかかからないんだから！」

「ええと。一〇〇万分の一秒くらいとか」

「そう！　だから堂々とスタート台に行って。八年間で鍛えあげたパワフルな肩で飛び出すの！　自分らしく一心に進むんだよ！　自分を一〇〇パーセント出し切るレースにして。そしてゴールタッチをしても、順位の表示板は見ない。目を閉じて、両手を握りしめて、『これ以上、一〇〇万分の一秒だって速くは泳げなかった』って言って。なんの偽りもなくそう言えたら、結果がどうなったって、ぜったいにだいじょうぶ。悔いはないはず」

　二分後、わたしはスタート台にいる。肩の力で一心に飛び出し、人生でいちばんすばらしいレースをする。ゴールタッチし、目を閉じ、こぶしを握って言う。感情をこめて、声に出して。なんの偽りもなく。「これ以上、一〇〇万分の一秒だって速くは泳げなかった」

　目を閉じたまま深呼吸をしてから、表示板を見上げる。六位。勝ち上がった三人の選手に近寄って、握手をする。それから――レースの結果にではなく、八年間の奮闘が、八年間信じたものがいきなり終わりを迎えたことに対して——涙がどっとあふれるに違いないと思いながら、更衣室に入る。ところがわたしはシャワーの下で、努力の末に生み出した肩に熱い湯をかけながら、堂々と立っている。

わたしが全力を傾けたのは、そのレースだけではなかった。腹筋運動の一回にも、プールの一往復にもベストを尽くした。

オリンピック選手にはなれなかった。子ども時代につらい思いをしたとも言える。けれど、まだティーンエイジャーのときに、明快な人生哲学を学んだ。小爪の幅ほどの余力も日々残さないという、きょうと同じ姿勢で未来に立ち向かおうと心に決めて、更衣室をあとにした。悔いはなかった。

6 ニューヨーク

ジョージア州アトランタのエモリー大学に入学した。学校も街も申し分なかったが、人生でどん底の時期だった。美しい新入生たちが女子学生クラブという居場所を得る一方で、わたしは同性愛者である自分に気づいていなかった。アスリートという長年の自己認識は消えた。一匹狼になったが、その役割は自分に合わず、しあわせにも感じなかった。関心を集めたいという青臭い必死の思いで、寮の四階の窓からパラシュート降下を試みた。この愚行に関しては空気力学の面で研究が足りなかった。パラシュートを開くのはおろか、はためかせるだけでも四階程度の高さではぜんぜん足りないと、今は断言できる。翌日、放校処分になった。

まさに混迷の日々。花形の学生アスリートが、今では地元の通りをさまよっている。日の出とともに実家を出て、一日じゅう歩いた。ビーチへ、ビーチづたいに町から町へ、西のエヴァーグレイズ湿地のはずれへ、南下してマイアミへ。母から、仕事を見つけてお金を貯めて、留学プログラムでフランスへ行くよう説得され、チェーン・レストランでウエイトレスをした。もらったチップを夜に居間のじゅうたんに広げて、母と小銭を数えるのはとても楽しかった。チップをはずんでもらえた日は、母も大喜びしていた。

母校のプールに行って新世代のスター選手たちと軽く泳いだときは、あのコーチとプールサイドでふたりきりにさせられ、女性を嫌悪する卑猥な言葉にさらされて、動揺のあまり口もきけなかった。そのときの言葉が頭につきまとって離れない。むかし、性的な場面でコーチが歓喜のあまり口にしたのと同じくらい悪質な言葉。長年のあいだ、その忌まわしい猥褻《わいせつ》な言葉を何かの拍子に思い出しては、自分自身に投げつけてきた。

二年前、マサチューセッツ工科大学の高名な教授の告白に衝撃を受けた。子どものころ父親に冷凍庫に閉じ込められ、そのときに浴びせられた卑語を、おとなになってずいぶん経った今も自分に対してわめき散らすという。優秀で、社会的に成功し、しっかりした人でも、年少のころに遭った犯罪行為によって深い傷を負っている可能性がある。

シカゴ郊外のレイク・フォレスト大学がすばらしいフランス留学プログラムを設けていたので、今度はそこに通った。そのころのわたしにはぴったりの、こぢんまりと居心地のいい大学だった。あまり人とはつき合わなかったが、教授陣は驚くほど魅力的だったし、六カ月のフランス留学にもひどくうきうきした。

フランス留学の滞在地はディジョンだったが、機会があるたびに電車でパリへ行った。昼間は自転車でモネの作品のもとになった田舎の森を駆け抜け、丘を越え、夜はジャン＝ポール・サルトルを読み、日記を書いた。

サルトルがソルボンヌ大学でゲスト講師として行った授業を聴講したことがある。一〇〇〇人ものフランス人学生——大半が講義のあいだじゅうゴロワーズを吸い続け、大半がフランス式に週に一、二回しか入浴しない学生たち——そして聴講生が、サルトルの言葉をひとことも聞き漏らすまいとする。ぶらりと入ってきたサルトルも、両切りたばこを親指と人差し指で逆向きに挟んでふかしている。ずっと黙ったまま空《くう》を見上げ、物思いにふけるサルトル。うっとりする学生たち。ついに話し始める。「然り、人生とは奇しきもの《ア・ウィ・ラヴィ・セ・テトランジュ》」

そして、その日の朝にバスに轢《ひ》かれそうになったてんまつを何分かしゃべり、自問する。あれは偶発的なできごとだったのであろうか？　自身による人生の選択の一部であったのではないのか？　すばらしい。

ニューヨーク大学の大学院で比較文学を学ぶために、ライム・グリーンのフォルクスワーゲン・ビートルを駆ってマンハッタンに乗り込んだ日、一匹狼の時代がいきなり終わった。帰ってきた。ニューヨーク市に生まれ、幼少期を過ごし、フロリダの海や暖かい日差しにどれほどほれ込もうと、ニューヨークの血が流れていることを忘れはしなかった。わたしは本来の居場所にいた。到着した瞬間に、長いまどろみから覚めたような気がした。ワシントン・スクエア公園の一角から大声で、駐車場が見つからないので車を現金五〇〇ドルで売ると呼びかけた。ボブ・ディランやジョーン・バエズがいたるところに出没する、かの有名なグリニッチ・ヴィレッジに極小の部屋を見つけた。ベット・ミドラーが、超ハイヒールでタップダンスのステップを踏んだり歩いたりして、むく犬を散歩させながら、ジョギングで通りかかったわたしに「おはよう、筋肉さん」と声をかける。

ツルゲーネフとフロベールを読んで、それぞれの作品と、一九世紀後半のロシアとフランスという時代を比較するのは、二〇代初めのわたしにはぜいたくな過ごしかたに思えた。マンハッタンでの若き日々は、おのずと高揚感をもたらした。

「デトロイトに飛んで、ハイスクール時代のチームメイトで「小爪の幅ほどの余力も残さない」という哲学を教えてくれたスザンヌと一緒に、ローラ・ニーロのライブに行ったのも二〇代の初めごろだった。のちにふたりでニーロの追っかけになって、ライブツアーについていったり、ときにはニーロやその仲間と二日間もＬＳＤでトリップしたりした。

え？　アスリートが薬物を？　そう、わたしは同世代の文化を熱く支持していた。ベトナム反戦運動、ボブ・ディランおたく、ニュー・エイジ思想。ＬＳＤでトリップ中に、みんなで実物大のフォルクスワーゲンを雪と氷で作ったこともある。走行距離計、シフトレバー、完璧な外形の座席と、内装まで忠実に。三〇時間かかった。ちょっとしたパフォーマンス・アートだ。

ニーロのライブの話に戻ろう。ライブの前に飲みに行くと、スザンヌが何かを思いつめているような顔をする。そして、ハイスクール時代にわたしがずっとスザンヌに、打ち明けたくてたまらないことがあるけれどできないと言っていた、という話を持ち出す。わたしのなかでせきとめられていたものがどっとあふれ、スザンヌに詳しく話し、涙をこぼす。自分のみじめな話を誰かにするのは初めてだ。

スザンヌがわたしを抱きしめる。ふたりでしばらく一緒に泣く。それからスザンヌが言う。

「びっくりしないでね。わたしにも同じことがあったんだ」

頭が一瞬くらっとする。どういう意味？　スザンヌもティーンのころに性的暴行を経験したということ？　スザンヌの父親の顔がぱっと浮かぶが、すぐに打ち消す。あんなに思いやりのある人はいなかった。

スザンヌが深呼吸をして、自分の恐ろしい体験談を語り始める。あのコーチが、わたしと同じコーチが、スザンヌにも手を出していた。まったく同じ台詞。同じ恐怖。同じ恥辱。同じ沈黙。

ライブには間に合わない。ああ。

スザンヌとわたしは、自分たちと同じころにコーチから辱められた女子選手を、ほかにも何人か探り出した。(あの犯罪者に〝指導者《コーチ》〟という尊い呼び名を使うのは気が進まない。教える内容がスポーツの技能だけにとどまらない、優れた人物に与えられるべき肩書きだからだ。優れたコーチとは魂の師であり、若者の人格を形成するのが務めだ。わたしやスザンヌやほかの女子選手を辱めた似非《えせ》コーチなど、唾棄すべき存在なのだ)

わたしの長い物語は、まん延する性的虐待の典型的な例だった。コーチは地元の親分だった。この手の変質者によくある話だが、カリスマ性があり、お仲間一派でのポーカーの常連、町の有力者の友人だった。わたしはスザンヌと、断続的にではあったが何年も、何十年も、コーチへの制裁を求めた。ふたりでハイスクールの校長に直訴したあとで、コーチは解雇された。全当事者の弁護士が一堂に会し、スザンヌとわたしが別々の部屋で個別に話した内容を照らし合わせることで、信ぴょう性がじゅうぶんすぎるほど確かめられたので、校長はコーチに三〇分の猶予を与えてオフィスの荷物をまとめさせた。校長の話では、長年にわたり学校関係者や保護者から、コーチによる生徒への性的逸脱行動の通報があり、校長も何度か本人に直接問いただしたものの、いつも否定され、現場も押さえられなかったという。

校長はあの男を解雇はしたものの、これも性的虐待事件によくある展開だが、学校の評判が傷つくのを恐れて表ざたにせず、おまけに次にコーチを雇った近くの大学に、解雇の理由を伝えることさえしなかった。数年後、その大学も性的虐待の申し立てにより、コーチを解雇した。コーチは一九七六年のオリンピック女子水泳チームの監督に就任し、ついには国際水泳殿堂入りも果たした。そんな栄誉の陰で、ずっとあの男は罰せられないまま、無垢な女子選手を次々にもてあそび続けた。二〇〇四年、コーチがわたしやチームメイトに性的暴行を働いてから四〇年以上も経ったころに、わたしはフォート・ローダーデールの警察から、あの男への複数の告発があったという電話を受けた。警察はスザンヌを囮《おとり》に、男との会話を録音して証拠に使おうとしたが、計画は失敗に終わった。むかしの件が時効を迎えると、スザンヌもわたしもほかの被害者も、あの男を公的に告発する権利を永遠に行使できなくなった。

コーチが死んだのは、つい去年のことだ。被害者の誰にも謝罪せず、公的な処罰も一切受けないままだった。二〇〇四年、わたしが国際水泳殿堂入りした日の夜の祝賀会で、四〇〇人以上の人たちが近づいてきて、いつになったらあの男に何らかの制裁が加えられるのかと尋ねた。一九七六年のオリンピックのあと、《スポーツ・イラストレイテッド》誌の編集長がわたしに、水泳界の誰もがあのコーチの性犯罪を知っていて、長年のあいだ処罰されないことを嘆いていると評したこともあった。だが、水泳界の大半の人たちこそが、あの男の不品行を（ほかの者の不品行も）ひた隠しにしたのだ。今ではそういう事件の多くが、裁きを受けているけれど。

年少者が信頼する、リーダーであるはずの人間による性的虐待はまさしくまん延していて、アメリカだけの話にとどまらない。この本の執筆中の今も、とんでもない数の虐待があらゆる郊外の町で、あらゆる都市部で行われている。

最新の統計値によると、アメリカの女子の四人にひとり、男子の六人にひとりが、一八歳以下のときに知人から性的暴行を受けている。ならば、実際にはどれくらいの数にのぼることか。この統計値は、思いきって真実を口にした子の数にすぎない。

二〇代のあいだに心の傷からの回復に一歩踏み出せたのは、かわいい甥っ子のティムの誕生がきっかけだった（ティムは今三〇代半ば、キューバ～フロリダ横断のドキュメンタリーフィルム

『対岸』のプロデューサー兼ディレクターだ）。丸ぽちゃの生まれたての甥を初めて抱っこした日を、けっして忘れない。心を溶かされ、その瞬間、男という種族も通常は邪悪ではないという考えかたに目覚めた。ティムは、わたしと家で延々とレスリングに興じるときの、あふれんばかりの遊び心と手放しの喜びようで、男の子のひとりひとりが信頼できる相手だと教えてくれた。甥とわたしの大好きな遊び〝長椅子《カウチ》をお食べ〟はこんなふうだった。思いきり野蛮に、ぎゃあぎゃあ騒ぎながら追いかけっこをしてから、わたしが甥の頬をカウチのクッションに押さえつけ、「カウチをお食べ！　カウチをお食べ！」というかけ声にのって、そのまま頭を何度かバウンドさせる。もちろん、甥が思春期に入るとわたしに勝てるようになってきて、この遊びは終了となった。甥はわたしが永遠に心から愛する、息子のような存在であり、あの大はしゃぎのレスリングではぐくまれた親密さは、甥が力と思いやりを兼ね備え、女性にとても深い敬意をいだく男性になったおかげで、のちの年月も変わってはいない。

心の傷からの回復のきっかけが次に訪れたのは、当時はそれと気づかなかったが、わたしの生活に思いがけず水泳が戻ってきたときだった。

自分でも驚きだったが、またもやどっぷり浸った。今度は人工のプールではなく、自然界のプール《オープン・ウォーター》に。ハイスクール卒業後は泳いでいなかった。ハイスクール時代の退屈すぎるプールの往復を恋しいとは思わなかったし、健康維持と探検という要素が絶妙に組み合わされたランニングを始めていた。毎日走りに行き、時にはジョージ・ワシントン・ブリッジを渡って歴史あるハドソン川沿いをさかのぼったり、日曜の朝の人っ子ひとりいないウォール街を駆け抜けたり、ブルックリン・ブリッジを渡ってコニー・アイランドの観覧車まで行ったりした。

だが、ある友人が〝マラソン・スイミング〟という競技の話を始めると、好奇心をかき立てられた。地球のほぼ四分の三は水に覆われていて、マラソン・スイマーたちはそういう数々の海や湖の岸にはだしで立ち、号砲とともに水中に飛び込んで、向こう岸まで競い合う。友人はこう言って誘惑した。「マラソン・スイミングは長時間、たいがい冷たい水のなかを、多くは荒れた海を渡る競技だ。マゾ的な資質も求められるから、きみならきっと気に入ると思う」

気がつくと、カナダの極寒の湖のほとりに立っていた。体じゅうに四キログラム超のラノリン（羊毛脂）を塗り終えて。その準備からしてめずらしい体験だった。ラノリンの膜は、効果はさほど高くないとはいえ、はげ落ちるまでの一時間くらいは体温を逃がさないようにしてくれる。男女が一緒に競い合う数少ない競技だと知ってはいたものの、わたしの左側では筋肉もりもりのエジプト人が、右側では細身だがやはり筋肉もりもりのアルゼンチン人が脂を塗りたくっているところを目にして初めて、スタート直後は肉弾戦になるという実感がわいた。当時、オープン・ウォーター・スイミングの女子の第一人者はオランダ人のユディト・デ・ナイス、身長一八三センチ、体重八四キロ――水泳選手というよりアメフト選手に見えた――スタートまであと一分ほどというところで、自己紹介をしに、のしのしと近づいてきた。あくまでもそう見えたにすぎないが、その巨人のごとき歩みに、湖岸が揺れた。そして、ひとこと発するごとに、脂まみれのわたしの胸元を人差し指で突いた。わたしはあまりに怖気づいて、なされるがままだった。胸元に二五セント硬貨くらいのあざが一カ月も残った。「あんた、すごい選手だそうだけど」と、ユディト。「このあたしに勝てるわけないよ！」。そして、肩をいからせて去るときのずしんずしんという歩みに、まじめな話、湖岸がほんとうに揺れた。

トレーナーのもとへ行って「こんな猛獣に混じって泳ぎたくない」と言った。すると号砲が鳴ったので、湖へ走っていきながら、エジプト人たちと一緒になってアラビア語で毒づいた――こうして、マラソン・スイミングでのキャリアが始まった。

賞金はごくわずかな競技だったが、支出はまかなえたし、地球上の多様な湖、川、海で泳ぐのが楽しくてしかたがなかった。競技距離は約一六キロメートルから約四〇キロメートル。さまざまな人種の体格のいいマラソン・スイマーたちと貧相な体つきのわたしは、イタリアの春にカプリ島からナポリ湾を横断し、二月のアルゼンチンの夏にはマル・デル・プラタの沿岸の暖水を泳ぎ、七月にはカナダのケベック州のひんやりした湖を渡った。マラソン・スイミングでは単独泳《たんどくえい》も長い歴史があり、わたしが初めて挑戦したのは一九七四年、極寒のオンタリオ湖だった。タイムは一八時間二〇分。楽しい経験ではなかったけれど、やり遂げた。

オンタリオ湖での挑戦のために、カナダのトロントから車で北へ四時間の地で合宿をしたときに、インディアナ大学の高名なコーチで、マーク・スピッツ選手を指導したジェームズ・E・カンシルマンに何週間か指導を受ける機会があった。そしてカンシルマンから、オープン・ウォーター・スイミングの天賦の才があると言われた。長距離を滑るように泳げる完璧なストロークだ、と。本領を発揮できる競技だった。わたしはクロールでの長旅が、心から好きだった。となりでカヌーを漕ぐ友人とともに、五大湖の小さな町まで一六キロメートルほど泳いでから、陸で休憩し、また水に入ってのどかな湖を合宿地まで戻る。そういう孤独な数時間の、頭のなかの対話も大好きだった。ちらちら光るポプラの葉や、澄みきった湖面に映るボートハウスの影がたまに見える以外には、外界の情報が入らなくなると、両手がリズミカルに水をかく響きや、規則的なくぐもった呼吸音によって、自己催眠の状態に入る。そんなときの心の動きを観察するのが好きだった。知力をつかさどる左脳が創造力をつかさどる右脳をじっと眺め、この世界についての、自分の身の上についての数々の思いが、心に豊かな絵模様を織りなす。

じつは、これまでたった一度だけ危うく溺死しかけたのも、オンタリオ湖でのトレーニング中だった。前日の練習は数時間だったが、そのあと沖でひと晩じゅう強風が吹いていたことを知らなかった。翌朝は、ヨーロッパ遠征の長いフライトに備えて軽く体をほぐしておくために、伴走のボートもいらないくらい短い練習で済ませる予定だった。切り立った崖から水に飛び込んだ瞬間、ショック状態に陥った。湖の深みから浮かび上がるころには、体の感覚がすっかりなくなっていた。岸までの距離を確かめると、おそらく四〇メートルくらいで遠くはない。だが、両腕が動かなくなって、パニックが襲ってきた。水を蹴ろうとしていた脚の動きも、やはり止まってしまった。体が沈みかけていた。口もとまで水が来たとき、崖の上から半狂乱で叫んでいる男性が見えた。釣り用のボートに、救出に行くという合図をしている。ボートで駆けつけた男性が身を乗り出して、わたしの両脇をかかえて引き上げたとき、男性の手の熱が凍てついた肌を文字どおり焼いた。肩の前側についた長いあざが消えるまで、二〇年以上かかった。沈むまであと数呼吸というときの、無力感の伴った苦しみを今も覚えている。

何年かのちに、トロントからナイアガラ・オン・ザ・レイクまでオンタリオ湖を横断した際にも、寒さが問題になった。極寒の一八時間の終わりには、体の深部の体温がひどく低下していた。サバイバルシートにくるまれてトロントの病院に搬送され、友人たちが手続きをしているあいだ、救急救命室の一角に置かれた。すると、若い男性がストレッチャーで運ばれてきた。痛みに苦しんでいる。激痛のあまり顔をゆがめ、大声で叫ぶ若者のストレッチャーがわたしのすぐとなりに止まり、付き添ってきた人たちが助けを呼びに行っているあいだ、やたらと近くに若者の顔があった。痛みから気持ちをそらそうとしたのか、若者がわたしに救命室にいる理由を尋ねた。わたしは震えが止まらないまま、オンタリオ湖を二〇時間くらい泳いで横断してきたからだと説明した。若者はその話にびっくりするあまり、一瞬だけ痛みを忘れたようだった。「なんでまたそんなことを？」

そうやってふたりで話し始め、若者がその日、オンタリオ湖でのボートレースで負傷したと知った。その後も連絡を取り合い、若者が骨盤、鎖骨、あごの骨を折り、複数の臓器に損傷を受けていたことがわかった。こちらのほうこそ「なんでまたそんなことを？」と聞きたいところだ。だが、救急救命室での若者との短いやりとりのなかで、長距離泳という一見マゾ的なスポーツに惹かれる理由を初めて口にし、それに自分で納得したのは、興味ぶかいできごとだった。

まず若者が語った。猛スピードでほんの少しでも操作を誤れば、深刻な結果を招く。そんな状況で舵輪をあやつるときの、アドレナリンのほとばしりがたまらない。神経を研ぎ澄ませて覚醒している自分を感じ、この快感をボートレース以外の世界でも再現できればいいのにと思う。

わたしは若者に、マラソン・スイミングが体と心に課すとてつもない重圧によって、山あり谷ありの人生の縮小版を体感できると話した。海での長い一日のあいだの体と心の浮き沈みは、人生で経験する肉体と精神のあらゆる山や谷を思わせる。ある時間は力に満ち、海面を苦もなく渡っていける。かと思うと危機に陥って、泳ぎ続けるための力を探し求める。衰えて、空っぽの状態。体の奥底の気力をなんとか振り絞って、わずかずつでも前に進めれば、そのうちに次の山の、次の斜面へ這い上がれる。水中で頼れるのは自分だけだが――自分ひとりの力で泳がなくてはならず、伴走船に上がるのはおろか、船に触れることさえ許されないが――問題が起きて進むべき道に迷ったときは、伴走する仲間が手を貸してくれる。それも人生にそっくりだ。そして対岸にたどり着き、水から上がっても、あきらめないという意地が人生の原動力になる。

レースでほかの選手が棄権することもあった。近くを通り過ぎる船をちらっと見上げて、棄権した選手たちがぬくぬくと毛布にくるまり、熱い風呂へ向かっているところを目にすると、まず「ああ、毛布が気持ちよさそう」と思う。だが、レースをやめないという覚悟を胸に、歯を食いしばる。確かにわたしも棄権したことが二度ある。途中でやめたというあの落ち込んだ気持ちは、ゴールまでの苦しみよりもずっとつらかった。やめるという判断をした事実は本人につきまとい、その人のあらゆるものに対する態度にまで影響を及ぼす。逆に、やめなかったという事実はどんな場合でも人を支えてくれる。

あの若者は手術の準備に入った。わたしは体を温める装置に入れられた。そして、それぞれの道をたどった。自分たちが重きを置くものをスポーツから得て、日常生活にもたらすために。若者は、日々あらゆるやりかたでアドレナリンを求めていた。わたしは、何があろうとあきらめない人間になりたかった。

7 転機：マンハッタン島一周

マラソン・スイミングのレースに明け暮れる日々が五年間続いて、一九七五年も半ばを過ぎていた。

その秋にニューヨーク市に戻ってきて、なおも比較文学の学位の取得を目指していると、ある友人から、どうしてわざわざ世界じゅうをほっつき歩いて遠隔地の海や湖に行くのか、世界でいちばん有名な島、マンハッタン島がここにあるのにと聞かれた。

少し調べてみると、一九〇〇年代の初期に数人の男性がマンハッタン島を泳いで一周していたが、一九二七年以降は、水から出たり入ったりしながら段階的にひと回りした人を除いて、誰もなし遂げていないことがわかり、胸を躍らせた。沿岸警備隊の協力で潮汐表《ちょうせき》を分析した。警備隊の助言によると、スタートはイースト川の流れがゆるむ市長公邸のあたり。そこから北上してハーレム川へ、さらに西側の幅の広い壮大なハドソン川に入って、自由の女神像へとずっと南下し、ウォール街をぐるりと回って、イースト川をスタート場所までさかのぼる。一周二八マイル(約四五キロメートル)。

伴走する船が必要だったので、九月下旬のよく晴れた日曜の午後に、マンハッタン西七九丁目の港、ボート・ベイシンに出かけた。豪華なヨットがずらりと並び、いかにもそういうヨットを持っていそうな人たちが、サッカー地のスラックス姿でドライ・マティーニをちびちび飲んでいる。厚かましい二六歳のわたしは、各ヨットの船尾側から胸を張って名乗った。「こんにちは！

ダイアナ・ナイアドっていうんですけど、今週の水曜日にマンハッタン島を泳いで一周するつもりなんです。こんな冒険は二度とできないはずですよ。あなたの船でガイドをしてみたくありませんか?」

みんなが次々に港の責任者に通報し、この安らぎの場から頭のおかしい娘をつまみ出してくれと頼んだ。桟橋のはずれの最後の一艇はぼろぼろで、床板の割れた甲板にエドという男性がいた。カーキ色のズボンには油や釣り餌のしみがついていて、飼い犬も主人と同じくやせてあばらが浮き出ている。エドが強いニューヨークなまりで言った。「そうかい、そいつはなんだかおもしろそうだな。水曜だって? 終わんのは何時だ? こいつの動物病院の予約が水曜の夕方五時に入ってんだ」

何時に終わるのやら見当もつかなかったが、エドには予約に間に合うと請け合った。翌日、わたしはエドとともに潮汐表をじっくり検討し、ハンドラーふたりをエドに引き合わせ、三人は食料の買い出しに行って、エドの犬用のおやつも用意した。冒険の準備完了。

九月二四日はやや風が強かったが、ほんとうの問題は、ルイジアナ州の南のメキシコ湾を嵐が次々に通過したばかりという点にあった。マラソン・スイミングをしていると、地球がどれほど小さいかがわかる。何千マイルも離れたところの天候や海況の影響が、こちらに及んでくるのだ。案の定、メキシコ湾の嵐が静まって数日間は、東海岸全体の潮位がいつもより高くなっていた。二四日の朝、予定どおり市長公邸前のイースト川からスタートして北上していった。ハーレム川を突き進んでいくときに、船上の仲間がたじろいで、嫌悪のあまり目を覆っていたことをよく覚えている。わたしはみんなが何を目撃したのか、知りたくもなかったし尋ねもしなかった。ハドソン川は波立っていたが、わたしと仲間はどんどん南下していった。

ハドソン川の、コースの中盤あたりで、上空を旋回するヘリコプターに気づいた。数艇の船が伴走船に横付けされ、人が出入りしている。補給の時間に熱い飲みものをとり、失ったカロリーを食料で補いながら、エドに動物病院の予約時間が気になるのではないかと尋ねた。エドの目がぎらついていた。「病院なんかどうだっていいんだ！　最高に楽しいとこなんだから！　《スポーツ・イラストレイテッド》にインタビューされたんだぞ！　どんだけかかったってかまうもんか。何日泳いでたっていいぞ。なんせ人生最良のときなんだからな！」

ところが、マンハッタン島南端のバッテリー公園のあたりで、引き潮が潮汐表と大きく食い違っていて、船上の仲間が、あと数時間は流れがゆるくならず、方向も北に転じないだろうと判断した。あんなに速い潮の流れには、どんなスイマーだって逆らえない。しばらく立ち泳ぎをしていたが、ここに何時間も停滞するのはばかばかしいと全員の意見が一致し、別の日に出直すことになった。

再挑戦の一〇月六日。秋の気候が忍び寄るころだったので、夏には温かで心地よかった水温が急激に低下していた。ふたたび市長公邸の前からスタートした。ハーレム川は前回ほど汚らしくはなかった。壮大なハドソン川の流れへと曲がっていったときのことは、けっして忘れられない。名高いハドソン川にジョージ・ワシントン・ブリッジが架かり、非の打ちどころのない秋の陽光が、川の南端の大西洋まで川面をきらめかせていた。

その土地の歴史的な意味にふれられることも、長距離を泳ぐ魅力だ。最初に人が英仏海峡横断泳に引かれた理由もそこにあり、はるかむかしの一八七五年に初めて達成された。ヨーロッパ大陸とイギリス諸島のあいだの、物語に満ちた歴史をたどる有名な横断泳の数々が、英仏海峡を神話的な存在にした。そして、マンハッタン島一周の魔力にも同じことが言える。大いなるハドソン川を下っていて、タグボートがわたしと仲間の幸運を祈って、バリトンの愉快な響きの警笛を鳴らしたとき、わたしはマンハッタン島という巨大な岩盤の初代の入植者であるネイティブ・アメリカンたちが、まさにこの川でカヌーを漕いでいたことに思いをはせた。ホロコーストの恐怖から逃れてきたユダヤ人たちの船が、エリス島に感動の入港を果たすとき、乗客は自由の女神が高々と掲げた腕を仰いで期待をふくらませた。自由の女神像を過ぎてマンハッタン島のミッドタウンに入る大型客船、クイーン・メリー号では、ヨーロッパからの乗客が、現代で最大と言われる都市への訪問に胸を弾ませた。

そして、わたし個人の歴史もマンハッタン島にあった。代々ニューヨークに暮らしてきた母の親族。ナポリ湾横断のほか、わたしの世界各地でのウルトラ・スイミングは、それぞれに興味をかき立てる大仕事だったし、それぞれに長く興味ぶかい歴史を伴うものだったが、自分が進んでいる水に愛着を覚えたのは、マンハッタン島一周のときが初めてだった。わたしは左側だけで息継ぎをするので、マンハッタン島の周囲を反時計回りに進むと、一日じゅう島を眺められた。ひと目見るたびに、何百万もの人たちがふるさとと呼んできた特別な場所に対して、いとしさが込み上げた。

じつは何十年も経った今でも、飛行機でニューヨークに飛んできて、ラガーディア空港かケネディ空港に着陸する前に、パイロットがハドソン川上空で高度を下げると、肌寒いが胸の躍る一〇月六日のさまざまな感情が、記憶の底からふわりと立ちのぼってくる。

最初の試みまでは、世間が騒ぎ立てる事件になるとは思いもせず、ただの個人的な課題と考えていた。だが、潮汐表どおりの潮に恵まれた二回めの挑戦では、わたしたちが川を進んでいくと、ふたたび周囲が騒然となった。ウェスト・サイドから始まって、ミッドタウンを過ぎ、バッテリー公園をぐるりと回ってもずっと、川の堤防に居並ぶ人たちから声援がわき起こった。大声でわたしたちの幸運を願いながら、必死に身振りで気持ちを表していた。ゴールには、報道関係者と地元の人たちの一団が待っていた。わたしはマンハッタン島を泳いで一周した初めての女性になり、しかも男女を通じての最短記録保持者になった。タイムは七時間五七分。

マンハッタン島一周の成功で、刺激的な日々が訪れた。翌日の《ニューヨーク・タイムズ》紙の一面に載り、トーク番組『ザ・トゥナイト・ショー』に出演して司会のジョニー・カーソンと話すことになった。確かに世間やマスコミからの関心は愉快だった。だが、アスリートの意欲をかきたてるのは挑戦そのものであって、達成の副産物ではないことを、わたしはあんなに若かったにしてはわきまえていた。数百万ドルを稼ぐような超有名アスリートでも、将来を保証する契約を結んだりはするが、練習を重ね他者と競うのは誇りのためであり、プレーすることが人格の一部だからだ。ほとんどの場合、そういう価値観が勝利への原動力になる。

マンハッタン一周に挑んだのは高い志があったからだが、達成後にお楽しみが待っていて、〝眠らない街〟ニューヨークで時の人の気分を味わった。ジャクリーン・オナシスと泳ぎ、アンディ・ウォーホルとセントラル・パークではしゃぎ、ウディ・アレンと何度かディナーをともにした。ニューヨーク市長のエイブラハム・ビームからは〝市の鍵〟を贈呈された（そして市長から、資金集めの催しのために、見世物用の調教されたアザラシよろしく、大型ヨットの横を泳ぎながら島を一周してくれないかと持ちかけられたが、それはお断りした）。いわゆる強運に恵まれた人生だったのかもしれない。わたしはニューヨークにひとりで、孤独な人間として引っ越してきたが、今ではニューヨーカーの誰もが知る人物になった。通りを歩いていると、タクシーの運転手が窓から声をかけてきた。

同時代に独自の目標を達成した女性アスリートの殿堂に入れたことも、心から誇りに思った。男女同権運動に参加したテニス選手のビリー・ジーン・キングは、賞金の男女格差をなくす戦いを率いた。レーシングドライバーのジャネット・ガスリーは、インディ500の有名なオーバルトラック〝煉瓦の庭《ブリック・ヤード》〟を走った初めての女性になった。ランナーのキャスリン・シュワイツァーは髪を帽子にたくしこんで、当時は女人禁制だったボストン・マラソンへの出走を強行した。わたしはオープン・ウォーター・スイミングで、男性もなし遂げていない記録に挑んでいた。あのころは女性のスポーツ選手にとって歴史的な時代で、その一角を占められることを光栄に思った。まばゆい社交生活を送りながら、強運に恵まれた人生を分かち合う相手にも出会った。ふたりとも二六歳、ひと目ぼれだった。

ビリー・ジーン・キングが関わっていた雑誌《ウィメンスポーツ》にわたしの記事を掲載したスタッフから、マディソン・スクエア・ガーデンでのクリス・エバートとイボンヌ・グーラゴングの試合に招かれた。春のきらきらした金曜の午後遅く、何千ものしあわせそうな人たちが地下鉄やバスへ急いでいた。編集部を出て通りを渡っていたとき、胸がときめいた。若きエリザベス・テイラーが信号待ちをしていた。息をのむほど美しい。わたしは人混みをかき分け、その人に自己紹介し、一緒にテニスの試合に行かないかと誘った。その人はキャンディス・ライル・ホーガンと名乗り、わたしの記事を載せた雑誌の編集者で、招待したのは自分たちだと教えてくれたので、みんなで一緒に会場に行った。

幼い恋だったけれど、かけがえのない初恋だった。キャンディスとわたしは、ニューヨーク市の波乱に富んだ日々をともに過ごした。

まぶしい夏の日に、ふたりでセントラル・パークでバレーボールをしていると、男が男を追いかけながら、コートの真下の広場を突っ切っていった。追いかけている男が大声で助けを求め、相手の男に有り金をぜんぶ盗まれたと叫んでいた。

キャンディスに「行くよ！」と言うと、キャンディスが「どこに？」と返す。

男たちのあとを走っていくと、泥棒が公園を出て、セントラル・パーク・ウェストへ向かった。追いかける側の男は酔っていた。こうなったら泥棒を追跡するのはわたししかいない。キャンディスに警察官を見つけるように言って、公園沿いに男を追って走った。

男はとまどいながら、こちらを何度も振り返った。わたしは男に迫りつつあり、つかまえたらどうするかを考え始めた。男が途中で何か光るものを公園へ壁越しに投げ込んだので、その場所を記憶しておいた。

スリルに満ちた追跡劇が始まって三、四分経ったころだろうか、サイレンが聞こえた。やった！　思ったとおり、パトカーが横をすっ飛んでいき、歩道に乗り上げて盗っ人の目の前に止まった。警官がふたり、そしてキャンディスがパトカーから飛び出し、石壁に男を突き飛ばす。そこへわたしが合流し、警官が男に命じる台詞を、キャンディスとふたりで大声でくり返す。

「脚を広げて、両手を壁につけるんだ」

ふたりで唱和する。「そうだ！　脚を広げて、両手を壁につけるんだ！」

男がその日、公園じゅうで盗みをくり返していたことがわかった。キャンディスとわたしは翌日の《ニューヨーク・ポスト》紙のゴシップ欄に、〝シャーロックとワトソン、盗人を捕らえる〟という見出し付きで載った。めくるめくニューヨークの日々。

あるときバラエティ番組『サタデー・ナイト・ライヴ』に出演し、放送後のクリスマスパーティにキャンディスと一緒に招待された。めくるめくとはまさにこのこと。番組レギュラーのギルダ・ラドナー、チェビー・チェイス、ジョン・ベルーシとひと晩じゅうおしゃべりをした。その日の音楽ゲストはフランク・ザッパ。わたしに数センチのところまで顔を近づけ、おもむろに言った。「筋肉とおっぱいか。なんとも絢爛《けんらん》たる取り合わせじゃないか」。キャンディスはわたしがザッパを張り倒すに違いないと思ったらしいが、そのあと三人でボックス席に移動して、進化論や神学について朝の四時まで語り合った。

マンハッタン島一周は、大きな転機だった。今に至るまでずっと、たくさんの人たちがやってきては、あの一〇月六日の午後に休みをとって河岸で応援したと教えてくれる。今も応援の人たちのことをありありと思い出す。そしてハドソン川も、歴史とのつながりも、感情の高まりも。

挑戦を終えると突然、比較文学の博士号がどうでもよくなった。テレビ番組への出演の話がいくつか舞い込んできて、そのなかにＡＢＣ放送のスポーツ番組『ワイルド・ワールド・オブ・スポーツ』があった。わたしはこの番組を観て育った世代なので、番組冒頭の「勝利の感動、敗北の苦悶」という決め台詞をずっと放送で言ってみたかった。三〇歳になったら水泳から引退し、しゃべりの才能があると言われていたので、それを放送番組という舞台で生かす心づもりでいた。

けれど、水泳からの二度めの、そして永遠の引退の前に、オープン・ウォーターでのノンストップの一〇〇マイル泳（約一六〇キロメートル）という、常軌を逸した、もしかすると不可能な挑戦をすることに決めた。当時は誰も、その半分の距離でも達成していなかった。どこで実行するのかもまだ思いついていなかったが、場所の選定のかたわら、体を鍛え続けた。

ニューヨークに住んでいるあいだ、オープン・ウォーター・スイミングのトレーニングはふだんこんなふうにしていた。週末にキャンディスとふたりでマンハッタンから適当な電車に乗って、クイーンズの適当な駅で降りる。例えば、ファー・ロッカウェイで電車を降り、ずうずうしくも海岸沿いの高級住宅の階段を上がってドアをノックする。「ダイアナ・ナイアドと申します。マンハッタン島を泳いで一周した者で、次の挑戦のトレーニング中なんです。こちらはハンドラーのキャンディス。ここからすぐ海にトレーニングに出られるよう、どうか週末のあいだおじゃまさせてくださらないでしょうか」。いつもどこかの親切な家族がドアを開けて、数日のトレーニングのあいだ泊まらせてくれた。のどかな時代だった。

本腰を据えて考え始めた。キャンディスとわたしは、アッパー・ウェスト・サイドのアパートメントの床《ゆか》に、世界じゅうの海図をためこんだ。そこに引っ越して一年間も段ボール箱に埋もれたまま暮らしてからようやく、キッチンの向こうにそれまでまったく気づかなかった別のトイレを発見して、大喜びする始末だった。まずは北極圏など、挑戦する見込みのない場所を除外していった。一〇〇マイルを二日以上かけてノンストップで泳ぐとなると、水温が高くなくてはいけない。赤道地帯を探し始めた。一〇〇マイルのコースの選択肢は、海ならほぼ無限だ。だが、当時のウルトラ・スイミングの規則では、スタートもフィニッシュも陸地であることが求められた。

今のように、コースに陸地がなくてもGPSによる精確な測定によって、スタートとフィニッシュの場所を緯度と経度で証明できる時代ではなかったのだ。とはいえ、わたしは今なお守旧派だ。はるかむかしのギリシャ人の時代から、岸を離れて別の岸へ上陸することこそが古式ゆかしい道のりなのだ。

まるできのうのことのように覚えている。海図を見渡していると、うわあ、あった。キューバ。胸が高鳴った。キューバ、子ども時代の神秘の国、世界の無数の人々を魅了する島。ハバナの旧市街の美しいコロニアル建築、ひとむかし前の色とりどりのアメリカ車、ブエナ・ビスタ・ソシアル・クラブの心を酔わせるリズム、高度な医療と教育、このちっぽけで貧しい国が輩出する世界チャンピオン級のアスリートたちに、わたしたちアメリカ人はずっと魅せられてきた。わたしの両親も、革命前にキューバを訪れて、数々の伝説を生んだホテル〈オテル・ナシオナル〉でサルサを踊ったことがある。JFKとジャッキー、シナトラとエヴァ・ガードナー、ヘミングウェイとスコッチで知られるホテルで。

そしてもちろん、わたしたちはピッグス湾事件とキューバ危機をくぐり抜けてきた。アメリカの通商禁止令は二〇年近くに及んでいた。アメリカの歴史教科書でのカストロの扱いは――政治腐敗が生んだ富裕と赤貧の二極分化を正すべく、馬でハバナに乗り込んだ――英雄でもあったし、ソ連と結託してアメリカの安全を脅かす、危険な共産主義者でもあった。

外国からの壮大な旅の末に故国の岸に上陸することをはじめとして、さまざまな理由から、キューバ～フロリダ横断に本気で執着するようになった。この一〇〇マイルは、自然がスイマーに与える試練の多さと併せて、個人的に意義を感じる試みだった。成功すれば人の持久力の新たな基準が設けられるだろうし、数々の歴史に彩られた地域でもある。わたしのなかで、この横断計画が芽吹こうとしていた。わたしは奮い立った。一九七八年の夏に決行しよう。

8 初めての挑戦

キューバ~フロリダ横断までのマラソン・スイミングはどれも、人生のなかでも特異な体験だった。とにかくきついスポーツだ。マンハッタン島一周、カタリナ海峡横断、英仏海峡横断をやってのけるスイマーを、わたしは誰であれ尊敬する。だが、一九七七年にキューバ~フロリダ横断の下調べを始めてすぐに、それまでとはまったく異質な頂《いただき》だと悟った。わざわざアルパイン・クライミングに例えるのは、大掛かりなほんものの遠征になりそうだったからだ。これはオーシャン・スイミングのエベレストなのだ。

歴史をさかのぼれば、一九五〇年に試みた人たちがいるようだ。そこから今に至るまで、さらに数人が挑んでいる。人をとりこにする冒険だ。ある国から別の国へ、友好と仲たがいの特殊な関係を続けてきた二カ国のあいだを渡るとなれば、なおさら魅せられる。だが、世界の外洋に挑むスイマーが年を追うごとに激増しているのに、大胆にもこのコースに挑む者はほんのひとにぎりだ。人類が渡り切れるとは思えない、桁外れの距離というだけではない。似たような距離の、ここより難度の高いコースを地球上で探そうとしても、まず見つからない。スイマーからすると、キューバ~フロリダは広大無辺の、危険な未開の海域、母なる自然の極致だ。わたしは六〇代にしてようやく、どれほどの規模の障害が待ち受けるのかを知った。一九七八年当時の二八歳のわたしには、ひたすら長い道のりにしか見えていなかった。

所要時間は、計算上は五五~六〇時間。誰からも真っ先に聞かれることがある。いつ眠るんですか？　寝なきゃいけないでしょう？　違う。マラソン・スイミングの規則では、前進しているときであろうと浮いているだけのときであろうと、援助は一切受けられない。好きなときに止まることはできる。ハンドラーから栄養物をもらったり、ストロークで絶えず同じ動きを続けて凝った背中を伸ばしたり、ゴーグルを替えたり、海水の飲みすぎで吐いたり、大小便をしたり、さらには仰向けに浮かんで、まばゆい宇宙が膨張していくという、疲労による幻覚にひたったりしてもいい。だが、やるべきことからは逃げられない。その場にとどまっていても、休んで体力を回復させていることにはならない。だいじなカロリーや貴重な時間を費やしているだけだ。あとで絶望的な状況で必要になっても、失ったカロリーや時間は取り戻せない。いやでも突き進むしかないのだ。

最初の挑戦のころ、ニュージャージー州の睡眠の研究機関から実験への協力を求められた。意志の力で起きたまま過酷な運動を続けているときの、脳の機能レベルを調べるためだった。そこでまず学んだのは、睡眠は貯められないという事実。わたしはキューバ～フロリダ横断の前に、長時間の睡眠をとろうかと考えていた。たとえば一日一二時間の睡眠を一週間続けて、本番で五五～六〇時間ぶっとおしで泳げるように睡眠の貯金をしておく。だが、睡眠の貯金などできはしない。実験では、わたしを感覚遮断タンクで二四時間浮かばせて、それほど長く起きていると脳がどんな反応を見せるのかを調べた。だが、たとえ二四時間起きていても、タンクに浮いているだけでは、外洋で休まず泳ぎ続けるときの脳の疲れを再現するのは無理だとわかった。さらに、脳の疲れを上回る要因が、感覚が遮断されることによる極限状態だ。これはスイマーが外海でまる二日以上懸命に泳ぐうちに経験するもので、ほかのスポーツにはない。タンクに二四時間浮かぶ行為を快適な時間の過ごしかたと感じる人間がいることを知って、研究機関の人たちは驚愕していた。

実験から、わたしが海で長時間過ごすあいだ、じつは左脳と右脳が協力しながら完全に機能しているることがはっきりした。わたしは眠って夢を見ると同時に、起きてその夢を観察しているような感じがすると報告した。その状態が科学的に立証されたわけだ。

耳は――頭部をできるだけ温かく保つために、スイムキャップでぴったり覆った耳は――何も聞こえないも同然になる。目も――ゴーグルは曇り、一分間に六〇回ほどの頻度で頭を動かすとあっては、伴走船の一瞬の映像のほかには何も見えないので――スタートから半日も経てばあまり機能しなくなる。

海で集中し続け、現実とのつながりをわずかでも保つために、一九七〇年代にプレイリストを作ったが、その曲目は六〇代になってもあまり変わっていない。ヒッピー世代のすばらしい曲ばかりだ。ボブ・ディラン、ジャニス・ジョプリン、ニール・ヤング、ビートルズ。『涙の乗車券』を前奏から後奏まで二一〇回歌うという単調さ、孤立感に耐えるには、一定の心のありかたが求められる。外界の何も聞こえず、何も見えない状態での二一〇回。『涙の乗車券』を頭のなかで歌う。二一〇回めの最後まで歌いきると、きっかり七時間経っているはずだ。何回めかわからなくなったりはしない。心を一定の状態に保って。

横断のあいだずっと高体温と低体温が問題になりそうだという話をすれば、この計画の過激さがすぐに理解されるだろう。キューバとフロリダのあいだのフロリダ海峡は熱帯の海域とされていて、夏期の水温は両国の海岸線付近で約二九度、メキシコ湾流のまんなかではもう少し高くて約二九・五度から三一度。メキシコ湾流は、海峡の北寄りの広い海域を東へ向かう激しい流れだが、キューバのハバナからアメリカ本土で最も近いフロリダ州キー・ウェストへ泳ぐには、避けては通れない。

スタート時のアドレナリン全開で元気いっぱいの状態なら、二九度は温かく思えるだろう。ハンドラーは最初の六〜八時間はせっせと働いて、わたしに適度な給水を続け、高体温症を避けなくてはならない。なぜ水温が最も高い夏を選ぶかというと、これほどの長距離を長時間かけて泳ぐには、体重が減り始め、電解質その他のとても重要な基本物質の減少が重大なレベルに達した際に、生存が可能なほど水温が高くなくてはいけないからだ。そういうときに低体温症の危険が生じる。

では、いったいどうして二九度という風呂の湯並みに温かい水で寒さを感じるのか？　厳密には風呂の湯ほど温かくないからだ。想像してみよう。浴槽に湯をためる。疲れ切ってはいない。体を酷使しておらず、重圧にさらされてもいない。クロスワードパズルでもしながら、温かな心地よい風呂にゆったりつかりたいだけだ。おそらく湯の温度を、通常のジェットバスの温度の三九度くらいに設定する。のんびりとバスソルト入りの湯を楽しみながらパズルに取り組み、一〇分ほど経って、湯の温度が体温の三七度を下回ると不快になってくる。軽く寒けがする。伸びあがって熱い湯を足す気になれず、湯温が三二度くらいよりも下がると、もはや温かく感じない。そこで手を伸ばして湯の蛇口をひねって、体温の三七度を超える湯温にする。

今度はまる二日以上、ぶっ続けで泳ぐと想像してみよう。スタートから三〇時間ほど経つと、脳がうまく働かなくなる。体も補給が追いつかないほどエネルギーを消費している。そうなると、信じられないだろうが水温が二九度でも寒けがするのだ。しかし、わたしの場合は肉体をトレーニングで最高のレベルにもっていき、脂肪をつけて体重をふだんよりも増やしておけば、ストロークを続けるあいだは低体温症を防げるほどの代謝率を保てることがわかっている。寒けを覚えるのは、補給のための停止や緊急事態での停止のときだ。そういうわけで、わたしのチームはやむをえない停止をできるだけ短くするよう心がける。

運動の継続で体温を保ち、停止時間を最短に抑える。それが一九七八年の準備期間にまず学んだことだった。夜間に備えて、電解質入りのホットチョコレートを用意した。そうやって体の内側から温めることで、一時的にでも寒さをやわらげられるものの、低体温症を避けるには体を動かし続けるしかない。

はだか同然で、体温より温度の低い液体につかっていると考えよう。マラソン・スイミングの規則では、ネオプレンのような保温効果のある素材はスイマーに浮力を与えるので、着用が禁じられている。うつ伏せで体を動かしているので、通常の直立状態よりも消化機能が落ちて、体が切望する栄養を残らず血流によって筋肉に送り届けて、収縮に役立てるということができなくなる。摂取した食べものは、消化吸収システムとはまったく関わりを持たず、使われないままだ。わたしが一時間に七〇〇カロリーの補給の準備をするようになったのは、その半分くらいしか役立てられないとわかったからだ。NASAの栄養学者に相談して、高カロリーの固形食を少し分けてもらった。しかし、これは現在のスポーツ栄養学の知識が得られるまで、まだ数十年もある時代の話だ。わたしたちは当時の常識にのっとって、ピーナッツバター、ヨーグルト、バナナ、はちみつなどに頼った。そして、大量の飲みものだ。フルーツ飲料には気持ちが悪くなったが、栄養を強化したチョコレートミルクなら胃のむかつきがおさまるようだった。そして水。水。水。塩水をある程度飲まざるをえないのも、厄介な問題だ。波しだいでは、さらなる塩水が体内に入っていく。加えて潮の満ち引き、波の上下動やうねりで気分が悪くなる。

キューバ〜フロリダ横断の実行までにいちばん長く泳いだのは、一九七四年のオンタリオ湖横断だった。一八時間二〇分。あれは大したことはなかったが、今回はどうだろうか？　あのときの三倍以上の時間がかかるだろうし、命を脅かす生物のいない淡水の湖ではない。大きな湖でも荒波や三角波が起きることもあるが、外洋の強大な波や激しい潮の流れにくらべれば、水面の動きは穏やかだ。

計画の一年前の一九七七年に準備に取りかかって、ニューヨーク州のプールや海で一日八時間の練習に入った。そのあと数カ月間、南カリフォルニアで一流の水泳選手のグループに混じって、死にもの狂いで練習についていった。一九七七年の冬には本番と同じ海でのトレーニングのためにマイアミに移り、何時間も泳ぎに没頭して体力を磨く訓練を始めた。マイアミ・ビーチのホテルが、わたしとハンドラーのマージー・キャロルの合宿用に、気前よく最上階の部屋を二室貸してくれた。このころにはわたしとキャンディスはカップルではなくなっていたが、親密な関係は変わらなかった。キャンディスは時間ができるとニューヨークからマイアミに駆けつけたが、基本的にはマージーとわたしのふたりで過ごした。水泳の短距離選手としての八年間、そのあと過酷なマラソン・スイミングの八年間を過ごしていたので、自分の体調には自信を持っていた。だが、もっと深くのめり込まないとキューバ〜フロリダ横断などできないことは、どう考えても明らかだった。

マージーは、わたしが一度だけコーチを務めた期間の教え子だった。マンハッタン島一周前の春、コロンビア大学のプールで軽く練習をしていると、大学の男子チームのコーチに呼び止められた。「おいナイアド、一〇〇〇ドル稼ぎたくないか?」。稼ぎたいにきまってる。だが、翌年度にバーナードカレッジの女子水泳チームのコーチを務めるという話だと知って、ためらった。一年のうちにどれほどの時間を練習や大会に費やすものか知っていたからだ。だが、そのコーチが言った。「いや、バーナードじゃそんなことはない。すごくゆるくて、アスリート集団じゃないんだ。週に二回も練習すればご満足。たったそれだけ。簡単だろ」

そうこうするうちに、わたしがマンハッタン一周をなし遂げると、バーナードカレッジの水泳チームに学生が殺到した。観覧席は人でごったがえし、プールサイドは女子大生でいっぱいだった。以前は水泳チームに入る気など毛頭なかったのに、今や少々名の通った人物をコーチに迎えて大興奮だ。ひとり目立つ学生がいた。あごの下でストラップを留める、むかしふうの水泳帽をかぶっていた。そして煙草を吸っている! プールサイドで喫煙とは! 「こら、何やってんの! プールサイドは喫煙禁止。今すぐやめて! みんなプールに入って、コースを二〇分間往復して。みんなの泳力を見たいから」

煙草を吸っていた、例のブロンクス出身の手ごわい学生が大声をあげた。「二〇分ぽっち! ここって女子高かなんかだっけ?」。『ウエスト・サイド物語』から抜け出してきたような子だった。それがマージー・キャロル。そう、手ごわい相手だったが、とても優秀な学生で、チーム一やる気のあるスイマーでもあった。バーナードカレッジで二年間コーチを務めるあいだに(チームは一日二回の練習やフロリダでの春合宿をこなすほどの意欲を見せたので、二〇〇〇ドルを稼ぐのにあれほど労働力を投じたことは、あとにも先にもなかった)、マージーはいちばんの進歩を見せ、チームリーダーになり、わたしの忠実な友になった。キューバ～フロリダ横断計画が具体化すると、わたしはマージーに、キャンディスと一緒にハンドラー・チームを率いてほしいと頼み、計画の実現を目指してマイアミで合宿を行った。

アスリートとしての自分のトレーニングと、横断全体の企画に要する期間を計算し、七月上旬までに準備を終えようと急いでいた。キューバ～フロリダ横断に挑む数少ない者たちが、わざわざハリケーンの季節の夏を選ぶのは、一般の人にとっては奇妙に思える。嵐の予測などほぼ不可能、海が穏やかな日はごくまれな季節だからだ。しかし、七月四日ごろにならないと最高の水温に達しないし、九月の終わりには水温が落ち始める。エベレストに登れる時期が限られているように——通常は五月、氷河や峡谷に季節風が吹く前——キューバからフロリダの長旅を耐え抜くのに絶好の季節は、真夏なのだ。

トレーニングについてのわたしの見かたは、近年変わってきている。あの当時は、めったにまる一日の休みはとらなかった。マージーがゴムボートとモーター、補給品を海辺まで運んでいき、毎日ふたりで八時間、九時間、一〇時間と海に出た。そして、たいがい週に一度はマイアミからはるばるフォート・ローダーデールまで泳いだ。潮汐や潮流によるが、約五〇キロメートルに平均一一時間かかった(ちなみに英仏海峡は、水温は低いが距離は約三四キロメートルだ)。フォート・ローダーデールで母と待ち合わせ、ゴムボートの空気を抜いて母の車のトランクに放り込み、マイアミまで送ってもらった。

そうしてマージーとの練習時間は、月を追うごとに増えていった。アスリートの体つきから、その人がどんな練習をどれくらいしてきたのかがわかる。スポーツのそんなところが、わたしは大好きだ。五月になるまでにわたしの肩、背中、上腕二頭筋と三頭筋は鍛え上げられ、海での猛練習にかなりの時間を費やしたことをくっきりと示していた。

冬と春のトレーニングが順調に進んだので、計画のほかの部分をまとめ始めた。最初の案件は、有能でやる気のあるナビゲーターを見つけることだった。

航法上の問題の複雑さたるや、どれだけ強調しても足りない。強大なメキシコ湾流は、メキシコとキューバの西端に挟まれた狭いユカタン海峡を通って、激しい勢いで東へ曲線を描きながらメキシコ湾に入る。地球上で最大級の海流であるメキシコ湾流は、アメリカの大西洋岸沿いに北東へ進み、北大西洋を東へ向かってから複数の海流に分かれる。一部は北方の大ブリテン島に至り、別の海流はヨーロッパの西側からポルトガルへ南下したのち、西へぐるりと回ってフロリダへ戻っていく。船舶はメキシコ湾流を利用して速度を上げ、燃料を節約する。野生生物が海流の端に群れ集う。この海流は地球の壮大な美のひとつだが、その流れを渡ろうとするスイマーにとっては脅威であり、障壁であることは否めない。

地図か地球儀を見てみよう。ハバナからは、目的地のフロリダのキー・ウェストがほぼ真北にあることがわかる。ではそのコースを横切る、幅広のいわば〝川〟を想像してほしい。日によっては川の範囲があまりにも広く、一三〇キロメートルほどにも及ぶので、キューバとアメリカのあいだの海のほとんどを占める。この川はハバナとキー・ウェストのあいだでは、一時間に約六キロメートルから九キロメートルの速さで、ほぼ真東に流れている。わたしはこの計画のような途方もない距離の場合、平均して時速約二・七キロメートルで泳ぐ。まる二日以上の長いあいだぶっ続けで泳ぐときの速度は、実際には時速三キロメートルを超えるが、補給のための短時間の停止や、何回かの想定内の危機を考慮すると、平均時速を約二・七キロメートルと考えたほうがいい。確かにもっと速いスイマーもいるが、たとえ短時間であろうとメキシコ湾流に逆らって前進できる者はいない。海流の流軸《りゅうじく》〔訳注：海流内で最も流れが速い部分〕が、北へ向かうスイマーの速度よりも速く東に流れるので、ナビゲーターに航路の計算をゆだねることになる。また、メキシコ湾流は渦や反流で変化するので、スイマーをどうにか〝北進〟させるためには、ナビゲーターに一五分おきくらいに航路計算を修正してもらわなくてはならない。

　メキシコ湾流に北への流れが生じて、スイマーにつけ入るすきを与える日もある。東へ流れるのは変わらないが、もっと北東寄りになり、そこにわずかな勝ち目が生まれるのだ。ごくまれな、予測不能の好機に、ほぼ真北に引っぱってくれる流軸を見つけることで運を引き寄せて、前例を覆せるかもしれない。だが、それは異常な自然現象にすぎない。メキシコ湾流は、スイマーが北へ行きたいと思っていても、ほとんどの場合東へ、スイマーよりも速く流れている。

　さらなる悩みの種が、キーズ諸島の地勢だ。この島々はキー・ウェストから東へ連なっているが、島の位置が北寄りにもなっていき、東へ行くほどだんだんフロリダの本土に近くなる。だから、もしキー・ウェストにたどり着けないと――メキシコ湾流の影響で東寄りに進まざるをえないので、その確率は非常に高い――キーズ諸島のほかの島を目指すことになる。ハバナから最短距離のキー・ウェストでも、約一六六キロメートルもあるのに。

　メキシコ湾流によって東へ流されるほど、上陸地点がもっと北のビッグ・パイン・キーやマラソン・キーやキー・ラーゴになる可能性があり、そうなると泳ぐ距離がどんどん長くなっていく。

そして途中であまりにも東に流されると、本土のフロリダの海岸線は曲線を描きながら北へのびているので、上陸までの海上の直線距離を主張できなくなる。そのときの現実的な上陸地点は、バハマ諸島しかない。

巨大なメキシコ湾流という難題はさておくとしても、厄介な反流や反時計回りの渦を渡るのは、一九七八年当時のわたしの認識よりも、スイマーにとってははるかに特殊な状況だ。世界の海をめぐってアメリカズ・カップにも出場した、熟練のナビゲーターをチームに迎えたが、この人物には基本的な部分がふたつ欠けていた。ひとつは、海での経験は豊かだったものの、肝心のフロリダ海峡での経験は皆無で、複雑な海流になじみがなかったことだ。海図も宇宙遠隔測定によるデータも、メキシコ湾流の外縁の反流を教えてくれないし、巻き込まれたスイマーにとっては予測不能な災厄の、あちこちの強力な渦流にしてもそうだ。さらに、そのナビゲーターは海での数々のトレーニングに一度も同行したことがなかった。どちらもわたしが判断を誤った点だ。キューバでもキーズ諸島でも、この海域を知り尽くしている船乗りや漁師ならいくらでも見つかる。しかし、スイマー本人の練習に相当な時間をかけて同行した経験から、スイマーの速度、全方向からの風や波に対処する能力、当人に生じがちな、危機管理のための停滞が求められそうな問題を考慮しないと、進路を見失ってしまう。

だが、どれもあとになって考えたことだ。当時のわたしは、アメリカズ・カップのナビゲーターという血統書付きの人物がいちばんだと思っていたので、その人を選んだ。

ニューヨークのスカッシュ仲間三人を得て、ハンドラー・チームができた。ジョン・ヘネシー、ウェンディ・ローレンス、スティーヴ・ジャーマンスキー。みんないい友人で、冒険への意気込みがあった。

ハンドラーはスイマーの命綱であり、スイマーの体調や精神状態を保つために行動する。ボクシングの試合でのセコンドと考えればいい。試合前、セコンドはボクサーを送り出す準備をする。試合中はボクサーの腹やあごへのパンチのひとつひとつに目を凝らす。どの時点でボクサーが消耗しきって、そのまま続けると将来の健康に深刻な被害をもたらすかを、本人よりも知っている。だからこそ、試合の放棄の意志を示すのはたいがいボクサーではなく、リングに白いタオルを投げ入れるセコンドなのだ。逆に、ボクサーがどんな単純なひとことによって、わずかに残った勇気を振り絞り、次のラウンドに向かうかも知っている。

ハンドラーには、わたしの安全、快適さ、栄養、泳ぎ続ける身体能力、精神の明晰さを保つ責任があった。わたしをよく知っていて、マイアミ合宿でいちばん長く一緒に練習したのは、おもにキャンディスとマージーだった。ほかのハンドラーもスイマーのペースや要求に慣れるために、春のあいだときどき合宿地にやってきたが、おもな目的は長時間の本番に備えることにあった。本番では、交替でわたしの横の持ち場についているときにはかならず、視覚と聴覚を働かせてきびきびと動かなくてはならない。

この海は正真正銘の、サメの遊び場だ。ときどきホホジロザメまでやってくる。敏捷で怖いもの知らずのヨゴレザメから、獰猛《どうもう》なオオメジロザメ、レモンザメやイタチザメまで、数多のサメが人間に畏《おそ》れをいだかせる。フロリダとバハマでサメの専門家を七人探し出し、全員にサメの習性について話を聞いて、効果的な対応策を練るうえでの協力を求めた。チームの第一の鉄則：横断中に生きものを殺さない。わたしたちは通りすがりの者、生きものたちの世界を何ごともなく短時間で通過したいだけだ。横断で生きものが死ぬようなことがあってはならない。あらゆる種類のサメと何百時間も接した経験のあるダイバー・チームが、船上の水中音波探知機を使って、わたしの周辺にひそむ黒い影を見つけ出す。サメの鼻づらを突くための棒を携えたダイバーが、わたしを包囲するように潜るというやりかたは、昼間なら納得のいくものだった。だが、わたしは夜間が不安でならなかった。

サメの鼻づらを叩くことで攻撃を抑止できるかについて、あるいはサメは人間が通常の餌ではないと知っているので攻撃しないという喜ばしい統計値について、七人の専門家の意見はさまざまだったものの、別れ際には誰もがこう言った。「ですが、サメが非常に予測のつかない生物だということは忘れないでください。実際のところ、岸から八〇キロメートルも沖でばちゃばちゃ泳いでいる人間にサメが何をするのか、われわれにはほとんどわからないんです。あなたはサメのなわばりにいるんですから、相手の居場所がまったくわからなくても、向こうにはあなたの居場所が正確にわかるんです」

ばちゃばちゃ泳ぐスイマーは、相手の気をそそる低周波の音を海面に発生させることで、三キロメートル以上も先のサメに居場所を知らせてしまう。岩礁がなく餌のあまりいない外洋で、ヨゴレザメがもう二週間も何も食べていないとしたら？　海面のスイマーの振動音は、怪我をした魚がいる合図になる。言い換えれば、あるサメの専門家が説明したように「あなたはゆっくり移動中の、とてもおいしそうなディナーを知らせるベルなのです」。わたしたちは最低でもまる二晩は海で過ごさなくてはならないので、特に漆黒の闇のなかでは危険性が高まると心配だった。そこで、夜間には明かりを一切使わないことにした。明かりはサメの餌のマグロやサバをおびき寄せ、そのあとからサメが忍び寄ってくるからだ。

サメが映画のようには行動しないことを学んだ（ちょうどその年に『ジョーズ2』が公開された）。背びれを丸見えにしたまま、ご丁寧にも8の字に泳いで警告したりはしない。深みから海面へ攻撃を仕掛ける。サメの口は下あごからしか開閉できず、上あごを持ち上げられないので、餌の下から襲わなくてはならないのだ。わたしたちは専門家の話をさほど聞くまでもなく、サメ除けのケージの製作を始めた。

ケージを使えば、今回の計画が別種のものになってしまうことは承知していた。ケージによってスイマーの前進する速度が上がるからだ。一九七八年の横断にはケージを使ったという但し書きがつくことになるが、それはしかたがない。

大きな船体ふたつを六メートルほど離して平行に固定して、双胴船にする。あいだの空間に、細い金網でふたのない四角いケージを設けて、わたしがそのなかで泳げば襲われる心配はない。金網の目をすり抜けるクラゲは別だが、サメからは守られる。面倒な仕掛けだが、サメ対策にはスチール製のケージがいちばんなのだ。

世間の人たちは、なぜ〝サメ除けのケージなし〟の記録に意味があるのかを誤解している。ケージなしで泳いだスイマーは、勇敢さと無鉄砲さと愚かさを兼ね備えた人物と解釈されているようだ。だが長距離泳の世界でケージなしの記録というと、スイマーがケージから前進する力を得ていないことを意味する。大きな構造物が前進すると、時速約三・二キロメートルを下回るゆっくりした速度でも、ケージを支える船体の内側に小さな渦が生じる。その小さな渦が船とケージの後ろへ達すると、前に押す力が生じ、ケージに推進力を与える。ケージ内のスイマーは通常の

やりかたに思えた。

自分でもケージ付きの挑戦を選んだ。あのときは、ケージなしで泳ぐなどとんでもなく無分別な

ニーの記録をけなすつもりは毛頭ない。ケージの防御力をじかに知っているし、一九七八年には

ー・マロニーというすばらしいスイマーが、ケージ付きでキューバからフロリダへ渡った。マロ

二倍、ある時点では三倍もの速さで泳ぐことになるのだ。一九九七年にオーストラリアのスージ

この海域に山ほどいる強力な毒クラゲ、カツオノエボシの危険性も意識していた。じつはカツオノエボシには、ふたつのまったく異なる特徴がある。海面に出ているのは気体の詰まった青紫色の浮き袋で、毒はない。浜辺に打ち上げられた浮き袋を見た人もいるかもしれない。しかし、海面の下では、多数の巧緻な触手がリズミカルに弛緩と収縮をくり返し、ときには三〇メートルも下まで〝釣り〟をしにいく。その美しさとは裏腹に、カリブ海や大西洋のカツオノエボシは巨大に成長し、子どもが刺されると死んでしまう。

このクラゲにひどく刺されると、触手に巻きつかれた部分の皮膚に鋭い痛みが生じるだけでなく、たいがい吐き気と呼吸不全も起こす。シャーク・ダイバーやハンドラーやドライバーが注意ぶかく海面のカツオノエボシを見つけ出し、わたしを大きく迂回させるコースをとってくれるだろうが、真夜中はどうすればいいのだろう？　それにカツオノエボシでさらに厄介なのが、触手が切断されたあとも七二時間くらいは毒性を保つことだ。ゼラチン質のちぎれやすい触手が船のプロペラや大量の海藻によって切り離されると、触手の断片でも毒針の効力は三日間ももつ。そうなると、危険を前もって察知できる可能性はゼロに近くなる。

一九七〇年代以降、クラゲについての知識は急速に増えている。世界じゅうのビーチでは、ク

ラゲに刺された部分におしっこやアンモニアをかける方法がいまだにお約束ではあるが、そういう対策は海中では役に立たない。だが、一九七八年当時のわたしたちには、同じくらいしろうとくさい対応法しかなかった。ハンドラーが船から手を伸ばして、わたしの刺された部分に食肉用軟化剤を塗りつけて、皮膚から触手のたんぱく質を吸い出させる。同行する医師も、全身のアレルギー反応が始まったら気道を確保するために、アドレナリンの注射を用意していた。

一九七〇年代には、致死性の毒を持つハコクラゲには遭遇しなかった。だが、三〇数年後にハコクラゲに襲われた際に、このクラゲが一八〇〇年代のむかしからこの海域で目撃されていたことを知った。

危険な生きものから身を守る方法の開発に加えて、この計画をキューバに公的に認めてもらうための、長たらしく面倒な申請手続きもあった。高性能の電子機器を積んだ船団が――ハバナからすると、船団というより艦隊に見える一団が――入港するには、政府からの許可をいくつか取らなくてはならなかった。

アメリカはといえば、キューバとの通商禁止令が存続していたので、財務省のOFAC（外国資産管理室）の許可証に加えて、商務省からの許可証も必要だった。横断に最適な状態が続くのは――北方または真東からではない、風速約五m／s以下の風が三、四日連続するのは――夏のあいだのほんの数日しかない。そういう貴重な好天の数日を、政府からの許可証をじりじりしながら待つあいだに逃すような余裕はなかった。しかし、一月にすべての申請を終え、五月も半ばになってからも、わたしたちはまだやきもきしながら待っていた。

キューバの問題は申請ではなく、意志の疎通だった。受話器を取り上げ、スポーツ大臣に電話をするというわけにはいかなかった。政府関係者に連絡を取ろうとすると、ひと筋縄ではいかない迷宮に入り込んだ。漁師のつてを頼って文書を送った。ワシントンD.C.の友人に頼んで、キューバ利益代表部の代表者と面会した。代表部のキューバ人たちは、特に横断計画にマスコミが注目していたせいで、こちらがキューバ側に接触をはかって許可をもらおうとしていることをじゅうぶん承知していた。そして、自分たちのやりかたで、自分たちの好きなペースで返答するという姿勢を明らかにした。

キューバへの入国を許されるのかもわからないという重圧は、長時間のトレーニングよりもよほどつらかった。電話で頼み込んだり、仲介の労をとってもらうために誰かを丸め込んだりしないですむ日はほとんどなかった。五月後半になってようやく、キューバのスポーツ大臣がワシントンを通じて、申請が通ったことを知らせてきて、六月のはじめにはアメリカ政府からも、OFACと商務省の件を認めるという返事が来た。

計画の資金集めが一〇分間の面談で終わった話をしよう。わたしは以前、レストラン〈ベニハナ〉の最高経営責任者のロッキー青木氏についての、《ニューヨーク・タイムズ》紙の記事を読んで、青木氏が海の冒険全般の大ファンであることを知っていた。電話をしてみると、すぐに面談の約束が取れた。青木氏はおじぎをたくさん交わしてから、通訳を通してわたしの前口上を聞いた。「ミスタ・アオキ、このキューバ～フロリダ横断は人類史に残る壮大な海の冒険として、何百万人もの人々から注目を集めるでしょう」。青木氏はそこでわたしを制し、いくらかかるのかと尋ねた。三〇万ドル。青木氏がインターフォンのボタンを押すと、ほどなく経理担当者が小切手帳を手に現れた。ふたりの日本語での短いやりとりののち、オフィスをあとにしたわたしの手には満額の小切手があった。マージーとわたしは、マイアミでのディナーはかならず〈ベニハナ〉でとるようになった。

六月のはじめまでにチームが結成され、天候待ちに入った。わたしも最高の状態に仕上がっていた。あとは実行あるのみ。

9　ハバナ

わたしはハバナ旧市街の有名なマレコン通りから数キロメートル西の、オルテゴサ・ビーチに立っている。一九七八年八月一三日、ハンドラー六人とともに、白波の立つ荒海を信じられない思いで見渡す。沖の船団のクルーたちが、わたしがサメ除けのケージまで泳いでくるのを待っている。

わたしたちはキューバで四日間、ナビゲーターが風を読んでスタートの指示を出すのを待った。クルーは観光を楽しんだ。わたしはホテルの部屋に閉じこもって、トレーニング期間が終わったので、低体温症から身を守る脂肪をつけようと体重を数キロ増やした。心の準備も進め、あらゆる危機を思い描いて、最悪の事態にも耐えられるように心を鋼《はがね》にした。海での昼と夜、そして二度めの昼と夜を経て、あのフロリダの椰子の木が見えてくるまでを思い描きながら。カストロ議長が、幸運を祈る私信を寄せてくれた。

ナビゲーターはメキシコ湾流の研究を終えて、風と天候だけを考える。一時的なスコールを除き、風速が約五m／s以下の日が最低でも三日間は続くという予報を待つという方針で、意見が一致していた。理想は南または南西からの風。南東からでも、五m／s以下なら許容できる。北からの風は歓迎できない。西からもまずい。東からの風は論外だ。東から西への風は、東へ流れるメキシコ湾流とぶつかって、たちの悪い波を生じさせる。フロリダ海峡ではおもに東からの貿易風が吹いているので、わたしたちは状況が変化するのをフロリダで辛抱強く待った。そして南南東からの弱い風が吹くという、好天期の予報が出された。それを頼りにハバナに移動して、予報が現実になることを信じる。

わたしが部屋にこもって、海での極端な消費カロリーを上回る脂肪をたくわえにかかり、チームがハバナを探検するあいだ、ナビゲーターはマイアミの国立ハリケーン・センターと絶えず連絡をとり、キューバ人から予報データを手当たりしだいにかき集め、一日に何度か海に出て、風の動きをみずから観察した。ただし、ハバナから約二〇キロメートル沖の国際水域との境までしか行けなかった。わたしたちはその境界から外へ出ることはできず、いったん出てしまうと、ふたたびキューバの領海に入るには改めてOFACと商務省の許可が必要になる。

拷問のような長時間のトレーニングを拷問のように長期間続けた末に、下調べとチーム編成と政府への申請を猛烈な勢いで進めた末に、きわめてまれな理想の天候をぴりぴりしながら待った末に、いよいよ実現のときが来た。そうして今、わたしとハンドラー六人が浜辺に立っている。だが士気は上がらず、不安に陥っている。わたしは無線でナビゲーターの船に連絡をとる。「ちょっと、いったいどういうこと⁉ こんな荒れた海でスタートなんてできない！ やってもむだ。途中で予想外の風が吹くっていうんなら別だけど、白波が立ってるなかでスタートなんてしない！ いいかげんにして！」

トランシーバーにきしんだ声で応答がある。これは夏期に特有の東からの海岸風で、五〜七キロメートルほど沖まで吹いている。岸からそれくらい離れれば、東から南東、もしくは南南東へのかなり穏やかな風に変わる。そういうパターンであることを毎日確認してきたと、ナビゲーターがわたしに言い聞かせ、準備をして心配しないようにとみんなに言う。気合いを入れて最初の数キロメートルの激しい風に耐えればすむ、と。口論とも言えるような一連のやりとりが始まる。わたしはマイアミからの最終的な予報を求め、ナビゲーターは自分の見解が早朝の予報どおりだと主張して、数時間にわたり立往生する。早朝から朝へと時間が過ぎる。議論は堂々めぐり。

結局、海に向かって横一列に並んでいたハンドラーとわたしの七人は、顔を見合わせる。肩を落とし、眉を曇らせて、疑念にさいなまれているのは明らかだ。

フィデル・カストロの誕生日が近づいていて、祝賀行事が始まる前にキューバを出るよう圧力をかけられていることも、強行の理由なのではないだろうか。政府関係者がひとり残らず行事にかかりきりになっているあいだ、船や精密機器を持つアメリカ人の一団が、キューバの港やビーチを勝手に歩き回ったり、政府の護衛船なしに出国したりするのは論外なのだ。わたしたちは出ていかなくてはならない。

キャンディスとマージーが、わたしのわきの下、首の後ろ、腕の内側に、擦れ止めのラノリンを塗る。擦過傷はあらゆるエンデュランス・スポーツ（持久系スポーツ）のアスリートにとって、悩みの種だ。ランナーもハイカーもクライマーも、足に合う靴下や靴やブーツを手に入れるのに苦労する。内ももの上部は擦れやすく、特に発汗で塩分が加わると擦過傷がひどくなるので、潤滑剤を塗りつける。偉大なボクサーのフロイド・パターソンが、白のランニングシャツを深紅に染めてニューヨークシティ・マラソンのフィニッシュラインを越えるところを見た記憶がある。四二キロメートル余りのあいだ、汗にまみれた乳首がシャツの生地とこすれたせいで出血したのだ。

オーシャン・スイマーは、第三度のやけどに相当する擦過傷を負いかねない。以前、ひげをきれいに剃った状態でスタートした男性スイマーたちが、九時間の長距離泳を終えるころ、息継ぎ側の肩を切り傷で血まみれにしていたのを見たことがある。一日じゅう息継ぎの際にあごで肩をこすって、塩水でふやけた肌に伸びたひげが刺さったせいだった。わたしが一九七八年当時に使っていたラノリンは、ごく短時間でほぼ取れてしまうので、ハンドラーが伴走船からくり返し塗り直さなくてはならず、作業は容易ではなかった。濡れた肌にはラノリンがつきにくくなる。水上に両腕が出た状態でわきの下にラノリンを塗りつけられるように、ハンドラーがわたしの体を支えたり片腕を握ったりすることは許されない。ハンドラーがわたしの肌を拭いてラノリンを一気に塗るあいだ浮いていられるよう、懸命に脚を動かして立ち泳ぎをしなくてはならない。わたしとハンドラーは練習期間中、何時間もその動きに取り組んだ。当時のわたしの体には、肩やわきの下の水着と接する部分に沿って、絶えず生傷があった。

アスリートとしてのあのころのわたしは、無謀で生意気な態度をとりがちだったが、緊張しながら浅瀬に最初の数歩を刻んで、荒々しい三角波を見渡した瞬間に、威勢のよさなど吹っ飛んでしまった。ハンドラーたちに最後に投げた視線がすべてを物語る。ハンドラーたちのまなざしも、熱気や希望ではなく危惧の念に満ちている。わたしは岸からわずか数メートルで、すでに一メートル近くもの高波やうねりに巻き込まれようとしていた。

八時間後、わたしたちは三メートルに迫る高波の海にいる。波間の谷から波頭までの高さが三メートル、ということは波が来るごとに、一階建ての建物の屋根に急にのぼっては落ちているようなものだ。真東からの風が吹きすさぶ。まさにみじめな状況。いや、みじめどころではない。惨憺《さんたん》たるありさまだ。

サメ除けのケージに叩きつけられる。すでに激しい波酔いに苦しんでいて、スタートからずっと一時間に一度は吐いている。船上の多くの仲間も戻している。水をかくごとに毒づいていると、キャンディスとマージーがわたしを左舷の持ち場に呼んで、諄々《じゅんじゅん》と説く。これはみんなの横断計画。全員が今の状況にがまんがならず、全員が頭にきている。でも引き返して天候待ちをすることはできない。ただそれだけ。だから、この先もしじゅう文句を言ったり呪ったりし続けるのか、それともなんとかして前向きな姿勢になって、横断計画に全力を注ぐのか？　わたしはこの話し合い以降、最後までネガティブな言葉をひとことも口にしない。

スタートから一二時間でＮＢＣ放送の取材の船が沈み始め、乗っていた人や機材をすべてわたしたちの船に移さなくてはならなくなる。スタートから夜にかけて一行が激しい波にもまれるなか、わたしはあらゆる問題について知らされる。夕暮れどきに、何かに刺されている感覚が次々に襲う。ぴりっとくる不快な痛みを、一時間ほど全身に感じる。刺されると悪寒が走り、痛みを感じるたびに思わず悲鳴をあげるが、ストロークはやめない。日没後に風が弱まるのをみんな望むが、変わらず吹き続ける。全員にとってきびしい夜になる。わたしは明け方近くに、予報では天候がもっとましになりそうかと尋ねる。ナビゲーターの船からの伝言が返ってくる。風はその日ずっと勢いを増して真東から吹き続けるという。

二日めの午前の半ばごろ、首に触手が巻きつく。うわっ！　カツオノエボシ、間違いない。医師のブルース・ハンデルマンが即座にアドレナリン注射を施し、そのすばやい対応のおかげで、症状が最小限に抑えられる。患部の痛みが数分ごとに一割は引いていき、二〇分かそこらで最悪の状態を脱する。軽い喘息のような症状と吐き気も起きるが、刺されてから半時間も経たないうちに、また波をぬってこつこつと泳ぎ始める。

キューバからどれくらい進んだのか、わたしにはまったくわからない。逆巻く波に翻弄されてほんの少ししか距離を稼いでいないなどとは、努めて考えまいとする。最初の八時間に冷静さを失って以降は、時間はかかってもたどり着くだろうという態度を貫いている。

二日めも苦しい戦いを続け、夕暮れどきにまたひとしきり何かに刺され、二日めの漆黒の闇のなか、体が震え始める。荒波でしょっちゅう戻して、予想よりもずっと体重が落ちてしまったうえに、あまりの気持ちの悪さに、出したぶんの飲み物や食物を補うことがほとんどできずにいる。ハンドラーが熱い飲み物を勧めるが、失った分を補給するどころではない。今夜は苦しんでいることがはた目にも明らかだ。夜明けを目指してがまんするが、絶体絶命の状態。

わたしやハンドラーの知らないうちに、ナビゲーターは手の打ちようがないほど進路をそれたことに気がつく。わたしたちは最初のストロークから北西へ、つまりメキシコ湾へ進んでいた。メキシコ湾流は東に激しく流れているので、こういう方角へ流されることはまずない。しかし、そのときのわたしたちは、キューバの海岸からそう遠くないところで反時計回りの巨大な渦に巻き込まれたことを知らなかった。その渦の上端にとらわれたまま、西へ何十キロメートルも押し流されていたのだ。ようやく渦から解放されるころには、じつはメキシコ湾流の北にいた。わたしが自力で北へ進みつつ、風によって西へと押されるうちに、ナビゲーターはハバナから約一二七キロメートルのところで、本土への上陸は不可能と判断した。じつは早くから予想外の進路を修正しようと躍起になっていたが、それを誰にも言っていなかった。しかも、ハバナの港から風の偵察になど一度も出ていなかったことも、あとになってわかった。

キューバの浜から一歩踏み出して以来ずっと、風が西へと激しく吹き続け、わたしは疲れ果てていた。両腕は海面を苦もなくかくどころか、二日間ぶっ続けで高波の妨害と戦っていた。ナビゲーターはほとんどのあいだ、海図をにらんだまま途方に暮れていた。風速や風向きがどうあれ、メキシコ湾流に東へ引きずられるはずのスイマーが逆方向へ押されることなどありえなかった。海流はつねに風をしのぐ。いったいどうして東へ進んでいないのか？　そう、わたしたちの誰もそういう渦について知らず、わたしたちの誰もスタートからだいぶ経ってからメキシコ湾流の北の、まだキューバに近いところで終わりを迎えようとは想像もしていなかった。当初は航行上のおもな不安要素だったメキシコ湾流の強い流れが、今回はまったく関わっていないとは、およそありえない展開だった。

スタートから四一時間四九分。マージーとキャンディスがわたしを呼び寄せる。いい知らせだ。キューバから約一二七キロメートルのところにいる。続いて悪い知らせ。メキシコ湾のまっただなかに入り込んでいて、到達可能な陸地はない。三人とも泣いている。わたしは必死にほかの選択肢を探る。夢はフロリダへの上陸だが、チーム全員が悪夢の二日間に果敢に立ち向かったのだから、ありとあらゆる上陸地点を考えてみるべきでは？　ドライ・トルトゥーガス諸島はどうだろう？　そこなら、陸地から陸地への史上最長の距離の水泳であることに変わりはない。過酷な現実を知らされる。テキサス州のブラウンズヴィルへ進んでいて、陸地まで一三〇〇キロメートル近くあると、マージーが告げる。おしまいだ。

船の甲板に引っぱり上げられる。体はぼろぼろ。キー・ウェストへの果てしない不快な旅を、あの無慈悲な荒波に絶え間なくもまれる船で、一八時間近く続ける。病院で点滴を受けながら、体重を測定される。二日間で一三キロ以上落ちていた。

気持ちも傷を負っている。過酷な体験だった。多くの人が多くのものを犠牲にした。一九七八年度版のキューバ〜フロリダ横断は消えた。それでも、キー・ウェストの病院で、半分くらいしか働かない頭で、一九七九年度版の横断計画が動き出す。最適な天候だったのに、横断をやってのける資質がわたしに欠けていたのだったら、また別の話だ。だが、計画の妨げになったのは天候と、航海についての科学的な知識が不じゅうぶんなことだった。

一九七九年がすぐにやってきて、冬期のトレーニングを進めていた。次のナビゲーターに選んだのは、ずっとフロリダ海峡に生きてきて、トレーニングに船で長時間付き添うことをいとわない人物だった。そして、わたしはトレーニング法を修正して、長距離泳を何度か加えた。

一九七九年にサメ除けのケージを使わないことにしたのは、記録に注釈がつくのはおもしろくないと感じるようになったからだ。そこで、ダイバー・チームが水中音波探知機を使って、わたしの周辺一五メートルほどの海中を探査する方法に立ち返った。黒い魚影が見つかると、すぐさまシャーク・ダイバーが水に入る。ほとんどの場合、大きなハタか何かの魚だった。もし一、二頭のサメだった場合は、ダイバーがわたしとサメのあいだに立ちはだかり、サメが背を曲げたり、歯をむき出したりして攻撃の体勢に入ったら、塩化ビニルパイプで急所の鼻づらを突けるよう構える。

横断計画がまとまりつつあった。前年から多くのことを学んだが、政府からの許可を待つ苛立たしさは変わらなかった。六月一日になってもまだ、両国からの許可が下りていなかった。これほど手間のかかる計画の準備を整えるだけでも厄介なのに、きっと実現するという一〇〇パーセントの確信がないと、たいへんさも倍増する。

七月が近づいて、最悪の知らせが入ってくる。キューバへの入国を拒否されたのだ。解決の手段はなく、ほかに申請の道もない。打撃はほんとうに大きい。この計画はわたしのなかで、エンデュランス・スポーツの記録づくりよりもはるかに高い地位を占めていた。わたしにとって複数の意味で、もはやスポーツの範疇ではなく、生きかたの追求だ。夢の価値に見合う犠牲をたっぷり払うつもりなら、魔法が起きる。そう信じる者にとっては、どんな人生を送りたいかの象徴なのだ。わたしは打ちのめされる。

それまでのトレーニングをむだにするわけにはいかず、緊急の代替案を徹底して論じ合った末に、バハマ諸島〜フロリダ横断に決める。距離はおよそ一〇〇マイル（約一六〇キロメートル）だが、困難さではキューバ〜フロリダの足もとにも及ばない。メキシコ湾流は、この海域では真北へ向かう。スイマーは西へ泳ぐのだが、海流を渡れるくらい力強く速く泳げる限り、どれほど北へ引きずられても深刻な問題にはならない。海流の向こうへ抜ければ、フロリダの広大な海岸が待っている。

八月二〇日に、横断してみせるという思いでビミニ島からスタートする。前人未到の旅ではあるけれど。

二日めの正午ごろ、補給中にマージーとちょっとしたけんかをする。数分後、マージーがわたしに指を立てるしぐさをするのを見て怒り狂う。なんなの？　こっちは一日じゅう、ひと晩じゅう泳ぎっぱなしなのに、無作法なふるまいひとつ許されないわけ？　しばらく右側で息継ぎをすることで、マージーに無視という報復をしようと決める。目の前にそびえ立つ取材用の大型ヨットの手すりから、おおぜいのカメラマンが身を乗り出している。向こうが高いところにいるので見間違えのはずと思いながらも、長めに息継ぎをして確かめる。見ず知らずのカメラマン全員が、わたしに指を突き立てている！　何も知らないくせに！　そっちがその気ならとかっとなって、あとで謝罪しなくてはならない言葉を吐く。

　すると、マージーのホイッスルが聞こえる。即座に動きを止めろという合図だ。サメかもしれないので、海面を叩くのをやめなくてはいけない。泳ぐのをやめて、あたりを見渡す。マージーがスイムキャップを上げるよう合図をする。耳のところでキャップをめくり、音が聞こえるようにする。伴走船や取材用のヨットの全員が、人差し指で前方を指しながら大声でくり返す。

「あと一キロ！　あと一キロ！」。脚を激しく蹴って伸びあがり、懸命に遠くを見る。海岸だ！　砂浜と椰子の木がたくさん。オアシスが待ち受ける。ハレルヤ！

　フロリダ州ジュピターの浜に上陸する。スタートから二七時間三八分、わたしの三〇回めの誕生日の前日。おおぜいの人たちが大歓声をあげ、世界じゅうのマスコミが横断の成功を報じ、わたしは心から誇らしく、しあわせを感じる。スタートからフィニッシュまでに泳いだ距離は一〇二・五マイル（一六五キロメートル）。ただし、ビミニ島からマイアミまでの直線距離は六〇マイル（九六・五六キロメートル）なので、割り引いて考えなくてはならない。この横断ではメキシコ湾流がわたしに味方し、泳いだ距離を増やしてくれた。

　わたしにとっての、チームにとっての快挙だ。世界最長記録。少なくとも世間やスポーツ界の人たちの見かたでは、わたしのスイマーとしてのキャリアは大団円を迎える。わたしにとっては、念願のキューバ～フロリダ横断ではないのだけれど。来年もキューバへの入国許可を得るのはむずかしいと告げられる。三〇歳前後といえば、世界レベルのアスリートのほとんどが引退後の生活に入る年齢だ。水泳に対して、今回は永遠の別れを告げるときだ。『ワイド・ワールド・オブ・スポーツ』から仕事の依頼が来ているのだから、現役の舞台を退いて放送の世界に入る潮時なのだ。

魅惑の美しさのある夢をあきらめるのは気が進まなかったが、キューバ～フロリダ横断はわたしが全精力を傾けて追いかける確固たる構想から、未完の課題のまぼろしへと姿を変え、そこから長いあいだわたしの脳裏の特別な一角に埋もれた。

その夢がまさか息を吹き返すことになろうとは、三〇歳のわたしにはまったく想像もつかなかった。

10　引退後

プロのアスリートの悲劇。若くして引退を余儀なくされ、おそらく二度と才能を存分に発揮することはなく、現役のときのような高レベルの成績を残したり、何かを夢中で追いかけたりすることはできない。三〇歳のわたしがそうだった。水泳という、規律と集中と称賛の世界から退いた。海での長い拷問のような、孤独の時間が恋しかったわけではない。恋しかったのはアスリートというアイデンティティ、心と体の共生だった。三〇歳になるまでのほぼ毎日が、激しいトレーニング、アスリートとしての高遠な夢を追うこと、どれだけ真剣にのめり込んだかによる自己評価から成っていた。スポーツを柱とする人生は、白黒のはっきりした日々という心地よさをもたらす。目標を設定して思い描ける。目標に向かっての綿密な行動計画を立てられる。成功の度合いを具体的に測れる。引退後のわたしは、ふつうの灰色の世界にどっぷり浸かって、スポーツから離れていた。そして、元気をなくしていた。友人の指摘では、わたしはスポーツそのものへの情熱ではなく、自分のなかの情熱を恋しがっているという。必要なのは、別のものに夢中になること。三〇代前半、『ワイド・ワールド・オブ・スポーツ』のリポーターとして、東京の世界卓球選手権からロンドンの世界水上スキー選手権、ウィスコンシン州へイワードのランバージャック世界選手権〔訳注：丸太を斧でカットするなど、木こりの仕事を模した複数の種目で競い合う大会〕に至るまで、取材で世界を駆けめぐってはいても、ふたたびアスリートになりたくてしかたがなかった。

新たにのめり込んだのは、以前少しだけかじったことのあるスカッシュだった。わたしはフォート・ローダーデールというテニスの盛んな地で暮らしていたころから、ラケット・スポーツ全般の大ファンだった。スカッシュが〝思慮深き者の競技〟と称されていた点も魅力だった。わたしは真夜中すぎに男性専用の会員制クラブに忍び込んで、三〜四時間かけてフォアハンドとバックハンドのストレートの練習をするようになった。それまでずっと脚を水中でぶらぶらさせてきたあとなので、とても俊足とは言えなかったが、ショットのセンスはけっこうあったので、イングランドでの世界選手権のアメリカ代表に選ばれたこともあった。

トレーニングの日々に戻れるのはうれしかったものの、出張に時間を取られ、さほどの才能もないとあって、スカッシュは水泳に代わる存在になりそうもなかった。けれど、人と交流するスポーツをするのは初めてだったので、肉体や精神のつらさが柱ではない競技で、おもしろいハプニングに対戦相手と一緒に笑えることが心から楽しかった。だが、コートにひとりでいるときは真剣そのもの、完璧なコーナーショットを一〇〇本連続で打てないと、不満のあまり汚い言葉を大声で口にした。九二本に達してからミスをすると、延々と自分を責め立てて、また一からやり直した。それから二〇年以上もあとに、五〇代も半ばを過ぎてからようやく自分を鞭打つのをやめた。罪をみずから背負って、自分を責めさいなむのは、性的虐待の被害者に共通の行動パターンだ。自己嫌悪というねじれた心理が虐待の連鎖を生む。虐待は被害者の内面の核に深くしみこみ、被害者は幼少期から虐待されて当然と考える。

どんな人でも心の痛みや艱難辛苦《かんなんしんく》を知っている。一度や二度はつらい思いをするのが、人間のありようだ。世界の人々の半分は、最低限の生活の必需品すら手に入らない。そのすさまじい苦しみたるや、信じがたいほどだ。もう半分のわたしたちには選択の余地があり、その余地は人によって異なる。けれど、つらい思いをせずにすむ人はいない。誰もが傷を負う。わたしはあり余るほどの特権と機会に恵まれた人生を送ってきたが、それでも父やコーチによる犯罪は、確かにわたしの内面にずっとうずき続ける傷を残した。人生の初期に心的外傷を負う立場になり、その傷が何十年ものあいだ自分の内なる子どもに深く残っていたことを認めるのは、意志が強いはずの人間としては耐えがたい。

今に至るまで、毎年の検診のために婦人科に行くのがとても怖い。待合室で過呼吸に陥って、検査のあいだずっと震えて涙を流す。けれど、これはまだ大した話ではない。

五〇代になるまでわたしの内面を形づくっていたのは、怒りと反発と、能力を証明したいという衝動だった。単純に解釈すれば、性的にもてあそばれた子どもが、自分は性的な対象を超えた存在なのにと、不敬なふるまいを嘆いているということになるのだろう。自分が性犯罪の女性被害者で終わらないことを実証するという断固たる怒りに、多くの時間を、あまりにも多くの時間を費やしたことを、二〇代、三〇代、四〇代をふり返る立場になってから悟った。一〇〇本連続のコーナーショットを自分に課したのも、怒りのせいだ。むかし、シャワーから熱い湯が出るのをぼんやり待つ時間がもったいないと、バスルームの物干し綱に単語カードをぶら下げたこともある。若いころは、自分の価値を他人にも自分にも証明しなくてはという切迫感に突き動かされていた。気がつくとバスのなかの他人に対して、自分がなんとりっぱな人物かをこまごまと説明していた。後年、突き進む勢いは衰えなかったものの、それは大胆な人生を歩む喜びに根差していた。苦労の末に手にした安心感のおかげで、わたしは自分が特別な存在だと他人に納得させたくてたまらない人間から、単に特別な人生を歩む人間に変わっていった。

一〇代ではずっとプールのなかで、二〇代ではずっと海中で怒りを感じていた。終始怒りを覚えていたわけではなかったけれど、よく憤怒に胸が張り裂けそうになった。ニューヨークの路上では突っ張っていた。横目でちらりと見られただけで、相手を歩道の端まで追いやりそうな勢いだった。かと思えば街角の屋台の人に、商工会議所の一員のように朗らかに愛想を振りまく日もあった。人は複雑な存在であり、人生のあらゆる面で異なる顔を持つ。おそらく当時を知る人の大半が——わたしをまるごと知っていたキャンディスを除いては——わたしにそんな暗黒の部分があることなど知るよしもなかった。

一九八〇年代に入ってラケットボールが全盛期を迎えて、国内のいたるところでプロのトーナメントが行われたので、友人の勧めで試合に出てみた。少なくともスカッシュにはある程度の才能があったかもしれないが、わたしの運動技能のどれひとつとして、ラケットボールのほんもののスピードと荒々しさには向いていなかった。初めてのプロの試合では、わたしも対戦相手も汗ひとつかかないうちに敗退した。みじめな戦いぶりだった。別の友人から、アイダホ州のある選手の試合を観るように言われていた。その人はコートでは凄腕、おまけにひどく魅力的な女性らしかった。自分の試合を終えてシャワーを浴び、トーナメント表を見ると、そのアイダホの選手が芝のメインコートにいることがわかった。観覧席に近づいていくと、観客が騒然として試合に夢中になっていた。アイダホの選手がせいいっぱい伸ばした体を床についた片手で支えながら、スリリングなダイビングショットを決めるところを見守った。選手は目に涙をためながら、審判に公正な判断をするよう訴えた。まさにカリスマ性のある女性だった。わたしは選手を指しながら、となりの男性に名前を尋ねた。男性は「アイダホじゃありませんよ。コネティカット州のボニー・ストール選手」と答えた。

この日、一九八〇年四月一日にわたしとボニーは親交を結んで、ふたりの友情は冒険に次ぐ冒険を経てふくらみ、人生のたくさんのできごとを越え、長い年月をかけて信頼を糧に育っていった。最初の短いあいだは恋愛関係にあったけれど、世界じゅうをともに跳ね回る二頭のゴールデン・レトリーバー犬のような仲よしでいるほうがうまくいくと、お互いにはっきりわかった。ボニーはわたしを自分のフィットネス・トレーナーとしてラケットボールのチームに迎え入れた。わたしはボニーを、世界ランキング五位の絶頂期にある優れたアスリートとして知ったが、互いとの出会いはわたしの現役引退のわずか数カ月あとだった。ボニーはラケットボールの大会で出会う一カ月くらい前に、トーク番組『ザ・トゥナイト・ショー』にジョニー・カーソンと出演しているわたしを見たことがあり、いい友達になれるんじゃないかと感じたそうだ。

わたし個人は、運命というものを信じていない。けれど、現状維持を脱して図太い行動に出れば、想像もしなかったような相手やできごとへ導かれると確信している。ラケットボールはわたしの人生航路では理にかなった道ではなかったが、少なくとも恐れずに恥をさらしてでも挑戦してみた。ゲーテのものと広く考えられている崇高な言葉。「自分にできること、あるいはできると夢見ていることがあれば、始めなさい。無鉄砲な行為には非凡な才と力と魔法が秘められている」

わたしはそれまでの環境を出て、自分の能力にあまりぴったりとは言えない舞台にいくつも立ってみた。バラエティ番組『サタデー・ナイト・ライブ』のオーディションを受けた。キャンディスと共同で、コメディドラマのパイロット版の脚本を二本書いた。ワシントンD.C.から政界の内情を報じる番組の司会を務めた。深夜の娯楽番組の司会も担当した。何度も失敗したり言いよどんだりしたが、今なんの悔いもなく当時をふり返れるのは、けっして恐怖と怠惰の沈滞状態に陥らなかったからだ。水泳からの引退後は、まごついていたかもしれないが、積極的な人生を歩むことにこだわっていた。わたしは無鉄砲だった。そして、無鉄砲な行動には魔法が秘められていた。

初めて本を書いたのも、マンハッタン島一周を経た三〇歳のときだった。三〇歳にして自叙伝をものするという自信過剰ぶりに、今は正直なところ身の縮む思いがする。だが、それも新たな冒険だった。ニューヨーク公共図書館のフレデリック・ルイス・アレン・メモリアル・ルーム〔訳注：出版社と契約のうえで執筆中の人が一定期間の使用を許可される部屋〕の、垂涎の的の個人用の机に申し込んで承認された。そこはマホガニーの机が一二台ある執筆専用の部屋で、各机にはペンや紙をしまっておける引き出しがあり、古風なバンカーズライトが備えてあった。このアスリートから〝別人〟への転身には夢中になった。名高い図書館の大理石の階段を毎日上がっていって、りっぱな革の椅子にそっと腰かけるのは、初めてのすばらしい体験だった。となりの机では、伝記作家のナンシー・ミルフォードが執筆中だった。毎日昼休みになると、ミルフォードを誘って広大な東洋の手織り絨毯《じゅうたん》の上で腹筋運動や腕立て伏せに励んだ。

そのころ、キャンディスとの共著で『ベーシック・トレーニング・フォー・ウィメン』という本も書いた。本ができて、出版社のオフィスの長い会議用テーブルを囲んでいたときのことだ。遠慮がちなノックの音がして、若い女性が会議のじゃまをしたことをばつが悪そうに詫びてから、ジェーン・フォンダが春に初のエクササイズ本を別の出版社から、わたしたちの本と同日に出すことがわかったと言った。わたしたちは一瞬考えてから、異口同音に言った。「ちょっと。いったい世間の誰がジェーン・フォンダのエクササイズ本なんかに期待するっていうの?」。そう、わたしたちはすぐに「世間の誰が」とかいう問題ではないと知った――世界じゅうが求めていたのだ。国内のサイン会で何度かジェーンと一緒になるはめに陥った。わたしにつつましやかに会いに来てくれたのは数人。ジェーンの行列はドアからはみ出して、通りの角の先まで続いていた。

そんな事態に追い打ちをかけるできごとがあった。一〇都市を駆け足で回る宣伝ツアーの開始前夜、マンハッタンの自宅で眠っていると電話が鳴り、受話器に手を伸ばした瞬間、首の筋を違えてしまった。それから二週間というもの、首で頭の重みを支えるのが精いっぱい。テレビ出演の際も、収録開始時間ぎりぎりまで頸椎カラーを着けていた。もちろん、番組ではエクササイズの実演を期待されていたのに。結局、頭を数センチも回せないまま、歯を食いしばりながらいろいろな司会者に「ええ、おっしゃるとおり。柔軟性がフィットネスの基本なんです」などと言うことになった。そのあいだ目の前で、番組のスタッフがジェーン・フォンダの実演の準備を進めていた。ジェーンはその場で、あの象徴的なレッグウォーマーを着けたゴージャスな脚を宙に突き上げ、ゴージャスな瞳でカメラにウインクをし、わたしも含めてほぼ世界じゅうがジェーンのアドバイスに従いたくてたまらなくなった。

ボニーとわたしが狂ったようにワークアウトを始めたのもこのころだった。キャンディスとは街じゅうをぶらついた。ある晩、ふわふわした雪が静かに通りを覆い、わたしと一緒に街の北へとずっと歩いていたキャンディスが、『雨に唄えば』を口ずさんで、さまざまな階段をタップダンスで上り下りし、街灯の柱を支えに陽気にくるりと回転しながら、架空の傘を高々と掲げた。人々が仲間に加わって、ジーン・ケリーを称える小さなダンス・パレードが自然に生まれた。

ニューヨークは――ニューヨークの人はと言うべきかもしれないが――絶えず風変わりな歓びを与えてくれた。ある日わたしは地下鉄のプラットフォームにいた女性に、次に来る電車が折り返しなのか、北へ行くのかを尋ねた。すると女性は強いニューヨーク訛りで、あきれはてたため息とともに言った。「いったいあたしが誰に見える? 交通局の局長野郎?」。わたしは大笑いして「だからニューヨークの人って大好き!」と言った。そうしてふたりで声をあげて笑い、女性はいかにもニューヨークの人らしく、わたしをさっさと壁の路線図へ案内し、その路線の電車について的確に説明してくれた。個性的な人たちであふれるニューヨークの通りでは、そういう愉快な出会いが日常茶飯事だった。

甥のティムもニューヨークにやってきた。一〇歳の子どもがひとりで飛行機に乗ってもかまわない時代だったので、わたしがフロリダ州の妹リザを訪ねる一方で、ティムもわたしと一緒にニューヨークを楽しもうと訪ねてきた。ティムはわたしが料理ができないことに仰天していた(ボニーがわたしの自宅を初めて訪れたとき、冷蔵庫をひっかきまわして、〈アーム&ハンマー〉の重曹はいったいなんのために置いてあるのかと尋ねた。重曹の分子がほかの分子と混じり合って食品が新鮮に保たれると答えると、ボニーはそっけなく、分子を混合させるにはまず重曹の箱を開けなくてはと指摘した)。一〇歳の甥っ子は、わたしを食料雑貨店に連れていき、自宅に戻るとすてきな食事を用意してくれた。甥はほかの人の境遇にいつも敏感だ。そういう他者への思いやりがはぐくまれたのは、ひとつにはわたしとニューヨークで過ごすあいだに貧困とホームレスの問題を目にしたから――そして、のちに極貧に苦しむ世界の数多の地域を訪れた経験ゆえに違いない。実子を持たなかったことには自分のなかで折り合いがついたけれど、この特別な男の子と親しく過ごしたおかげで、母親が子どもに感じる愛情をいだくことができた。

いわゆる〝ちゃんとした〟仕事に初めて就いたのもこのころだった。『広大なスポーツの世界《ワイド・ワールド・オブ・スポーツ》』を放浪することを〝仕事〟と呼ぶのは無理があるけれど。この番組のリポーターを務めて生計を立てるなんて、願ってもない話だった。ツール・ド・フランス、ニューヨークシティ・マラソン、冬期と夏期のオリンピックなどの中継に携わったが、一〇年のリポーター生活の大半は世界各地のとてもマイナーなスポーツを取材して過ごし、一流の選手が卓越の境地を目指すところに立ち会うという特権に恵まれた。

『ワイド・ワールド・オブ・スポーツ』のあとは、数々の番組で司会やリポーターを務めた。スポーツ専門チャンネル〈アウトドア・ライフ・ネットワーク〉の、希少な野生生物についての海外ドキュメンタリー。『ザ・サヴィ・トラヴェラー』というラジオの旅行番組。出演者が社会問題に対策を講じるリアリティ番組『ザ・クルセイダーズ』。『アメリカズ・バイタル・サインズ』という健康番組。深夜のニュース番組『デイズ・エンド』。テレビ界屈指の番組である『CBSサンデー・モーニング』での論評コーナー。さらにFOXスポーツでは、CBSの調査報道番組『60ミニッツ』ふうの長期取材も担った。例えば、三年をかけてツール・ド・フランスのパフォーマンス向上薬の問題を取材した。ノーギャラでも喜んでやっただろうと思う仕事が、全米オープンテニスのインタビュアーだった。当時は試合後に選手をスタジオに呼んで、長く深みのある会話をすることができた。ボリス・ベッカーとの思い出に残る対話のように。ボリスとわたしは、その晩と次の試合の分析をさっさと終わらせて、ベルリンの壁の崩壊と東西ドイツの統一についての議論に移った。インタビュアーの仕事以外の時間は、観客席の最前列のど真んなかに陣取って、当時の世界一流のプレーを見守った。クリス・エバート、マルチナ・ナブラチロワ、ジョン・マッケンロー、ジミー・コナーズ、アンドレ・アガシ。これが〝仕事〟と呼べるだろうか？

エージェントにとって、わたしは頭の痛い存在だった。放送ジャーナリストとして引きつけられたのは物語を伝える番組だったが、そういう番組は時に視聴率が低すぎて、数値を正確に測れないこともあった。

ケーブルテレビのCNBCの草創期に、わたしは毎週『ワン・オン・ワン・ウィズ・ダイアナ・ナイアド』という三〇分間の番組を持っていた。かの有名なインタビュー番組『バーバラ・ウォルターズ・スペシャル』の、いわば廉価版だ。自分がおもしろいと思った人物を――スポーツ界以外からも――選んで、二〇分間のインタビューを収録し、その人のキャリアや人生を語る写真やビデオを加えて三〇分間の番組にした。わたしはこの番組の何もかもが大好きだった。

ニューヨークで行われたワインの展示会で、料理研究家のジュリア・チャイルドのファンの列に並んで出演交渉をしたこともある。取材を承諾してくれたが、当日の朝にボストンの豪邸を訪ねると、ドアを開けて急な階段のてっぺんにそびえ立ったジュリアは、もともとの身長一八三センチよりもさらに長身の印象を与え、目に涙をためていた。この日初めて、認知症に苦しむ夫がジュリアが誰なのかわからなかったのだった。インタビューの延期を申し出たが、ジュリアはみなさんに朝食を作れば元気が出るからと言って譲らなかった。かくして、朝日がさんさんと差し込むキッチンに坐るわたしたちの前で、ジュリアがサワーブレッドを焼き、香草のオムレツを作り、フランスやアジアでの暮らしや、高級フランス料理の世界の話でもてなしてくれた。ほかにもテレビ記者のエド・ブラッドリーなど、たくさんのあこがれの人に出演してもらった。

　放送関係の仕事をしていた時代に、個人的にいちばん満足感を覚えた仕事は、非営利のラジオ局〈ナショナル・パブリック・ラジオ〉（ＮＰＲ）の、『ザ・スコア』という番組だった。二二年間も毎週放送されたが、一度も何かの競技の得点《スコア》にふれたことはなかった。ＮＰＲは知力や独創性を発揮できる場だった。報酬は週に一五〇ドルという、破格の安さではあったけれど。

　長年のあいだＮＰＲの番組で、スポーツにまつわる詩、社会学、歴史、型破りな話を伝えようと努めた――ほんとうに愉快な仕事だった。自分の得意分野を見つけた。短いけれど濃い味わいの物語の起承転結をつくり上げて、埋もれたままだったかもしれないような、ほとんど知られていない貴重な逸話を掘り起こすことだ。

　例えば、グレース・ケリーの父親で、一九二〇年代の世界最高のボート競技選手だった煉瓦職人、ジョン・Ｂ・ケリーの大胆な反抗の物語があった。ケリーは、当時いちばん格の高い大会だったイングランドのヘンリー・ロイヤル・レガッタのシングルスカル種目への出場を断られた。貴族階級のオックスフォード生たちが、労働者のごつい手をした卑しい煉瓦職人が自分たちと競うのは不公平だと考えたからだ。学究の徒である自分たちは勉学に忙しすぎて、煉瓦職人のようにはトレーニングができないから、と。ギリシア語で〝兄弟愛の都市〟を意味するフィラデルフィアに生まれ育ち、街の人気者だったケリーは、トレーニングやレースのときにはかならず緑色のスキー帽をかぶっていた。フィラデルフィア市民は、ケリーを象徴する緑色の帽子が早朝の霧のなかを行き来するのを見て、有名なスクールキル川をケリーが滑るようにさかのぼったり下ったりしていることを知った。その帽子は一度も洗濯されなかった。ケリーは一九二〇年のアントワープ・オリンピックで金メダルを獲得したあと——ちなみに、当時ヘンリー・ロイヤル・レガッタのチャンピオンだった英国人を破っての優勝を遂げたあと——何十億回もの漕艇の汗でぐっしょり濡れた帽子を梱包し、当時のイギリス国王ジョージ五世に「煉瓦職人からのごあいさつ」というメモ付きで送った。

三〇代から四〇代に入るまでのニューヨーク生活は、仕事三昧だった。キャンディスとボニーとの、育ちゆく厚い友情に豊かに彩られた日々であり、スカッシュにのめり込んで、アスリートの舞台に戻った日々でもあった。そして、愛にのめり込んだ時代でもあった。

II 傷心

三〇代半ばのころ、よく訪れていた自宅近くのレストラン〈ポップオーバー・カフェ〉で、となりの席にいた若い女性にたちまち夢中になった。名前はニーナ・レーダーマン。マウント・ホリヨーク大学を卒業したばかりで、ニューヨークでテレビ番組の制作の仕事に就いていた。わたしはひと目で恋に落ちた。キャンディスが初恋の人で、ボニーがあっというまに生涯の友になった人だとすると、ニーナはわたしをとりこにした人だった。わたしたちは濃密な関係を結んだ。お互いのもとへ走った。昼も夜も、夜も昼も。ニーナはカリブ海の島で育ち、そこは偶然にも、のちにわたしがトレーニングの本拠地にしたセント・マーティン島だった。並外れたダンサーでもあり、サルサとメレンゲのリズムを生まれながらに身につけていた。わたしたちはニーナのリードで踊り、当時のレズビアン仲間のあいだではフレッド・アステアとジンジャー・ロジャーズばりの名コンビと見なされていた。ふたりとも得意のフランス語で話し、互いに〝わたしのお守り《ドゥドゥ》〟と呼び合った。ニーナとわたしの、まばゆいばかりのロマンス。

恋が始まったのは一九八四年のニューヨーク、その四年後にロサンゼルスに移って家を買い、子どもを持つことや、ともに老いていく永遠の結びつきを望んだ（ニーナはずっと年下だけれど）。ニーナは順調にキャリアを積み、ロサンゼルスのテレビ業界で重要な地位を占め、わたしには海外にどっぷりつかる仕事が押し寄せるようになった。離ればなれの暮らしにふたりで泣いたり苛立ったりしたけれど、海外取材はチャンスであり稼げる仕事だと意見が一致していたので、機会を逃す手はなかった。

わたしは外国の文化に触れることを、人生のすばらしい特権といつも見なしてきた。両親の生い立ちの影響から始まって、二〇代にずっと世界の海を転戦したこと、三〇代と四〇代に仕事でさらに海外を旅したことで、この世を広くとらえられるようになった。旅は並ぶ者なき師だ。世界を探検した年月が、みんなひとつという、ごくシンプルな世界観の土台を築いた。

その世界観の中心には、サンダルを履いてウールの深紅の民族衣装をまとったマサイ族の人も、三〇〇〇ドルのピンストライプのスーツに身を包んだマンハッタンのブローカーも同じという認識がある。人は誰もが愛すること、愛されること、笑うこと、食べたり飲んだりすること、安らぎを覚えること、共同体に貢献することを求める。そして、夢をいだくことも。

あるドキュメンタリーの取材で、アメリカ人の退役軍人五〇人と元ベトコン五〇人が一緒くたになって、ベトナムのハノイからサイゴンまで自転車で縦断することになった。田んぼを走り抜け、集団で村々を通過して、色鮮やかなアオザイ姿の女性たちが頭に大量の荷を載せて運ぶのを眺めながら――元海兵隊員の大部分はマッチョなタイプで、祖国に奉仕したことを誇りに思い、元陸軍兵の多くは戦争中に丸腰の子どもを殺したことを恥じていたが――わたし自身も、暗黒の重大な歴史の一ページをたどっていた。戦争という体験を知っているような顔をするつもりは毛頭ない（競技場の選手を戦場に赴く兵士にたとえたがるスポーツキャスターには、憤りを覚える。アメリカンフットボールの試合と戦争という激しい苦痛には、なんのつながりもない）。だが、取材であの戦争を垣間見る機会に恵まれた。

ある日、自転車で一八〇キロメートル近く走ったあと、元兵士数人と学校を訪れた。手りゅう弾で視力を失った元海軍兵士、ジェリー・スタックハウスは、戦争中にベトナムに来たばかりの二一歳のときの――とんでもなくハンサムな――写真を首から下げた姿で、タンデム自転車の後ろに乗って参加していた。学校で一〇歳くらいの少女がジェリーに、戦争中の最悪の体験を話してほしいと頼んだ。そしてジェリーが反応する間もなく、少女の口を突いて、質問を取り消したいという言葉が出てきた。そんなことを尋ねて恥ずかしい、最悪の体験は顔面で手りゅう弾が爆発した瞬間に決まっているのに。

ジェリーが言った。「いや。確かにこの怪我で地獄を見てきた。大手術を五〇回もしたんだ。顔を作り直して、食道の部分移植もした。でも、いい人生を送っている。最悪の瞬間は手りゅう弾の爆発じゃなかった。ある晩、村にたどり着いた。わたしが隊で最年少だったから、無人かどうかの確認に出された。わたしたちは村で何日か過ごしながら、それまでの数日間にこうむった損害から立ち直ろうと考えたんだ。心臓がどきどきして、漏らしそうだった。AK‐47ライフルを左右に向けながら、小屋のあいだを進んだ。誰もいなかった。みんな逃げ出したのか、皆殺しにされたのか。すると、きみより幼かったと思うが、小さな男の子が小屋の陰から飛び出してきた。わたしのよりも大型の銃を手にしていた。感情をなくした目をして。わたしはその子を銃でばらばらにした」

白杖《はくじょう》をついたジェリーが泣きじゃくり始めた。「どうしても自分を許せない。なんの罪もない子の頭が地面に転がるのを、この目で見たんだ」

涙を流すジェリーに少女が近づいて、腰に両腕を回してきつく抱きしめてから、たいがいの政治家の頭には浮かびもしない台詞を口にした。「ジェリー、わたしたちはJFKもヘンリー・キッシンジャーも、わたしたちの国を奪った者たちも、ぜったいに許さない。まだ枯葉剤があたりに漂っていて、ラオスに逃げていった鳥たちはもう戻ってこない。でもジェリー、わたしはあなたを許します。若かったあなたは、自分のすることが祖国のためになると思っていた。あなたが自分を許せなくても、わたしがあなたを許します」

そのひとときと少女のことは忘れられない。ジェリーもそうだろう。

キリマンジャロ山を登ったときの強烈な体験から、わたしは謙虚にならざるをえず、アメリカの文化が肉体から遊離していることを身をもって知った。五日間の行程の二日めに、八〇代とおぼしき老婦人に出会った。背骨が地面と平行になるほど腰を曲げて、樹皮と長い木の枝を束ねた大きな荷を背負い、背中から上下に大きくはみ出した枝が揺れていた。老婦人が立ち止まって、ガイドとスワヒリ語で話し始めたので、わたしは背中の荷を指しながら、持ってみたいと身振りで伝えた。老婦人の半分もない年齢で、ガイドに装備をすべて預けている自分と同じ山を、老婦人がどれほどの重さの荷物を運びながら登っているのかが知りたかった。荷を背負ったわたしが、息を切らせながら奮闘しても身動きすらできずにいるのを見て、ガイドと老婦人が爆笑した。老婦人がわたしにウインクをして、腰を曲げて短い両脚をふんばり、扱いづらい乱雑な荷を巧みな身のこなしでさっと背負って歩き始めた。老婦人がタンザニア政府に雇われて、山頂付近の小屋用の建築資材を運んでいたことを、あとで知った。給料は？　一日五セント。

アメリカでいちばん体力のある人でも、アフリカ大陸の最高峰を毎週登っては下りている老婦人にくらべれば、虚弱そのものだ。

四〇歳前後のころ、人生の収支はとても良好に思えた。頼もしい友人、生涯のパートナー、銀行預金、ささやかだが楽しい家庭、啓蒙されるような壮大な冒険の旅を世界じゅうでさせてくれる仕事。ボルネオ島内陸部の熱帯雨林から南極大陸の自然に至るまで、旅の経験から、七〇億人の人間の誰もが地球に住むにふさわしい存在だと教えられた。

けれど、どんなライフスタイルにも言えることだが、旅暮らしにはよい面も悪い面もある。冒険の旅のせいで巣にこもる時間がなく、あれ以上ないほどの巣をつくるチャンスに恵まれながらも、全力で向き合わずにしくじった。旅に出ているあいだに、家庭生活がむしばまれていった。

破たんのきっかけは、ニーナとわたしがロサンゼルスで家庭を築こうとしていた時期に、ニューヨークや世界各地への出張に時間を費やしたことだった。もちろん、理由はそれだけではない。結婚生活の終焉を細かく分析すれば、複雑にからみあった数々の問題がかならず浮かび上がってくる。けれど、わたしたちの場合は物理的な距離があったことが破局の始まりだった。わたしはニーナが風邪で寝込んでいるときに、そばにいて看病をしなかった。ニーナはわたしのそばで日常を分かち合わなかった。互いの目をじっと見たり、相手にふれたりする行為の代わりになるとはとても思えない。電話なんて、わたしは少しでも時間ができるとロサンゼルスに飛ぶようにし、一緒にいられる時間が三時間しかなくても行ったことさえある――けれど、そんなあわただしい逢瀬のせいで、わたしたちは重苦しく不自然なカウントダウンを強いられた。自分の腕時計を見つめて。あと二二時間しかない、と。

わたしとニーナがうまくいかなかったのは、わたしたちにも、わたしたちを知る誰にとっても不可思議だった。魅惑のダンスは胸の張り裂けるような破局を迎えた。

ニーナを失ったのは、人生でいちばんつらい経験だったかもしれない。どうしてわたしは、相手に向き合うことが人との関係の土台だと悟らなかったのだろう。何かをなし遂げるには、まずは真剣に向き合うことだと自分でもよくわかっていたし、ほかの目標にはそういう熱い姿勢で取り組んでいたというのに。致命的な損失に、心の奥の神聖な場所が二〇年ものあいだ壊れたままだった。ニーナとの別離のあと、わたしは人生をともに生きると決めた人々を――ほかの何よりも――優先すべきだとはっきりわかった。そう悟るのが遅すぎたせいで、ニーナの件では重い代償を払うことになった。

「若者に経験が、老人に力があったなら」という、フランスのことわざがある。

低視聴率のテレビ番組がいくつかと、愛する人との結びつきのどちらがだいじだろう？　あのころの自分が、今のようにものごとを見通せていたらと思う。

ニーナを失ってから長いあいだ、旅には心の痛みが伴っていた。人生の教訓はほろ苦かった。いっときは他人と会話をするたびに、真理を追究する手掛かりと受けとめていた。さまよっていたあのころ。

ウガンダのある男性に将来の計画を尋ねると、男性はわたしに手のひらを向けて答えた。

「あしたは、わたしたちのものではない」。人はきょうという日しか生きられないというメッセージを、そのときのわたしは心から必要としていた。過去のあれこれを悔いたり、ありもしない未来のあれこれを嘆いたりすることに、むだに時間を費やしていたから。

タイではひとりの女生徒が、現地の人たちが幼いころに教えられる寓話を語った。

「老人がとても大きな牛のわき腹を小さなナイフで切っているところに、若い男が尋ねます。

『いったいどうやってそんな小さなナイフを牛の皮や頑丈な腱に、まるでバターのなかを滑らせるように通せるのですか？』　すると、老人が答えます。『このナイフはわが一族に何百年も伝えられてきたもの。一族の者たちと同様に、このナイフも最も抵抗の少ない道を進むのだ』」。わたしは今も、なるべく抵抗を受けない道を進みたいと願っている。

ネコ科のシリーズ番組の取材で、ベリーズの洞窟でなかなか姿を現さないジャガーを追っていたときに、マラリアに倒れたことがある。ジャングルの奥地にいたので、すぐには医者の治療を受けられず、マヤ人の女性のまじない師がわたしのテントにちぎった薬草を持ち込んで、解熱用の茶をいれてくれた。そして真夜中にようすを見にやってきて、わたしがニーナを思って泣いていることに気がつき、理由を悟った。そして、どろりとした泥のようなものを用意してわたしのシャツをはだけると、傷ついた胸にすりこんだ。わたしと一緒に涙を流しながら。

ありとあらゆる立場の人々とともに過ごすことは、人類にはどれほど幅広い知恵があるかを学ぶことであり――人間は基本的に思いやりという特質を共有していると実感することでもあった。

わたしはこういうさまざまな師を通じて、また人を愛することと、親しい友や家族から愛されることを通じて進化してきた。壊れた心も修復された。ニーナはもう、わたしの恋人でも生涯のパートナーでもないけれど、わたしはニーナのすばらしい子どもたちの名づけ親であり、ニーナはたいせつな生涯の友だ。

12 なりたい自分

三〇年のあいだ世界を旅しながら、テレビの出演者やジャーナリストとして生計を立てる毎日について、誰かに不満をもらしたことはなかった。けれど、旅暮らしの年月が過ぎるにつれて、だんだん観客の立場に倦《う》むようになっていった。わたしは夢を追う人たちを眺めるだけの、見物人だった。自分の物語をつくるのではなく、他人の物語を語る立場だった。わたし自身はもう夢を追う人でも、何かを成す人でもなかった。以前のように全力で何かに打ち込みたいという焦燥に駆られた。

あらゆる分野の偉人に数えきれないほど会ったのは確かだが、なかでもいちばん勇敢な人物がクリストファー・リーヴだった。クリスに会ったのは、自分が行動を起こす人間ではなくなったことへの倦怠感が、しだいに強く深くなっていったころだった。スーパーマンを演じた俳優クリストファー・リーヴは落馬事故で一瞬にして、傍観者の役を生涯演じるという痛ましい境遇に追いやられた。脊髄再生医療の推進を精力的に訴え続けているとはいえ、四肢麻痺の人生に縛られていることで寂しい傍観者の気分になると、本人が言っていた。スポーツが大好きで、とりわけ興味をいだいていたのが、それまでとは違う対象に熱中する元アスリートというテーマだった。ある催しで、尊敬する元アスリートについてクリスと対談したあとに楽屋でくつろいでいると、クリスがわたしの引退後の話を聞きたがった。そこで、ずっとむかしのハイスクール時代の引退試合の話をした。クリスはその話をとても気に入って、意味深長な間を置いてから、あの青みがかった灰色の瞳でわたしの目を見つめた。あのスーパーマンのままのクリス。
「一〇代でその更衣室を出ていった日に、今後の人生で『小爪の幅ほどの余力も日々残さない』という哲学を実践すると言ったんだね。その自分への約束を、これまでの年月で果たしてきたかい？」

今度はわたしが意味深長な間を置く番だった。言葉に詰まって。人生のあの段階のクリスは悔いのない人生について優れた助言のできる人だったので、わたしは真摯に答えたかった。だから、改めて連絡をとってもよいかと言った。そう、クリスとわたしがあの会話の続きをする機会は訪れなかった。クリスが亡くなってしまったから。

五〇代はじめのクリスとの出会いをきっかけに自己分析と内省の時期が始まって、そこから人生でふたたび何かに没入する日々へ向かっていった。

わたしにとって五〇代の一〇年間は、覚醒の時期だった。性的虐待のトラウマから身を守る殻を、ようやく破り始めた。素の自分を偽ること、相手を感心させようとすることが、ばかばかしく無用な行為に思えた。もう自分を外から観察したり、裁いたり、二度と会わない赤の他人にまでつまらない演技をしたりするようなことはなくなった。有能さを示さなくてはという重圧が、しだいに消えていくのが感じられた。

自分は亀裂の入った半端な人間ではなく、ひとまとまりの存在なのだという圧倒的な安らぎを覚えた。何十年ものあいだ映画を見終えて劇場を出ると、誰もが映画についてあれこれ話し合っているのに、頭に何も残っていないことがよくあったのは、照明が薄暗くなってからタイトルクレジットまで自分のなかに引きこもっていたからだ。もし覚醒して何かにのめり込んでいたら、過去数十年にどれほどのことをなし遂げたり経験したりできただろう。そう考えると悲しくなって、もっと早く覚醒の段階に達していればと思う。けれど、それは人間の成長の過程ではあたりまえなのかもしれない。わたしは九〇代になってもたぶん過去を振り返って、五〇代や六〇代のときは進化が足りず、その時を生きていなかったと嘆くのだろう。これもフランスの言い回しだ。「あのころに今の知恵があったなら」。人は人生の各段階で、あるとき一足飛びに何かを学ぶようだ。

オンタリオ湖横断の直後にトロントの病院で会った、あのボートレーサーの若者をふり返った。ボートを操っていると全身が燃え上がって命《いのち》と緊張と覚醒を実感すると、熱を込めて語るあいだ、激痛に見舞われているはずなのに瞳が輝いていた。何かに打ち込むことの対極にあるのが逃避だ。誰もが夢想や食べもの、アルコールやドラッグ、現実を否定することを通じて、逃避という弱点を知る。逃避は、人が生きるうえでのひとつの行動様式だ。そして、ほとんどの人がつらい経験から学び取る。人は短い人生を愛おしむあまりに、命と緊張と覚醒のない人生を生きられなくなるのだ、と。

親しい友人たちは、わたしが大半の人にくらべればいつも何かに打ち込み、いつも本気で、いつも身が入っていたと断言する。だが五〇代のときに、半覚醒の失われた時間への後悔が、一挙に重くのしかかって離れなかった。何かに一〇〇パーセント打ち込む情熱を持てないでいる原因を、底の底まで残らず探ろうと考えるようになった。

そのころ、子どものときに言語に絶する虐待を受けたことのある友人が、テルアビブのセラピストと電話で話してものすごく助けられたと教えてくれた。わたしは当時もなお、自分を叱りつける悪癖に悩まされていた。自宅のドアの前で、食料品の袋を片手に鍵を探さなくてはならないというだけでかっとなり、性的虐待の犯人から言われたのとまさに同じ言葉を自分に浴びせていた。だから、試しにテルアビブのセラピストに電話をしてみようと考えた。心理療法の常道に逆らうようではあるが、それまでのわたしはどうしても虐待の話を改めて語れなかった。知性にはもう何も分析の余地がなかった。自分に落ち度は何ひとつないと、頭でははっきりとわかっていた。だが、感情は細胞レベルで存在する。性的虐待は人の魂に刻み込まれ、多くの場合、死ぬまで消えない。

そのセラピストは前世を観る人だった。わたしが現世しか信じていないことを知っても、治療に影響はないと請け合った。ただ、信じない気持ちをとりあえずわきに置いてほしい、人はいかにもつくり話という寓話からも教訓を得られるのだからとは言われた。

わたしが乗り気だったので治療が始まった。セラピストによれば、中世の村がはっきりと思い浮かび、その村の若者であるわたしには女性の友だちがたくさんいたという。性的な関係ではなく、女性たちは若者と心を通わせ、信頼していた。敵の部族が村を襲って、暴虐の限りを尽くした。村人ののどがかき切られ、赤ん坊が殺され、若者は縛り上げられて、女友だちが情け容赦なく強姦されるところを無理やり見せられるという責め苦に遭った。わたしはカリフォルニアの自宅のソファに蓮華坐を組んで、遠くイスラエルの顔も知らないセラピストとつながりながら、若者の激しい苦痛をありありと感じた。

敵の襲来が終わり、村は痛手から立ち直る過程に入った。そこでセラピストがわたしに尋ねた。「あなたはそこで何をしたでしょうか？　女友だちを激しく非難して『淫売』などと呼びましたか？　吐き気がするほど嫌いだ、二度と顔も見たくないと言いましたか？　女たちを糾弾し、罰を与えましたか？　いいえ、あなたは女たちを優しく抱きしめました。蛮族の餌食になった無垢な人たちなのだと告げました。変わらぬ敬意をいだき、残虐な行為から立ち直る手助けをすると告げたのです。

ダイアナ、なぜ自分のなかの少女を解放できないのですか？　少女の身に起きた忌まわしいできごとは、少女の落ち度なのですか？　少女を貶《おとし》めて不当な恥辱を与え続けるのではなく、なぜ抱きしめて、愛して、敬意を払わないのですか？」

確かに、なぜなのだろう？　刻み込まれた記憶が電話一本で消えるはずもない。けれど、人は準備が整っていると、驚くほど多くのことに気づいて理解する。そのときのわたしがそうだった。五〇代は内省の時期だった。そのころよく、朝にベッドを整えているときに、かぎ針編みの枕カバーに記された標語をしばし見つめた。〝人生の目標は、飼い犬が思っているような自分になることだ〟。くだらないかもしれないが、あの寸言にも一片の真実がある。飼い犬はわたしがひとかどの人物であり、親切で誠実、自分の無限の愛に値する人物だと無条件に信じている。自分はそんな人間だろうか？　クリストファー・リーヴから毎日を全力で生きているかと問われたことで、自問の日々が始まった。そして、ある重大な瞬間に終わりを迎えた。

二〇〇七年一〇月二八日、午後八時八分。

母が息を引き取ったときに。

13 おやすみ、ママ《ドール・ビヤン・ママン》

その電話がかかってきたのは、一九九九年のことだった。母がフロリダ州の州間高速道路95号線を車で逆走したという。最初は飲酒運転と考えられたが、状況を理解していないせいだとあとでわかった。

まず妹のリザとわたしが、続いてキャンディスとわたしが、そのあとボニーとわたしがフォート・ローダーデールに赴いて、母が四〇年ほど暮らした家を片づけた。わたしがハイスクール七年生から住んだ家だ。母がどれほど退化していたかを知ってショックを受けただけでなく、母の衰えに気づいていなかったことを恥じた。フロリダにはもう何年も戻っていなかった。母がニューヨークのわたしを訪ね、そこに妹と子どもたちも合流するのがつねだったし、妹とわたしがカリフォルニアに引っ越すと、母もそちらを訪れるようになった。母の家は、ハリケーン対策の金属製の黒々とした重いシャッターが何年も下ろされたままで、閉ざされた状態にあった。冷蔵庫にも台所の戸棚にも、食料がひとかけらもなかった。母宛ての手紙が――机の高価な便箋の上で美しいペンを構えることに、ずっとこだわっていた人なのに――未開封のまま引き出しの奥に押し込まれていた。手紙の束をより分けていると、消防士連盟宛ての小切手が返送されていることに気づいた。どうやら母はその団体に毎年一〇〇ドルを寄付していたらしいが、その年は誤って一〇万ドルの小切手を切っていて、組合が親切に送り返してくれていた。

母は神経科医から、アルツハイマー病と診断された。脳の画像を見せてもらうと、一部が縮み始めていた。親や愛する人の精神の破たんに無数の人が苦しんでいるというのに、結局のところアルツハイマー病と、もの忘れのさまざまな段階との区別は容易ではないとわかりつつある。脳の専門医の大半は今のところ、アルツハイマー病の確定診断を行うには脳を解剖するしかないと言っている。ずいぶんむかしの、母の知能があやしくなっていたときのできごとを、時折ふと思い出す。わたしが三〇代、母が五〇代か六〇代はじめのころ、ふたりでニューヨークのウェストサイド・ハイウェイを車で走っていたときのこと。ホイットニー・ヒューストンの巨大な看板を――マディソン・スクエア・ガーデンでのコンサートの広告を――見た母が、それを指さして、チケットを手に入れてジュディ・ガーランドが観られないだろうかと尋ねた。わたしは苛立って、看板を指して母にきびしい口調で訊いた。「ママ、あれは誰？　ジュディ・ガーランド？　ジュディ・ガーランドがまだ生きてるとでもいうの？」。今では母の頭はほんとうに衰えてしまったのだから、少しでも苛立ちを感じたり表に出したりすることはぜったいにするまい。母は子どもに返った。今度は妹とわたしが優しい親になろう。

フロリダに二週間滞在するあいだに仰天させられた件がある――そのころ母は病院にいて、わたしはフロリダで母の家や車を売ったり、母が二度と着ることのないすてきな〈セント・ジョン〉のスーツをぜんぶ人に譲ったりし、妹はカリフォルニアで介護施設を探していた――母が社交ダンスの教室に車を運転して通っていて、病で不安定な状態にありながらも、競技会にまで出かけていたのだ。わたしはダンス教室の先生に話を聞きに行った。先生がこの数カ月に気づいたのは、母がやや精神の安定を欠いていたことくらいだった。母はもとの自分に近い状態でいられる社交ダンスにのめり込むことで、心からの喜びや意義を感じていたのだろう。

母は社交ダンスの道に入って初めて、スイマーとしてのわたしを理解したに違いない。芸術に囲まれた優雅な環境で育ったので、わたしが水泳ひと筋であることや筋肉をつけることを好ましく思わなかった。だが、中年以降に社交ダンスが生きがいになり、ひたむきなアスリートになった。毎日数時間も練習して、国内のあちこちの競技会に備えた。母はダンスフロアでは軽やかだった。ヴェニーズ・ワルツは上品に、フォックス・トロットは優美にこなし、チャチャチャやサンバやルンバなど、ラテンダンスのあらゆるリズムを完璧に身につけていた。わたしはときどき母を驚かせようと、競技会に顔を出した。こっそり観戦してから、大会の終わりに母がまた大きなトロフィを授与される段になって突然姿を現した。ダンスフロアでの母は生き生きとしていた。そして自宅でも大半の時間を踊ることに費やした。録画を手掛かりに、どこを直せばもっとよくなるかを細かく調べた。優れたダンサーのビデオも参考にしていたので、もし母が今も生きていたら、わたしがダンスリアリティ番組『アメリカン・ダンシングスター』に一瞬にせよ出演するのを見て、わたしの水泳選手としての活躍に対してよりも、さらに感動しただろうと本気で思う。

州間高速道路の南行きの車線を北へ走っていた恐ろしい日から、亡くなる日までの八年間は、もちろんわたしが母の人生に望むような年月ではなかった。恋愛もダンスも自立も、ある日の午後にいきなり終わりを迎えた。それでも、人生を手放そうとしている母にはすばらしく優美なところがあった。もう何かをなそうとすることができないというだけだった。母がカリフォルニアに移り、妹とわたしが協力し合って、年に一度ではなくほぼ毎日どちらかがかならず母に会うようにしてからは、母にはたぶん、人生でかつてなかったほどたいせつにされているという実感があったはずだ。そして母との関係、互いへの愛情も、その最後の数年間に芽吹いた。母とわたしはそういうゆっくりと落ち着いた、親密な時間をともに過ごしたことがなかったが、それができるようになった。

母とわたしは、このうえなく単純なことをして午後を過ごした——ひと粒のいちごの、同心円状に並んだ種《たね》にうっとりと見入ったりした。母は飽きもせず坐り続けて、わたしの飼い犬のスコットのしっぽに顔をくすぐられると、しばらくくすくす笑っていた。母とはよく、犬への愛について話した。人は誰でもしあわせなことに、あらゆる愛を知っている。子どもへの愛、親への愛、友人への愛、きょうだいへの愛、パートナーへの愛。だが、犬と互いに愛し愛される関係には、独特の慈愛がある。わたしの家族はずっと犬派で、晩年の母のもとへ妹やわたしが飼い犬を連れていくと、どんな薬よりも母の気持ちを上向きにしたように思う。

母とわたしは、介護施設の小さなパターゴルフ場を歩き回るのも大好きだった。そこには、ボールにもカップにも磁石を仕込むという知恵が施されていた。母のパッティングがどんなにカップからずれていても問題はなく、ボールはいつもカップのまわりをくるくると回ってから、魔法のように入った。すると、母はあのはにかんだ笑みを浮かべて、「パッティングはずっと得意だったから」と満足げだった。

母の知能は衰えていったけれど、ともに過ごした最後の八年間は楽しかった。妹とわたしは介護のよきパートナーとして、母の大好きなチョコレート系のお菓子を贈ってびっくりさせたり、母のベッドに犬と一緒に坐り込んで『弁護士ペリー・メイスン』の再放送を観たり、施設の消灯と就寝の確認のあとに、チョコレートチップ・アイスクリームを食べにこっそり連れ出したりした。母の意識は半分ぼやけているように見えていただろうが、アイスクリームを食べに出かけると聞くと、電光石火の早わざで靴を履いた。そして、ボニー。友人のボニーについて知ってもらいたいのは、八年のあいだ週に六日も母の見舞いに来てくれたということ。ただそれだけだ。

母が実母から二度にわたってむごい仕打ちを受けた話、つまり赤ん坊のときばかりか一〇代のときにも母娘関係を否定された話を初めて聞いたことから、わたしは母の苦しみや欠点をある程度は理解した。母は子煩悩で料理上手で世話好きな親ではなく、その逆《オ・コントレール》だった。けれど、わたしをこよなく愛してくれたのは間違いない。一九四九年八月二二日にニューヨーク市で母が初めてわたしを腕に抱いてから、二〇〇七年一〇月二八日に妹とわたしの腕のなかで息を引き取るまでのあいだ、わたしは母を歓びと誇りで興奮させ、母はわたしを無条件の愛で感動させた。

最後の日々の母は、見上げたものだった。臨終の一週間ほど前に、母は妹とわたしに話をした。母の台詞そのままではないが、妹とわたしの顔を見たり声を聞いたりするために生きていたが、もう何もわからなくなっているというようなことを語った。母はおむつをして、自力では歩けず、すべての身体機能を補助してもらわなくてはならなかった。生から遠ざかりつつあった母は、食べないという決断をみずから下した。その決心は誰が見ても明らかだった。口もとにそっとスプーンを持ってこられてもそっぽを向くことが、六日間ほど続いた。母はこの世から姿を消す準備を、穏やかに進めた。

「おやすみ、ママ《ドール・ビヤン・ママン》」。今でも寝室のドアにたたずむ母の声が聞こえる。「いい子ね、おやすみ《ドール・ビヤン・シェリ》」

14 六〇歳：生きかたへの不安

母の死から二年後に六〇歳になった。それまで年齢の問題を感じたことはなかった。老化を——顔のしわや引力で垂れ下がる乳房を——なんとかする化粧品に手を出したことはなく、関心を向けたことすらなかった。六〇歳とはいえ、まだ肉体の老化に悩んでもいなかった。わたしがひどく衝撃を覚えたのは、誰もがたどっている一方通行の道の終点を、初めて強烈に意識したからだった。生きてきた数多の日々を、一日たりとも取り戻すことはできず、どんな日もふたたび生き直す機会はない。小学校五年生のときに書いた作文を急に思い出した。一〇歳にして時間の経過の速さに焦っていたとするなら、六〇歳の今では時間が疾走しているように思えた。

人生の棚卸しを始めた。人間関係の面では自分に高評価を与えた。一生に一度の恋にはしくじったかもしれないが、最愛の人たちには誠意を尽くし、そうすることで安らぎを得た。自分の活力の源である人とのきずなを、心を込めて育てている。わたしの墓碑銘が〝この世でいちばんの友だち〟であればいいと思う。

終末期ケアの看護師として働く友人がいる。その人は三〇年にわたり、死にゆく人たちに寄り添ってきた。悲しくも若い人を看取る場合もあるが、相手のほとんどは老人だ。友人が言うには、たいへんな成功をおさめた人であろうと、数々の賞を受けた人であろうと、莫大な富を得た人であろうと、人生の最後の日々に語るのは、けっして自分のキャリアではない。誰かの話だ。ただそれだけ。

わたしには、数は少ないけれど特別な家族がいる。非の打ちどころのない妹リザとは、ここ数年でさらに親密になっている。甥のティムは、わたしの宇宙のまんなかで輝いている。ティムの結婚式では、恒例の母と息子のダンスまでした。ティムの妻カレンは知力と美しさと喜びの源がひとつになった女性なので、家族の一員に迎えられたことがうれしくてならない。ティムの姉でわたしの姪にあたるジェニファー・ジュリアは、子どものころはむずかしい相手だった。荒れていて、不機嫌で、つき合いづらく、人生を肯定する光を放つ幼いティムにくらべればなおさらだった。だが、姪は愛情に満ちた家庭を築くことで強さと幸福感を得て、わたしと姪も互いに歩み寄っていった。二〇一三年春のティムとカレンの結婚式でのこと。心からたいせつな人たちが喜びに沸き返っているときにありがちなことだが、わたしをはじめ誰もが感極まっていた。式の終わりごろ、わたしは愛情で胸がはちきれそうになり、涙で目を曇らせたまま、姪にろくでもない叔母ですまないと泣きじゃくりながら謝った。姪は厄介な相手だったかもしれないが、おとなのわたしがふたりの関係をいい方向に導くべきだった。姪が近づいてきてわたしの目を優しく見つめて、「きょうから始めましょう」と言った。子どもがおとなを導くのは、よくあることだ。

二〇代のときのキャンディスに続いて三〇代でボニーとニーナに出会い、三人との永遠の友情は、人生の究極の意味になっている。いつかわたしは終末期ケアの看護師に看取られながら、このかけがえのない友と過ごした時間を語るのだろう。

けれど、六〇代で棚卸しした人間関係は豊かだったにしても、〝小爪の幅ほどの余力も日々残さない〟という、だいじな価値観は薄れていた。それまで達成したことを並べ立てても意味はなく、もっと深い問題だった。わたしは自分が尊敬できる人間になったのだろうか？

生きかたへの不安で胸が苦しくなった。

二〇〇九年八月、六〇歳の誕生月のある日、車を運転していると、詩人のメアリー・オリヴァーの修辞的で類いまれな問いで頭がいっぱいになった。

「このかけがえのない未踏の人生で、あなたは何をしようと思う？」

オリヴァーからの威厳に満ちた指令には、過去に二度導かれたことがあったが、今回はその言葉がひどくこたえた。車を止めずにいられなかった。ロサンゼルスの騒がしい通りの路肩で、ひとり黙ったまま物思いに沈んだ。一意専心の日々を生きたいと切に――いや、狂おしく願っていた。遠い目標を追う高揚感を、刺激を求めていた。潜在能力を一滴も余すところなく使いたかった。遺伝的な特徴が受け継がれるのなら、母が八二歳で死んだということは、行動を起こして限界を大きく超えたところに到達するための時間は、あと二二年しかない。

その日車のなかで、頭を殴られたような衝撃を受けた。キューバ。それはずっと見果てぬ夢だった。美しい夢。不可能な夢。わたしにとってキューバ～フロリダ横断はずっと、単なるスポーツを超えたものだった。桁外れの記録を打ち立てることや、エンデュランス・スポーツの歴史を新たに塗り替えることを超越した、息をのむほど壮大な挑戦だった。まだ九歳のころに母があの神話の国を指さしたときから、二〇代で世界地図上の島の姿に狂喜した瞬間を経て、一九七八年の挑戦でハバナの岸に初めて立った朝まで、キューバは豊かな人生の象徴だった。

アドレナリンがほとばしった。目を大きく見開き、胸を高鳴らせ、居住まいを正した。この年齢でスイマーの肩に戻せるだろうか？　こんな常軌を逸した過激な企てに見合うほどの、意思の力を持てるだろうか？

水泳を引退してから三〇年のあいだ、完璧な体力を維持してきた。もう世界レベルのアスリートではないにしても、毎日の激しいトレーニングを優先させていたし、これからもそのつもりでいる。人の生命維持システムは——脳、心臓、人間関係、キャリア、エネルギー、ものの見かた、明晰さ、希望は——肉体が優れた健康状態で楽々と動くときに、より高いレベルで機能するというのが、わたしの人生の信条だ。水泳から離れていた年月は、旅行中もワークアウトの時間を捻出するために食事や睡眠の時間を削っていた。四八歳で膝が悲鳴を上げるまでは、なかなかの長距離ランナーだった。毎週金曜には自転車で一六〇キロメートルほど走った。ボニーとフィットネス事業を始め、そこからヨガの世界に入って人生が変わった。わたしはずいぶん長いあいだ、冷静沈着であることの対極が強く激しくあることという誤解のもとに活動してきたが、ヨガで学んだ平静さに内面が補強された。

三〇年間にこの世のスポーツをほぼ残らず取材するあいだ、元オーシャン・スイマーだというのに、世界じゅうでオープン・ウォーター・スイミングが発展していることを確かに気にも留めていなかった。トライアスロンの人気に伴って、相当な数の人たちが長距離泳の世界に引き寄せられるようになっていた。とはいえ、キューバにはずっと注目していた。自分を高潔な人物と考えたいところだが、正直に言うと、誰かがキューバ〜フロリダ横断に挑んで失敗するたびに、自宅の居間でひとり小躍りした。六〇歳の今も夢は生き続けていたが、三〇年間ひとかきも泳いでいなかった。

15 ふたたびの夢

二〇〇九年八月、六〇歳になった月に、友人のカントリークラブのプールでひそかに泳ぎ始めた。最初の数日間は体がびっくりしていた。三〇年間ほかの運動を続けていたが、大して水泳の役には立たなかった。鍛えられたスイマーは、力強い効率的なストロークで高く浮いている。わたしはよたよたとしか進めず、水に沈みきっていた。肩への負担を減らすためにフィンを着けて、クロールでゆっくりと楽に、たったの二〇分間泳ぐことから始めた。一カ月後の九月半ばには二時間泳いでいた――フィンはつけたままだったが、背中や肩や上腕の筋力がつき始めていた。以前のストロークを思い出しつつあり、体も浮くようになった。そこでオリンピックサイズの五〇メートルプールに進級して、フィンをはずすことにした。一〇月半ばには四時間、五時間と泳ぐようになった。そして自分と真剣に話し合っていた。ボニーがわたしの目もとにアライグマのようなゴーグルのあとがつき始めていることに気づき、キャンディスからは最近なんだか変だと言われ続けたが、いつものトレーニングメニューに水泳を少し取り入れることにしたとだけ言った。

一一月には、六、七時間立て続けに泳いでいた。練習後はたいがい、プールから車までたどり着くのがやっとだった。駐車場の車の運転席にどさっと腰をおろして、二時間は眠り込むというより気絶してから、ようやく態勢を整えて家に帰った。体はきつい重労働に取り組んでいた。それでも一意専心という確かな道がむちゃをさせた。これから未知の世界にわが身を投じなくてはならない。肝の太さが問われるだろう。

一二月にニーナが、仲間を誕生日記念のクルーズに連れていってくれた。四カ月に及ぶプールでの練習を経て、海でどんな感じかを初めて確認するチャンスだった。船がメキシコのマサトラン港に停泊すると、わたしはひとり水着を持ってリゾートホテルに行き、そこから沖合の美しい島々をめぐりに泳ぎ始めた。二〇代のころはとことん単調だった行為が、その日は別世界の快楽に満ちていた。海水はうっとりするほど温かく、鏡面のように穏やかだった。ゴーグルをほんの少し上げて、島の外形や砂浜の海岸線を楽しむことができた。小型のモーターボートのように、島から島へ滑るように移動していく。肩には力がみなぎり、心はしあわせにひたっていた。四時間の旅。キューバの話はまだ秘密だった。心からの確信を得て、展望を誰かと共有してもいいと思うようになるには、まず自分でほんものと見なせる練習をこなさなくてはならなかった。

二〇一〇年一月初旬、短距離の練習を二回行うためにメキシコへ行った。バハ・カリフォルニア半島先端のサン・ルーカス岬の北にある、トドス・サントスという町で、親しい友人のもとに滞在した。ありがたくも友人たちが、わたしと数時間海に出られる漁師を手配してくれた。練習当日はひんやりしていて、強風のせいで体感温度はおそらく一七度前後。水温は二〇度くらいだった。同行する漁師は、最初はやや高圧的で、これからやることなどどうでもいいといったふうだった。望むのはただ、漁に出られないぶんの支払いだけ。分厚いフリースのタートルネックセーターを着ていた。漁師とわたしが海に出るという、そのあたりでは前代未聞のできごとに、町はうわさでもちきりだった。

海は荒れていた。一・五メートルほどの高さの、動きの速い波だった。四時間めに入るころには震えがきた。一時間ごとに船に近づいて水とバナナを補給するうちに、漁師とのあいだにきずながが生まれた。漁師がだんだん身を入れてきて、波をやり過ごそうと船の進路を変える際には、手で力強く合図を送ってきた。わたしがつかの間の補給時間のあと、ふたたび白波のなかへ泳ぎ出すときにはかならず、「いいぞ《ブラーヴァ》」と叫ぶようになった。

六時間二二分が経過し、漁師にきょうはこれくらいにすると伝えた。浜に打ち寄せる波のうねりがますます高くなっていて、三メートルほどもあった。漁師がわたしの上陸に最適な地点を指さし、自分は船を安全に岸に上げるために、浜のもっと向こうへ行かなくてはならないと言った。あまりの寒さに水から上がりたくてたまらなかったので、わたしは大波のはざまを見きわめて、頭からもぐって懸命に泳いだ。腰までの深さになったところで立とうとしたが、引き波があまりにもすさまじかったので、四つん這いになったまま、岸に寄せる波の先まで必死に進んでいかなくてはならなかった。浜でがくがくと震えていると、漁師が両腕を広げたまま全速力で走ってくるのが見えた。よそよそしい高圧的な態度はどこへやら、わたしのところへたどり着いたときには手放しで泣いていた。漁師にきつく抱きしめられたわたしは、その体温に身を預けた。漁師はずっと自分の胸を叩きながら「感動した《コラソン》！」と大声で言い続けた。

友人のリンダが急いでわたしを自宅に連れ帰り、湯気の立つ熱い風呂に入れた。リンダの四歳の娘で、ペネロペ・クルスそっくりのおませなアバが、石のバスタブのかたわらにうずくまって見つめていた。わたしの気分が悪いことを承知していて、何も言わない。四〇分ほど経って、どうにもならなかった震えがおさまって正常に戻ったと見て取ると、小さな手を頬にあてて、黒い瞳で射抜くようなまなざしを向けて尋ねた。「なんで？」

四歳児からの核心に迫る問いかけ。もっともな質問だ。外から見ればとらえどころのない答えなのだろうが、わたしにとってこの冒険の旅は崇高な精神を宿し、活気を与える。六時間ちょっとの初めての公式練習に自慢できる部分は何もなかったが、ロサンゼルスに戻る機中で、〝進め〟という以外に答えはないと悟った。

二〇一〇年夏の挑戦の半年前にあたる一月中旬までに、キューバ～フロリダ横断の本格的なトレーニングに入らなくてはならない。五人の腹心の友に、決意を打ち明ける潮時だった。

まず、ボニーに話した。ボニーはいつものように静かに受けとめてから、考える時間がほしいと言った。とんでもない急展開なので、まずは海での練習に付き添ってみなくては、と。もっともな話だった。ニーナは狂喜し、妹のリザも甥のティムも同様だった。キャンディスの場合はそうはいかなかった。一九七〇年代の挑戦の際に、伴走船のかなめとして現場にいた人物のなかで、今もわたしの身近にいるのはキャンディスだけだった。このふたたびの夢について腹を割った話し合いをしたとき、キャンディスは喜ばなかった。

「あそこにはもう行って、やり遂げたじゃない。極限まで。どうして過去にさかのぼるの？　あなたらしくもない。いつも先頭に立って進んでいって、進歩を求める人なのに。むかしの夢よ。あなたには才能がたくさんある。もう何年もひとりの力でやりたがっていたじゃないの。どうして今さら？　理解できない」

だが、本気のトレーニングを開始し、夏の挑戦の準備に奔走し始めると、キャンディスは毎日朝から晩まで生き生きと過ごすわたしに感化されて、仲間に加わった。わたしはボニーもその気になってくれないかと期待した。ボニーなら完璧なハンドラー長になって、すべてのトレーニングを見守り、横断中に肉体的・精神的な余裕をもたらす任を負うだろう。だが、せかしてはいけないとわかっていた。ひとりにさせておけば、いつも正しい判断にたどり着く人だから。

ティムはというと、カリフォルニア大学バークレー校のジャーナリズム大学院を優秀な成績で卒業したばかりだった。横断計画の撮影を依頼すると快諾してくれたが、わたしもティムも、この目標の主旨が広く世間の関心を呼ぶとは思っていなかった。ただ家族の歴史の記録として、トレーニングや横断を追った映像を残さないともったいないと考えただけだった。

わたしも仲間も、これを一個人の活動を超えたものとは考えようがなかった。二〇代のむかしの長距離泳によって、わたしが異端児として知られていた時代はとっくに過ぎ去っていた。世のなかはずいぶん変わった。ジムに行ってトレッドミルに乗り、となりの女性としばらくおしゃべりをすると、その人がアンナプルナの登頂や、スノーシューでの南極横断の準備をしているところだとわかったりする。カラハリ砂漠の走破から、太平洋横断まで、人々は地球上のあらゆる場所で、恐れ入るほどの超エンデュランス系の試みをしている。

世間やマスコミがわたしの個人的な夢にわくわくするかどうかは気にしなかったが、資金集めが課題になるだろうとは思っていた。大規模な遠征計画は、豊富な予算がないと始まらない。わたしの場合はシャーク・チームやナビゲーション・チームなど、複数の分野で専門家のチームが必要になるだろう。解決しようと自分に言い聞かせた。仕事が山積みだが、肝心なのはアスリートの並外れた熱意だ。熱意なら、何よりも保証できるものだった。

一月中旬、わたしは最初の公式練習を行ったトドス・サントスに赴き、ティムも撮影を始めるために同行した。トレーニングに理想の水温ではなかったが――冷たすぎたが――まだ拠点にする合宿地を設けていなかった。メキシコでもう一度泳いでから、場所を決めよう。そうすれば、ボニーもハンドラー長の役割を試す準備にかかるだろう。

今回は水温が数度も落ちていただけでなく、カリフォルニアの海岸を南へ回遊する巨大なイカの群れが、バハ・カリフォルニア半島の先端まで達していた。体長一・二メートルを超える数千ものイカが、狂乱状態で餌を探していて、なんと空中の鳥をつかまえたりもしていた。前回の漁師を見つけると、きのう仲間がイカに片手を持っていかれたと話した。そんな海で泳ぐわけにはいかない。情報を集めて、車で二時間かけてバハ・カリフォルニア半島の東側の、コルテス海へ行った。海はひんやりしているだろうが、少なくともなんの成果もなくロサンゼルスに帰らずにすむ。

コルテス海は魅惑の海だ。見渡す限りきらめく灰青色の水が揺れ、起伏のある陸塊のなだらかな稜線が海岸線を囲む。ティムとわたしはパンガ・ボートという、モーター付きの大きな金属製の手漕ぎ舟を借り、若者ふたりがわたしたちを海へ案内した。初日はまた六時間ちょっとで終わった。翌日、今度はある島まで八時間あまりで往復したら、骨の髄まで凍えてしまった。砂浜によろよろと上がっていくと、地元の人たちが土曜のたそがれどきに生演奏を楽しんでいるところで、大柄な男性が浅瀬まで飛び出してきて、温かなタオルでくるんでくれた。坐ったまま寒さに震えながら落ち着きを取り戻そうとしていると、おおぜいのメキシコ人が涙を浮かべながら集まってきた。あの島まで往復するのはおろか、片道を泳いだ者すらいなかったという。メキシコ人たちが口々に「お目にかかれて光栄です《エス・ミ・オノル》」と言った。島までの往復がわたしの目標だと思ったのだ。当然だろう。わたしにとっても過酷な体験だったのだから。

その夜、わたしは浜辺で頭をかかえて泣いた。本心をよく見きわめて、この計画に本気なのかを確かめるよう自分に説いた。これからの半年は地獄になるだろう。五人のたいせつな人たちとボランティアの数人の専門家だけしかこの計画を知らず、最後にフロリダの岸にいるのもその人たちだけとしても、自分は満足だろうか?

その夜、屋根をメキシコのパラパという椰子の葉で葺いた、三階建ての小屋で寝つけないまま、本音をじっくり探った。いや、世間が関心を寄せないまま終わってもかまわない。キューバからフロリダまで横断するという夢は、わたしの魂を揺さぶる。この計画は石のように堅牢だ。今夜を境に、鋼《はがね》の意志を持つ。メキシコでの二回めの短距離練習は、一回めよりもつらかった。ここからはどんどんきびしい道のりになるだろう。今夜からは、何があっても信念が揺らいではならない。その夜、わたしは自分と契約を結んで、心の奥底の署名欄にサインをした。もう一度、何かを成す人に戻りたくてたまらなかった。メアリー・オリヴァーの問いに対し、このかけがえのない未踏の人生で全力を尽くすという決意をもって答えた。覚悟を決めた。全力を尽くそう。

16 二〇一〇年、始動

冬期の合宿地に関しては、海水がじゅうぶん温かく、自宅から飛行機でさほど遠くないところかどうかを調べた。自宅のあるロサンゼルス近辺の太平洋は水温があまりにも低すぎて、熱帯での二日間の長距離泳に備えたトレーニングができなかった。ハワイ、メキシコ、フロリダの知り合いに電話で問い合わせを始めた。どこも一月、二月、三月は水温が二〇度台前半で、七、八時間程度の練習ならだいじょうぶだった。しかし、予定では一〇時間、それ以上と、どんどん時間を延ばしていかなくてはならない。わたしは冷たい水には向いていなかった。それに、冷たい海で泳ぐのがどんなに得意でも、熱帯の水温でなければキューバ～フロリダ横断に必要な五、六〇時間もの桁外れの長距離泳はこなせない。

友人のそのまた友人で、メキシコのカンクンの少し南で漁船の元締めをしている人を見つけた。そのキャシー・ロレッタという人は、以前はメキシコのラジオ番組の司会者として、三〇年間にわたりメキシコを訪れた要人にインタビューをしていたが、今は半ば引退して、ユカタン半島のプエルト・モレロスという海沿いの小さな趣きのある町にいた。ロレッタはすぐさま親切心と手際のよさを発揮して、自分のところの漁師を何人か使って長距離泳の用意はできるが、今のところ水温がまだ二〇度台前半で、四月下旬くらいまでは二〇度台後半まで上がらないだろうと教えてくれたので、そのころにまた連絡をとることにした。

カリブ海のセント・マーティン島で育ったニーナが、幼なじみのマヤが優秀な船乗りと結婚したことを思い出し、その夫婦に連絡してはどうかと言った。カリブ海のそのあたりは、水温が一月下旬でも二〇度台後半なので、申し分ないだろう。しかも――海底が砂地で珊瑚礁がないので、餌場としては魅力がないおかげで――警戒すべきサメはおらず、いやらしいクラゲもいない。

一月最後の週にセント・マーティン島に向かい、冬から春にかけての数十年ぶりのきびしい長距離練習を、マヤとデーヴィッドのマーチャント夫妻が支えてくれた。最高のふたりだった。外洋に生き、世界の数多の海を渡り、港を転々としながら子どもたちを育てた。海を知り尽くしている人たちだった。風がひどく強く、大波に翻弄されてわたしがどれくらいの距離をこなせるか測りかねるような日でも、デーヴィッドは一五時間の練習の半分まで達したと見積もると、はるか遠い沖で復路に入り、桟橋に戻ってくるとぴったり一五時間が経過していた。夫妻は辛抱強く、思いやりがあった。そして、わたしの目標がどれほどの規模かをつかんでいた。

バハマ諸島で育ったイギリス人、海風にブロンドの長い髪をたなびかせるのが好きなデーヴィッドは、船乗りとしても美食家としてもその道の大家で、いい話とおいしい食事が大好きだ。ときどき海での練習中に、船の舳先に腰かけたデーヴィッドが何か形而上学的な物思いにふけっているように見えたので、次の補給のときに、何を思案しているのかと尋ねた。すると「ああ、マグロのたたきにバジルソースとレモンの皮の風味を加えたサンドイッチについて考えていたんだ」と言った。

長距離泳に出ているあいだ、デーヴィッドはフロリダ海峡の海図の研究に延々と時間を費やした。マヤは操舵の達人だった。泳ぐあいだ互いを見えやすくするために、右舷の船体中央部のすぐ横にわたしがいるよう船をあやつる集中力と能力たるや、大したものだった。今もオランダ語のなまりをわずかに残し、おおらかな島の女のイメージにぴったりで、美しいブロンドの髪に素足、しなやかな体をしていた。優れた聞き手でもあって、わたしが日々感じていることや、この計画を成功させるには何が必要かについて、細かいところまで理解してくれるので心からありがたかった。わたしが一日じゅう波と格闘した末に、夕方には体が冷え切って波酔いになっていることが何度もあった。するとマヤが桟橋から家に走って熱い風呂を立て、温かい飲み物を用意してからまた船に戻って、わたしが桟橋からの階段を上がるのを手伝った。デーヴィッドとマヤが全三回の最初の長距離練習にわたしを連れていき、その次にセント・マーティン島に赴いたときには、ボニーがハンドラー長の役割を試しにやってきた。

ボニーは初日からハンドラー向きのあらゆる才能を発揮した。わたしを呼んで予定外の補給をさせるべきタイミングを知っていた。脱水状態に陥りかけていることに、わたしよりも先に気づいた。肩が弱っていることを察知して、九時間の練習の予定を六時間に減らすよう助言をしたりした。練習に専念させて信念を失わせないために、海でも陸でも、わたしの体に合う練習と休息のバランスと、適切な口調がわかっていた。

基本の日程は、デーヴィッドとマヤのもとで八日間に三回の長距離練習。そのあとロサンゼルスに戻って体力を回復させ、体重を戻し、筋力をつけるのに役立つプール練習を行い、横断計画の詳細を詰めた。わたしは難事業の最高経営責任者だった。事業に必要なのは現金で約四〇万ドルの運営資金、サービスの提供や物品の寄付、全体で五〇名ほどの人員の管理、そして大型船数艇と大量の精巧な電子機器を携えたアメリカ人の団体を、容易には受け入れない国に入国させるための、複雑な許可申請の手続きだった。そういう段取りを任せられる人を探すよう、多くの友人から説かれ、たくさんの手助けをありがたく受けたが、じつを言うと、もろもろの業務を担うことでトレーニングのストレスが和らげられた。あるいは、わたしはもしかすると単なる仕切りたがり屋で、自分にとってだいじなことにはすみずみまで目を配らなくてはと信じているのかもしれない。

一〇〜二〇日ほどロサンゼルスで過ごしたあとセント・マーティン島に戻って、泳ぐ時間を延ばしていった。最初の合宿では八時間の長距離泳を三回、二回めは一三時間、一一時間、一〇時間の三回。そして五月にどんどん延ばしていって、一日に一八時間を費やすようになっていた。練習の狙いは、わたしが一五時間をひと区切りとして容易に乗り切れるようになることだった。キューバ〜フロリダの一〇三マイル（一六五・八キロメートル）を泳ぐのに約六〇時間かかるとすると——所要時間は慎重を期して長めに見積もった——一五時間の長距離泳を四回連続でこなすことになる。だから一五時間の水泳を、肉体的にも精神的にもほとんど苦しみと感じなくなるのが目標だった。とはいえ、海での一五時間はかならず苦痛をもたらす。一五時間も連続で泳ぐなど、マラソン・スイミングのスイマーでも一生やらない人がほとんどだが、わたしは週に数回やっていた。一五時間はけっして楽ではないが、回を重ねるごとに少しずつ悲惨の度が下がっていった。

四月の下旬までに、セント・マーティン島への遠征と併せてプエルト・モレロスにも出かけて、キャシー・ロレッタと組んでユカタン海峡での長距離泳を行った。景観の変化で気分転換になったとはいえ、セント・マーティン島と、あの紺青の海の壮麗さにはかなわない。セント・マーティン島との大きな違いは、サメがいることだった。浅瀬から外はかならずサメのテリトリーであり、海峡や浅瀬の端でサメが餌を食べている。オーストラリアから〝シャーク・シールド〟という、手のひらにおさまるくらいの大きさの機器を取り寄せた。それを船にくくりつけると、一・二メートルほどの長さのアンテナが水中にたなびいて、楕円形の電界を発生させ、サメのロレンチーニ器官（サメの吻《ふん》部の感覚器官）に不快な刺激を与える。CNNが、バハマ諸島で撮影したサメの映像を送ってくれた。サメが群れをなして釣り糸の先の餌を奪おうとするが、釣り糸にシャーク・シールドが装着されているので、サメは餌に向かってくるものの、すぐに身をひるがえして離れていく。心強い映像だった。相談にのってくれた専門家たちも、シャーク・シールドでサメから一〇〇パーセント守られるわけではないが、かなりの抑止力にはなるという感想だった。メキシコではいつもわたしの近くに、シャーク・シールドのアンテナをぶら下げておいた。

プエルト・モレロスでのトレーニングというと、キャシー・ロレッタの見慣れた姿を連想するようになった。一五〇センチほどの小柄な体格、ショートパンツの下まで伸びる銀髪。浜に戻る時間がどんなに遅くなっても、雷雨のさなかであっても、陸には献身的なキャシーが大きなふわふわのタオルを手に立っていて、わたしをタオルでくるんで熱く心地よい風呂に連れていこうと待ち構えていた。メキシコの練習ではいつも最後の数百メートルで陸を見上げ、準備万端で忠実に船を待つキャシーの姿が疲れた心にしみた。

引退後三〇年ぶりの過激な海洋トレーニングに、筋肉がよく反応してくれた。二〇〇九年の冬から二〇一〇年の春にかけて、わたしは月を追うごとに大きく、強く、しぶとくなっていった。だが、胃は好調とはいかなかった。日の出の午前六時から日の入りの午後六時までの一二時間の練習に備えて、じゅうぶん食べて少しでも消化してからスタートできるよう、ボニーは午前二時にわたしを起こしていた。そしてオートミール、固ゆで卵、バナナ、プロテインバーを、たいがい半強制的に食べさせなくてはならなかった。わたしはもともと朝から食べられるほうではないので、午前二時に大量の食べものに向き合うのは楽ではない。ボニーは効率的な水分補給のために、わたしが夜明け前の時間帯にも飲み下せるクランベリージュースを一リットルほど飲ませようとがんばった。食事やストレッチの合間に、たとえ数分間でも柔らかな掛布団のなかにこっそり戻っていたのは、睡眠が足りないからではなかった。どんなにつらい一日が待っているかがわかっていたので、出かける前の最後の一瞬まで、ほかほかの羽毛布団の心地よさと安心感にひたっていた。わたしは時計ばかり見ていた。快適な掛布団を出て、避けては通れない苦痛への覚悟を決めなくてはいけない時間まで、あと二二分。あと一七分。超人的な触覚を身につけたかのように、シーツのなめらかさや羽毛布団の重みをしみじみと味わった。

体調がどうあろうと関係なく、海で一二時間泳ぐたびに克己心を試される。春のあいだに自信がふくらみ、肉体が長時間動けるようになったのは確かだったが、それでも長距離練習のたびに心の準備をしなくてはならなかった。ボニーとわたしは午前五時半に桟橋に立って、マヤとデーヴィッドが船を回してくるのを待った。明るく浮ついた空気はなく、話も弾まない。スイムキャップとゴーグルを着けるが、ローブを脱ぐのはぎりぎりの瞬間まで引き延ばす。それもやはり寒さが理由ではなかった。心地よくないことが始まるまで、心地よさに包まれていたいだけだった。ボニーがわたしに擦れ止めを塗る。擦れ止めを〈ワセリン〉からもっと長くもつ〈アクアフォー〉に変えたが、水着の縫い目やスイムキャップの首側が、塩水でふやけた肌に食い込むのを防ぐ潤滑剤を探し続けていた。練習後にはいつも、赤く擦れた傷をアロエの葉で治療して、次の練習までに少しでも治そうとした。擦れのせいで横断計画をあきらめるようなことはなかったし、長距離練習を途中でやめることも一度もなかったが、傷にはほんとうに苦しめられた。

デーヴィッドがたいがい歓迎しかねる内容の風の予報を伝え、風のようすをもとにコースを決めた。可能なときは、風を防いでくれる海岸沿いに進もうとすることも多かった。これ以上ないほどの強風のなかをたくましく泳ぐのが目的ではなかった。本番では、海が最も凪いでいるときを見計らうつもりだ。だが、天候や風を理由に練習を中止したことはなかった。嵐がやって来ようが、風が荒れ狂おうが、何があろうと午前六時にスタートと決めたら、かならずその時刻に桟橋を出て最初のストロークに入った。

ボニーが練習期間中に補給計画も固めていった。給水装置に加えるために、さまざまな栄養ジェルや電解質の配合を試した。海水が飲み物に入り込まないように激しく立ち泳ぎをしながら、カップを水上に保とうとするよりも、給水用のチューブを渡されて、仰向けに浮かんだままゆっくり水分をとるほうが楽だった。あおり足で波の動きよりも高く何かを掲げるのは、エネルギーのむだ遣いだ。ボニーが補給食をすべてひと口大で用意するようにしたので、食べものも空中に掲げずにすんだ。特に海が荒れている日はいやおうなく、胃の具合がひどく悪くなった。大荒れの日には、最低でも数回は激しく嘔吐するのがふつうだった。そうするとボニーが、胃を落ち着かせる特効薬のコカ・コーラを少し飲ませてくれた。

登山やランニングなど、さまざまな試練に挑む数々のウルトラ・アスリートが、強靭な胃を話題にする。筋肉を鍛え、心を鋼にすることがどういうことか、ウルトラ・アスリートならみんな知っている。だが、過激な挑戦の成否を左右するのは、往々にして胃なのだ。極端な高高度であれ、砂漠の炎暑であれ、塩水であれ、そのなかで長時間ずっと肉体への相当な負担にさらされる者は、一定の時間が過ぎると食べものや飲みものの摂取に苦労するようになる。ボニーもわたしに何か食べてくれと懇願してから、それを体内におさめておいてくれるよう願うしかなかった。ボニーは補給計画と併せて、たくさんのシステムも組み立てた。昼間用の手信号、夜間用のホイッスル信号、危機の際の指揮体系、わたしにどん底を乗り越えさせるための適切な言葉。わたしは愛のむちが効くタイプではない。叱責されても効果がないのだ。ボニーは、わたしが苦痛の世界にいるかどうかがわかるという。わたしがひとかきずつ、ひとくちずつ、苦境から抜け出すのを助けてくれる。

五月初旬ごろのわたしは、一日一二時間の練習を終えてもなお、二月に陥ったような疲労困憊の状態にはほど遠かった。最初の数回の合宿はまさに地獄だった。今は勢いに乗っている。体はずっと軽くなり、長時間の水泳を乗り切るためのカウント方法と八五曲のプレイリストのシステムを作り上げている。女性デュオのインディゴ・ガールズのメンバーで友人の、エミリー・サリアーズから聞いた話では、わたしのプレイリストはすべて四分の四拍子だそうだ。ぜんぜん気づいていなかったが、どうやらわたしのストロークのリズムに合うらしい。

わたしにはボブ・ディランの歌声の微妙な部分まで聞こえる。ハーモニカの音も精確なピッチで頭に響く。ヘッドフォンは使っていない。頭のなかで聞こえるのだ。そして四分の四拍子に合わせて左手で、次に右手で水をかく。

わたしのストロークのメトロノーム並みに正確なリズムは、時間をやり過ごすだけでなく、驚くほどの精度で経過時間を計ることにも役立つ。なぜ特定の曲が人を引きつけるのかは知りようもないけれど、わたしには海で自分を催眠状態にする曲がわかる。脳が何時間も続けてひたっていたいと思う曲を求めていて、その曲に心を奪われる理由は歌詞とは限らず、旋律だったりする。大海の真っ暗で薄気味悪い深夜に、エルトン・ジョンの『ダニエル』を歌うのが大好きだ。ビートルズの曲もたくさんある。アルバム『リボルバー』、『アビイ・ロード』。補給の終わりまでの短い時間用には、『ハー・マジェスティ』の一節を何百回か歌う。この短い曲をさらうあいだ、ポール・マッカートニーの不遜な歌声と簡素なアコースティック・ギターの音が耳を愉しませ、終わりを迎える。

すてきな短い歌のおかげで、幾度も楽しい気持ちで一時間を過ごした。前述のとおり、ビートルズの曲は山ほどある。『ノルウェーの森』、『ポリシーン・パン』、『エリナー・リグビー』、『ゲット・バック』、『レット・イット・ビー』、『デイ・トリッパー』。ときどき、覚えている限りのビートルズの曲をおさらいしてみることもあった。あるときは確か一六〇曲まで歌えた。

ジョー・コッカーの曲もあった。疲れて寒いときに気分を上げるには、『あの娘のレター』に頼った。日暮れどきにはジャニス・ジョプリン版の『ミー・アンド・ボビー・マギー』が脳を吹き抜けていく。そして、必死のときには必死の手段が必要だ。午前三時、日の出の気配はどこにもないとなれば、かならずニール・ヤング。海ではヘロイン中毒の歌ではなく、『ハレルヤ』を歌うべきじゃないかと、人にからかわれる。『ハレルヤ』のほかに、ジェームズ・テイラー、グレイス・スリック、ドリフターズ、エヴァリー・ブラザーズ、リトル・エヴァもプレイリストに入っていたが、どん底の状態で、空っぽのまま泳いでいるときには、ニール・ヤングのあの頭に焼きつくファルセットがわたしを陶然とさせ、気持ちを静めてくれる。

ニール・ヤングの、特に『ダメージ・ダン』の声の響きには、恍惚とさせられるとまで言いたい。体が降参寸前のときに、幾度もあの声に救われた。欲求の充足を先送りにすることは、むかしからわたしにとって快感であり、強みでもある。真夜中過ぎの孤独な時間帯には、『ダメージ・ダン』を流したくてたまらなくなった。まだ逃げ場のない苦境と定義できる状態ではないと引き延ばした末に、あのファルセットが頭にわき出て耳に響くに任せる。

続いて、子どものようになる時間がある。もはや思考力が衰え、複雑で深遠なものには脳が集中できないので、『シー・ラヴズ・ユー』のサビの部分をくり返し、さしたる意図もないまま、なんとなく単純さを求める気持ちから、軍隊の訓練歌や言葉遊びや童謡にした。例えば『ちっちゃなクモ』。そして『ひばり』が体のすみずみまで、頭からつま先まで、フランス語に続いてスペイン語で流れる。『ゆかいな牧場』をスペイン語で、次にフランス語で歌う――あちらの言葉で歌われているのかも、どんな歌詞なのかも知らない。

二〇一〇年のトレーニングでは、ティムがボニーとわたしに何度も同行していて、メキシコでの一〇時間のきびしい練習にも、撮影の助手として婚約者のカレンを連れてきていた。その日は海がものすごく荒れていた。ティムとカレンは一日じゅう船上で危うい状態にあった。特大級の波に、珊瑚礁に激突する危険にさらされ続けた。その日のわたしは強い気持ちで懸命に戦っていたが、日没までにみんなへとへとになってしまった。最後の二時間は海が穏やかになったので、ようやく少しだけ緊張が解けた。わたしはというと、静かな海面に広がる黄金色の夕日を楽しんでいた。その日ずっと、カレンが船からわたしに話しかけることはなかった。練習に同行するのは初めてだったので、いらぬ口をはさみたくなかったのだ。だが練習の終わりごろ、わたしがもうすぐ終了だとうれしがっていて、きつい状況に文句も言わずに対処した自分を誇りに思っていることが見て取れたので、最後の補給に来たわたしに尋ねた。海では、人生の意味みたいなものについて刺激的な思想にふけっているんですか？　「たいがいそうね」と言ったものの、ちょうどそのときは、『じゃじゃ馬億万長者』のテーマソングを、頭のなかで夢中になってくり返していた。浅薄にして深遠な調べはわたしの相棒になり、これを頼りに数々のつらい時間を乗り切った。『ミー・アンド・ボビー・マギー』や、ビージーズの『ステイン・アライヴ』、ゴードン・ライトフットの『心に秘めた想い』、サイモン&ガーファンクルの『明日に架ける橋』や『スカボロー・フェア』を聞くたびに、パブロフの犬よろしく、海で過ごした時間にいきなり引き戻される。果てしなく続く単調な時間にひとりぼっちで閉じ込められているときに、時間をやり過ごしたり計ったりするためにもっと欠かせなかったのが、数を数えることだった。あの何千時間ものあいだ、よく一度も同じカウントの方法をくり返さなかったものだと、今でも感心してしまう。唯一変わらなかったのは、言語の順番だけだった。左手だけを一〇〇〇ストローク数える方法であれ、一〇〇ストロークを一二セットの合間に特定の歌を挟む方法であれ、つねに最初は英語、続いてドイツ語、スペイン語、最後はフランス語だった。フランス語は希望をもたらしてくれた。終わりが近い、長い時間を越えてきた、と。

プレイリストの歌と同様に、海でさまざまな言語の響きを〝聞く〟と、耳が快感でむずむずした。子どものころに家で耳にした、聞き慣れない抑揚のざわめきに始まって、世界じゅうの言語はわたしの人生の楽しみのひとつだ。フランス語は、わたしの耳には麻薬。フランス語をじょうずに話したり発音したりするために必要な、偏屈なしゃべりかたが大好きだ。唇を自信たっぷりにとがらせて構えなくてはならず、まるで一語ごとに「そう、当然だけど、間違いなくこれは明白な事実。別の論点なんてない」と言っているかのよう。アメリカのビュッフェの列に並ぶフランス人を見かけたことがあれば、こんなふうだろう。皿は白く空っぽのまま、列から列へぶらぶら歩き、唇をぐっととがらせている。「これはいったいなんなの？《メ・ケスク・セ・エグザクトゥマン》　まさかチーズじゃないわよね《ス・ネスパ・デュ・フロマージュ・クワ》。なんにもありゃしないじゃない《イル・ニ・ヤ・リヤン》。ほんとうに、なんにも《リヤン・ジュ・トゥ・ル・ディ》」。たとえ不快な話をする場合でも、きっちりした母音が柔らかな子音と連動して、いささかの快感を生む。フランス語は、たとえフランス語なまりの英語でも人を引きつける。白状すると、ことを速く進めたいときにはフランス語を引っぱり出す。混んでいる店で、人のうしろから喉頭音のrを強調しながら声をかける。「すみません、青いのじゃなくて、グレーのをお願いできませんか？」。店員が駆け寄ってくる。「ああ、はいはい《ア・ウ・イ》、パリのかた？《エット・ヴゥ・ド・パリ》」

だから海では、フランス語は最後の楽しみにとっておくデザートだ。ドイツ語のきまじめさも楽しい。「二八《アハト・ウント・ツヴァンツィヒ》」。ドイツ語は骨太な言語だ。そしてスペイン語の番になると、ふいに情熱的な心持ちに変わって、まるで魅惑のシャガールの絵画の前でうっとりしているかのように「八五《オチェンタ・イ・スィンコ》」と発音する。

言語はわたしの人生の喜びであり、海でのひとりぼっちの長い時間を乗り越える鍵だ。

スポーツは時として、被虐趣味の物語を紡いでいるだけに思える。肉体の激しい苦痛、精神の非情な試練。超高所登山の話を読んでも、そんなふうに感じるだろう。ひどい高山病、荷をぎりぎりまで切り詰め、うつむいたまま、拷問に等しい歩みを続ける。

数々の高峰をものにした——無酸素登頂という偉業をなした——登山家のエド・ヴィエスチャ

ーズによれば、高度八〇〇〇メートル近くになると体の負担があまりに大きすぎるので、一〇センチ足らずの一歩を刻むごとに立ち止まっては深呼吸を二五回はしなくてはならないという。わたしには世界最高地点での圧迫感を論じることはできないが、陸からずっと遠くの外洋での極限状態や難題をよく知る数少ない人間のひとりだ。すみずみまで苦痛の色がある。激しい運動による嘔吐、波酔い、幻覚、低体温症、脱水、肩の痛み、感覚が遮断された五里霧中の状態で、集中しようともがく心。

外から見れば、わたしたちのような過激なアスリートにとって唯一の喜びがやってくるのは、山頂や対岸にたどり着いたときという印象が強い。だが、道のりそのものにも喜びはある。エベレストのグレート・クーロワールに立つエド・ヴィエスチャーズの写真を眺め、本人の視点からの言葉を読むことは、人類の大半には想像もつかない月世界のごとき景観を見渡すときの、胸の高鳴りを共有すること。わたしたちの地球という一編の詩を、ともに味わうことなのだ。

わたしにも、地球そのものへの純粋な畏敬の念がある。キューバ～フロリダ横断の夢を追っていた近年は、そういう畏敬の念に満たされていた。人生のなかで、六〇代は二〇代とは大きく異なる時期だ。自我がもろくはなく、クジャクの羽を見せびらかしたくもならない。加えて、むかし二〇代のころはたいがい激しい憤りを覚えながら泳いでいたという自覚もある。若いころは存在に気づきもしなかったのに、六〇代の今回は青い惑星に恋をしていた。

同じような意識の高まりは、肉体についても言えた。自分の両肩の強さに、効率的なストロークの仕組みを極限まで理解することに、目まいがするほどの喜びを覚えた。左手で水の抵抗をとらえ、胴体のすぐ近くで肘を曲げることで上腕二頭筋を作動させ、てこの原理が最大限に働くように肩を回転させ、上腕三頭筋を後方のセント・マーティン島へ勢いよく動かすと、アングィラ島へ突っ走っているような気がした。この優れた筋力を感じること、並外れた体力に酔いしれることは、ただすばらしかった。

春のトレーニング中の、ある特別な一日に、わたしは半ば陶酔状態にあった。海が鏡面のように平らかな、めずらしい日だった。頭のなかでありとあらゆる思いが飛び交っていた。そのころ、目の前の問題をかかえている場合を除いては、海面を渡っていくときに生き生きとした気持ちでいることをふしぎに思っていたので、自分がどうやって長年かけて若いころの怒りを克服して、そういう日常のほんものの幸福感を覚える境地に達したのか、しばし考え込んだ。

魔法が生んだようなその日、セント・マーティン島からアングィラ島まで力強く高速で往復しているときに、青という色そのものの海で、たぶんエド・ヴィエスチャーズのエベレストでの興奮をなぞりながら、人生のなかでも際立って貴重な晩を思い出した。

ニュー・メキシコ州で講演したときのこと。わたしは性的虐待の過去について少しだけふれた。虐待を受けていたころの話を公表する理由は、そういう責め苦に遭ったからといって、強靭でしあわせな人間になれないわけではないというメッセージを暗に伝えたいからだ。性的虐待のまん延という問題に取り組んで、防止への道づくりを手伝うのは、たとえささやかなことしかできなくても、わたしにとってはだいじな行為だ。

講演のあと、とてもにぎやかなレストランでの夕食に招かれ、ある老婦人のとなりに坐った。明らかに場の盛り上げ役だった婦人は、生き生きとした目をしていて、地元の中心人物と紹介された。グラスや銀器のぶつかる音、店内の喧騒、音の響きやすい室内のせいで、すぐとなりの人のほかには誰とも話せなかったので、その晩は婦人とわたしでずっと会話をしていた。

途中、老婦人がグラスに手を伸ばすとブラウスの袖が持ち上がって、手首の数字の入れ墨があらわになった。わたしは思わず「生き残ったかたなんですね」と言って、もし時と場所をわきまえない無礼なお願いでなければ、体験を語ってくださらないかと頼んだ。それから半時間、レストランの騒音はどこかへ行ってしまった。聞こえるのは婦人の声だけ。話に釘付けになった。

老婦人はポーランド人、生まれた町ではすでにユダヤ人狩りが始まっていた。父親は、もしナチス・ドイツが自宅に来たら撃たれるかもしれないと家族に告げていたが、逃げようとはしなかった。ナチが来た。一家は――まだ三歳だった婦人と、六歳の姉と両親は――一五分で荷物をまとめるよう命じられた。父親が拒否し、撃たれた。

ダッハウ強制収容所への果てしなく続く列車の旅で、何十人もの人たちと押し合いへし合いでまる一日以上立ったまま、大小便も床にするしかないという状況を経て、ようやく収容所に着いた。人々がプラットフォームに下りていき、母は右手に六歳の姉を、左手に三歳だった婦人を連れていた。母と姉は列車を下りたとたんに、右側へ押しやられた。夫人は左側に連れていかれた。それきり、母と姉には二度と会えなかった。

その日から連合国軍がやってくるまでの二年半のあいだ、無垢な幼子は無理やり性奴隷にされた。ナチス親衛隊の士官たちの慰み者になり、三歳にして性交や口腔性交や肛門性交など、忌まわしい行為を一日に何度も強制された。

わたしは涙をこぼし始めた。老婦人に、講演で自分の「ちっぽけな」体験にふれたことを心から恥ずかしく思うと告げた。すると老婦人はわたしの両手をとって自分に引き寄せ、きっぱりと言った。「自分の痛みを他人の痛みとくらべてはいけないの。加害者の手で子ども時代の一部が損なわれたことに怒りや嘆きを感じるのは、当然の権利よ。自分の人生なのだから、どんなことをしてでも心の安らぎを見出さなくては」。だから、わたしは尋ねた。幼いころにそんな目に遭いながら、いったいどうやってふつうの人生を送り、朝日に希望を覚えるようになれたのか、と。

婦人は収容所から救出されたあと、パリのある一家の養女になった。引き取られた最初の日、養母が少女を庭に連れ出してしっかりと抱きしめ、ぜんぶ話すことが心の癒やしになると語った。どんな話を聞かされるのか、まったくわかっていなかったのだ。幼い少女はこと細かに話をした。するとと、養母が力強く言った。

「自分の身に起きたことはぜったいに忘れないでしょう。忘れられるわけがないわ。それに、わたしはあなたの母にはけっしてなれない。なれるはずがないの。でも、この世が美しいところだとは信じてちょうだい。人にはもともと思いやりや愛があるの。あなたはこれからすばらしい人生を送る。これまでの記憶は心のどこか奥深くにしまって。背負ったまま生きてはだめ。あした、あなたは初めて新しい家族とともに目覚めるの。目覚めるのは、深く傷つけられた少女ではないわ。実りあるしあわせな人生を送るにふさわしい、この世の一市民として目覚めるの」

騒がしいレストランでの晩に、この穏やかな女性と、想像を超えた苛烈な体験談によって、わたしは人生の道のりのなかでもいちばんだいじな悟りへ導かれた。そして今、カリブ海の空色の海を滑るように渡っている。あの女性の強さや人間の魂に共通の強さに心が洗われて、喜びに胸を高鳴らせ、実りある人生を生きられることへの感謝の念にあふれながら。わたしはもう、怒りを背負ったまま生きることはない。わが身をひたす傷ついた少女ではない。もう性的虐待の過去を背負ったまま生きることはない。わが身をひたすのは、大海の本質である無上の喜び。

そう、ほんとうなのだ。わたしは六〇歳で激しい怒りを手放した。六〇歳にして、アスリートとしての自分も含めてあらゆる面で、人生の最盛期にある。


五月下旬、カウントダウンが始まる。長距離練習はあと六回。メキシコで三回、セント・マーティン島で三回。長距離練習でのカウントダウンのありようは、年間のトレーニング全体にも当てはまる。一七時間の長距離泳をこなすとしたら、最初の一～三時間しか経っていないのに、一五時間めがどんなふうだろうかなどと心をさまよわせてはならない。先のことばかり考えないようにするために、克己心を発揮しなくてはいけない。自分が泳いでいるのは、目の前の時間だけ。全体の半分の八時間半が経過したからといって、少しでも浮かれるのは愚かだ。後半が前半のようにいくとは限らない。だが、終わりが近づいてあと二時間ほどになると、安堵の思いが少しずつわいてくるのが感じられる。投げ出さなかった自分に敬意をいだく。そこからは疲れた心になんらかの感情が広がるに任せる。

そう、シーズン全体の管理にも同じようなさじ加減を用いる。シーズンの序盤は、ことをじっくりと進めなくてはいけない。やるべきことをやるのみ。愚痴を言わず、先を見ない。シーズン中盤の三月、四月にも、根拠のない推測は禁物だ。だが、終盤の五月下旬には、誇りで胸をいっぱいにする。苦痛に負けなかった。つねに全力を傾けた。安堵の念を自覚する。

スーパー・ボウルのチームやオリンピックのボート競技の選手が勝って涙を流すところを見ると、勝利だけが涙の理由ではないことが、わたしにはよくわかる。勝利までの長い道に耐えてきたからだ。寒さや痛みにさいなまれる時間を過ごし、希望を打ち砕く怪我を克服してきたからだ。活気にあふれた人生を送ることの本質には、忍耐がある。

六月初旬、セント・マーティン島で最後の長距離練習。とんでもない早朝に、最後の強制的なオートミールの食事を飲み下した。いやいやながら桟橋でローブを脱ぐのも最後。トレーニングは一五時間。一五時間が過ぎてもじゅうぶんな体力を残し、すぐに次の一五時間を想像し、続いての一五時間も想像し、その次の一五時間も想像するという目標が現実味を帯びた。最後の二時間で、自分をほんとうに誇りに思った。あきらめるしかなかったことを嘆く歳月を経て、ふたたび横断の夢に取りつかれてからの、この一〇カ月の記憶をさらった。プールでたった数時間練習しただけで、車の運転席でハンドルに突っ伏したのは、それほどむかしではなかった。まわりのよき人たちと――ボニー、ティム、マヤ、デーヴィッド、キャシー・ロレッタと――献身的な支えを思った。午後九時の暗闇のなか、最後の補給のときにすぐ近くに錨を下ろしているヨットに気づいて、みなで船長と雑談をした。船長が、夜明けに別の女性が港から泳ぎ出すのを見たと言い、トレーニングをする人たちがいるのは何かのレースが近いからかと尋ねた。デーヴィッドが船長に、その女性はこの人で、夜まで一日じゅう海に出て、島の周囲を泳いでいたのだと話すと、船長が「うそだろ！」と叫んだ。

桟橋でボニーがホイッスルを鳴らし、両腕を大きく振った。やり遂げたのだ。ささやかな一団が歓声をあげ、わたしは仰向けになって泣きじゃくった。

17 キー・ウェスト、最初の夏

遠征隊は通常、準備を整えて実行に最適な状況を待つあいだ、どこか小さな町にとどまる。エベレストを登る人たちなら、ネパールのカトマンズにこもる。わたしたちの場合はキー・ウェストに指揮本部を置いた。あれほど魅力と親しみにあふれた安息の地、不安な数週間を過ごすのにうってつけののどかな場所は、ほかに思いつかない。わたしたちのためにある、横断計画版のカトマンズだった。

合宿を張り、横断計画のチームをまとめ、キューバとアメリカからすべての許可を取るべく、ボニーとキー・ウェストの小さな空港の滑走路に降り立ったとき、わたしはそれまでの血のにじむような努力の日々をちゃんと乗り越えられたことから、自信に満ちていた。

二〇一〇年六月初旬、わたしたちがキー・ウェストで荷を解いて、キューバ〜フロリダ横断計画の準備を進めているという話が広まると、街じゅうが支援に乗り出してきた。ホテルが無料で部屋を貸してくれた。船長たちが横断用の船舶と船員の提供を申し出た。ケータリングと水の業者が割引価格で物資を調達してくれた。ここは誰もが知り合いどうしで、地域が総出でものを提供したり手を貸したりする、そんな町なのだ。

ある日、ボニーと大好きなサンドイッチの店のカウンターで、カヤック・チームを編成しなくてはという話をしていると、かがみこんでエスプレッソ・マシンを修理していた男性が不意に顔をあげて、「ブコっていいます！　カヌーをやってて、あなたたちの計画を何かで読んだんですけど、ご入り用のチームを組めますよ」と言った。キー・ウェストならではの展開だった。その日から、ブコ・パンテリスはチームの貴重な中心メンバーになった。六名のカヤック・チームを組み、船底にシャーク・シールドを装着して、ふたりずつ交代でわたしに付き添うことになった。また、キー・ウェスト沖での夜間トレーニング時にサメ対策が必要なときには、何度も同行した。

急きょ招集したシャーク・ダイバー・チームを率いるのは、世界的に有名なサメの専門家、ルーク・ティプル。ルークの話では、カリブ海一帯は危険な海域なので、夜間はどの船もクラゲや小魚、ひいてはサメをおびき寄せる白色光を使えないという。赤色LEDなら、好奇心の強いサメを呼ぶ効果はないと立証されているのでだいじょうぶだとはいえ、サメが引きつけられるのは視覚的な刺激よりも、わたしの泳ぎで水面に発生する低周波の振動だ。水中のダイバーも赤色LEDだけを携帯して使う。ルークが六名の男性でチームを組んだのは、三人ひと組の体制でふたりが水中に入り、ひとりが伴走船の最上部で見張りに立つという考えからだった。あとの三人は任務に就くまでダイバー・チームの船で休憩をとる。サメの研究者たちから言われたことを、ルークもくり返した。人間はサメの餌ではない。一週間かそこらは何も食べていない飢えた野生のサメでもなければ、わざわざやってきてわたしを襲うはずがない。とりわけ、わたしが船団に囲まれて、シャーク・シールドの電界の上部にいるとなれば。ただし、いい加減なことは言いたくないと、ルークがつけ加えた。サメの行動は、特に獰猛《どうもう》なヨゴレザメの行動は予測できない、と。

ルークはサメの保護活動家なので、ぜったいに殺したりはしない。一九七八年のキューバ〜フロリダ計画でもそうだったが、シャーク・チームは横断時にも凶器を一切使わない。先端にテニスボールをつけた三角形のビニールパイプを持って潜り、近づいてきたサメの鼻づらを小突く用意をしておく。

サメの専門家のパトリック・ライス博士も協力してくれた。博士はシェービングクリームくらいの大きさの缶に入った、サメ除けの強力な薬剤を開発していた。缶を振って薬剤を急激にまき散らすと、サメはその臭いからできるだけ遠くへ遁走する。防御の最前線に立つのがダイバー・チーム。副次的な防衛手段がシャーク・シールド、そして生死に関わる緊急事態のためにサメ除けの薬剤を用意しておくのだが、夜闇のなかで奇襲をかけられたら役に立たない。ダイバー・チームはわたしの命を守る盾となり、海中の捕食者の発光する目と、水面のわたしとのあいだを泳ぐ。キー・ウェスト沖で何度か夜間泳を行って、そこで実地訓練に入ったルークのシャーク・チームとブコのカヤック・チームとともに、ボニーも緊急時の連絡システムを現場で試し、デーヴィッド・マーチャントがメキシコ湾流の調査に入った。

チーム全体での二四時間訓練の日を、七月一〇日にした。この練習でコンディションを最高の状態に持っていき、そのあとは理想的な気象条件が揃うときまで、もっと短い練習で体調を保つ。また、この練習によって、全スタッフが本番さながらの環境で一体となって動くための、貴重な〝通し稽古〟の機会が設けられる。デーヴィッドが設定したコースに従うと、わたしたちの船団はキー・ウェストから約八〇キロメートル、キューバ～フロリダの中間とにらんだところまで行ってスタートする。このやりかたでデーヴィッドは、メキシコ湾流の影響下でどれくらいのペースで進めるのか、どんな問題に出くわすのかを知ることができる。伴走船の操舵役《ドライバー》は、デーヴィッドの決める進路に従うと同時に、わたしとのしかるべき距離やスピードを保つ技術を身につける。シャーク・チームは夜間のダイビングをひと晩かけて体験する。伴走役《カヤッカー》は船底にシャーク・

シールドをつけて、ふたりずつ交代で任にあたる。また、よく起こりがちなのだが、わたしが右へそれてしまったら、カヤッカーが追跡して伴走船の方向へ導く。ただひとつ、カヤッカーとわたしがずっと気をつけなくてはならないのは、わたしの右側のカヤッカーがパドルをわたしの手にぶつけないよう、細心の注意を払うことだった。たとえゆっくりと、時速三キロメートルほどで進んでいても、わたしの手が前へ伸ばされ、パドルが後方へ動いているときにぶつかると、手に怪我をし、もしかすると骨折までする可能性があった。

ボニーの率いるハンドラー・チームは、わたしと通常の補給の練習をするとともに、吐き気への対処から意識をはっきり保たせることまで、迅速な対応を必要とする諸問題も体験する。ハンドラー・チームの責任者のボニーは、七〇年代の挑戦時のハンドラーのうち、キャンディスだけでなくジョンとデボラ・ヘネシーも連れてきた。見上げるとなつかしい顔があるのは、とても刺激になった。ハンドラー・チームの残るふたりは、妹のリザと、親友のハイディ・ホーナーだった。

クラゲに関しては、カツオノエボシがいちばんの難敵と予想していた。昼間はカヤッカーとシャーク・ダイバーが、青い泡のようなものが浮いていないか、怠りなく目配りする。わたしが夜間に刺された場合に備えて、気道を広げるためのアドレナリンとプレドニゾンと酸素ボトルに加えて、局所鎮痛剤も医師が携行する。

七月一〇日の土曜の朝にチームが桟橋に集合し、デーヴィッドが選んだ起程点まで約八〇キロメートルの航海に出た。そのときは皮肉なめぐり合わせを感じないまま、二四時間の練習のあいだ、いわゆる無風状態にうっとりと魅せられていた。どの方角を遠くまで見渡しても、海面はべったりと静まり返り、大きなテーブルを置いても沈まないような気がするほどだ。何が皮肉かというと、夏の挑戦のあいだ二度とそれほどの無風状態に恵まれなかったこと。完璧な海況は、訓練でむだに費やされた。風はそよとも吹かなかった。このまま船を飛ばして、キューバ政府の許可証なしでこっそりハバナまで行って計画を実行すればいいと、みんなで道中ずっと冗談を言っていた。あの無風状態がもう一度訪れると信じきってしまったことが悔やまれる。

まずまずの状態で二四時間が過ぎた。それほど気力を振り絞る必要がなかったことには驚いた。午前のスタートから数時間のウォーム・アップのあとは、昼ごろから日没までひたすら泳いだ。そして、驚異のメキシコ湾流に、しばし恍惚とした。あれほどの青い海は青い地球上でもあそこにしかないと、あえて言いたい。

だいぶ前のある日、マンハッタンのジムで汗を流しているとアル・パチーノが近づいてきて、あの独特のしゃがれ声で、今までいちばん美しかった海はどこかと尋ねた。わたしは美しい海なら泳ぎつくしていた。タンザニア沖のインド洋の淡い青、ハワイ近辺の太平洋の紺青、エーゲ海の緑がかった青、南極圏近くのパタゴニアの海の灰青。だがどれひとつとして、キューバとフロリダのあいだのメキシコ湾流の、目を見張るほどの鮮烈な青の感動には及ばない。

全体にとても安定した泳ぎを続けられたが、しばらくのあいだ高体温による目まいに悩まされた。セント・マーティン島よりもずっと水温が高かったので、それまで一カ月以上は短い練習を何度か続けていたとはいえ、灼けつく日差しに脱水状態に陥った。ボニーが昼下がりの暑さにあわてて給水の量を増やしてから、本番で水分と電解質をどのくらい摂るべきかをマイケル・ブローダー医師と計算し直すために、練習日誌に記録をとっておいた。

夜はおおむね何ごともなく、ボニーが日曜日の午前九時に終了のホイッスルを鳴らした。まわりじゅうから大歓声があがった。キャンディスが泣いた。みんながわたしを誇りに思ってくれた。終了直後のわたしは、特につらそうなようすではなかったと思う。そのあと二時間吐き続け、点滴が必要だったのだが。けれど、二四時間泳げる体になっていることが実証できたし、回復期を経ると、二四時間泳のおかげでコンディションのレベルが五割増しになった。各チームもトレーニングから多くを学び、日曜の午後に報告会議を行った。

シャーク・チームは夜間の視界不良を問題にした。わたしの周辺の水中を、ライトを使って確認できないことに不満をいだいていた。ルークが新たな規定を設けて、ダイバーが白色光の水中ライトを携行して、つねにわたしとのあいだに約五〇メートルの距離を保ちつつ、大きな円を描きながら泳いで、遠くからわたしの下にライトを当てる。白色光で危険度は上がるが、ルークは海中で最低限の視界は確保しなくてはならなかった。

わたしのすぐ横を行く伴走船は大きすぎた。息継ぎをする左側で大きく体を持ち上げないと、ボニーやハンドラーが見えなかった。また駆動力も強すぎて、わたしのスピードに合わせて進めなかったので、わたしはしょっちゅう前方の船を探していた。デーヴィッドが州全体を探し回って、全長三八フィートの〝航海者《ボイジャー》〟という完璧な船だけでなく、とても優れた人材をふたり連れて帰った。ふたりともすぐに横断計画のこころざしに共鳴してくれた。

ディー・ブレイディはボイジャー号の所有者で、わたしたちが究極の夢《イクストリーム・ドリーム》と呼ぶようになった計画に全力を尽くした。わたしと同じくらいの年齢の女性で、筋金入りのヒッピー。毎日《タイムズ》紙を隅から隅まで読む元ニューヨーカー、猛烈に働いたあと早期退職して、自分の船で世界を自由に動き回り、小規模な会場のライブのマニアでもあって、どんな冒険にもわずかな報酬で参加する態勢にある。一年の過ごしかたはというと、イタリアのトスカーナの邸宅で留守番役を務めているか、バハマ諸島のカヤックツアーの客を案内しているか、冬のあいだメキシコの小さな漁村でのんびりしているかだ。滞在期間の長短を問わず、旅行用バッグは卵のパックほどの大きさ。わたしは今に至るまで、ディーの目の色を説明できない。濃紺のサングラスをかけていないディーを、誰も見たことがないのだ。ディーは、出会ったその日からまじめな意見を穏やかに述べる人だった。ボイジャー号の主たる操舵役になっただけでなく、チーム全体の調停役にもなった。物静かな聞き役。ドラマもゴシップもなし。クールな人だ。

ボイジャー号の登場とともに仲間に加わったもうひとりのヒッピーが、その船の設計者で、みながまぎれもない天才だとすぐに悟ったジョン・バートレットだった。やはりわたしと同年代でハンサム、とりわけその控えめな態度に魅力があった。地味でおしゃれではなかったけれど、森羅万象に夢中になっていた。物理学から工学、芸術、ベースギターまで、バートレットとのあらゆる会話はものごとを深く精密に探る話になった。話をするときのバートレットは、指を生き生きと上下させ、胸を張って、まるで小気味のいいラグタイムの曲をピアノで弾いているかのようだった。チームの全員が揃うと、夕食後にチーム用の建物でときどきゲームをするようになった。そのゲームは歴史上の有名な人物の名前を使うもので、唯一のルールは参加者の誰もが知る名前であることだった。バートレットが挙げる名前は、毎回きまっていちばん難解だった——例えば、一七世紀のハープシコード曲の作曲家だったり、人類初の宇宙飛行士のために薬用茶を調合した植物学者の名前だったりした。バートレットの頭のなかはとても魅力的だった。

バートレットはわたしたちの目標に興味しんしんだった。そして、フロリダ海峡を知り尽くしていた。デーヴィッドと意気投合し、メキシコ湾流、沿岸流、潮流など、横断に影響を及ぼす要因に関してかなりの知識を提供した。

わたしは新しいチームメイトのディーとバートレットに、そして新しい伴走船にも夢中になった。ボイジャー号の右舷側、つまりわたしが息継ぎをする側には海面の高さの一角があって、ボニーとハンドラーたちがわたしと同じ高さに下りて作業ができる。わたしもわざわざ頭を高く上げる努力をしなくても、通常のすばやい息継ぎでボニーたちが視界に入る。ボイジャー号に必要なのは、もっと遅いプロペラへの交換と、操舵輪の型の変更だけだった。理想の伴走船は見つかった。ディーはドライバー・チームの長に、バートレットは万能の相談役になった。わたしたちは掘り出しものを見つけたのだった。

二四時間泳でのGPS追跡装置による精確な航路を見てみると、わたしが夜間に二度も周回していたことがわかった。ほんとうに二回も、完全な円を描いて進んでいたのだ。ぐるりと回ってしまった原因は、わたしがぼんやりして船から右方向へ遠く離れすぎたせいで、戻れという合図を見たり聞いたりできなかったからというのが、全員の見かただった。わたしがずっと伴走船と並んで進めるようなシステムが必要だった。本番が最低でも一〇三マイル（一六五・八キロメートル）の行程になるとしたら、船から五〇メートルほどそれてまた同じ距離を戻るというむだが積み重なっていく。それに、船の位置に注意を集中し、船と並んで一定の距離をずっと保つことなど、わたしには到底できなかった。昼間の明るいときでも航路から外れないように苦労するし、夜になるとどうしようもないほど右方向へ絶えずそれてしまう。これはトレーニング期間中も同様で、ボニーは相当な時間を費やして、日中は進路からそれたわたしにオレンジ色の救命具を高く掲げて、船のほうへ戻れと合図をし、夜間ならわたしの注意を引いて船の方向へ戻らせるために、ホイッスルをしつこく吹き続けた。

感覚遮断の状態によって人がどんなふうに内面にこもるのか、顔を上げるたびにちらりと見えるだけの現実に長く注意を向けられなくなるのかを、理解するのはむずかしいかもしれない。どうしても現実にとどまれないのだ。いつのまにか心の奥に閉じこもってしまうので、ハンドラーやカヤッカーにしてみれば、ほぼずっとわたしを現実の世界に戻らせなくてはならないことが、苛立ちの種になる。

ときに一〇〇メートル近くも大きく右へそれて、総距離をむだに増やしてしまうことだけではなく、伴走船から目の届かない遠くにいるせいで、サメやクラゲの襲撃の際に助けられなくなることも問題だった。カヤッカーはわたしがどこへ進んでもあとを追うが、シャーク・ダイバーはボイジャー号の近くにとどまらなくてはならない。

デーヴィッドとバートレット、セント・マーティン島出身のカヤッカーのスチュアート・ナッグスが対策を考えた。幅の狭い渡し板のようなものを、ボイジャー号の船首から右下へ、先端が右舷側から六・五メートルほどの距離になるように取り付ける。その板の先につけた鎖が水深三メートルくらいまで伸びていて、鎖につけた三角形の小さなゴムが、船が前進すると流体力学により波打つ。そのゴムから、白い帆布製の幅一〇センチメートルほどの吹き流しが伸びていて、水中で約三メートル先までたなびき、つねに伴走船と平行に約六・五メートルの距離を保つ。これで水中にわたし用の車線が設けられるわけだ。メキシコ湾流の鮮やかな青のなかで、白の吹き流しは遠く離れたところからも見えた。たとえわたしが右へそれていっても、ボニーが空に掲げるオレンジ色の救命胴衣を見たら、すぐに吹き流しを確認してしかるべき位置に戻る。夜はバートレットが、赤いLEDライトを長くつなげたものを吹き流しに沿って取り付け、船内の発電機で点灯させた。わたしにとってもクルーにとっても、夜の赤いライトは不気味ではあるが心の支えになる道連れだった。また、二四時間泳の経験から、わたしのゴーグルのうしろ側に点滅式の赤いLEDストロボライトを着けることにした。月明かりもない夜には、ボニーは船から七メートルほど離れたわたしの姿が見えず、わたしが水をかく音を頼りにするしかなかったので、ストロボライトがあればわたしの位置を特定しやすいのだった。

七月半ば、わたしたちはさまざまな改良に取り組みながら、アメリカ財務省によるキューバへの渡航許可に加えて、キューバ政府による人員や船団の入国許可がおりるのを待った。どちらからもなんの連絡もなかったので、やきもきしていた。

七月二八日は、キー・ウェストでいつものかなり短いトレーニングをする日になるはずだった。だが、朝早く電話が鳴った。ボストンに住む弟の友人が、まじめな声で口数少なく、弟のシャリフが寝ているときに枕で窒息死したと知らせてきた。シャリフはまだ五七歳。わたしは作業を続けるチームを残して、ボストンへ飛んだ。

18
弟

弟のシャリフは統合失調症だった（本名はウィリアムだが、二〇代のはじめにシャリフと名乗るようになった）。今の時代に生まれていたら、幼少期の症状から病名がついていただろう。だが一九五〇〜六〇年代には、弟は社交性に欠けるがとびきり聡明な、本の虫としか思われていなかった。トウガタマイマイの膨大なコレクションを所有し、わずか一一歳で『エヴァーグレイズの宝石』と題した本まで書いた。町じゅうの理科教師が野外学習の生徒を連れてわが家にやってくると、弟は自分のよく知る、そしてなぜか理解すらできるすばらしい生きものについて講義をしていた。

一時住んだ家では、弟とわたしの部屋が空調用の通気口でつながっていたので、弟がひと晩じゅう寝ずに架空の相手と話す声が聞こえた。朝になると、弟はあまりの疲労に学校に行けなかったが、それを家族が心配することもなかった。わたしもよく、父が怖くてバスルームに閉じこもっては、架空の相手と何時間も過ごしていた。

弟がボストンの大学に行ってからの数年間も、わたしたちは精神病の症状を、ヒッピーのドラッグ文化にはまっているせいだと勘違いしていた。弟はたまにニューヨーク市のわたしの自宅に泊まりに来て、ときどき居間の床《ゆか》で頭から毛布をかぶって蓮華坐を組んで、姿勢を崩して食事や飲みものをとったりもせず、まる一日以上ずっと坐っていた。弟がわけのわからない話をするので、わたしは合成ヘロインか何かの強いドラッグでハイになっているだけだと思った。

年に数回ほどボストンを訪ねたときには、弟が入り浸っていたケンモア・スクエアでホームレスに、最近〝ハーメルンの笛吹き〟を見なかったかと尋ねた。世間からはみだした者たちはみんな弟を知っていて、居場所を教えてくれた。〝ハーメルンの笛吹き〟というあだ名がついたのは、弟が医療や法律や家族の問題の解決に手を貸すからだそうだった。弟は駅やホテルのごみ箱から調達した《ワシントン・ポスト》紙や《ニューヨーク・タイムズ》紙を隅から隅まで、毎日欠かさず読んでいた。頭の回転が異常に速く、相手の専門分野も含めてありとあらゆる話題を論じることができ、論破さえできたが、自身の人生を客観的に見るとなると、ごく単純な事実ですら把握できなかった。ボストン・ポップス・オーケストラでサックスを担当しているとか、医学研究の成果がハーバード大学から出版の予定だとか、NFLのピッツバーグ・スティーラーズで控えのクォーターバックをしているとかわたしに語っては、ピッツバーグにしょっちゅう赴かなくてはならないのがいやだと憤《いきどお》った。

小さなアパートにでも住めるようにお金を貸すと、何度も持ちかけたが断られた。弟は自分の生活や友だちが気に入っていた。わたしが会うたびに札束を渡そうとしても拒み、心遣いだけでありがたいと言った。

訪ねていったときに、弟の仲間とも何人か知り合いになった。弟とほぼ似たような、ひどく知能が高いのに社会の枠外にいる人たちで、けっして定職に就いたり、世間一般の責務を負ったりすることはない。ロブスターか何か、おいしいディナーを食べに行かないかと弟を誘っても、貧窮者用の給食施設を好み、わたしを仲間に会わせたがった。

弟がかよった質屋はぜんぶ知っていた。弟のポケットに入っていた質札の分厚い束は、ゆうに二〇〇枚はあった。けれど、本人はどの質札が、どの質屋の、どのアルト・サックスのものなのかをちゃんと知っていた。弟とふたりで一日じゅう質屋から質屋へ歩き回って、ギターを請け出したり、多めにお金を払ってハーモニカを取り戻したりしたこともあった。

弟は家もないまま、ドラッグ中毒者のケイトとのあいだに娘のショーニーをもうけた。そして、娘が生まれた日からドラッグとアルコールを断《た》った。ケイトも母になってから立ち直った。わたしもケイトとショーニーの、温かくて真心のある人柄を知るようになった。

路上生活が弟の体をむしばんだことは否定できない。弟は一八八センチくらいの長身だったが、五〇代ですでに背が曲がって、足取りもおぼつかなかった。しじゅうあたりを警戒しているせいで、落ち着かない目をしていた。弟が死んだ場所は、前年に妹とわたしが用意した小さなアパートメントで、そこは路上暮らしの弟をかくまった、長年のあいだでも数少ない〝住まい〟と呼べる場所だった。弟は何度かてんかんの発作を起こしていて、それが死因となったのは明らかだった。枕に顔を伏せたまま窒息死したのは五七歳のときだが、年齢にくらべて年老いていた。弟の死の知らせが届いたときも、驚きはなかった。それでも弟の苛酷な人生に、開花しないまま終わった類いまれな能力に、胸が締めつけられた。死の前年に弟に会っていたが、長くは生きられないだろうと予感したわけではない。たいがいの人よりも老いが重くのしかかるだろうとは思ったけれど。ポケットにほとんどお金もなく、足を引きずりながら通りをゆく弟の姿は、とりわけ寒風にさいなまれるボストンの冬の日には哀れを誘った。それでも、弟は頑として日課を変えなかった。自分の家族をつくって、頼り頼られた。

妹のリザ、甥のティム、ティムの婚約者のカレンとわたしで、急きょ葬儀の手はずを整えた。

宿泊施設から給食施設から質屋まで回って友人たちに知らせ、相当な数の人たちが式に集まった。妹たちとちっぽけなレンタカーで式に向かう途中、出席者を拾っていった。弟が一二年のあいだ毎晩、給食施設から夕食を運んでいた盲人の男性や、助言役を務めていた若い女性。地下鉄のプラットフォームで一緒にサックスを吹いた男性。

葬儀場で牧師と落ち合った。弟の友人たちから、牧師の簡単なあいさつで済ませるのが故人の遺志だったと助言されていた。牧師から弟を象徴する言葉を三つ求められたので、ケイトとショーニーに相談した。

思いやり。無私。指導者。

わたしは集まった人たちに、手短かに呼びかけた。これは弔辞を述べる順番のない、形式ばらない会なので、ぜひ誰でも好きなときに発言をしてほしい。式のあとのコーヒーとケーキを出す集まりで（この言葉に少なからぬ数の列席者が反応した）話したいならそのときでもかまわない、ということを。

そうして牧師が、三つの言葉を織り交ぜながら短い説教を始め、弟がいろいろな意味でイエス・キリストを思わせると言い出したので、妹とわたしは顔を見合わせた。

すると、ぼさぼさ頭の男性が急に立ち上がって、かすれ声を震わせながら言った。「おい、ちょっと待てよ！　おれがそう言うつもりだったのに！　シャリフをおれたちだけのイエス・キリストっていつも呼んでたのは、このおれだ！　夜明けの浜辺でよく哲学を語りあったもんだが、シャリフはよく、やばいことになっているかわいそうなやつを、その日どうやって助けるつもりかって話をしていたんだ！」

別の会葬者が言った。「失礼なまねはやめて黙ってろ。牧師さんのお話の最中だ」

かすれ声の男性が言い返す。「お前こそ黙ってろ。好きなときに話していいって、あのご婦人が言ったじゃないか」

こんな調子で、弟の仲間たちが次々に発言を求めた。

葬儀を終えたわたしの心は、妙に穏やかだった。ボストンへ向かう途中は、現地で悲しみに沈むだろうとしか考えていなかった。弟の死ではなく、弟の人生を思って。あの美しい心に秘められた能力が、わずかでも発揮されることはなかった。幼少期を過ぎてからは、休暇で旅に出ることもなかった。ニュー・ハンプシャー州やヴァーモント州ののどかな湖や山々へ、ショーニーを連れていってはどうかと勧めてもみたが、弟はその提案を身をよじっておかしがった。おとなになってからは、熱い風呂につかったこともなかったと思う。もっと安楽な暮らしを味わい、数々の天性の才を生かすすべを持っていたらよかったのにと心から思うけれど、実際には葬儀の日に弟を尊敬するようになった。友人たちは弟を敬愛し、弟は彼らのもとを訪れた。わたしは数々の偉大な人物に出会う幸運に恵まれたが、困っている人のもとへ一二年ものあいだ毎日夕食を届けるほどの思いやりに満ちた人物は、間違いなく弟しか知らない。弟の魂よ、安らかに。

弟の葬儀で、その一年のあいだで初めて横断計画への異常なまでの執着を手放した。キー・ウェストへ戻る機内で、ただひたすらに弟を思う四時間に恵まれた。弟は娘が生まれたとたんに節制するようになり、二度とドラッグに溺れる日々を送らなかった。たまたま手に入れたお金も、娘や路上の家族に渡した。精神病に侵されながらも、最後には逃げることではなく何かに打ち込むことを選んだ。わたしは不可能に近い夢に突き動かされているのかもしれないけれど、大志をいだいているというよりも、何かに打ち込むという単純な信条に支配されて動いている。引き下がるばかりのよどんだ人生は、わたしにとっては充実した人生ではない。わたしがあこがれるのは、〝進め〟を合言葉に突き進むこと。弟はボストンの路上で家もなく、苦難に満ちた四〇年間を過ごした。けれど、ぜったいに人生を投げなかった。どんなに苛酷な人生であろうと、けっして打ち込むことをやめなかった。

19 焦燥

小型機の着陸装置がキー・ウェスト空港の滑走路に触れた瞬間、目標が急によみがえって、また夢にとりつかれる。

空港からの車内で、寄せる波を、水平線を、東風にひるがえる旗をじっと眺める。その日のうちに軽く泳いで気持ちをすっきりさせるよう、ボニーがしきりに勧める。

時間の制約をひしひしと感じるようになっている。二四時間泳からひと月。ある晩ジョン・バートレットとともに、フロリダ海峡の風のパターンを、過去三〇年間の夏について詳しく調べる。スイマーが横断という賭けに出られるような風向きと風速の日は、平均すると六月に二日、七月に二日、八月に一日、九月に一日。六月と七月は過ぎて、すでに八月に入っている。さらにバートレットが憂いに追い打ちをかけるように、メキシコ湾流に北への流れが生じるのがまれだという話を始める。東に流されすぎてフロリダに上陸できないという事態を避けるには、北への潮流がどうしても必要だというのに。ボニーとわたしは落胆に近い状態でチーム用の建物から帰る。

それから数日のあいだ、水泳やウエイト・トレーニングやチームのミーティングと並行して、ＯＦＡＣ（財務省外国資産管理室）と商務省の許可証をもらうために、ありとあらゆる方面に働きかける。真夜中に許可証なしでこっそりハバナまで行って、アメリカ本土まで横断したあとに責任を取るという方法を本気で話し合う。だが、それに対する罰は懲役に加えて最高数十万ドルの罰金という重いものだ。たとえ実行を望む者がいても、船長たちは船を押収される危険を冒すわけにはいかない。

キューバ政府の許可に関しては、もっと気落ちさせられる。じかに交渉する手段はない。ワシントンD.C.のキューバ利益代表部の人たちは、こちらが許可を待ち焦がれていることをハバナのスポーツ大臣も承知していると請け合うが、大臣は家族と休暇で数週間は仕事を離れていて、書類仕事ができないという。

八月八日、全員が恐れていた悪夢がやはり現実になる。政府の許可がおりないまま、得がたい好天期が訪れて去ってしまうのだ。気象学者のデーン・クラークが電話で、数々の要因が揃うと告げる——気圧の尾根が低緯度海域を通過し、東海岸を北上する暴風雨前線のあとからフロリダ海峡に凪が訪れる、と。デーンの予測では、八月一一日から一四日にかけて海がとんでもなく静かになるという。デーンの妻のジェニファー・クラークは〝メキシコ湾流の女王〟の異名をとるほどの海流分析の専門家であり、その時期なら流軸の位置もかなりいいと話す。天気も海流も味方についているのに、わたしたちは焦燥にさいなまれながらキー・ウェストにとどまり、鏡面のごとき凪の四日間が目の前で過ぎ去っていくのを見守るしかない。冗談ではなく胃潰瘍になりそうだ。

カリブ海で別の挑戦ができないかと、数々の可能性を探る。キューバの約二〇キロメートル沖の、領海外に浮かべた大きな浮きドックからスタートすることさえ考えた。だが、代案には意味がない。キューバこそ夢のかなめ。キューバでなくてはならない。

考えあぐんだ末に、藁にもすがる思いで政界にコネのあるワシントンD.C.の友人、ヒラリー・ローゼンに電話をかける。すると、国務長官のヒラリー・クリントンの同僚だとわかる。わたしたちに必要な財務省の許可証は、国務省の管轄下にある。なんとヒラリー・クリントン本人から、あいだに入ってくれるとの連絡が来て、二四時間のうちに許可証が届く。

好天期を逃した恨みは、容易には忘れられない。だが〝進め！〟がチームの信条なのだから、進み続けるしかない。ふたたび日々のトレーニングを行い、技術面の微調整をし、キューバ政府と連絡を取る裏わざを求めてあちこちに電話をし、好天を待つ。またもや待機。

八月も終わりに近づき、不安がつのる。人はトレーニングを苦行と考えるものだ。確かにそうなのだが、少なくとも自分で手綱を握れる。自分に足りないものがわかっていて、いくらつらくても黙々と努力する。先が見えないまま、手綱を渡したまま待つことのほうが苦しい。セント・マーティン島の、一五時間泳の日々に戻りたくてたまらない。友人たちも、見知らぬ人たちも一様に、忍耐という美徳にまつわるあらゆる格言やことわざを送ってくれる。

そう、わたしも七月であれば、計画を実行する時間がたっぷりあるように思えていたので、そういう決まり文句にも賛成できただろう。だが、もう二〇一〇年の労働者の日（九月の第一月曜日）も過ぎ、あと一カ月ほどで快適な水温を下回り始めるだろうと、激しい不安に襲われる。ボニーとわたしは毎晩かならず足取りも重く、ヴァネッサ・リンズリーのオフィスに赴いて、ヴァネッサが集めた何十ものコンピューターモデルを見る。かつては国際レベルの船乗りだったヴァネッサは、チームの船団長として横断計画の船やクルーを束ねる予定だ。各船は母船と呼ばれ、チームの主要メンバーが伴走船ボイジャー号でのシフトの合間に、英気を養うために母船に戻ってきたら、母船のクルーが世話をすることになっている。ボニーとわたしは毎晩コンピューターの前で身を寄せ合いながら、ヴァネッサから北大西洋環流の状況と、アメリカ沖の環流の位置しだいで風速や風向きにどんな影響があるかを見せてもらう。ヴァネッサがヴァージン諸島からキューバの南をたどって、はるばるユカタン半島まで、カリブ海全域の風のパターンを調べてみる。三人でメキシコ湾を観察し、続いてジェット気流のパターンと、北方のどこに気圧の尾根や谷があるかに見入る。フロリダ海峡ではあまりにも多くの気象要因が作用していて、だからこそ海上の天候の予測がとんでもなくむずかしい。どこか狭い地域の気象を細かく学ぶだけで、地球をひとつながりの生態系として見るようになる。

ある晩、ヴァネッサがボニーとわたしを桟橋に連れ出す。もう一カ月近くもやむことのない東風。ヴァネッサが舌を出すように言う。何か気がつかない？　ボニーもわたしも、じゃりじゃりした塩のつぶを感じる、風が海面の水しぶきを運んでくるのだろうと答える。じつはこのじゃりじゃりした舌触りの原因は、なんとサハラ砂漠からの砂つぶだ。〝サハラ・ダスト〟と呼ばれている。アフリカ大陸からの風が、何にもじゃまされずに東へ何千キロメートルも旅をして、砂漠の砂をこんなに遠くのフロリダ海峡のちっぽけな島に運んでくるのだ。

突風の吹きすさぶ荒波の日には、ボニーと一緒にコミュニティ・カレッジ近くのラグーン（潟《せき》湖《こ》）へ行く。ボニーは本とクーラーボックスを傍らに桟橋に陣取って、わたしが直径八〇〇メートルほどのラグーンのうねる岸辺を延々と周回するのを励ます。

そこを初めて訪れた日は忘れられない。駐車場に入っていくと、大きさも外見も怪物めいた、先史時代の生きもののようなトカゲが、車の真正面に突進してきた。そのうしろにも一匹いる。急ブレーキをかけて停止したが、死ぬほど怖くて車を降りられなかった。ドアをロックすると、さらにもう数匹が堂々と茂みから出てきて芝生を抜け、アスファルトを横切る。『ジュラシック・パーク』にでもいるような気がして、トカゲがボンネットに飛び乗り、巨大な尾をフロントガラスに打ちつけて粉砕するところを想像した。

動物管理局に電話をかけて、小声で伝えた。「ストック島のコミュニティ・カレッジの駐車場にいるんですけど、巨大なトカゲに威嚇されてるんです。そういうトカゲについてご存じですか？」。すると、電話の向こうで臆面もなく爆笑する声が聞こえてきた。電話に出た男性が同僚に声をかける。「ジェフ、信じらんないだろうけどさ」――そこでまたもや大爆笑――「ご婦人がコミュニティ・カレッジで、おっそろしくでっかいトカゲに死ぬほどおびえてんだと」。笑いごとじゃない。あとになって、島にはイグアナがそこらじゅうにいて、まったく無害だと知った。その一件がキー・ウェストじゅうの人たちに知れ渡り、ボニーとわたしは容赦なくからかわれた。

いまいましい東風。今では港の周辺、埠頭の先など、島に設けられた旗を残らず知っているけれど、どれも永遠にはためく運命にあるかのようだ。来る日も来る日も風は弱まらない。この東風はやむことを知らないのだろう。七月一〇日から一一日の無風状態も、今では遠い記憶のまぼろしにすぎない。東からの貿易風が、東へ猛進するメキシコ湾流とまともにぶつかって――外洋にたちの悪い激しい高波をつくり出す。一縷《いちる》の望みはハリケーンだ。八月と九月にアフリカの西海岸の沖で発生する嵐は、大西洋を渡っていって、さまざまな場所に行き着く。環境によってはしだいに衰えて、ハリケーンほどの風力がなくなることもある。勢力を保ったまま西に進み続けることもあって、そうなるとカリブ海の島々、キューバ、メキシコ、フロリダ南部が大打撃を受ける。また、ときには――わたしたちのはかない望みのとおりに――大西洋のどこかで方向を変えて、アメリカの東海岸に接近してから北上する。そんななりゆきのときに、嵐の勢いによっていつもの東風のパターンがねじ曲げられて、フロリダ海峡の風がやむのだ。

毎晩ヴァネッサのオフィスに行くのは、ボニーとわたしにとっては子羊が屠《ほふ》られに行くようなものだ。ヴァネッサのどんなシナリオにも身をゆだね、きっと有望な天候パターンが新たに生まれると信じる。ヴァネッサは、アフリカ沖で嵐が発生しようとしているという報告があるたびに、現実離れした考えにとりつかれる。デーンが三、四日おきに電話をかけてきては、ひょっとしたら、もしかして、好天期が訪れるかもしれないと言う。だが、数日後には取り消して、わたしたちの落胆をおもんばかってつらい思いをしながら、好天期の消滅を告げる。感情の激しい浮き沈みに、わたしの神経がぼろぼろになりつつある。

あまりにも好天期に神経をとがらせていたので、正直言ってハバナからの許可証のことはほとんど忘れていた。だが、ワシントンD.C.のキューバ利益代表部からの書類が、九月一〇日に翌日配達の小包で玄関先に置かれる。許可がおりたのだ。

この時点でのトレーニングはほんとうにきつい。ボニー、ディー、デーヴィッド、マヤ、バートレットはけっして焦るそぶりを見せない。だが、数週間がじわじわと過ぎるにつれて、チームは無口になっていく。もはや誰もユーモア感覚を持ち合わせていないようだ。九月の終わりに近づいているということは、七月一〇日から一一日の二四時間泳、つまりわたしが絶好調だった最後の長時間のトレーニングから、一〇週間以上過ぎている。あれ以来、わたしたちは日々の練習計画に悩んできた。好天期がいきなりやってくるかもしれないのに、一二時間という長めの練習でわたしを疲れさせるという危険を冒すのか？　だが、二週間でたった四～六時間程度の練習では、六〇時間泳に耐えられるような、七月半ばに達していた体調を維持するには足りない。だから時折、長時間の練習を挟む。週に一度は好天期の可能性に翻弄される。どっちつかずの状態は苦痛だ。わたしはハバナに向かう可能性を確信したとたんに、心を鋼にする。横断中の、さまざまな危機を乗り越えるところを思い描く。血中のアドレナリン濃度の高まりが実感できる。そのあと中止になって、意気消沈する。わたしの水泳用のバッグは準備万端の状態で、もう二カ月もドアのところに置かれたままだ。

夜が涼しくなっている。キー・ウェストにもわずかながら季節の変化がある。誰も口には出さないが、みんな秋の訪れを恐れている。わたしたちの心情をよく知る人たちが、耳に心地よい話をしてくれる。一〇月のはじめに甲板に腰かけて、一年のうちでもいちばん穏やかな海が水平線まで続くのを眺めて楽しんだ年もあった、と。一心に耳を傾けるわたしたち。

神経戦のさなか、ボニーがわたしを一カ月以上も導いている。わたしもボニーの揺るぎのない精神力に支えられているが、希望を失いはじめ、眠れなくなっている。友人たちが送ってくれた格言。〝強くある以外に道がなくなったときに初めて、自分のほんとうの強さを知る〟。わたしは正気をなくした人のように、一日じゅうこの言葉を小声でくり返す。

二〇一〇年一〇月一日。四時間泳に出る。港の旗が風にはためいている。東からのひんやりした弱風。いつものようにボイジャー号右舷の、ハンドラーの持ち場から飛び込む。だが、この日はいつもとは違って、すぐに浮上して泳ぎ始めずに仰向けに浮かぶ。ボイジャー号を見上げると、誠実なチームの面々がいる。ディー、デーヴィッド、マヤ、そして船の手すりにもたれて、わたしに思いやりのまなざしを向けるバートレット。ボニーは持ち場におりて、両手を腰に当てている。わたしはみんなにのどをかき切るしぐさで合図を送る。一夜にして水温が数度は下がっていた。おしまいだ。

　横断計画をあきらめ、さらにまる一年トレーニングを続けるという、現実とは思えない見通しに向き合い、信念を貫くなんて――到底むりな話だ。

　ボニー、ディー、バートレット、デーヴィッド、マヤとともに、ひと夏をかけてじっくり改良した道具を、すべて箱に詰めてラベルを貼る。それを港でヴァネッサとしまっている最中に、土砂降りになる。完璧な幕切れ。冷たく激しい雨がすべてを物語る。

　帰りの飛行機の便を調べるために、ボニーと車で戻る途中、ディーが船に戻るよう電話をかけてくる。双胴船ボイジャー号の船体のあいだで、二頭のマナティーが遊んでいるという。フロリダ州の規則からすると違反行為と承知のうえで、みんなで海に入って数時間もマナティーと寄り添う。人懐こく遊び好きな、海の巨大な犬のようなマナティー。二頭と過ごす時間を、わたしたちは吉兆と解釈する。そうでもしなければ、寒々とした秋の雨のなか、意気消沈したまま互いと別れることになるから。

20 再起：二〇一一年

カリフォルニアに戻っても、水泳用具を入れた大型のダッフルバッグが、やり残した仕事の名残りとして迫ってくる。わたしも道具類と同じく落ち着かないまま、あてもなく家じゅうをうろつく。数十個のゴーグル、フックにかかった水着、キャップ、容器入りのグリース、大きな缶入りのプロテイン粉末、ゴーグルのストラップに留めた夜間用の赤色LED、メキシコの大判のトレーニング用タオル。居座ったままの道具類が、しまい込まれたがるでもなく、準備万端でいまだに待機している。そして、履きものが過去のできごとを象徴するのはよくあることだが、わたしにも特別なビーチサンダルがある。トレーニング前に桟橋や浜まで歩くために、トレーニング後につっかけるために、そしてキューバでのスタート時に、フロリダでのゴール時にしか使わない、白のサンダル。けっしてふだん履きではない。家の裏口にじっとしている白いビーチサンダルが目に入ると、脳からの信号を体が受けとめる。これを本気でやりたいなら、もう立ち直らないと。

一年前に突きつけられた問いを、今ふたたび自分にぶつける。長くつらい道のりへの準備作業に耐えられるほどの気力、体力を持てるだろうか？　ただ、二〇一〇年の秋と今回では歴然とした違いがひとつある。去年はウルトラ・スイミングに打ち込んでいた時代から、三〇年の空白があった。肉体の記憶が薄れていて、ほんとうに一からのやり直しだった。今の自分は、どんな苦しみが待ち受けるのかを知りすぎるほど知っている。

前回は特にトレーニングの面で、一〇月をまるごと費やして全体を組み立て直す作業に悩んだ。何カ月ものあいだ肉体を極限まで追い込んで、ひたすら集中し続けたのは、横断という夢に突き動かされたからだ。わたしたちは最高の状態を築き上げていった。その道がどんなにきついものになろうと、根底にある決意はびくともしなかった。だが、その後の思いもよらない展開に対して、わたしには覚悟がみじんもなかった。挑戦を始めることすらできないというなりゆきに対して。

だいじなのは道のりか目的地かという、古くからの議論がある。長期間の困難な道のりを一心に歩むときは、目標の存在が励みになる。目標があるから全力を尽くし、とてつもない災厄に見舞われてもしっかりと歩み続ける。わたしの場合はいつも、目的地はどうあれ、貴重な時間をつぎ込むほどの価値がある道のりかどうかが問題だ。この話は矛盾をはらんでいる。想像のなかにいつも大きくそびえ立って、前進する力を与えるような目的地がなければ、人はその道のりをゆくことはないだろう。だがわたしにとっては、うんざりするような道をたどる作業そのものが貴く、自分を高めてくれて、たとえ最後の一歩が刻めなくても、過酷な一歩一歩を刻んだことを最後に誇りに思わせてくれるという確信がなくてはならない。わたしは博士号を取得しなかったけれど、学んだ年月を、一九世紀のヨーロッパの偉大な作家たちの考えかたや作品について数々の対話をしたことを、後悔はしていない。ニーナとの〝結婚生活〟も失敗に終わったけれど、ともに人生を築いた年月を嘆きはしない。

一〇月にロサンゼルスの自宅に戻ると、目的地に達しなかった失望を乗り越えるために、わたしたちが横断計画の過程で築いた有意義なものを必死に引き出そうとした。それは心身の安定のためだけではなく、チームのリーダーとしてやらなくてはならない仕事だった。メンバーには自分が投じたもの、自分たちで発見したものすべてを誇りに思う資格があった。

けれど、わたしとて人の子、一〇月に心を占めていたほんとうの気持ちは、道のりへの熱い思いではなかった。自信を失うまいとがんばってはいたものの、停滞期にあった。思い描いていた理想の姿があまりにも生々しかった。走り高跳びの選手の視線が、これから踏むステップをたどってからバーを越えて、肉体の動きを予行演習するのと同じように、わたしも横断中の粘り強いストロークを頭に植えつけていた。それをすべて跡形もなく消し去るのは、まだ無理だった。今ごろは一年間の強烈な体験を楽しく思い返しているはずだった。のちのために水泳用具をぜんぶ片づけているだろう。成果をふり返って、キューバ～フロリダ横断というむかしの夢を追いかけ、ついにつかんだのだから、人生の貴重な一年を費やした甲斐があったという結論に達しているはずだった。

一〇月を休みにあてた。友人や家族とふたたびつながる時間、自宅を整頓する時間にした。前年に、一九二四年築のイタリア様式のすてきな家に引っ越していたが、荷を解くひまもほとんどなかったので、しばらくのあいだマイホーム主義者になるのも悪くなかった。飼い犬をビーチへ日の出の瞑想を兼ねた散歩に連れ出す時間にもした（もちろん瞑想するのはわたし、犬たちは散歩）。

初めての日の出の散策は、現実感を欠いていた。寒々とした太平洋を見つめていると、過去に引き戻された。

六月にセント・マーティン島で、仰向けになってむせび泣いた日を鮮やかに思い出した。これからの人生ではもう、一五時間泳のトレーニングを課されることはないのだと思って泣いた（あのあと、七月の二四時間泳に続いて、キー・ウェストで予想外の三カ月におよぶトレーニングが待っていたことを思えば、六月のわたしは無邪気だったけれど)。頭は先へ進みたがっていたが、心はまだ重かった。さっさと整理するには大きすぎる体験だ。少しずつ処理しなくてはならなかった。

八回めか、九回めの日の出の散歩で、晴れ晴れとした気持ちになった。その瞬間を精確に覚えている。飼い犬のテディとスカウトが跳ね回り、わたしも二頭と波打ち際を全力で走った。心も体もしあわせだった。前向きな思いをいだき始めた。

体調は人生でいちばんいい状態にあった——六一歳にしては誇れることだ。トレーニングの苦労ばかりを思い起こすのではなく、歓びの記憶も脳裏に浮かぶに任せた。いくつかの官能的な記憶が、感情がどこまでも高まった瞬間を突然よみがえらせる。鏡のような海の日には、真っ平らな水面を何時間も滑るように進み、自分はかつて船しかたどったことのない長距離をゆくスイマーなのだと、喜びを噛みしめた。

ボニーが船の右舷側に凛《りん》と立って、一日じゅうわたしに向き合っている姿が見えると、水中のわたしの顔に笑みが浮かんだ。ボニーのよく焼けた肌、たくましい上半身、ラップアラウンド型の渋いサングラス。ときには海で半日以上もまったく坐ろうとしない日もあった。わたしに注がれる視線は、不変の癒やしだった。勇ましいボニー。ボニーがついていれば、身も心も安定した。

あの特殊な海のさまざまなありようから、これほどの企てに心身を備えさせる苛酷な作業に至るまで、わたしたちは科学的なさまざまな側面を、楽しみながらどんどん吸収していった。信頼にもとづいたチームの仲間意識は強く、ほんものだった。そしてわたしも大事業の〝最高経営責任者〟としての役割をうまくこなした。

わたしはきわめてめずらしい立場にあった。この年齢でアスリートに戻って、当初はアスリートとしてのわたしを知らなかった最愛の人たちとともに夢を追っているのだから。人生の後期に世界レベルの実技に復帰するのはまれだが、わたしは六一歳にして二〇代のときに挑んで失敗したことをやろうとしていた。そして、人生でいちばん近しい人たちが、初めてわたしとともに取り組んでいた。わたしの若きスイマーの時代が過ぎてから現れたニーナも、家族や友人用の船で横断計画に参加しようとしている。

二〇年ほど前、全米オープンテニスで復帰戦に挑んだジミー・コナーズが、ニューヨークの狂騒の夜に観客を熱狂させた。コナーズはもう何年も低迷を続けていた。一一歳の息子ブレットは父親がテニス界の大物であり、かつてウィンブルドンなどを制した人物だと知ってはいたが、父の活躍は自分が生まれる前か、まだ赤ん坊のころの話だった。その夜、ジミーはアーロン・クリックステインを相手に会場を沸かせ、熱狂のあまりずっと総立ちの観客の前で、コートサイドのテレビカメラに近づいてこぶしを突き上げて叫んだとき、人生で最後にもう一度だけ、チャンピオンらしい姿や精神を手にした。息子のブレットもコートサイドにいて、栄光に包まれる父を一一歳で目にした。ジミーは涙を見せるタイプではないのに、最後は息子を抱いて泣いた。あの試合がなければ、ブレットは父のずば抜けた力をまた聞きで、古い新聞の切り抜きで知るしかなかっただろう。

わたしの場合、甥のティムが生まれたのが一九七八年九月、キューバ〜フロリダ横断への初挑戦から一カ月後のことだった。子どものころのティムは友だちに、伯母が以前は偉大なスイマーだったと話していたが、それほど知っているわけではなかった。ティムがメキシコで撮影中のある日、カメラを構えながらわたしのインタビューを撮りに来た。泣き虫ではないのに、子どものころにダイアナおばさんが遊びに来るというとわくわくしたと言いながら泣き出した。それから、ずっと活字で知るしかなかったチャンピオンが目の前に復活してどんな気持ちでいるかを説明しながら、また泣いた。

わたしが水泳を引退して数カ月後に出会ったボニーが、今ではチームを率いていた。ボニーは感情を表に出さないタイプだが、ある日船の脇で泣いているのが見えた気がしたので、立ち止まってだいじょうぶかと訊いた。ボニーは涙を浮かべながら、人が得意なことをしているところを見守るのは感動するものだと言った。どんなラケット・スポーツも優雅にすいすいこなすボニーには、幾度となく畏敬の念をいだかされた。

こうしてボニーがチームを預かり、ティムは横断計画になくてはならない立場を占め、キャンディスがそれまでの経験と見識を携えて戻ってきて、妹とニーナも加わった。人生で夢のような時期だった。

飼い犬との数週間の散歩のおかげで、頭が切り替えられた。絶望が希望に変わった。これはやはり根本的にはわたしの目標なのだ。わたしが何より尊ぶのが何かに打ち込むことなら、この一年間は揺るがぬ熱意で打ち込んできた。だからこそ、目的地にたどり着かなかった道のりにも価値がある。そして、道のりはまだ終わっていない。

やる気が戻ってきて、トレーニングの再開の前に少しだけハバナを訪れた。ディー、キャシー・ロレッタ、ティム、カレンも同行した。これはきわめて重要な行動になった。マリーナ・ヘミングウェイの有名なヨットクラブ《クルブ・ナウティコ》の、エスリッチ会長と親しくなったからだ。会長との会合は長く堅苦しかったが、現地の協力者を得る結果になった。ほんの一、二日で入国許可を出せるスポーツ大臣とじかに連絡をとれる会長と、直接やりとりができることになったのだから。来年はキューバ側の許可が原因のストレスはなくなるだろう。

正直言って気分は上々とはいかなかった。ハバナを休暇で訪れたわけではない。それでも、キューバではどんなときもその魅力に心を奪われる。

一九七八年の初挑戦からのち、キューバを六回訪れた。ボニーとともにスポーツ・イベントを企画し、わたしはハバナ唯一のトレーニング用プールでストロークの講習をしたが、そこはプールのふちのはがれてぎざぎざになったタイルで手を切らないよう、注意しなくてはならないような施設だった。ボニーもやはりひとつしかないコートでラケットボールを教えたが、サイド・ウォールの表面が少しずつ欠け落ちて、大きなコンクリート板がむき出しになっていた。キューバのオリンピック・トレーニング・センターにも、陸上競技やバレーボール、ボクシング、もちろん野球も含めて世界王者を生んでいることを考えると、がくぜんとさせられる。ほんとうにたった一台しかないバイクマシンの、右のペダルはびくともせず、左のペダルはもげているので、制御不能な動きをする。アスリートたちは映画『ロッキー』めいた練習をしていて、砂利袋を互いに投げ合ったり、砂山を駆け上っては下りたりする。

フロリダのゴールド・コーストでの子ども時代が強く影響して、キューバ系アメリカ人にはいつも心を配るようにしてきた。フロリダのキューバ難民の人たちがたった数時間で荷物をまとめ、銀行でいくばくかの現金をおろし、故国を去らなくてはならなかったことを知っているからだ。

もちろん、急ごしらえの小舟で脱出し、危険な航海のさなかに仲間を何人も失った数多の人たちにも敬意をいだいている。だが、カストロ体制を擁護する人たちもたくさんいる。カストロがキューバを一世代で第三世界から第二世界に変えて、誰もが高等教育を受けられるようにし、ホームレスをめずらしい存在にし、世界でも一線級の医師を生み出していることを理由に。わたしは政治的な立場からキューバを愛しているわけでも、社会主義を擁護しているわけでもない。確信が持てるのはただ、自分がキューバの人たちにいつも魅せられたこと。アメリカとキューバの人たちがいつかまた互いに心を開くことを願って、横断計画が両国の文字どおりの接触として、手を差し伸べあう象徴として役立ってほしいといつも望んでいた。

〈ナショナル・パブリック・ラジオ〉の仕事でキューバを訪れて、通りをさまよいながら街の音を録音した経験がある。ハバナ旧市街の交通量の多い街角にいた、ぱりっとした服装の男性に近づいて、行き交うアメリカ車について知っているか尋ねた。すると男性が「キューバ人《クバノ》の俺が、知らないわけないだろ」と言った。

そしてわたしからマイクを取り上げ、粗削りながら愉快な六分間の独演会を繰り広げた。「おっ、フォード・フェアレーンの登場です。ご覧の車は一九五六年型、ボンネットの装飾から一九五六年後期の型だとわかります。なんと《ディオス・ミオ》、クバノならみんな大好きな車が。キャデラック・セビル」（息をのむ）「みごとなバケットシート、ホワイトレザーに黒のパイピングで外装にマッチしています」

ぴかぴかの青のオールズモビル、鮮紅色のシボレー、淡緑色のビュイックなど、一五台ほどもその調子で続けた。そして以下の台詞で妄想をしめくくった。「ご覧のとおり、ハバナの街角に立つと、動く自動車博物館にいるも同然なのです。ではごきげんよう」

世界のあらゆるところの、あらゆる境遇の人たちが、キューバを特別な場所と感じている。わたしはそういう無数の人たちの一員にすぎない。長年のあいだ訪れる機会に恵まれた国々のなかで、たぶんキューバがいちばん好きだ。わたしは横断計画を通じて、通商禁止令が長く続きすぎていると、どうしてもおおやけに言いたかった。互いに歩み寄るときだ、と。ハバナへの旅で、その思いがいっそう強くなった。

だが、この旅のあいだ、わたしは間違いなくぴりぴりしていた。一年をむだに費やした挙げ句、ハバナにサルサを踊りに来たわけではなかった。二〇一一年夏にハバナから横断計画を始めるための許可証は、もう取れたも同然だった。ロサンゼルスに戻って、計画に専念しなくてはならなかった。

21
故障

全力を尽くせば、確かに後悔の余地はない。それでも二度めのチャンスが得られると、前回よりうまくやれるという実感がかならずある。自分の子よりも孫のほうがうまく育てられるものだと、無数の老人たちが口にする。母なる大自然のなかでの大掛かりな計画はどれも、短期間で多くの学びをもたらす。頂《いただき》に実際に到達しようと、挑戦中に死にかけようと、次の試みの改善点を手に戻ってくる。

一〇月に休みを取り、二〇一一年夏の挑戦のために一一月にトレーニングに復帰した〈イクストリーム・ドリーム・チーム〉は目下のところ、科学面、技術面、栄養面、そして底力を発揮する方法についての新発想の検討に忙しい。

ひとつ今回から変えることにしたのが、陸上での日常のトレーニングだ。去年はヨガ、体幹トレーニング、自重トレーニングから成る二時間のメニューを組んで、泳がない日はかならず実践していた。今年はボニーと相談のうえでメニューを二時間半に延ばし、さらに体にいくぶん厚みを加えるために、ダンベルの重さを増やした。前回が約六二キロの体重で泳いだのなら、今回は約六六キロはほしいというのがボニーの要望だった。二度のつらい挑戦では、体重の減少が激しかった。わたしは肉体の改造という課題に意欲満々だった。

水泳そのものについては、前回はプールでも外洋でも練習がうまくいったので、一一月に入るとプールでの長距離練習に戻った。パサデナの〈ローズ・ボウル・アクアティクス・センター〉

がわたしの本拠地になり、経営側が快く屋外プールの外側の一レーンを占有させてくれたので、わたしはクーラーボックスをレーンの端に置いて、八時間、九時間、一〇時間も連続で練習できた。日焼け願望が強いとみずから認めるボニーも、プールサイドに据えたデッキチェアに腰かけて、ホイッスルを鳴らしてはわたしに短い補給時間をとらせた。ある補給では特製の電解質ドリンクでピーナッツバターをひとすくい流し込み、次の補給ではバナナを半本。プールでは海のように胃の具合が悪くならないので、補給もいや気のさす作業ではなかった。ボニーは読書欲が旺盛なので、わたしがプールを何往復もするかたわらで、小説を次から次へと読破した。そのうちに、わたしも本を録音版で楽しむようになった。プールでの一〇時間泳のあいだ、スティーヴ・ジョブズの伝記に耳を傾けるのは、愉快な気晴らしだった。海でヘッドフォンの音楽や本に頼ったことは一度もなかった。海という環境を感じてひたりたいタイプなのだ。それに、海面はめったにプールのように穏やかにはならないので、音が断続的にしか聞こえずに、たくさんの単語や、パラグラフをまるごと聞き逃すだろう。サイモン&ガーファンクルの聞き慣れた曲の一節を聞き逃しても気にならないが、ナレーターが「ブラックホールという現象は……」と言ったあと、二五秒間も雑音や不明瞭な言葉やわけのわからない音が続いてから、「……宇宙の究極の謎と呼ばれる理由が、これでおわかりでしょう」と聞こえてきたら、むっとするではないか。

プールで連続一〇時間泳ぐというと、異常な話に思えるかもしれない。けれど、わたしはその日のカウント方法をぜんぶ決めてから、早朝に駐車場で車のエンジンを切った。むだ口はたたかない。ロッカールームに直行する。さっさと着替えて、さっさとシャワーを浴び、さっさと日焼け止めを塗りたくる。集中力を高めつつ自分のレーンまで行って、手の届く場所にクーラーボックスを置き、すぐに始める。〈ローズ・ボウル〉のスイマーたちはみんな――そしてトレーニング中の数人の元オリンピック選手も――信じられないほど協力的だった。わたしがおしゃべりをしに来ているわけではないことをわかっていた。ひどく長い練習の終わりには両脚ががちがちにこわばってしまって、折り返しのたびにフリップターンの体勢で脚を曲げるのもやっとというありさまだった。だが、海にいるときと同じで、ぜったいに一分たりともごまかしはしなかった。目標が一〇時間なら、きっちり一〇時間こなした。

同時代の優秀な長距離スイマーと親交を結ぶべきだろうと考えて、世界オープンウォーター・スイミング会議にも出席した。長距離泳に同じ情熱を傾ける仲間たちとの交流はすばらしかった。マーティン・シュトレルはアマゾン川の源流から河口まで泳ぎ切った経験があり、そのときの名誉の負傷である背中じゅうのピラニアの嚙みあとを見せた。ジェイミー・パトリックは、冷え冷えとしたタホー湖を大胆にも往復した記録を持っている。シェリー・テイラー＝スミス（シェルズ）は、わたしや多くの人の心のなかでは、史上最高の野心あふれるマラソン・スイマーであり、どんな競争相手よりも速く強靭で、一九九〇年代当時の数々の大記録を塗り替えた。対談の場でシェルズたちと語り合ってすばらしい一日を過ごしたが、そういう勇猛果敢な冒険家たちでさえ、睡眠もとらずに六〇時間も外洋を泳ぐ計画などとても思いつかない、ましてやあの海でなんてと語った。

二〇一〇年一二月下旬の時点で、わたしは強靭で満ち足りていた。昨シーズンに築いた土台が役立ち始めた。海洋トレーニングの開始までわずか数週間だが、すでに前回よりもずっと練習が進んでいた。資金集めも、今回はＣＮＮの報道のおかげで容易になっている。アメリカ政府からの許可も前回に下りたばかりだったし、新たに申請済みなので、問題なく進むだろう。

　唯一の心配は、左前肩のしつこい痛みだった。三〇年間の中断を経て復帰した当初から、両肩に張りを感じていたが、妙薬が氷だと気がついていた。わたしの車は低温学の実験室のようなありさまだった。自宅も同様。あらゆるサイズや種類の保冷剤がいつも手の届くところにあった。旅にもクーラーボックスを持参し、毎晩肩を氷で冷やしながら眠り、両肩を氷で固めながら食事をとった。ある日、〈ローズ・ボウル〉でのとても長い練習のあと、両肩に山のように保冷剤を載せて車でうたた寝をしていたら、窓を叩く音で起こされた。水中エアロビクスの教室からバスローブ姿でよろめき出てきた老婦人が、あなたはアメフト選手なのかと尋ねる。ええ、オークランド・レイダーズのラインバッカーですと答えた。ピッツバーグ・スティーラーズのまぼろしの選手だった弟へのオマージュとして。

　だが二〇一一年一月上旬には、軽い痛みしかなかった左肩が、水をかくたびに激しく痛むまでになった。

　最初にかかった整形外科医は、手術をしなければ二度と泳ぐことはできないと言った。左前肩の上腕二頭筋の断裂で深刻な状態にあり、理学療法でも注射でも断裂は治せないと断言した。断裂を広げずにふたたび泳ぐには手術しかない。これ以上断裂が進めば、がまんできないほどの痛みになるという。とはいえ、肩の手術から快復したあと、夏の挑戦に向けて体を鍛え直すような時間の余裕はまったくない。もう一月なのだ。だから、アスリートの誰もがやることをやった。別の診断を求めて、別の医者に行った。

　次の整形外科医は改めて肩の画像を撮ったうえで、やはり悪い知らせをもたらした。ボニーも同席した場で、医者は同じ断裂をかかえたスイマーを何人か診た話をした。そういうスイマーは、外科的な修復によって腱《けん》がまた完全に機能するようになるまで、現役に戻れなかった。特にわたしの場合はウルトラ・スイムのトレーニングで極度の負担をかけるので、ただちに手術が必要とのことだった。わたしはこの診立ても気に入らず、ボニーも医者に、目の前のスイマーにどれほどの能力があるか何もわかっていないと説いた。

三番めに訪れたのは古くからの友人の整形外科医で、ニューヨークの特殊外科病院（HSS）に勤めるジョー・ハナフィンだった。ジョーはMRIの画像をざっと見て、断裂はそれほどひどくないと告げた。水泳を三週間休んで、軽いエクササイズで腱を落ち着かせ、ステロイド性抗炎症薬の注射を腱に施せば、きっと全力でのトレーニングを再開できるという。その診断は正しかった。以降は、ジョーに紹介されたロサンゼルスの医療チームが肩を診てくれることになった。型破りの整形外科医ニール・エラトラッシュと、才色兼備の理学療法士カレン・ジュベールだ。

アフリカの男性として初めてオリンピックの競泳男子個人種目で金メダルを獲得した、偉大なウサマ・メルーリ選手からも、とても貴重なアドバイスをもらった。メルーリもわたしとまったく同じ上腕二頭筋の断裂を起こして、わたしのひとりめとふたりめの医師と同じ、手術は避けられないという診断を受けた。そしてわたしと同じように、それほどの手術から快復して、二〇一二年のロンドン・オリンピックまでにフォームを立て直す時間がなかった。だがメルーリは、痛めた腱を守るためにストロークをかなり大胆に変える方法を編み出していて、新しいフォームを実際に見せてくれた。クロールの従来のストロークのように、手のエントリーの際に肘を高く残すのではなく、頭のすぐ近くでエントリーを行い、水中で手を前方に伸ばしながら肩を下げるというやりかただ。両手のエントリーのたびに新しい動きを言い聞かせ、体にしみついたストロークの型を変えるのは、しばらく時間がかかった。だがメルーリは、親身になってくれるベテランの医療チームとともに、痛みなしで長距離練習をこなせる体に戻してくれた。

一月下旬、〝SXM合宿〟〔訳注：SXMはセント・マーティン島の国際空港の空港コード〕と呼ぶようになったセント・マーティン島への遠征が予定どおり行われた。デーヴィッドとマヤは準備万端。わたしも肩の故障はあったものの、前年の同じ時期よりもはるかに体調はよかった。練習の強度を徐々に高める必要はなく、すぐに距離を伸ばしていった。

マヤがある日、のちに重要な人物となるマーク・ソリンジャーを紹介してくれた。会ったその日からマークとはうまが合い、似た者同士だとわかった。フルマラソンを何度か完走し、バンドーという武術の愛好家であるマークは、高強度の体力トレーニングをずっと実践し、セント・マーティン島の〈ラ・サマンナ〉というホテルでウォーター・スポーツのプログラムを二五年間担当していて、そのホテルはわたしのスポンサーになった。出会ったときのマークは、過酷だが胸の躍る何かにすぐにでも飛び込める状態にあった。まさにわたしの望む人材、あらゆる点で日々進歩するタイプだった。身長一九〇センチで軍人風の丸刈り頭のマーク、やはり健康志向でやる気に満ちた妻のアンジー、夫妻の八歳の娘サムは、わたしやボニー、そしてSXM合宿のトレーニングにやってくるチームの仲間のために、自宅を開放してくれた。

デーヴィッドが今回もナビゲーター役を、マヤもメインの操舵役を務めた。だが、SXM合宿はマークとアンジーが引き継いだ。午前三時の強制的な食物摂取を続け、果てしない練習のあいだ波と格闘する気力を保つのは、わたしにとって当然のこと。これは自分の夢なのだから。だが、ボニーが同じ午前三時に用具の支度をきっちり整えたり、マークがその時間に船の準備のために桟橋へ行ったり、わたしがもはや立っていられずベッドに行くこともできない夜に、シャワールームに横たわるわたしの頭にアンジーが枕をあてがってくれたり——そういう献身的な姿には言いようのない安らぎを覚えた。友の誰ひとり、わずかなお金ももらっていなかった。みんな精魂を傾けていた。真のチームメイト。わたしはみんなの払った犠牲の大きさをけっして忘れない。わたしの調子が悪いときは、マークとアンジーが補給の時間に舷側から身を乗り出して、デュエットしてくれた。ふたりはアンジーのウェスト・バージニア訛りを強調して、本場のカントリー・ミュージックを聞かせた。わたしはふたりの歌が大好きだった。ボニーはセント・マーティン島の〝フランス橋〟に船が近づくと、よく橋を指して冗談を言った。ボニーとわたしは初めてフランス橋の話を聞いたとき、ハドソン川にかかるジョージ・ワシントン・ブリッジ並みの、大きくそびえ立つ橋を想像した。だから、小型船の甲板から背伸びをすれば手が届きそうな、この風変わりでちっぽけな建造物を見て、けたたましい笑い声をあげた。ボニーが橋まであと数ストロークという合図をすると、わたしは「こんにちは、フランス橋《ボンジュール・ル・ポン・フランセ》」と叫んだ。毎回かならずだ。そうやって築いたささやかな習慣が、わたしたちを親密にした。

　練習中の幾度もの補給時間のあいだに、愉快で深遠な会話をした。逸話を語り、森羅万象についての意見を交わした。マークとわたしは驚きの瞬間を何度も分かち合った。一一時間泳の九時間めの補給のときのこと。

「マーク、きのうの夜、スティーヴン・ホーキングの『ホーキング、宇宙のすべてを語る』を読んでいたんだけど、今の天体物理学者のほとんどが、この宇宙の物質もエネルギーもぜんぶ、ビッグ・バンの直前には一兆分の一ペニーの大きさしかなかったって信じてるんですって。ぜんぶひっくるめて一兆分の一ペニーの大きさよ、マーク！ ぶっ飛んじゃわない？」

すると、マークと仲間のフレッドが、アーノルド・シュワルツェネッガーの物まねで場を明るくする。「ヤー、ヤー、ビッグ・バン、ありえなかったね。ヤー、彼女の二頭筋はとてもすごいね。ぜったいヤバいシュイマーだね」

冬から春になると――天国のごときセント・マーティン島の冬は厳しくはないが――メキシコのキャシー・ロレッタの合宿地での練習もふたたび取り入れた。セント・マーティン島なら入り江や海岸沿いなど、強風の日でも風を避けるコースを選べたが、ユカタン半島沿岸は逃げ場がなかった。強風の吹きすさぶなかでは海岸近くを泳ぐほうが望ましかったが、浅瀬のひどく近くに岩礁が続いていた。岸に高波が打ち寄せていると、クルーはわたしが片側のとがった珊瑚礁に叩きつけられないように、あるいはもう片側の砂浜に絶えず打ち上げられないように、一日じゅう厳重な警戒をしなくてはならない。ある練習日に、ボニーの代わりにティムが同行した。ティムは撮影担当だったが、必要なときはいつでもわたしのために撮影を二の次にした。朝に三メートル超の大波が打ち寄せた、悲惨な一五時間泳の日、ティムはわたしが岩礁や岸に叩きつけられないよう、一日じゅうわたしと操舵役に叫び続けたせいで声をからしてしまって、まともにしゃべれなくなった。

これもメキシコでの理想的とは言いがたい日のこと、用心のために船にシャーク・シールドを着けて、岩礁の外で練習した。風が南へ吹き荒れていた。通常は予想時間に沿って一方向に進んでから逆方向に引き返して、いつもスタート地点のビーチ近くでのフィニッシュを目指す。合宿所から遠い場所で練習を終えたくないからだ。予定の半分の時間と距離で引き返すという単純な話ではなく、風、潮流、潮汐を考慮しなくてはならない。練習ごとの折り返し点の判断には、経験がものを言う。練習でへとへとになった挙げ句、スタート地点まで小型船で長時間かけて、船酔いしながら戻るのだけはぜったいにごめんだ。クルーだってそんな責め苦に遭いたいわけがない。だが、その日は北へ進める見込みがまったくなかったので、そのうち風がやんだり向きが変わったりするのを期待して、南へ進むことにした。だが、激しい南への風が終日やまず、わたしたちは急速に南へ流された。補給の際のボニーの話では、陸の風景がすごい勢いで流れていくという。わたしたちはホテルを、小さな町を、ジャングル地帯を高速で通過していった。一二時間泳の終わりに、クルーにアルミニウム製の小さなパンガ・ボートに乗せられ、そこから合宿地まで、南への風にまともに突っ込みつつ、船に揺さぶられながら地獄の七時間近くを過ごした。ボニーと身を寄せ合って、不快な濡れたタオルで頭を覆って無言のまま、ボートが波にぶつかるたびに、背もたれのない堅い金属のベンチに容赦なくいたぶられながら、終始目を閉じていた。その日の深夜、月あかりのもとでタオルを手にビーチで待つキャシーを見つけて、わたしはほんとうに泣いてしまった。

同じメキシコ合宿中のある日、まずまず順調に海を進んでいると、胃が文字どおりひっくり返る感覚を覚えた。あんな経験はあとにも先にもなかったので、そうなった瞬間にぎくりとした。いきなり泳ぎをやめて、ボニーに胃が宙返りをしてひっくり返ったままだと叫んだ。ボニーがわたしに、犬かきで船に近づくようなだめ、痛みがあるかと尋ねた。痛くはない。胸郭の皮膚に指をめりこませてつかみ、胃がもとの位置に戻った感じがするまで、みぞおちのあたりを背骨方向へ押した。それがふつうの現象なのか異常なのかどうなのか、そのときは見当もつかず、ボニーと顔を見合わせた。ひとことも交わさないまま、わたしはその日の練習を最後までこなした。ああ、極限のスポーツには常識が通じない。

今年は二四時間泳は必要ないと、ボニーと判断したが、一八時間泳を一回行うためにＳＸＭ合宿に戻った。吹き荒れる風。全員がつらい一日を覚悟した。

トレーニング期の終わりとあって、新しい歌やカウント方法を編み出す気力に乏しくなっていた。セント・マーティン島の大きなラグーンに飛び込んで、これから四五分間のウォームアップを経てフランス橋から外洋に出ようというときに、何か新しいことに注意を向けようと決めた。世界じゅうの思いつく限りの街をめぐろう。こんな軍歌を頭に流しながら。

人から聞いた話では
ボゴタの通りは黄金《こがね》敷き
大声で！　一、二
叫べ！　三、四
大声で！　一、二、三、四

南米から始めて、アフリカ、アジア、ヨーロッパを終えるのに何時間かかるかようすを見てから、まだ一八時間が過ぎていないようなら北米に移ろう。

まずはコロンビア。ボゴタ、カルタヘナ、カリ、メデジン、ペレイラ。ここは海辺の街、ここは竹がうっそうと茂る街と、どこも地図上に思い描ける。ベネズエラへ進むころには、心が思い出とともにさまよい始める。長距離泳は精神科医に半年間通うようなものだと、よく冗談で口にする。それまでの人生で頭がいっぱいになり、脈絡のない映像や誰かの声がひとつひとつ浮かぶ。

ベネズエラのカラカスというと、やはりかの地でのニーナとの結婚式に引き戻される。法律上の正式な結婚ではない。ふたりだけのささやかな儀式として、ホテルのバルコニーで誓いを交わす。ニーナもわたしもフランス語を自在にあやつれるので、いっときは愚かにも、スペイン語を簡単な言語だと勘違いしていた。その思い上がりはあまりに甚だしく、ロサンゼルスからカラカスへの機内でスペイン語の基本を習得できると考えてしまった。結婚指輪の注文のためにカラカスの宝石店に入るころには、うぬぼれきっていた。ずんぐりした男性が奥から現れて、ガラスのカウンターで短くて太い前腕を組む。わたしとニーナは自分たちや自分たちの快活な話しかたにうっとりしながら、スペイン語でしゃべり始めた。欲しいのはレール留めのダイヤとエメラルドの指輪、サイズはこのあたり、予算はせいぜいこれくらい、式のために金曜までには必要。このパフォーマンスのあいだ、宝石商がわたしたちをひとりひとり眺め、大きくため息をついて、ニューヨーク訛りの英語で言った。「なあ、ご婦人がた、こっちは忙しいんだ。さっさとほしいものを言ってくれれば、奥に行って用意してくるんだがね」。わたしたちの馬鹿さ加減を思い出すうちに、気がつくと水中で笑っている。ふたりのかわいらしく慎ましい結婚式を思い出して。

思い出にひたっていたら、補給時間を知らせるボニーのホイッスルを聞き逃していた。困ったものだ。ピーナッツバターと朝鮮人参のサンドイッチを少し食べると、ボニーが新しい食品を勧める。〈ショット・ブロックス〉という角型のグミ。口に入れておくと、電解質がゆっくりと体内に取り込まれる。ボニーがジャマイカ人のフリーダイバーから、ネット上で連絡をもらっていた。ダイバーたちは一日じゅう潜って船底の掃除をするので、塩水にさらされた口のなかがひどく腫れあがってしまう。わたしが海で長時間泳いだあとの、口内の傷や腫れの問題を耳にして、泳いでいるあいだドライ・パパイヤをしゃぶるという対策をボニーに教えていた。パパイヤの酵素が口内組織の腫れの防止にひと役買うらしい。

ドライフルーツは、水泳中に口のなかに入れておくにはとがりすぎている。だが、ボニーはその発想のおかげで〈ショット・ブロックス〉を試すことを思いついた。化学的な成分に期待してというよりも、歯と内頬のあいだに防壁を設けることで、その小さな一角だけでも塩水にさらされないようにするためだ。効果はあった。補給の最後にいつもボニーが口にグミを押し込むと、口内の傷がいくらかでも軽くなった。

サンドイッチを食べ、〈ショット・ブロックス〉を内頬と歯のあいだにおさめて、泳ぎに戻って軍歌を再開する。ペルー、ブラジル、チリの街をめぐる。アルゼンチンに入って、ブエノスアイレスの次はパタゴニア。人生でも大きな体験をした現場だ。たぶんここから半時間は、クジラとの戯れを思い出すことになる。

パタゴニアにはドキュメンタリー映画の撮影で派遣され、現地では南極圏内で泳ぐ予定だった。キャンディスの同行も許された。映画の主役は〝都合のいいクジラ《ライト・ホエール》〟、つまりミナミセミクジラだ。ほかの種がすばやく潜って遠くまで泳げるので、長いあいだ捕鯨に向かなかったのに対し、ミナミセミクジラは比較的ゆっくり泳ぐ種なので、殺すのに〝都合のいいクジラ〟という意味でむかし命名された。

日中の気温も水温も摂氏一度台と、零下より少し高い程度。当時最高の厚さのウエットスーツで泳ぐ予定だったが、手に負えないほど厚みがあったので、毎日明け方にキャンディスが四苦八苦しながらわたしをスーツに押し込むのに、数時間もかかる始末。クジラと泳ぐ案内人は、アルゼンチン人の遊び人のアルマンド。ブロンドに脱色した髪を肩まで伸ばし、ショッキング・ピンクのウエットスーツには、腕と脚の部分にひし形の飾り鋲が並ぶ。

早朝に小型のゾディアックボートで偵察に出ると、クジラが跳躍したり、巨大な尾ひれで海面を楽し気に叩いたりしている。アルマンドがわたしに準備をするよう合図をする。ボートの舷側からそっと海に入り、仰向けで休憩する子育て中の雌クジラへ、手をつないでゆっくりと近づいていく。わたしはアルマンドに小声で「育児中の動物に近寄ってはいけないって、いつも言われるけど」と言う。アルマンドがだいじょうぶと言う瞬間にも、母クジラの向こう側で子クジラが水しぶきを上げている。

アルマンドのあとから母クジラの腹部に乗る。クジラが体を左右にわずかに回転させながら、尾をゆっくりと空中に持ち上げ、満足げなきしんだ声をあげる。わたしは怖くて縮み上がり、脈拍が毎分二〇〇近くになる。わたしたちは全長約一八メートル、体重一二〇トンの動物の腹に寝転がっていて、ほんの数メートル先で子クジラが飛び跳ねている。アルマンドが静かにするよう身ぶりで指示する。

そのまま六分から七分か八分くらい経っただろうか。タンカー並みの大きさの、生きて呼吸をしている哺乳類に抱きつくも同然の状態でいるのは、控えめに言っても類のない体験だった。パタゴニアの南方沖でクジラと泳いだ一カ月は、永遠に記憶に刻まれ、わたしやキャンディスにとって生涯にまたとない旅だった。

わたしが撮影中にアルマンドの強いなまりを真似てしまうことだけが、取材の唯一の妨げらしかった。人はどうなのかわからないが、わたしが目の前の人とそっくりな片言の英語を話し始めるのは、同じ言いかたのほうが気持ちが伝わると無意識のうちに思うからだ。ディレクターが「カット！　ダイアナ、なんでそんな話しかたをするんだ？」と怒鳴る。

「話しかたって？」気づいていないわたしが尋ねる。

わたしはディレクターが再生した映像の、自分のしゃべりかたにびっくりする。〝アールマーンド。あーっちのクジラを見ましょーよ〟

一八時間泳のスタートからおそらく一〇時間、またもや気がつくと笑っていて、襲ってくる波にも無頓着なまま、ほとんど自動操縦の状態にある。軍歌を続けながら大陸から大陸へ、思いつく限りの街を挙げていく。アフリカに関してはかなりの実力、アジアは情けないほどの落第点、ヨーロッパは大の得意。この遊びのおかげで、ふつうは地獄のような一八時間の苦行に耐え抜く。

六月半ば、栄光に先立つ忍耐の月日が終わる。去年の〝最終トレーニング〟での自分と同じように、ゴールのホイッスルを聞いて号泣する。キー・ウェストに舞台を移す準備がふたたび整った。

22 ゴーサイン

ボニーもわたしも、もうキー・ウェストになじんでいる。何もかもがなつかしい。夕食のあとで美しい近隣を散歩すると、地元の人たちがポーチから話しかけ、木々の葉ははっとするほど鮮やか、雄鶏が四六時中鳴き、バハマとヴィクトリア朝の様式が混じった歴史的建造物が立ち並ぶ。おおかたの小売商や、大好きなホテルのジムのスタッフ全員とはすでに顔なじみ、ジムでは朝刊が手に入る。ボニーはジムで、滞在客のほぼ全員にワークアウトの指導をせずにはいられず、日常のトレーニングメニューまで組んでしまう。ご近所の大部分はハイチ人、わたしたちは道端で現地のなまりで話をする。ご婦人が声をあげて笑い、水をかく動作をしてみせる。わたしたちは街の大半の犬も知っていて、いつも犬用のおやつを用意している。島ならではの、のんびりした時間が流れる。

ディー・ブレイディとジョン・バートレットが、伴走船のボイジャー号をキー・ウェストに回し、いつもの準備作業に入る。バートレットが〝車線〟の吹き流しを完璧なものに仕上げていて、わたしはもう船と平行の定位置からめったに外れない。通常六〜八時間の短い海洋練習に、ジムでのワークアウトを織り交ぜる。今では八時間泳などたやすいものだ。週に一度は、たいがいチーム用の建物でバーベキューをしながらのミーティング。バートレットはつねに議論をする気満々だ。ブルーの瞳をきらめかせ、いつもの架空のピアノを喜々として弾きながら、レオ・フェンダーのギター製作の技術から、速い海流をゆくスイマーのような浮体の漂流のしかたまで論じる。マーク、ディー、デーヴィッド、マヤが海洋練習のたびに船の支度をし、練習に最適な風向きを求めて天気を調べ、みんなを活気づけ、チームは軍隊並みに時間厳守で桟橋を出る。ボニーは自分の持ち場に下り、ほかの人は甲板にいる。シャーク・ダイバーの連携を強めるために、何度か夜間泳を行う。シャーク・ダイバー抜きの昼間の長時間練習は、夕暮れの最後の最後で終わり。こういうときにありがちだが、わたしは疲労から頭がぼうっとしていて、硬くてしっかりした生きものが手にふれてぎょっとする。「サメじゃない？」と船に大声で言うと、マークが一瞬のためらいもなく海に飛び込み、わたしのまわりじゅうを叩いてまわる。サメだったのかどうか知りようもないが、マークがどんなに誠実な仲間かがわかる。

六月が来ては去っていって、わたしは少し落ち着かなくなる。幸い今回はアメリカとキューバからの許可が早々に下りている。今必要なのは、好天期のみ。夏はまだまだ続くとはいえ、去年のどうしてもやまなかった東風の記憶にさいなまれる。だが、八月一日にデーンが連絡してくる。目下の状況に希望をいだいて。気圧の峰が南へフロリダまで張り出している。気温がもう何度か上がれば、フロリダ海峡の風が弱まるのに絶好の状況になるかもしれない。

横断実行までの警戒レベルを設けてある。もしデーンから〝もしかすると〟実行まであと五日という連絡があれば、チームは黄信号の態勢に入る。全員が荷物をまとめなくてはならない。パスポートや個々の用具を準備して、移動の計画が練られる。三五名のクルーのほとんどがキー・ウェストにいる。SXMチームは全員。マーク、アンジー、デーヴィッド、マヤ、カヤッカーのうち二名。ほかの数名はフロリダ州の各地から、キー・ウェストに半日で到着する。ルーク・ティプル、妹のリザほか数人はカリフォルニア州、ハンドラー二名はヴァーモント州とコロラド州からやってくる。ティムと撮影スタッフはキー・ウェストにいる。船はアメリカの通関手続きを終えるのにまる二四時間かかり、キューバに移動してからも通関の手続きが必要だ。

デーンの予報は、黄信号を点灯するに足るほど有望だ。デーンはさまざまな情報源からの気象状況をすべて監視する。チーム側は裏づけを求めて、ほかの情報源にも連絡を取る。デーンによれば、好天期のうち三日間、理想の風向きが続くはずだという。メキシコ湾流の専門家のジェニファー・クラークは、潮流の状況に懐疑的だ。わたしたちにとって理想の北東ではなく、真東に勢いよく流れているからだ。この東への激しい潮流のせいで、キーズ諸島の北方にゴールすることになって不満が残るかもしれないが、南からの弱風にならなければ成功の見込みはない。かくして実行を知らせる赤信号が点灯し、全員が急ぎキー・ウェストに集結する。

キューバまで一八時間ほどの船旅で疲れ果てたり、船酔いに悩まされたりする事態を避けて、わたしはボニーとマイアミ空港からチャーター機で飛ぶ。キューバの地上作戦を担当するメキシコの仲間、キャシー・ロレッタが数日早く現地入りして、すてきな（もちろん嫌味）〈ホテル・アクアリオ〉の部屋を数室おさえ、税関の役人や港湾の管理人のもとへあいさつに立ち寄り、船団へのお役所仕事の影響を最低限に抑えるために、エスリッチ会長とむだのないスケジュールを組んでいる。アメリカ船が税関を通過するのに八時間以上かかるのもめずらしくはなく、船首から船尾までばらばらにして調べそうな勢いで、徹底した検査が行われる。何よりも船団がすみやかに港を出ることが重要なので、そのためにキャシーが相当な額のわいろを贈っている。それがキューバの流儀。

マイアミ空港を出る前の、デーンの最後の予報では、ここから四日間は南南東からの風速約四・五m／sの風のもとで、かなり望ましい天候が続く。そのあとは風速約六・七m／sの東風に戻ってしまう。チームはあわててはいないけれど、ハバナでぐずぐずしてはいられない。難敵の東風のなかで沖に出るわけにはいかないのだ。船団が翌六日にハバナに到着し、日暮れまでに通関の手続きを終える。最後にもう一度チームのミーティング。わたしはボニー、マーク、デーヴィッド、バートレットとの時間を設けて、キャンディスとも自分を省みる時間をとる。それからチームは街に散って少し探検し、八月七日の夕暮れに予定されているスタートの準備を整える。

ボニーとレース前の管理体制に入る。ホテルのプールにゴーグルをぜんぶ持ち出して、ひとつひとつ検品し、順にラベルを貼る。用具のバッグふたつを注意ぶかく空けてから詰め直す。何がどこに入っているのか、どう分類されているのかを、ボニーは残らず知っている。それからすべての用具をハンドラー・チームと一緒に確認する。

そう、わたしは緊張している。おびえてもいるのかもしれない。どう考えてもトレーニングやチームの準備にぬかりはないと自信はあるけれど、それでもこれからの数日が長く、過酷なものになるのは確実だ。それに、チームも一年間の積み重ねから感情がたかぶっている。とにかくスタートを切りたい。

エスリッチ会長がマリーナで記者会見を催す。多数の取材陣。キューバの人たちは六〇年以上も前から、世界各国の少なからぬ数のスイマーが対岸、すなわちアメリカへの上陸を目指して、ハバナの有名な岸から飛び込むのを見てきたので、会見での話題を心得ている。睡眠不足、サメ、この冒険の意味。もちろん、今ではスポーツのスタート地点と化した岸から、過去に無数のキューバ人が逃げ出したことは口にされない。フロリダ海峡は、キューバ人墓地とまで呼ばれている。

多数のキューバ人が真夜中に粗末ないかだで横断しようとして、命を落としたからだ。

大熊のごとき風貌の博愛主義者、ホセ・ミゲル・エスリッチ会長は、以前からキューバとアメリカの関係を正常化して両国を行き来したいという気持ちを、こちらが驚くほど隠さない人物だが、初めて会ったときにこう語った。わたしたちがキューバ〜フロリダではなく逆のコースにして、キューバから逃れた、あるいは逃れようとした数多の人たちを連想させなければ、キューバ側の承認をはるかにたやすく得られるだろう、と。だが、メキシコ湾流のせいでフロリダからキューバへの南下は不可能というだけでなく、自国をフィニッシュ地点にしたいというわたしの思いもあった。キューバ側の望むルートではなかったものの、会長は現地でいちばん強力な味方になり、通関手続きのスピードアップを含め、わたしたちのあらゆる要望を交渉の末に実現してくれた。

今回ボニーとともにキューバに飛ぶ直前、わたしは眠れずに、キー・ウェストの二四時間営業のドラッグストアへガムを買いに行った。店内にひとりだけいた男性客が、レジでわたしのすぐ前に並ぶ。そしてわたしを振り返ると、キューバ人らしい情感たっぷりのまなざしを向けて言った。「中身はわからないけれど、ものすごくだいじなことを前にしているんだね」

お見通しだった。期待で、恐怖でいっぱいのわたし。すると男性が財布を開けて、折りたたまれたきれいな二ドル札をだいじそうに取り出し、こちらに顔を近づけて食い入るように見つめた。「今にも沈みそうないかだでハバナを出る晩に、祖母がわたしをきつく抱きしめて、行かないことにしたと言ったんだ。二度と会えないんじゃないかと胸が痛くて、ふたりで泣いた。そうしたら祖母がこの二ドル札を取り出して、いわれを語った。あるアメリカ人から幸運のお守りとして渡されたものだから、旅を乗り切れるように肌身離さず持っているように。そして、いつか心から幸運を求めている誰かにあげなさいと言われたんだ。わたしのおじはアメリカへの旅の苦労で亡くなり、あの晩以来、わたしは祖母に会えないままだ。でも、この幸運のお札を今晩あなたにあげるべきだという確信がある。これを肌身離さず持っていなさい。わたしのように道を拓くんだ。そして、いつか誰かがこれを必要とするそのときに、かならず渡してほしい」

ふたりでしばらくのあいだ抱き合った。わたしも、男性も泣いた。お互い名前も名乗らなかった。けれど、男性の祖母の二ドル札は、あれ以来わたしの財布でぴしっと折りたたまれたまま、いつかわたしがほんとうに必要と感じる人に渡すのを待っている。それをくれた男性は、わたしにとってキューバの人たちの象徴だった。温かくて、惜しみなく与える人たち。〝大熊〟エスリッチ会長も同じだし、わたしの知るキューバ人はみんなそうだ。前に述べたように、わたしはこの横断を親善の色のあるものにしたかった。国と国を自由に行き来し、互いの文化を誰にはばかることなく楽しめる日の前触れにしたかった。

八月七日、記者会見が昼ごろに終わる。スタートの予定時刻は午後六時。ボニーが大慌てでキャシー・ロレッタに、港湾使用料、税関への〝心づけ〟、氷や燃料のお金を分配する（港湾に巨大な氷塊一個がどさっと投げ出され、おおむかしのアメリカでの配達方法をしのばせた。あとで自分たちで砕かなくてはならない）。わたしは支度を進める。

穏やかな人柄のキャンディスが一時間をともに過ごして、アドレナリンの奔流を通奏低音へと鎮めるのを手伝う。生まれながらの癒やし手のキャンディス。瞳や両手に古来の叡智を宿している。キャンディスが傷や病いをかかえた人に触れるところを見たことがある。相手の経絡《けいらく》に沿って最初は両手を肌にかざし、それから肌の上に手を滑らせると、痛みがある程度和らげられる。動物に同じ施術をするところも見た。複数の意味で高次の意識レベルにある人だ。陰口をきいたり、前向きな姿勢で歩んでいない人にむだな時間を費やしたりはしない。一九七八年の挑戦のときとまったく同じ場所で、同じように、一緒にいてくれる。そしてあのときと同じように、ふたたび心に平和をもたらす。温かく、確かで、安定した手の感触。わたしの首を押すときは息を吸い、背中をさするときは息を吐くよう指示する。平静そのものの瞑想。キャンディスが部屋を出る前に、ついに対岸が見えたときに歌ってくれる予定の歌を口ずさむ。その声は完璧そのもの、やわらかく美しい響き。

『星に願いを』の歌詞は、わたしには秘薬のようなものだ。大志をいだいたら、勇気を奮う覚悟があればいつか夢はかなう。そういう歌だと解釈している。

午後二時ごろ、ボニーが最後の食事を運んでくる。いつもの内容。固ゆで卵。オートミール。水、水、さらに水。スタート時の極度の興奮から、脱水に陥る可能性がある。最初の数キロを飛ばしたいという衝動も脱水の原因になる。スタートまでの最後の数時間、複数の意味で時計が止まっているような気もするが、ついに出発も間近とあって奇妙な感覚に陥り、頭の別の部分では時計の針がみるみるうちに進んで、重圧が最高潮に達する。

午後四時の時点でチームの船は税関手続きを終え、港口の岩場のあたりに浮かんでいる。約二〇キロメートル沖の国際水域まで付き添う予定のキューバの船が、チームの船団に混じる。午後五時半、〈ホテル・アクアリオ〉での短い滞在中に仲よくなったホルヘが、ゴルフカートで迎えに来る。ボニーとともに無言で乗り込んで、キャシー・ロレッタも一緒に岩場まで一〇分間のドライブ。手首の血管が脈打つのを感じる。四人全員が水平線に視線を向ける。穏やかなたそがれ。期待がみなぎる。

スタート地点にキューバの取材陣がぎっしり連なっている。アメリカのマスコミとは違って礼儀正しく、怒鳴ったりしない。わたしがローブを脱いで、ボニーとグリースを塗る作業を進め、キャップとゴーグルを着けるところをかしこまって見つめながら待っている。わたしが最後の質問を受けるために取材陣のほうを向く。すると、ここでもすがすがしいほどの配慮を見せる。わたしはキャシーと、続いて会長とハグを交わす。スタート時にお決まりのらっぱを吹き鳴らすと、チームの面々が船から「進め！」と声援を送る。

仕事にかかろう。わたしはプロのスイマー。気持ちを落ち着けて泳ぎ出さなくては。懸命に練習してきた動きを実践するときだ。ボニーと抱き合う。耳に「進め！」とささやかれる。撮影中のティムが片目をカメラのファインダーにくっつけたまま、もう片方の目で美しい笑みをくれる。船上のキャンディスが両腕を掲げて激励する姿が見える。笑顔で手を振るリザの傍らには、むかしなじみのハンドラーのジョンとデボラ。新しくハンドラー・チームに加わったハイジとジェシーもいる。のっぽのマークが船上でガッツポーズをしながら「進め！」と叫ぶ。ボイジャー号の舵を握るディーが親指を立てる。デーヴィッドとバートレットが、ふたり並んで腰に手を当ててこちらを向いている。ルークがボイジャー号の屋根にのぼって、すでにサメの見張りについている。

フランス語の「かかれ！《クラージュ》」が、わたしの最後の言葉。出発だ。海に飛び込んでボイジャー号へ泳ぎ出す。ディーが船の横につくよう合図を送る。ジョンとマークがもう吹き流しを下ろしていて、水の透明度があまりに高いので、遠くからでも海中の白い布が見える。それに向かって前進しながらも、ストローク数を抑えるよう自分に言い聞かせ、興奮を制御していきなりエンジンを全開にしないよう心掛ける。ボニーとティムが岩場から船団への移動用の、小さなゴムボートに飛び降りる。もう泳ぎ出したのに、ようやく始まったのだと、現実になったのだと、誰もがあまり実感できずにいる。ついに目標へ向かい始めたことに舞い上がって。

23
想定外のできごと

海面は穏やかで、わたしは元気そのもの、周囲がちゃんと見える。ボニーはハンドラー用のデッキで、腰に手を当てている。ディーは操船中。ナビゲーター用の船室にはデーヴィッド。船の屋根のルークが、海中の生物を見張っている。鮮烈な青を眼下に見る。何色と呼ぶべきだろう。紺碧？　空色《そら》？　淡青色？　群青《ぐんじょう》？　専門的な名前はともかく、その荘厳さに目がくらむ。ときどき息継ぎの際にちらっと後ろを眺めて、ハバナの島影がどんどん遠ざかっていることに安心する。

何これ？　いったいなんなの？　スタートから二時間もしないうちに、右の前肩の鋭い痛みに顔がゆがむ。まだボニーには知らせない。痛みがやわらぐ方法を見つけようと、ストロークのエントリーの位置を数センチずつさまざまにずらしながら、半時間ほど自分で対処する。どういうことだろう？　それまで問題があったのは左肩だけだったし、そこだってもう何カ月も異常はなかった。右肩にはちくりとも痛みを感じたことはなかった。けれど、痛みは去らない。ボニーに知らせなくては。海では綱渡りの状態にある。不屈の精神を保ち、ちょっとした痛みにいちいち泣き言を並べてはいけない。だが、流れを変えるか、変えるまでに発展しそうな何かが生じたら、ボニーが知っておかねばならない。問題が悪化する前に解決策を導き出せるかもしれないからだ。ハンドラー・チームを集めて、必要に応じて医師も加えて。

そういうときのボニーは、けっして愛のむちをふるったりしない。わたしが何に苦しんでいるにせよ、痛みに耐性があって、ささいな支障には文句を言ったりしない人間だと承知している。わたしに水中で肩のストレッチをさせ、スピードが速すぎてストローク数が増えていると指摘し、次の補給までの九〇分間は減速するよう指示する。続く九〇分のあいだ、わたしは泳ぎをやめて愚痴をこぼしたりはしないものの、水をかくごとに痛みを覚える。苛立ちを抑えられない。ウォームアップが足りなかった？　そんなはずはない。長距離泳の前の定番のメニューをきっちりこなした。スタート時のアドレナリンの高まりのせいで、温まった肩が耐えられる以上にがんばりすぎたのだろうか？　この二年間に数百時間、数十万回のストロークをこなした末に、たったの二時間で肩を痛めるなんてありえるだろうか？　力に満ちて好調な、準備万端のわたしに、こんなことが起きるはずがない。

人はあらゆる障害に万全に備えたと思った矢先に、想定外のものにがつんと不意打ちをくらう。数時間もずっと不満たらたらのわたしを、ボニーが呼びよせて本音で語る。

「いい？　困ったことになってる。いったいなんでなんだか見当もつかない。でも、実際に起きてる。肩が痛いからって、やめるつもりはないわよね。どう対応するかはわからないけれど、あなたなら克服するはず。痛みに気を取られていては消耗してしまう。あなたのバッグから鎮痛剤を出させてくれたら、ある程度は痛みを抑える望みが出てくる。でも、とにかく痛みから気をそらして。できそう？」

文句を言うのはやめると、ボニーに約束する。道を拓こう。

泳ぎ続けるあいだ、ボニーがふたつのダッフルバッグを何度も引っかき回す。鎮痛剤の〈タイレノール〉が見つからない。わたしは用具には細心すぎるほどの注意を払って、携行品のリストをいやというほど確かめるが、どうしたことか〈タイレノール〉を入れ忘れていた。ほかの鎮痛剤だと激しいアレルギー反応が起きてしまう。アスピリンや〈アリーブ〉ほか、市販薬でも処方薬でもすぐに喘息の症状が出る。ボニーと医師が全船に問い合わせる。どの船にもない。〈タイレノール〉だけがない。医師は痛み止めの注射はできるものの、喘息の症状を招くことにちゅうちょする。

夜に入っている。漆黒の闇。海は穏やかそのもの。鏡面というほどではないけれど、必死に泳がなくてもいい。前進を続けている。右肩の問題はあるものの、まずまずのペースで進んでいる。チームの雰囲気も明るい。前進を続けている。ときどき、肩がはずれかけているんじゃないかと思うが、ボニーがそんなことにはならないときっぱり言う。肩の腱に負担がかかっているのかもしれないが、この時点では右肩はものすごく丈夫だと、ふたりで話し合う。とにかく切り抜けよう。

ひと晩じゅう、歌わずに数を数える。歌うよりも数えるほうが痛みを忘れられるような気がして。左手のエントリー四回を一回と数えて、英語で六〇〇〇ストローク。続いて英語で六〇〇〇から逆に数える。それからドイツ語、スペイン語、フランス語で英語と同じ数えかたをくり返す。ボニーが補給時間をホイッスルで知らせるときには、あとでカウントを再開しやすい数まで数えさせてくれる。四六八九のときにホイッスルが鳴ったら、ボニーに「ちょっと待って」と指で合図をして、四七五〇まで数えてから補給に入る。

停止のたびに、ボニーが肩の具合を尋ねる。苦境を気にかけてくれていることがわかるだけで救われる。何も打つ手がなくても、思いやりの気持ちに大いに助けられる。

明け方にボニーが医師を連れてきて、肩の痛みについてわたしと相談させる。医師は肩に薬剤をじかに注射したがらない。精確に針を刺さなくてはならないからだ。針の深さを見定めるには、MRIの画像が必要だ。アレルギー反応も心配だという。だが、〈タイレノール〉と同じ成分とおぼしきフランス語が記された薬瓶を、セント・マーティン島のクルーが持っていることを突き止めていた。そのカプセルをふたつ飲む。わずか二〇分後、のどに圧迫感を覚え始める。アレルギー性の喘息の症状だ。

医師が気管支拡張剤の吸入を開始する。一日じゅう何度も吸入しなくてはならない。ボニーの持ち場の海面近くに、吸入器が据え付けられる。海中から吸入器を扱うのは容易ではないが、医師がわたしに吸入用マスクを握らせて、口元にあてがい、深呼吸を何回かさせる。少し休んでから、また数回吸う。ほぼ一時間ごとに酸素も吸わされる。午後半ばまでには気道がいくぶん広がるが、気管支拡張剤を何度も吸ったせいで心拍数が上がっている。まだ呼吸をコントロールできない。一〇〇ストロークもしないうちに、筋肉への酸素の供給ができなくなる。弱っている。空気がほしい。仰向けに浮かび、肺のあたりをつかんで、数分かけて深呼吸する。あまりにクロールが負担に感じると、ドルフィンキックを使う変則型の平泳ぎに移る。そうすると水をかくごとにクロールよりも頭を水上にひんぱんに、長く出していられるので、空気を吸いやすくなる。残念ながら前進の勢いは落ちるが、呼吸をコントロールしやすい。医師の治療と酸素吸入のために休まなくてはならなくなるまで、この変則型の平泳ぎを一〇分間は続けられる。

予定よりだいぶ遅れるにしてもゴールにはたどり着けると、ずっと考えている。マーク、アンジー、デーヴィッド、マヤ、ディー、ボニーが励まし続ける。キャンディスとティムがボニーの持ち場にやってきて、いたわりと期待のまなざしを向ける。わたしは「自分で思っているよりもいい感じ」だそうだ。ほかのハンドラーたちも担当の時間にデッキに下りると、せいいっぱいわたしを応援する。旧知の面々の――リザ、ジョン、デボラ、ハイジ、ジェシーの――温かいまなざしに慰められる。だが、デーヴィッドのボディランゲージも読み取れる。海図にかがみこんでから甲板に出て、ボニーやマークに話しかけながらかぶりを振る。別の船のバートレットともつねに連絡を取っている。わたしたちは遠く東へ、急速に流されているに違いない。だが、質問はしない。進捗状況を知ってもろくなことにはならない。最善を尽くすのみ。

日没。追い討ちをかける事件。ミズクラゲの大群が海底から上がってくる。半透明の白っぽい円盤状の美しいクラゲで、シャッフルボードのディスクのような形だが、もっと厚ぼったい。そして、海岸近くでよく見かけるものよりも大きく、直径六〇センチ以上はありそうだ。海面近くのあらゆる方向に群れ集い、文字どおりのクラゲの海になる。どれほどストロークを浅くしようとしても、手で水を押すたびにクラゲにぶつかってしまう。多くのクラゲのような、ゼリー状の手触りではない。かなりどっしりと重みを感じさせ、厚いステーキ肉そっくりだ。いつもはあまり下を見ないが、海中で幾重にも重なっているのがはっきり見えて、漂う円形の生きものの巨大な層ができている。別の状況なら美しく感じるのかもしれないが、今夜は歓迎しがたい厄介ごとでしかない。

マークが小型のゴムボートを出す。通常この〝タクシー〟は、シフト明けの休憩に入るクルーを各自の母船に送り届けるために駆けずり回るが、このときの目的はミズクラゲの集団の規模を偵察すること。右にも左にも迂回できないほどの広がり。最低でも三キロメートル以上にわたっているので、クラゲをかき分けて進むしかない。

手で叩くとクラゲの表面の張りはゆるむが、無傷のままだ。ストロークのたびに、クラゲを後ろへ払いのける。だが、ぴりっとする軽い痛みを覚え始めたので、クラゲにいくらか傷を負わせているのではないかと思う。そういうときにクラゲが刺胞を出して自衛することを、あとになって知った。単体なら耐えがたい痛みではないが、夕暮れどきの一時間半ほど、大集団のおそらく数千の刺胞に刺されて、両腕や両脚や顔じゅうがちくちくと痛むせいで、歯を食いしばっては悲鳴を上げる。何度か大声で叫んでしまう。ボニーとボニーの姪のジェシーにも、クラゲがそこらじゅうにいるのが見える。容赦ない、しつこい攻撃。

本格的な闇が訪れるころには、ミズクラゲは深く沈んでゆき、わたしは何度となく刺されたせいで肺の苦しさに息を荒くしている。ただでさえ気管支拡張剤の大量摂取のせいで心拍数が上がりっぱなしだというのに。

奇怪と言うべきか、肩の痛みが現れたときと同じく、突然消える。二四時間ほど続いた挙げ句、消滅したのだ。それでも肺の問題のせいで、もうクロールで泳ぐ余裕がない。クロールに伴う筋肉の曲げ伸ばしに必要な酸素を、じゅうぶん取り込めないからだ。怪我をしたイルカのような、脚をくねらせる妙な平泳ぎでしか前に進めない。デーヴィッドがボニーに、東のバハマ諸島へまっすぐ流されないようにもう少しスピードを上げなくてはと話している。数回の休止のときに、ボニーがわたしにそう伝言する。クロールを試みるたびに数十回のストロークで息切れするが、ゆっくりした平泳ぎならできるので挑み続ける。

闇の訪れから真夜中過ぎまで、顔を上げるたびにボニーの声が聞こえる。一分間に五〇回、午後七時から午前一時まで。給水のための短い休止とマスクからの吸入のあいだを除いて、ボニーがエールを送る。休憩もとらずに。あの夜のボニーの声は、生涯忘れない。ストロークのエントリーで顔を水中に戻すまでの半秒のあいだに、相棒の声がする。「がんばって！」、「その調子！」、「いい感じ！」、「どんどん行こう！」、「最高！」、「タフだね」。一分間に五〇回を六時間。一万八〇〇〇回。

午前一時ごろ、ボニーと静かに親密な話ができるように近づく。あまりにも暗くて、三〇センチあまりしか離れていないのにボニーの姿はほとんど見えないけれど、泣いているのはわかる。快復して通常の呼吸に戻る望みを捨てていないとボニーに言うが、肺が苦しくなってから一八時間ほどになろうとしている。予定のコースからどれくらいはずれているのか、ボニーは精確には教えないが、仮にわたしがすぐに安定したクロールを再開して、治療のための休止を一切やめても、あまりにも遠く東へ流されているので、フロリダまでの総距離が相当に延びていると告げる。

平泳ぎを挟んだクロールを再開するが、平泳ぎの時間のほうが圧倒的に多い。もたついた平泳ぎを数時間続け、肺の機能を復活させようとあらゆることを試みて、ボニーの声もかれたころ、ハンドラーの持ち場のボニーのもとへ戻る。ボニーがデーヴィッド、マーク、バートレットを集めて、手短かに現況をまとめる。北への進路を取る力がなく、はるか東へ引きずられている。わたしはボニーに伝える。フロリダの海岸から数キロメートルのところにいるのなら、弱々しい平泳ぎでもなんとか泳ぎ切ろうとするだろう。なんなら犬かきでだってたどり着いてみせる。けれど、この先まる二日間は泳ぐとなると？　やるつもりはない。こんなふうに、こんなときにやるつもりはない。

つらい瞬間だが、もはや尊い試みをなしているとは言えないと、ボニーと意見が一致する。横断中のさまざまな危機のあいだ、体調の回復に要する時間をとるためにゆっくり平泳ぎをするのはありだ。だが、ほぼ全行程をのろのろと、体を痛めた状態で泳いでも、フロリダの岸には上陸できないだろう。

結論はすぐに出て、全員が納得する。ボニーがわたしをハンドラーの持ち場に引っぱり上げ、ふたりで何分か呆然と坐ったままでいる。

涙はない。言葉もあまり交わさない。わたしは迅速に移動用のゴムボートに乗せられ、キー・ウェストへの沈黙の長旅に備えて大型船に移される。マイケル・ブローダー医師に点滴を施され、永遠とも言えるあいだ寝台に横たわる。チームの仲間がやってきてはわたしの手を取って共感のまなざしを注ぐ。キャンディスにきつく抱きしめられる。ボニーと抱き合いながら、今度は涙を流す。必死の努力の末の、悔し涙。ボニーとの切ない抱擁の写真は、見るたびに涙を誘う。その写真はわたしたちの連帯のあかし。まるで抱擁を続ける限り、ゆるぎない信念を捨てずにすむと言っているかのようだ。ふたりでトレーニングに臨んだ。ともに横断計画を組み立てた。そして今は夢がまぼろしと消えたことに、ともに傷ついている。

二〇一一年八月八日。スタートから五八マイル（約九三キロメートル）、二八時間四一分。

キー・ウェストの桟橋への到着は、自分の葬儀に出るようなものだ。多数の友人が、沖に出した船で栄光への最後の数キロメートルをわたしたちの船団とともに進むつもりで、各地からやってきていた。まだ税関から桟橋に下りる許可が出ていないので、わたしは船尾に姿を現す。友や数人の記者たちが、ＣＮＮやティムの撮影スタッフと一緒に、わたしやチームに拍手を送る。どんなにきつい旅だったか、みんなわかってくれてはいるけれど、わたしの心には圧倒的な敗北感しかない。口にするわずかな言葉には、信じられない思いと悲しみを宿した、ねじ曲がった憤りばかりがにじむ。その日最後の公式声明は「キューバ～フロリダ横断というすばらしい夢は、未完のままです」

人生で味わうきびしさ、底深い失望。勇を鼓して踏み出し至高の目標を目指すとき、準備に自信をいだいて、成功への期待にあふれた状態で危険な領域に果敢に足を踏み入れる場合、すべてが潰《つい》えて敗北に終わればとてつもない虚脱感に襲われる。病んだり疲れたりしているときには、人生の深い問題について考え込んではいけないという。けれど、桟橋での絶望の度があまりにもひどすぎて、良識を働かせることができない。この夢は二〇代のときに最初に魔法のきらめきを放って以来、わたしの脳裏に三〇年間もひそんでいた。何十年も経ってから大むかしの夢に立ち戻るという思いもよらない展開にも、やはり魔法の力があった。とりわけ、六〇代のアスリートという部分には。だから二回挑んだ。そして二回失敗した。打ちひしがれてボニーとハンドラーの持ち場に腰かけてからの二四時間、心の痛手は大きい。もはや大海でばた足をすることはなく、もはや思い描いていたようにあと三〇時間泳ぐこともなく、両脚を水中に投げ出して坐っていた自分を思い出すと、胸の痛みに身がすくむ。あるときまでは勇ましく奮闘し、けっして断念しない人間なのに、次の瞬間にすべてが終わる。現実を受け入れがたい。呪わしくて。

不屈の精神はどこから生まれるのだろう。粘り強さは遺伝なのだろうか？　それとも幼年時代の苦難を乗り越えることで、根性が身につくのだろうか？　たいていのリーダーやたいへんな成功をおさめた人たち、悲惨な境遇に打ち勝った無名の人たちの話には、天与の才能、経験、幸運、タイミング、よき師が出てくる。だがそういう人たちはみな、不屈の精神こそどんな成功にも共通の重要な要素とみている。

子どものころに重病を患った男性から聞いた話だ。その人は生後わずか一五カ月から何年間も入院生活を送らなくてはならなかったが、ごく幼くして病を得た当初から、生き生きとした人生を送って病弱な人として日々を過ごすまいと心に決めていたという。体の問題を克服した理由については、病気だったからこそ気概を持てた、病気に感謝さえしていると分析していた。わたしはあえて反論してみようと、こう尋ねた。「生まれつきそういう気骨に恵まれていたのだとしたら？　子ども時代の重病も含めて、誕生の日から人生で直面するハードルを乗り越える土台になってきたのは、生まれつきの強さだったとしたら？」

わたしは人生を通じてそう問い続けてきた。自分の原動力は、若いころのトラウマだったのだろうか？　性犯罪者のおかげだなどとは考えない。性犯罪者の助力で結果的により強い人間になれた、と言うようなものではないか。自分は性的虐待をこうむる前から、こういう一途な人間だったという自信がある。二歳、三歳、四歳のときも、夜明けに〝起床らっぱ〟のようなものが心に鳴り響いたし、日々の終わりには小爪の幅ほどの余力も残っていない状態で、疲れ切ってベッドに入ったのは確かだ。

もちろん、人は降りかかる状況にそれぞれの反応を示す。怒り、恐れ、幻滅……そして喜びにおいても、自分のパターンや行動様式を発達させる。だが、性格という基盤はある。幼くしてつねに掘り下げ、何かにまい進する子がいる一方で、起きた状況に翻弄されるがままという子もいるのを、人の親なら見たことがあるだろう。だが、先天性か後天性かの議論で、わたしはどちらの立場からも容易に論じられる。遺伝子に関係なく、どれほど不幸な境遇であろうと、人はどう行動するかを選ぶ。意思の力や不屈の精神という特質は、瞳の色と同じように、出どころをたどるのがむずかしい。そして先天性の立場に戻れば、意思の力は人間のありようの本質であり、人にはかならず突き進む潜在能力があるとも考えられる。秘められた力を呼び起こすかどうかは、本人しだいなのかもしれない。

キー・ウェストの桟橋の、キューバ〜フロリダ横断がふたたび夢物語と化した現段階でわかるのは、自分が意気消沈していることだけ。その落胆は、海で弱々しい最後のストロークをしてから二四時間ほどつきまとう。だが三〇時間後の時点で、気力がわいてくるのを感じる。

次の晩、チームのパーティを催す。みんな陽気で、しあわせで、堂々としている。互いを元気づけるためにそういうふりをしているのではない。収穫は大きく、多くを学んだからだ。パーティの席上で、わたしはだいじな仲間をひとりずつ呼び出して、現場での笑い話をいくつか加えながらも、この冒険の旅への貢献に対して、個別に感謝の念を伝える。チームの仲間は誰も報酬を得ないまま、冒険と画期的な試みと友情のために全力を傾けた。壮大な道のりだった。最後までなし遂げられなかったからといって、この荘厳な目標を、目標に注いだ専門技術と情熱のすべてを投げ捨てることはできない。これは人生の試練だ。とんでもなく価値のある道のりだったのだから、目的地などどうでもいい（とりあえずこの一夜だけは）。

集いのあとの夜は現実感を欠いている。チームの主要なメンバーは誰も眠れない。みんな睡眠を欲しているはずなのに、感情を乱したままだ。ボニーとわたしは午前三時ごろ海まで歩いていき、一時間も浜辺に坐って、トレーニング泳やまわりの人々について話しながら、起きたことの意味を理解しようとする。ひとりで通りをぶらついていたマークを加えて、三人で半時間ほど散歩をする。明け方、キャンディスとわたしはコンドミニアムの小さなベランダにしばらく坐っている。否定しがたい思い。すでに全員が再計画の話をしている。ただし来年ではなく、すぐにだ。今は八月上旬。わたしの体調の回復には約一カ月かかるだろう。ボニーは六週間とみている。水温が低下し始める前の、新たな好天期に賭けてみよう。さらにもう一年、長い長いトレーニング期間を過ごすのはやめよう。先天性か後天性かはともかく、不屈の精神が成功の土台なら、チームにはそれがある。あきらめるわけにはいかない。

24 希望のささやき

ロサンゼルスの自宅に戻り、再度の挑戦のためにこつこつと詳細を詰め始める。デーンが天候を見張っているものの、わたしの体力の回復には少なくとも数週間を要する。問題は、泳ぐ時間の長さだけではなかった。喘息の症状との何十時間もの苦闘によって、体に別種の負担がかかっていた。七キログラム近く体重が減ったのも、脂肪が落ちたせいだけではない。筋肉組織も食いつぶされていて、元に戻すには時間がかかる。

軽い水泳と、陸上トレーニングのメニューの縮小版をこなす一方で、ボニーと改良点を話し合う。知力ある者たちの集団、それがわがチーム。もう二年間も無数の案件について協議してきた。今回の挑戦をふり返るなかで自問する。どうしてクラゲの専門家は、迂回できないほど大規模な群れに出くわす可能性を警告できなかったのか？　どうしてわたしは用具のバッグを何回も詰め直して、幾度となく品目を点検したのに、必携品の〈タイレノール〉を入れ忘れたのか？

どうしてわたしはあの危ない環境下の医療班を、婦人科の研究医一名でいいと考えたのだろう？　ブローダー医師がベストを尽くしたのは確かだ。だが、救急医とスポーツ医学の医師から成るチームを組まなかったのは、わたしの判断の甘さと言える。気管支拡張剤をくり返し投与したのは間違いだった。だが結局のところ、この横断中に勃発しかねないできごとに通暁している医療班など存在しない。あれは未開の海域だ。地球最後の未踏の領域に数えられるかもしれない。この横断計画のありとあらゆる困難な事態を、残らず経験した者はひとりもいない。ボニーとわたしが補給の問題についてスポーツ科学分野の大物の博士たちと話し合ったときも、この特殊な極限の賭けで肉体がどこまで耐えられるのかを示す実験データなど、この世の誰も持っていないと全員が口をそろえた。同様に、優秀な救急医の医療班であろうと、命にかかわる可能性のあるハコクラゲの毒にどう対処したらいいのかまったくわからないということを、わたしたちはのちの三度めの挑戦でようやく気づいた。

正しいやりかたもたくさんしていた。ボニーは多数の持久系スポーツの科学者に相談したうえで、給水計画として最低でも九〇分に約六〇〇グラムの液体を摂取すべきと考えていた。ブローダー医師も液体の必要量を的確に見積もった。ケープタウン大学のスポーツ科学者、ティモシー・ノークス博士は、わたしが海で飢えることはないと話していた。食料は最大の問題にはならないだろうが、塩水のなかで脱水状態に陥るのは危険だ、と。

九月の挑戦のために、マイアミ大学のスポーツ医学部の面々で医療チームを組むことにする。ほかにも解決しなくてはならない問題がある。陸上では明らかにわたしが〝最高経営責任者〟、わたしが海中にいるときはボニーが全体のボスだ。だが、ボニーはわたしの監督にあまりに忙しい。作戦チーフが必要だ。マーク・ソリンジャーが適任だろう。運営のあらゆる分野に通じ、尊敬を集め、手短かにはっきりと意思を伝える。電話での会話のしめくくりには「了解」という台詞をよく使う。

ナビゲーターの交代も決める。デーヴィッド・マーチャントは海では誰にもひけをとらないほど有能なので、軽んじる気持ちはまったくないが、ジョン・バートレットは三〇年にわたってキーズ諸島に暮らして、フロリダ海峡ならではの特異な海を航行してきた。それにバートレットは、どちらかというと経験主義の人だ。数学的モデルを考案して、海流や渦の読みに沿ってわたしの速度を計画し、横断中にも入力データがつねに変わっていくので、たくさんのシナリオを用意する。対して、デーヴィッドは本能で動く船乗りだ。どんな遠征計画でも、クルーの入れ替えや担当替えを行うものだ。わたしがデーヴィッドにナビゲーターを降りることを求めると、チームプレイヤー型のデーヴィッドは、あらゆる面でバートレットを補佐したいと申し出る。かくしてバートレットがわたしたちを導くことになる。

ボニーの悩みは、わたしの水着のふちに沿って赤々とした擦り傷ができて痛むこと。わたしには取るに足りない問題だが、擦り傷に海水の塩分がしみて、絶えず不快きわまりない思いをさせられるのは確かだ。あらゆる改善策を試してみた。ストラップの縫い目にワセリン配合のクリームを注入したこともあるが、たちまち流れ出てしまうし、いったん海に入れば注入し直すのは効率が悪すぎた。友人がシリコン製のパッドを、ストラップをくるむように縫い付けてくれたこともあった。擦れは軽減されたものの、ストラップに厚みが加わったせいで、ストロークのたびに水着がずれてしまった。

ボニーが今度こそ擦過傷を防ぐ物質を見つけるという意気込みで、世界オープンウォーター・スイミング協会を創設したスティーヴン・ミュナトネスに電話をする。ミュナトネスによれば、昨今のスイマーはオーストラリア製の無水ラノリンを擦れ止めに使うそうだ。さっそく注文して、トレーニング時に使い始める。塩水のなかで長年のあいだ真っ赤な擦り傷をがまんした末に、霊薬を手に入れた。擦り傷の日々は終わり。ハレルヤ。

喜ぶべきか悲しむべきか、落胆に終わった八月初旬の挑戦のおかげで、わたしの体は二〇一〇年六月の二四時間泳のあとよりも、さらにいい状態で安定していた。六〇時間泳への備えとして、三〇時間泳に勝る練習などない。九月のあたまにはキー・ウェストに本拠地を移し、船、クルー、キューバ関係の手続きを始める。

案の定、待ち時間は短い。デーンの報告によれば、回復期間中に何度か短い凪がフロリダ海峡に訪れたという。そして九月一九日、デーンからの電話。絶好の天気になりそうなので、黄信号を飛ばして赤信号に進めという。こちらは臨戦態勢にある。キャシー・ロレッタが税関、入港、給油、氷の手配のためにハバナに向かう。ヴァネッサが各船の船長を集め、用意を整える。全クルーがキー・ウェストへ集結中。ボニーとわたしは再度ハバナへのフライトを手配する。こうして、ふたたびマリーナ・ヘミングウェイにいる。キューバでの記者会見。スタート前の一連の儀式。国際水域まで達しないと医療班と合流できないが、それまではわずか数時間だし、有能な救急救命士のジョン・ローズに加えて、シャーク・ダイバーのひとりも喘息症状の可能性をじゅうぶん把握し、医療班からすべての医療手順を教わっているので、わたしたちには同じ間違いをくり返さないという自信がある。わたし用の〈タイレノール〉も特別な場所にしまわれている。

かけ声が音量を増す。

「ゴールはどこ?」

「フロリダ!!!」

二〇一一年九月二三日、午後六時五分。

スタート、飛び込み、たった二時間のうちにこの世のものとも思えないハコクラゲの襲撃。終わりなき苦しみの夜。まる一日やっとの思いで進み、手負いの状態で回復へのむなしい試みを続ける。二日めの夕暮れどき、ふたたび現れたハコクラゲが一撃をくらわす。医療班にいったん船に引き上げられる。それからひと晩、そして三日めの半日を瀕死の状態で泳ぐ。

四四時間三〇分、現実感を欠いた果てしない時間。

六週間あまりのうちに、雄大な航海を二回。九月の終わりとともに、わたしたちの二〇一一年の旅も終わる。キー・ウェストでの再度のチーム集会で、ボニーもキャンディスも、マークもバートレットも、わたしのなかに渦巻く思いをわかりすぎるくらいわかっている。

探検家ならどんな遠征の旅でも、命を落とさず、ほんのわずかでも力が残っていれば、撤退やむなしという絶望の瞬間にも望みを捨てずにいる。母なる自然の激情の前に屈服せざるをえなかったのなら、無分別とも言える楽観論が耳にささやかれる。もっと知識を得て、さらに工夫し、あと少しだけ運に恵まれれば、次は頂に達するだろう、と。

そのささやきが、急に頭をよぎる。殺人クラゲの克服法を編み出して、クラゲが問題ではなくなり、それでもなお調子を崩して泳ぎ続けられないのなら、この冒険の旅を終えよう。だが、それは今ではない。わたしは三たび挑んで敗れた。それでも、わたしはやめない。

25 四度めの挑戦：二〇二二年

さまざまな表現で言われている。挑戦して敗れるほうが、挑戦しないよりもずっといい、と。つまり二〇一一年一〇月、夏の二度の失敗を経たわたしは、キューバに入国すらできなかった二〇一〇年の一〇月にくらべると、はるかに敗退を受け入れやすかった。

今回は現実感を欠いた信じがたい思いはない。落ち込みもしない。進むべき道は見えている。だが、それはわたしの道にすぎない。ほかの人はどうだろう？　さまざまな探検隊の物語を読んでいて、アスリートが単独で長期にわたって失敗や延期を続けながら夢を追う際に、支援するクルーたちが実質面で、あるいは感情面で、アスリートとともにふんばれることはめったにないという話にも驚きはしない。これまでのところ、わたしは幸運だ。チームの結束は固い。

マーク一家はいつでもSXM合宿を再開できる態勢にある。すごいことだ。一月になって、ボニーとまたマークの家にお世話になって一家の暮らしに割り込み、きつい一日のあとはたいがいひどい状態に陥っている。けれどマークは仕事に励んでやり過ごす。妻のアンジーも同じ。今のところ団結している。

神経がたかぶっているときに子どもの視点にふれられるのは、いつだってありがたい。マークとアンジーの娘、サムは一〇歳。おてんばで、魅力あふれる女の子だ。長時間の練習後、わたしはほぼひと晩じゅうシャワールームの床で吐いた末に、早朝にやっとのことでベッドに戻った。何時ごろなのか、目を開けるとサムがいて、枕のそばで長い脚を組み、クリップボードとペンを手にしている。
「おはよう、ダイアナ。うちのクラスで日本の震災復興の支援のために、寄付を募っているの」
一年ほど前に、地震と津波の悲劇が起きていた。「ママは二五ドルの予定。パパは三〇ドルくれることになってる。あなたはいくらって考えておけばいい？」

水泳練習のない日は、夕食後にみんなでサムと大きなホワイトボードを使って言葉当て遊びに興じる。ソリンジャー一家のおかげで、拷問とも思える数カ月が楽しくて心安らかな、愛情に満ちたものになる。

サムの学校でちょっとした講演会を開く。サムによるわたしの紹介は、仕事で会う大半のCEOよりも、巧みで明瞭でドラマチックだ。小学校の全員が話に聞き入る。三年生の男の子が腕をぶんぶん振り回し続ける。わたしが行ってみると、こんな提案をされる。
「魚の群れを、自分の真ん前を泳ぐように訓練したらどうかな。そうしたらクラゲが魚を食べるのに気を取られてるあいだに通れるよ。次のクラゲも魚をつかまえるだろうから、そのあいだに通るんだ。もちろん魚にとってはきょうだいがそんなふうに犠牲になるのを見るのは悲しいだろうけれど、魚たちはあなたに命を捧げる軍隊だからね。そうして、たった一匹だけ生き残ったら、岸までずっとあなたに付き添うんだ」

わたし「あら。わたしに必要なのは魚の特攻隊ってわけね！」
男の子「そういうこと。それで解決さ」
実際のところ、当時はそれがいちばんの妙案だった。
バートレットがセント・マーティン島にやってきて、マーク、ボニー、わたしとあらゆる改善点について会議をした。だが、いつも主題はクラゲ対策だった。薄手の防護スーツはいくつも試してみた――この手のスーツには浮力も保温力もないので、ウルトラ・スイミングでの使用が許されている。ごく薄手のスーツを長時間の海洋練習で着てみたが、我ながらうかつだった。ストロークを始めたとたんにわきの下が破れ、素材の裂けた部分が肌に食い込むのを感じた。厄介なことにしかならないとわかっていたのに、スタートから八時間そのまま泳ぎ続けるという愚行を演じた。マークとボニーが船から手を伸ばしてスーツを脱がせるころには、両わきにできた赤黒い第三度の熱傷が、とりわけ塩水のなかではおそろしく痛んだ。ロサンゼルスに戻ったときに、かかりつけの理学療法士のカレン・ジュベールが赤外光療法で数日かけて治療してくれたが、その愚行のせいで一〇日間も水に入れなかった。

わたしの礎《いしずえ》のボニーは、心配でたまらない。ハコクラゲを安全にかき分けながら進む方策が見つからずに、あの精神的なショックをまた味わうなんて耐えられないのだ。大げさでもなんでもなく、目の前で親友が死んでいくのを見せられるかもしれないと考えていた。海で無力感にとらわれるのは、群れのリーダーにとっては耐えがたい。

ここでエンジェル・ヤナギハラ博士が登場する。博士はハコクラゲの研究で輝かしい業績を挙げ、今では世界的な権威と見なされている。わたしたちはどれほど聡明な人物に出会おうとしているのか考えもせずに、知識を求めて連絡を取った。博士はハコクラゲの生態をさらに知るために世界の海を忙しく駆けめぐっているにもかかわらず、初めて話をしたときから、即座に横断計画への参加を承諾してくれた。二〇一二年の挑戦に向けて、キー・ウェストにチームを集めて会議を行った際に、博士は初回の講義からわたしたちをとりこにした。

「クラゲは、所定の身体構造を持つ地球上の生物のなかで最古のグループに属します。六億年も前の、まだ各大陸がほぼひと連なりの大陸塊で、大気のほとんどをメタンと二酸化炭素が占めていた時代からいるんです。サンゴやイソギンチャクやクラゲを含む、おそろしく大むかしからいる生物グループのなかで、いちばん特殊化したのがハコクラゲ。三〇を超える種が世界で確認されています。ハコクラゲの毒には、動物界で最も強力で即効性のある毒素が含まれています。クラゲのなかで唯一、人間と同じく水晶体、網膜、虹彩《こうさい》を備えた目があって、特筆すべき点は、目が二四個あって視野がほぼ三六〇度であること。かさの四面に眼柄《がんぺい》がひとつずつついていて、各眼柄《がんぺい》に水晶体のある目がふたつ、さらに光を検知するだけの、もっと原始的な視覚器が四つずつついています。

方向探知できる強靭なスイマーでもあって、時速約六・五キロメートルを超える遊泳速度で、視覚を使って獲物をつかまえる。ハコクラゲの大半は忌光性で、つまりは日が落ちてから狩りをしに浮かんできます。有能な捕食者で、餌は幼生類や自分と同じくらい大きな魚。獲物や不運な人間が接触すると、生物学では最速の反応速度で、触手から毒の詰まった細い管が何千本も皮下に発射されます。強力な毒が即座に獲物に注入されて、大規模な細胞破壊から即死するんです」

この話から、二〇一一年九月の挑戦のときにわたしとジョン・ローズを刺したのはハコクラゲだったと確信する。この透き通った青色の生物の写真を見たことがあるが、大きさは角砂糖くらい、クラゲにしてはかなり短い一メートル弱の触手を備えていた。人間の前腕ほどの長さの短い触手でも、三〇万本もの小さな刺胞を皮膚に刺して、細胞破壊と麻痺を引き起こし始める。わたしが海から上がると、ハコクラゲの何千もの刺胞のあとが皮膚に残っていた。両腕の上腕、右の前腕、首のうしろ、背中一面、両太ももに触手が巻きついていた。

　地球温暖化、原油の流出、大量殺りくなどの原因によって、海の上位捕食者の数は減るばかりだ。魚類やカメの減少がクラゲの増加につながることを、博士から教えられた。海の生態系のバランスが崩れたことで、ハコクラゲが世界じゅうの熱帯の海で急激に増えている。それまではずっと、オーストラリアの特定の海域にいる危険な生物として知られていた。わたしが二〇一一年に刺されたあとに、ある人が送ってきたＹｏｕＴｕｂｅの動画には、ひざまでの深さの海に立つオーストラリア人の女性リポーターが映っていた。話し始めてすぐに、カメラの目の前で刺され、痛みに悲鳴をあげて浅瀬に倒れ込む。カメラマンが持ち場を離れ、電話で緊急救助を要請する声とともに、女性の泣き叫ぶ声がする。そう、女性は死亡した。ハコクラゲに刺されて、病院にたどり着きもしないうちに。岸から遠いところでハコクラゲに刺された人は、たいがい岸に戻る前に死んでしまう。

　ハコクラゲの一種の大群が現れる条件が揃うのが、一ヶ月のうち満月の八〜一一日後ということを学ぶ。だが、望ましい天候になる日がごく限られているとあって、毎月その四日間をスタートの候補日から除外する余裕はない。ちなみに、遭遇するかもしれないハコクラゲはほかに少なくとも二九種類いて、その四日間以外の夕刻にも、あるいは日中にも現れかねない。

　ヤナギハラ博士が正式にチームに参加したのは、ひとつには横断計画に刺激を受けたからだが、わたしを研究計画の実験台に使えるからでもある。博士が世界各地の戦闘部隊や特殊部隊の作戦行動に協力しているのは、部隊のダイバーがハコクラゲに苦しんでいるからだ。

　アドレナリンはだいたいにおいて呼吸不全症候群への適切な対処と言えるものの、ハコクラゲの刺傷にはぜったいに使うべきではなかったことも、博士からすぐに教えられる。ハコクラゲの毒は、アドレナリン値の上昇とともに効果を増すからだ。博士を船に迎えるのは、最も知識豊富な医療班を編成するに等しい。チームの救急救命士やスポーツ医は、極度の吐き気などウルトラ・スイムでよく発生する問題に加えて、クルーの緊急事態への対処にかけては誰よりも頼りになる。もし誰かが転んで、頭の皮膚がぱっくり裂けたら？　救急救命班の出番だ。だが、発生が予想される生死に関わる状況では、ハコクラゲの専門家に任せるほうがいいだろう。

博士が調合した緑色のジェルがあって、それを肌に塗っておくと、ハコクラゲに毒を放出しないよう化学的な信号が送られる。刺された場合に備えて、毒を不活性化する成分も入っている。学問上の名称もあるが、博士は単に〝もう刺されない薬《スティング・ノー・モア》〟と呼んでいる。ジェルの効果を証明する実験のビデオを見せてもらう。博士がホノルルの研究室で、右前腕の内側に〝スティング・ノー・モア〟を塗ってから、そこに生きたハコクラゲを一匹のせる。先史時代を思わせる姿のクラゲが、博士の肌でリズミカルに収縮するのが見える。鮮やかなピンク色の触手が四分間ぴくぴくと動く。博士がクラゲを鉗子《かんし》で移動させて、確実に刺されるようにする。だが、クラゲは刺さない。

実験はここからが見せ場だ。ジェルの効能を証明するために、とらえたばかりのハコクラゲがちゃんと刺すことを示そうと、博士が別のハコクラゲを平然とした顔で左腕にのせる。医療チームが待機。たちまち刺される。カメラに映る鮮紅色の刺傷は、ハコクラゲのかさと触手の輪郭そのままだ。博士が痛みの強さを点数で記録していくと、耐えられなくなるまで九〇秒（最高の一〇点まで一気に達する）。脊髄麻痺と呼吸器系疾患の症状が悪化していく。博士が刺傷にすばやくジェルをのばし、痛みの強さが二点を下回るまで、三〇秒ごとに記録する。

言うまでもなく、ボニーとわたしはたちまち博士とジェルに全幅の信頼を置くようになる。難題は、どうやって無水ラノリンに混ぜたジェルで全身をくまなく覆うかだ。わたしが水中をばちゃばちゃと移動しても被膜の役割を果たし続ける塗布剤など存在しない。たちまち流れ落ちてしまう。それに、顔に塗布剤をつけるわけにはいかない。ゴーグルの密閉性を損なうからだ。

計画を練る。博士が伴走船に乗って、夜間はずっとハンドラーの持ち場近くで、傷の痛みを和らげるジェルを用意しておく予定だ。だが、わたしが言うなれば〝鎧〟に身を固めなくてはという方針を立てる。（博士がいつの日か、何時間も水泳の動作をしても全身にジェルのなめらかな被膜を保てるような戦略を開発するかもしれないが、わたしの計画には間に合わない）水泳用のウエアや機器を扱う〈フィニス〉社に、マラソン・スイミングの規則に抵触しない防護スーツをあつらえてもらう。浮力や保温の効果のあるネオプレンなどの生地は許可されない。〈フィニス〉社はスーツの試作品ができるごとに、ハワイの博士宛てに送り、博士がそれを生きもので試してみる。毒針を通さない生地が見つかったら、長時間の水泳に耐える絶妙な張り具合の、首やわきの部分に擦過傷をつくらない素材を用いたスーツを、同社が製作する。

手袋もたくさん試着してみるが、どれもこれも手がとても疲れる。薄いラテックスの手袋でも相当に泳ぎのじゃまになるとは信じがたいが、実際にわたしが長距離泳のあとも両手が痛まなくなるには――結局、一定の規格の外科医用ラテックス手袋に落ち着いたのだが――手袋を着けてのトレーニングを六カ月間続けなくてはならない。

足については、〈フィニス〉社のライクラ製のショートブーツを履くことにする。手袋やブーツに関して工夫したのが、手首と足首をダクトテープでしっかりくるむこと。防護スーツと手袋のあいだ、またはスーツとブーツのあいだのすき間が外部にさらされないようにするためだ。マラソン・スイミングの規則は、スイマーを前進させたり、浮かせ続けたりするような補助を禁じている。だがスティーヴン・ミュナトネスから、世界の海の、生命を脅かす環境下でのさまざまな規則について教わる。例えば、ゴール近くで水から上がったスイマーは、完全に乾いた陸地まですっと歩いて到達しないとたいがい違反とされるが、チャネル諸島のジャージー島のような特定の場所に限り、安全上の理由から岸壁に手で触れれば完泳したことになる。日本の複数の海域のように、サメ対策の安全手順が許されている場所もある。スティーヴンによれば、わたしたちはハコクラゲという生死に関わる環境での、マラソン・スイムの安全基準をまさにつくりつつあるという。

わたしたちの場合、手首と足首にダクトテープを巻くという、自分ではできない作業をハンドラーが行うことを許可される。だが、わたしがその際に水から上がったり、支えられたりしてはならず、自力で立ち泳ぎをしなくてはならない。

クラゲ対策の練習の初期は、装備を着けるのに四五分かかり、最終的に一七分まで短縮できても疲れてしかたがない。防護スーツはまだましとはいえ、水中で両脚の部分を離して互いと巻きつかないようにするまで、何十回も試みなくてはならない。だが、たいがい荒れている海面から片手を上げて、濡らさないようにしながら水気を取ってから、ところどころ湿ったままの手につかいラテックスの手袋を一ミリずつはめていく一方で、作業のあいだ何分間も手が沈まないよう懸命に水を蹴り、続いてハンドラーが手首をダクトテープで保護するあいだ、その手を海上に出し続け、ハンドラーがわたしを引っ張り上げずにテープを巻く作業だけができるようにするとなると、高度な集中力と努力が必要だったので、大仕事のはずの水泳を再開するのがむしろありがたく思えた。のちに横断の本番中、何時間も泳いだあとに指の感覚を失って、引っ張る力が落ちたときに、ラテックスの手袋を着けるのがどれほど骨の折れる作業と化すかを思い知らされることになる。そして、ブーツはさらにたいへんだ。片足を水上に伸ばしておくために、もう片足で懸命に水を蹴りながら、足首にダクトテープをぐるりと巻きつけるあいだずっと、押し寄せる波のなかで足首にできるだけ水がかからないようにするという離れわざを身につけたのだから、シルク・ドゥ・ソレイユの入団テストだって受けられたのではないか。

数カ月がかりで防護スーツを開発し、適切な手袋とブーツを手に入れてから、全装備を身につけられるようになり、続いてその姿で夜間に泳ぎ通すための持久力と体力を得るべくトレーニングをする。わたしは装備による速度の低下と疲労の増加に、よくむかっ腹を立てた。自由に、束縛されずに泳げなくなったことを嘆いた。だが、ウルトラ・スイムのつねとして、生きるか死ぬかの環境にはそれなりの対策が求められる。

難題を突きつけたのは顔、とりわけくちびるだった。前回は、ひと晩めのクラゲの襲撃のあと、シャーク・ダイバーたちがこしらえた綿のマスクをかぶった。濡れると重くて、頭が動きの悪いボウリングのボールと化して、息継ぎで頭を上げるのもたいへんなだけでなく、口用にあけた穴のせいで、くちびると鼻の下の肌がむきだしだった。今回は科学的に高度な素材、すなわち顔に密着する丈夫なパンティ・ストッキング製に進化させ、口の部分の穴もできるだけ小さくする。そうして、保護が唯一必要な口まわりに、ヤナギハラ博士がジェルを塗りつけて、息継ぎ中に絶えず続く口の動きでジェルがあまりにも早くはがれおちないよう祈る。トレーニング時には、九〇分ごとの補給の際に毎回塗り直す。
チームが博士に、数々の対策案を相談する。そのひとつが、わたしを海中から赤色灯でぐるりと囲む方法だ。ハコクラゲはどうやら特定の赤色ＬＥＤに照らされると不活発になるらしく、眠ってしまうことさえある。だが、クラゲが赤色灯の突然の照射で即座に眠くなるよう祈りつつ、クラゲの海域を大慌てで通り抜けるというやりかたが、理にかなっているとは思えなかった。

再挑戦の三年めとあって、計画の進行には一定のやりかたがある。いくつかの不具合のせいで、トレーニングがときおり一週間くらい遅れる。二〇一二年春の終わりごろ、メキシコの海に大波が立っている日に、左上腕に張りを感じる。ボニーが同行できない数少ない練習日だった。わたしは伴走船のティム、旧友、一九七八年のハンドラーだったジョン・ヘネシーに、何度か張りについて話す。しまいには、一日じゅう巨大な波と格闘したせいで、左の肘からわきの下まで青黒いあざができる。自宅に戻って医師にＭＲＩを撮ってもらうと、前年に痛めた左肩周辺の腱が著しく張っていて、腕全体の二頭筋が炎症を起こしているという。一巻の終わり？　パニックに陥る。だが日を追うごとに、アイスパックで冷やすごとに、不安が軽くなっていく。またもや二週間も泳ぐ練習ができないが、腕は快復する。

極端なトレーニングを続ける年月を通じて、わたしは確かに自分の体に誇りをいだいている。肉体面では、二〇代のころよりも今の六〇代のほうが持久系アスリートとして優れている。むかしはもっと速く泳げたけれど、今のほうが馬力がある。若いころがいわば俊足のサラブレッドだったとすれば、今は頑丈な荷役馬だ。過激な練習後の回復も、以前より速い。筋肉や腱の張りや、怪我からもすぐに立ち直る。若いときよりも中年期のほうが、体質や免疫システムの面で強くなっていると思う。体重の増加もその一例だ。むかしは五七キロほどだったが、今では六六キロとたくましくなっている。長時間泳のあいだの極端なカロリー燃焼を支えるだけの体ができているのだ。感情面でも神経質だったり繊細だったりしないので、加齢に伴う心の落ち着きやものの見かたも、アスリートとしてよりたくましく再生することに役立っているのだろう。

六〇代のわたしは、自分やクルーにずっと寛容になっている。むかしは水の入りやすいゴーグルにてこずったり、船の横の定位置からはずれたりすると、自分をこっぴどく叱りつけた。ハンドラーにもきびしくて、例えばカップの開口部をこちら側に向けずに手渡されたせいで、疲れた状態で懸命に水を蹴って浮いたままでいる努力をしつつ、なんとか容器をしかるべき向きに直さなくてはならないと、きつい態度をとった。以前はあまりにも自己憐憫にひたってもいた。悪い知らせにいちいち落ち込んで、取り乱した。今では心は安定している。ひどい事態にも落ち着いて対処する。円熟の境に達したことで、アスリートとしてもより成熟し、その結果伸びている。

二〇一二年六月初旬、キー・ウェストに移動する支度の前に、二四時間泳を加えることにする。今年はチーム全員を集めてキー・ウェストから出発するのではなく、セント・マーティン島でこぢんまりと行う。マークとアンジーとクルー、ボニーとハンドラーのアリソン・ミルガードが同行する。スタートは二〇一二年六月七日の午前九時ちょうど。

苦戦を強いられる。本番では気象条件が揃うのを待つしか選択肢がないが、トレーニングの場合は二四時間泳のような長距離練習であっても、おもにクルーの予定への配慮から、予定どおり実行する。当日は荒波が立っていて、風よけのために海岸線沿いに進むという作戦もほとんど効果がない。一日じゅうおそろしい波酔いに悩まされる。

日没のころに、クラゲ対策の全装備を身に着ける。かさばる装備のせいで、押し寄せる波をくぐりぬけるのがさらにやりにくくなって、明らかに苦労が増す。真夜中までにへとへとになっている。あまりに何度も吐いてしまって、カロリーや電解質の補給ができていない。ボニーとアリソンがマークに、ジンジャーエールやメルバ・トーストなど、胃を落ち着かせて少しでも体力を取り戻せそうなものを思いつく限り挙げて、取り寄せてほしいと頼む。アンジーが真夜中にサポート船を駆ってジンジャーエールを島じゅう探し回る。けっしてあきらめず、注文の品を携えて戻ってくる。

翌日のまだ早く、おそらく午前三時ごろ、わたしは疲れ果てている。これほど消耗した状態は覚えがない。脳が混乱している。両腕がどうしても上がらない。二四時間泳の終了は午前九時だが、このときは永遠に到達しないように思える。ボニーがわたしの近くまで下りてきて、視線を合わせるよう求める。そして、二四時間という数字は忘れよう、自分の望みはただ、わたしが今を耐えて、目標をある程度絞り込んで、あと一五分だけ続けることだと言う。わたしは仰向けに浮かぶ。衰弱が激しすぎて、泣くこともできない。別の世界を漂っているだけ。ボニーが警官用のホイッスルを鳴らす。わたしはまるではるかかなたから戻ってくるかのように、その音に注意を向ける。ボニーが母親のような口調でささやく。

「ダイアナ、苦しんでいるのね。これはただのトレーニング。もう一八時間も荒れた海でつらい思いをしてきた。でも、やめたくないと思っているのね。わたしを見て。聞こえてる？」

わたしはうなずく。

「じゃあ、あなたのストロークを五回見たいの。五回だけ。たったの五回。もしできなければ終わりにしましょう。ストロークを五回、できる？」

「できると思う」

「じゃあ見せて。数えるから。始めるわよ。一回……」

のろのろと顔を水につける。意識が半分くらいしかない。左でかいて、右でかいて。一回。できる。ストロークを五回。そこでやめて、また仰向けに浮かぶ。眠り込みそうになる。ホイッスルにびっくりして目を覚ます。

ボニー「もう五回やってみましょう。さあ。あと五回」

一回、二回、三回、四回、五回。

「その調子！　あなたはやめたくないのよ。もう五回。すごいわ。さあ」

ここで元気が出てくる。リズムが戻る。左腕のエントリーだけを数えながら、一〇〇回まで続ける。泳ぎをやめて、成果をほめちぎられることを期待しながらボニーを見る。五回でいいと言われたのに、一〇〇回もやったのだから。

「ダイアナ、ここに来て。ねえ、夜明けまでっていうのはどうかしら。それほど先じゃないから。夜明けの光がちらっとでも見えたら、すぐにこの練習は終了。どう？」

体が同意してくれるか定かではないが、うなずく。

ボニーはわたしを、やめない自分を誇りに思おうという気にさせてくれた。夜明けを目指そうと提案するときも、その意味をじゅうぶんわかっている。日の出がどれほど希望をもたらすかを知っているから。左側で息継ぎをするたびに、無数の星がまたたく夜空に目をこらす。東がどちらかもわからないけれど、ときどき肩をいつもよりやや大きく回転させて、右側の空をちらっと見る。漆黒の闇。心を落ち着けて、ストロークのたびに必死に空を見たりしないようにする。各言語で左腕のエントリーだけ二〇〇回ずつ数えていき、二〇〇回ごとに空をちょっとだけ見ようと決める。英語で二〇〇回。漆黒の闇。ドイツ語で二〇〇回。まだ真っ暗。スペイン語で二〇〇回、フランス語で二〇〇回。時間が止まったのだろうか？　太陽はいったいどこ？

同じ言語の順番で、同じ手順をくり返すが、今度は二〇〇から逆に数える。スペイン語の一まで数えて空を見上げると、目の錯覚だろうか？　星がそれほど多くない。日の光は見えないけれど、星が消え始めているのは確かだ。フランス語のカウントを終えて、また空を見る。今度は黒い闇に暗い紺色が混じっている。一〇〇回ずつ数える方法に移る。四〇〇回め、フランス語のカウントの終わりに、心が舞い上がる。夜明けだ。

日の出がわたしたち全員を奮い立たせる。いつも日の出前に起きる幼いスイマーだったころから、わたしは夜明けを見逃したくなかった。太陽の光が姿を現して地球を覆う光景には、力強さと希望を感じる。そして今も同じことが起きている。内なるエネルギーが、わたしの命のすべてが、まさにみなぎってくる。ボニーには自分の指示の意味がちゃんとわかっていた。日の出までたどり着ければ、終わりまでたどり着ける。最後の数時間は長かったけれど、午前九時までやり遂げる。

二四時間泳のあとにロサンゼルスの自宅に少しのあいだ戻れたのは、この年はキー・ウェストに行く前に、すでにトレーニング用のチーム の準備を終えていたからだった。ディー・ブレイディが現地でボイジャー号とともに待機していて、バートレットもナビゲーションの偵察のために現地入りする予定だ。そして二〇一二年の新たな頼もしい仲間がベリー夫妻。フロリダ州ガルフ・コーストのすてきなイングリッシュ・パブを経営し、店は元製氷所時代の三階建てほどの高さの煉瓦塀と、ボード一二台ものにぎやかなダーツ・トーナメントで知られている。ポーリーンとジョンは——呼び名で言うとジョンベリーは——キー・ウェストで数カ月過ごすうちにわたしのたいせつな友人になる。ポーリーンは看護師なので、その技能や勘がたちまち役立つ。ジョンベリーほど徹底して沈着でものに動じない人には会ったことがない。スキンヘッドの大男、つねに携帯電話を近くに置いて、ボルチモア・オリオールズの試合のチェックを欠かさず、それはニューヨーカーにしてヤンキースのファンのディーとわたしの楽しみにもなって、ジョンベリーと一緒に夏じゅうのめり込む。マークとアンジーも赤信号になったら合流する予定だ。

ロサンゼルスに戻ると、オーストラリアの超一流のオーシャン・スイマー、ペニー・ポールフリーがハバナにいて、横断に挑戦する予定といううわさが入ってくる。ボニーとわたしはパソコンの前で身を寄せ合って、キー・ウェストのクルーに加えて、セント・マーティン島のマークとも一時間ごとに連絡をとる。

ペニーは華々しい経歴を持つベテランだ。世界の有名なルートをあらかた制し、ウルトラ・スイムの長時間の水泳に耐える能力でも知られている。わたしは不安だ。憤ってさえいるかもしれない。自分の夢を他人が追うなんてひどいという思いは、理にかなっていない。なんといっても、わたしの海ではないのだから。それでもチームとしては、もちろんペニーの無事を願いつつも、ゴールに達しないことを望んでしまうのが人情というもの。

ペニーのホームページで、GPS追跡装置が進捗状況を二〇分ごとに示す。スタートは朝。キューバの海岸から真北へのコースを力強くたどっているようだ。夕暮れどきのクラゲの大群に立ち往生した形跡もない。ボニーとわたしが真夜中にベッドに入るころも、ペニーは北〜北東へ着実に動いている。翌朝はボニーとともにキー・ウェスト行きの飛行機に乗り込んで、晩まで進捗状況をチェックできない。

午後九時には、チーム用の建物でみんなとパソコンの前に張りつく。ペニーはコースの半ばをだいぶ過ぎたところにいて、CNNが密着取材を続けている。〝オーストラリアの女王、フロリダの海岸に接近中〟。ボニーとコンドミニアムに戻って、午後一一時ごろ就寝するが、そのわずか数時間後、わたしたちの知らないうちにペニーは海から引き上げられる。ぐるぐる回転してから南東を指す羅針盤の針に、ペニーのナビゲーターたちが唖然とするうちに、ペニーはフロリダから引き離されてしまった。敗退を招く反時計回りの渦にペニーが進路を狂わされたことが、わたしたちにはわかった。しかも、そのあとクラゲに刺された。チームのみんなはずっと起きていて、なりゆきを知っていたが、わたしの睡眠のじゃまをしないほうがいいと考えた。ボニーとわたしは午前六時ごろに起きて、すぐにCNNをつけたが、ニュース・テロップが更新されていないとは考えもしなかった。〝オーストラリアの女王、フロリダの海岸に接近中〟というテロップが相変わらず流れている。ゴールも間近に違いないと思い、みんなと状況を見ようと、ボニーとどきどきしながらチーム本部に行く。そこで、なりゆきを知らされる。

ペニーのナビゲーション・チームの報告では、渦を巻く海流と、北へ進路を立て直せないことに心底面食らったという。バートレットの意気が揚がる。自分の腕を試したがっている。ペニーを刺したのがハコクラゲなのか、別の種なのかはまったくわからなかったが、見たところ顔じゅうを刺されていた。わたしはペニーがクラゲ毒による症状で最寄りの病院にスピードボートで救急搬送された話には同情したが、正直に言うとほっとした。じつのところ、ほっとしたなんて表現はぬるすぎる。ペニーがキューバからスタートすると、わたしはスポーツマンシップにのっとったメッセージをチーム宛てに書いて、ソーシャルメディアにも投稿する覚悟を決めていた。もしペニーが成功したら、心から祝福するつもりだった。これは海のエベレスト。過激なオーシャンスイムの世界にいる少数の者たちは、最後までやり遂げることがどれほどたいへんかを、知りすぎるくらい知っている。初めて横断した人を尊敬せずにいられようか。先を越された失望感を克服しなくてはならないだろうが、それも一時的な打撃にすぎず、そのせいでわたしが横断をやめることはない。人類初であろうがなかろうが、横断計画の栄誉を信じ切っているわたしはあきらめられない。確かに、GPS追跡装置でペニーが着実に北東に進むようすを追いながら、胃がねじれる思いをしたが、落胆を乗り越えてペニーを正当に評価する心づもりでいた。果敢に戦ったペニーには敬服する。

さあ、わたしの番だ。

26 嵐のなかで

四回目の挑戦とあって、いっそうプレッシャーがかかる。しかも、全世界が注目している。この日、三年間で初めてすっかり取り乱してしまった。忍耐という美徳は、わたしのなかで摩耗するばかり。

ペニー・ポールフリーの挑戦から二カ月後の八月、きょうのわたしはまったくの壊滅状態にある。キー・ウェストのクルーもそれを悟って、わたしを泣かせておく。ボニー、ディー、ポーリーン、ジョンベリーとわたしはいつもの夏の作業を粛々と進めてきたが、この日のわたしには、もはやこなせない。ポーリーンがわたしに肩を貸して泣きじゃくらせたあと、ホットココアを作ってくれる。

わたしはこの二カ月を気丈に過ごしてきた。チームは装備や物資の準備を何週間もかけて整え、黄信号への備えは万全だ。わたしたちはいつまで続くともわからない短距離練習を忠実にこなすために、重い足取りで港へ行く。誰もしゃべらない。ディーが船のエンジンをかける。ジョンベリーが吹き流し用の円材を下ろす。ボニーとポーリーンがクーラーボックスの支度をし、わたしにグリースを塗る。その日最良のルートを気象レーダーで探し求めるあいだ、わたしは船首でストレッチをする。

ある日の練習前、船団長のヴァネッサが桟橋にやってきて天気の予報を渡す。晩夏なので午後に突然スコールが来るが、雷に直撃されでもしない限り、ほぼどんな天候でも練習する。ヴァネッサによれば、港のすぐ外でホホジロザメが目撃されていて、もう二四時間ほども移動せずにひそんでいるという。となれば、この日のコースは決まりだ。橋をくぐって、島の反対側の浅瀬でトレーニング。

みんなで楽しむためにキー・ウェストにいるわけではない。食事を楽しんだりもしない。目的のためにいるのだから、食べものも実利を旨とする。実行の日を命じるのは気象予報の専門家だが、わたしたち五人は居ても立っても居られない。完全に天気に神経過敏になって、毎日トレーニングのない時間帯にはパソコンに群がって、サイトからサイトへ渡り歩いては、カリブ海からメキシコ湾の天候の状況に見入る。バートレットも同様に、ガルフ・コーストの自宅から絶えず天候と海流の偵察に出て、毎日こちらに電話をしてくる。

認めたくはないけれど、わたしはプレッシャーのせいで理性を失っていた。八月も半ばになると神経がぼろぼろになり、天気予報についてかならずあとから文句をつけるようになる。熟練のプロのふるまいではない。東海岸の至るところで、秋が早く訪れる兆候が報告されている。信頼する三人の気象学者からの情報も分かれる。ひとりは、へこたれずに待てという意見。ほかのふたりの見かたには、持ち時間が尽きかけているという気にさせられる。九月のだいぶ先まで強風が数週間続くことを示す数々の要因に、ふたりは気をもんでいる。

八月中旬の完璧とは言えない数日だけの好天期が、今年一度きりのチャンスかもしれない。しかも、短期間しか続かないのは確実で、時間の余裕はほとんどない。理想的ではないにしろ、まあまあの天候が三日は続くだろうが、四日めはふたたび強風が吹き荒れそうだ。わたしの感情が理性を曇らせる。九月の終わりに思いをはせ、不安に耐えられない。パニック状態。

黄信号の時間を惜しんで、赤信号を点灯させる。クルーは船で、ボニーとわたしは飛行機でハバナへ集団移動し、二四時間以内に現地で集合。

ここでヴァネッサの豪腕が何より貴重になる。ボイジャー号と主要なクルーは、すぐに出動できるように夏じゅう待機している。だが、ほかの母船四艇とクルーを即座にかき集めなくてはならない。船長やクルーの大半は、船で釣りや観光の仕事をしている。横断の天候待ちのあいだ、商売を延々と休むわけにはいかない。ヴァネッサは夏のあいだ黄信号が灯っては消えるたびに、しかるべき船団やクルーを集めるためにフロリダの海岸を駆けずり回って、出動可能な船やクルーをめぐってすったもんだを続けてきた。おまけに、キューバへの渡航となるとアメリカの税関や沿岸警備隊のきびしい審査があり、いきなり好天期が訪れたのでハバナに急行しようとしても、審査を急かすことはできない。こちらにはアメリカとキューバ両政府からの強力な許可証はあるものの、船を特定し、クルーのパスポートのリストができるまでは、所轄の機関に申請ができないのだ。赤信号が灯った今、船団をまとめてキューバに向かうためにヴァネッサが奮闘している。マリーナ・ヘミングウェイでの定例行事を急ぐ。記者会見、チームのミーティングをそそくさと済ませる。

マークの言葉に、みんながこれまでの経験が生きることに気づく。自分の仕事を完璧にこなそう。それぞれがプロだ。ほかの人の仕事に手を出すべからず。

ボニーは全員に、進捗状況に関してどんなときも浮足立たず、甘い考えをいだかないよう説く。GPS上のある地点で有頂天になるかもしれないが、その先も母なる自然を乗り越えていかなくてはならない。分別を持とう。バートレットからの合図があるまで、浮かれてはいけない。

わたしはみんなに呼びかける。「あとはスタートするだけ。みんなを誇りに思っているし、みんなを頼りにしています。わがチームが海洋練習を中止したことは一度もありません。海で起こりうる障害を残らず調べて、各分野に優れたみなさんの協力を仰いで、すべての解決策を探りました。今ここでみなさんの誠実さに感謝します。多くのみなさんが仕事、家族、自分の夢に割く時間を、この歴史的な計画の実現に費やしてくれました。みなさんの期待に背かないことを約束します。最後までたどり着けない理由は、わたしの意思が弱いから、あるいは体づくりが足りなかったからではないはずです。わたしはこれまで得たすべてをみなさんに、チームに捧げるためにここにいます。これからの二、三日、わたしは同じことをみなさんに求めます。この目標にはひとりひとりの力が肝心です。マークがお願いしているとおり、知恵を働かせ、集中力を切らさずに。自分の体調も保って。体を休め、水分を絶やさず、食事をとって、一〇〇パーセントの力を発揮できる状態でシフトに臨んでください。〝進め！〟」

「〝進め！〟」

バートレットが船団とともにキューバに移動中、海流の読みに頭を悩ませていたことを、わたしは知らないままだ。まずメキシコ湾流が協力してくれない。わたしたちにとってはおぞましい東への、ときには南東への激流。加えて、キューバの海岸からすぐの、幅七、八キロメートルほどの西への反流も、バートレットの意に添わない。どうやらスタートからすぐに西への強い潮流にしばらく抗い、そのあとルートの大半を東への激流のなかで過ごすことになりそうだ。北へうまく進めそうもない。バートレットはボニー、マーク、ディーと、ハバナの桟橋で内輪の会議を開く。〈ホテル・アクアリオ〉にいるわたしが気づくはずもないが、ボイジャー号の甲板に寄り集まった四人のしぐさの緊張感が、チームのほかの面々に多くを物語る。〈イクストリーム・ドリーム・チーム〉に暗雲が漂う。

バートレットはいわゆる板挟みの状態だ。わたしがもっと良好な天候待ちというリスクを冒したくないことがわかっているからだ。チーム全員がハバナに集まって、準備を終えている。フロリダに撤退するとなると、新たにアメリカへ許可の申請が必要になる。バートレットの懸念はわたしには知らされず、スタートが翌日の日の出と決まる。だが、バートレットはひどく気をもんでいる。

潮流に関するストレスに加えて、ただでさえ短い好天期が何時間も短縮される。最新の予報が入る。風が四日めではなく、三日めの終盤にさらに強まる予定。すぐに協議のうえで、計画全体を急きょ前倒しにする。あすの夜明けなど待っていられない。きょうの午後四時に出発だ。誰もが躍起になる。二〇一二年八月一七日、午後三時四三分。あの岩場からふたたび飛び込む。

案の定、キューバの海岸沿いの反流によって西へ流される。あまりにも強くて幅の広い流れに、一五時間もほとんど北へ進めないまま西へ進み続ける。九〇分ごとの補給のたびに後ろを振り返り、ハバナの島影がいっこうに遠ざからないことにとまどい、落胆する。一日めの夜に入っても、まるでわたしがこれっぽっちも進んでいないかのように、見たくもない街の明かりが目に入る。

夕暮れどきに、クラゲ対策の衣類をすべて身につける。スーツ、グローブ、ブーツ、パンティ・ストッキング製のマスク、ダクトテープでのすき間ふさぎ。ヤナギハラ博士が、唯一むきだしの口のまわりに例のジェルを塗るよう、ボニーに指示する。望ましい措置ではない。ときおり口を手で触ってしまい、その手でゴーグルに触れるという事態が避けられないからだ。ジェルのせいでゴーグルが曇るとすぐに、視覚はいつもよりさらに役に立たなくなる。そのあと、いつも補給のあとやストロークの動作のあいまにやっているように、キャップを手で耳の下まで引き下ろすと、両手のジェルのせいでキャップがぬるぬると滑りやすくなって、耳の上にずり上がり始め、耳まわりの肌の露出で頭部が部分的に保護されなくなった結果、体温を奪われる。まさに窮地を招くしろもの。

わずか数時間で、右足首のうしろ側に何かに刺された鋭い痛みを感じる。わあっ！　しびれがくる。傷は大きく、痛くてたまらない。泳ぎをやめてハイパーベンチレーション（過換気）をして、歯を食いしばりこぶしを握って対処する。ボニーがハンドラーの持ち場に博士を呼ぶ。わたしが右脚を水上に突き出すと、ふたりがダクトテープのゆるみに気づく。思ったとおり、肌が細長く露出している。博士がわたしを近くに呼んで、一分間だけ右足を海上に出しておいてほしいと頼む。両手を小刻みに動かしながら脚を上げ続けるのはたいへんだ。その苦労のせいで呼吸が荒くなる。博士が刺された部分にジェルをすり込み、ボニーがダクトテープを巻き直す。

博士をチームに迎えたことで、わたしが急性アレルギー反応によるショック症状、麻痺、重度の肺疾患、最悪は死からまぬかれたのは明らかだ。足首の刺し傷はハコクラゲによるもので、痛みがひどい。だが、入念な準備をしているので、わたしはむしろ軽症とみなす。このできごとのあいだに博士が圧倒されたようすで、わたしが通過するクラゲの――ハコクラゲのみならずほかのクラゲもいる――〝地雷原〟の感想を口にする。博士の話では、世界じゅうで長年ナイト・ダイビングをこなしてきたが、これほどクラゲのひしめく海域は見たことがないそうだ。あまりにも大量のクラゲが密集しているので、わたしは水をかくごとに何百匹ものクラゲをかき分けているも同然だと、博士は言う。わたしにはクラゲが見えないし、感触もないので、装備での武装が功を奏したのは明らかだ。それに博士のジェルも、覆い隠せない部分の解決法として正しかった。

まだ夜も浅いころに、雷鳴がとどろき始める。水平線のいたるところに稲妻が走る。周囲を三六〇度見渡しても、嵐の起きていない方角が見つからない。風がいよいよ強くなる。ボイジャー号が巨大な弧を描きながら浮いたり沈んだりしていて、停止させられたわたしは立ち泳ぎをしながら、クルーの無線連絡に耳をすませる。作戦チーフのマークが明瞭な声で呼びかける。「荒天時の態勢に入れ」

訓練済みの〝荒天時の態勢〟では、全船がわたしの風下に移動することで、わたしのほうに吹き寄せられたり乗り上げたりしないようにする。続いてシャーク・ダイバーが、万が一しばらくのあいだ船団から離れてしまっても持ちこたえられるように、信号弾、水、その他の備品入りの荒天時用安全バッグを直ちに入手する。カヤッカー二名は片方のカヤックからシャーク・シールドをはずして、それをダイバーに確実に持たせる。ダイバーとわたしはコンパスも持って、バートレットから最終的に落ち合う方位の指示を受けてから、闇に泳ぎ出して船と離れ離れになる。だが強風のなかで、海に孤立したわたしとシャーク・ダイバーの小さな一団が目指すのは、じつは前進ではなく、嵐が去るまで身の安全を保って、ふたたび船団と合流すること。もしも装備がうまく機能せず、もしも信号弾が役に立たずに立ち往生すれば、船との無線連絡の手段のないわたしたちは、船団に発見されずに終わってもおかしくない。荒天時の態勢を事前に練習したのはトレーニング時の少数のメンバーだけで、チーム全体では一度もない。風がいきなり猛烈に勢いを増している今は、想定外の事態だ。混沌に脅《おびや》かされている。

ボイジャー号が急速に浸水している。双胴船の船体の片方にどんどん水が入る。バートレットが非常事態を意識する。「マーク、困った事態だ」と言いながら、指をピアノを弾くように動かす癖が激しくなる。

シャーク・シールドをつけたカヤッカー二名と、シャーク・ダイバー二名が、できるだけわたしの近くにいるように指示される。何が起きているのか、わたしには目で確かめられないが、ボイジャー号のマークからほかの船に数々の指令が飛ぶ。ボイジャー号の人員をできるだけ早く他船に避難させる。公式の立会人のスティーヴン・ミュナトネスが〝生死に関わる緊急事態〟を宣言し、一時的な中断を命じる。肝がつぶれるような稲妻が、すぐ近くで走る。スティーヴンが、中断しても〝段階的な記録〟とは見なされないと言う。安全のために、わたしは海から母船に引き上げられる。

悪夢だ。救いはバートレットとマークがボイジャー号の浸水を解決して、安全性が回復されたこと。問題はこの嵐だ。海峡のいつもの夏の嵐なら、練習で何度も遭遇し、それに合わせた荒天時の態勢を設けてあって、ほとんど前触れなしに襲いかかり、たちまち消えるはずだ。だが、この嵐は、突風と強風と全方向からの稲妻が結びついた巨大なシステムだ。何十分どころか何時間もずっと、闇をつんざき海を泡立たせる。同じ船にスティーヴンとキャンディスもいて、洋上で深刻な状況に陥っている恐怖を語るふたりの声が、わたしの耳に届く。気まぐれな自然が三六〇度にわたって荒れ狂い、もしクルーが船外にさらわれたり、船が転覆したりしても、救助の見込みはないと話している。横断計画の中心はあくまでもスイマーだが、わたしたちは同行するすべての人たちに責任を負う立場にある。世界のオープン・ウォーター・スイムに長年立ち会ってきたスティーヴンでさえ、この状況を心底怖がっている。沿岸警備隊の船もヘリコプターも、こんな夜に救助に来ることはできないだろう。

正直言って今のわたしには、クルーの安全を気にする心の余裕がない。切に望むのは、すぐに挑戦を再開すること。ゴーグルなどの装備を手にしたボニーとふたり、時間の経過を心配する。甲板に坐って意識と無意識のあいだをさまよいつつ放心状態にあって、「ものごとのただなかで《イン・メディアス・レス》」というラテン語を思い出しながら、シェイクスピアの『オセロ』のドラマチックな冒頭シーンでの、猛烈な嵐のなかの主人公を思い描く。船上で頭がおかしくなるわたし。みんな凶暴な嵐のただなかにいる、自分は凄絶な道のりのただなかにいるという概念にとらわれる。水から上がって五時間ほど経ってからようやく、海に戻っても安全と判断される。最悪の事態は過ぎた。バートレットがＧＰＳ上の中断した地点へ船団を誘導する。

甲板でクラゲ対策の装備を身につける。船尾から海に飛び降りると、ボイジャー号がすばやく定位置へと舵を切って通常の陣形に戻り、先頭で進路を決める。

それから朝まで何ごともなく過ぎるが、夜明けから時間が経つごとに、波に激しく揺さぶられるようになる。予報データが示すよりもずっと早くから、ふたたび東風が強まっている。三角波ではない。大きく長いうねりだ。泳ぐのがつらい。深い波間に落ちていったわたしはボニーの視界から長いこと消え、わたしからもボニーが見えない。ボニーのラップアラウンド型のサングラスをひと目見ようと、ほんとうに何時間もずっとあがいて、むだに終わる。カヤッカーたちは、波に一メートルほども持ち上げられてからわたしの上に叩きつけられることのないよう、悪戦苦闘する。ボイジャー号の屋根でサメの監視にあたるシャーク・ダイバーは、たいへんな苦労を強いられる。海が鏡面のように凪いでいれば、メキシコ湾流の紺青の海はおそろしく透明度が高い。だが、巨大なうねりで海面は荒れて、ふちの黒い波頭が立っている。海中のサメの影や水面のひれを見分けるのはむずかしい。

わたしはおおむねちゃんと泳いでいる。だが、嵐でどれくらいのあいだ水から上がっていたのだろうかと考えずにいられない。これはどう考えても〝段階的な記録〟に分類されるだろう——いや、誰がなんと言おうと、わたしがそう分類する。チームがもうここまで来てしまった以上、そんなことを心配してもしかたがないので、ベストを尽くし続けるだけだ。日没まであと数時間、クラゲ対策の装備を午後七時ごろに着けることにする。ハンドラーたちが今回はひどく慎重に、右足首のすき間をテープで覆う。だが夕暮れからわずか数分、まるで時間を計ったように、パンティ・ストッキングのマスクになじみはじめたころ、ひと房の髪の毛がくちびるを上下になでていくような感触がある。ラテックスの外科用の手袋のせいでうまく指を使えないが、手で髪の毛を引っ張ろうとする。取れない。立ち泳ぎに変えて、また髪の毛を唇から引きはがそうとする。すると、症状が出始める。二〇一一年のときほど極端ではないが、疑いようがない。ハコクラゲだ。全身に急激に震えがくると同時に息切れを起こし、背中側の肋骨の真んなか、肺のあたりがわずかに麻痺した感じになる。わたしはボニーを呼び、ボニーが博士を呼ぶ。博士によれば、ハコクラゲの触手は繊細なので、確かに人間の髪がひと房触れたような感じがするという。

ふたたび博士がボニーに、刺されたあとの手当てを指導する。そして今回も、わたしの体はさほどの苦痛を覚えることなく、最悪の状態を抜けたようだ。

ボニーがわたしの口と鼻の部分をさらにダクトテープで補強して、見た目は蛮族の戦士になるが、闇にひそむクラゲへの妄想と恐怖から、仰向けになって背泳ぎをする。そうすると海中の吹き流しが見えないし、絶えず波でボイジャー号の船体へ押し流される。ほぼひとかきごとに、ボニーとハンドラーたちが船から離れるよう叫んでいる。泡立つ波が顔にかかるので、相当な量の海水を飲んでしまい、ハコクラゲを飲み込むのではと不安になる。あるオーストラリア人のスイマーがハコクラゲを飲んでしまい、食道の内壁を刺されて死んだという、身の毛もよだつ話を聞いたことがあった。絶えず波が顔を洗っているので、また唇を刺されることはじゅうぶんあり得る。

背泳ぎでの数時間が過ぎる。これも楽ではない。一時間に最低二回は泳ぎをやめて吐いてしまう。それに、こんな波のなかでは吐いた水分を補うのもひと苦労だ。胃は惨憺たるありさま。だが、わたしたちはこの逆境のなかをともかくも進んでいる。

すると、最初のとどろきが聞こえる。水上では音が効率よく伝わるので、大砲の音のようだ。続いてもう一度。昨夜の稲妻ショーが、またもや全方位で再現される。風が一瞬のうちに勢いを増す。すでに約六・七m／sと、快適に泳げる風速をはるかに上回っていたが、すぐに二〇～二五m／sに達する。マークがふたたび荒天時の態勢を呼びかける。

今回はシャーク・チームのキャプテンのルーク・ティプルが、状況に難色を示す。ボニーがボイジャー号の上甲板《じょうこうはん》に行って、ルーク、マーク、バートレットと相談する。そのあいだ、昨夜の嵐のときよりもさらに弱って疲れているわたしはとまどう。さっさとサメ除けの態勢に入って、安全バッグを携えたシャーク・ダイバーとわたしでしばらく行動すればいいではないか。

持ち場についているハンドラーのアリソン・ミルガードが、混乱からわたしの注意をそらしたほうがいいと判断して、声をかける。漆黒の闇ではあるが、わたしは風と波をぬってできるだけ近くに寄って、アリソンの顔を見る。

「ダイアナ、一緒に呼吸法をやらない？」

「わかった」

「じゃあ始めましょう。ゆっくり呼吸しながら一緒に数えるの。医者が教えてくれたとおり、できるだけ体を温かく保つために、脚を前後に大きく動かして。さあ始めるわよ。一……」

マイアミ大学の医師に教えられるまでまったく知らなかったのだが、水中で体温を高める最善の方法は、両脚で大きく蹴る動作をして大きな筋肉によって代謝を促し、少し心拍数を上げること。

ブロンドでもともと大柄なアリソンが、わたしの前にそびえ立つ。北欧の女神のごとき姿に、魔法をかけられる。嵐や、チームが何を忙しくとりまとめようとしているのかは、頭から消え去る。無線でしきりに指令ややりとりがなされ、船から船へ人が移動し、カヤッカーが舟を海から上げて母船にくくりつけている。だが、アリソンとわたしはふたりだけの世界に引きこもる。一緒に呼吸をして、数える。ハンドラーの持ち場の下の巨大なうねりとともに、アリソンが大きく上下しているが、わたしはその姿に意識を集中させる。

深く息を吸って、吐いて。これで六五回。ふたりで一二〇回まで数える。まだ続けるのかと尋ねると、アリソンがそうだと言う。四〇〇回までいく。

二〇m／sを超える風のなかで水中にいても怖くはない。だが、海で五五時間以上ノンストップで泳いだスイマーはこれまで三人しかおらず、そのうちふたりは海岸線沿いのコースなので、ずっと安全が確保されていたし、もうひとりはやはりすぐに救助される狭い湾内を泳いだ。漆黒の夜の闇に強風が吹き荒れているのだから、一部のクルーにしてみれば、災いが起きれば二度と子どもに会えないというまぎれもない恐怖が存在する。

ルークの懸念が優勢になる。自分を含めてシャーク・チームをこんな暴風のなかで海に出して、船とはぐれる可能性を生むことなど許可できない。ルークはかたくなだ。継続は論外。ふたたび挑戦が中断される。ただし、今回はほかの大型の母船ではなく、ボイジャー号に引き上げられる。ボニー、ディー、アリソンとわたしは、船が嵐で荒々しく揺さぶられているので、狭い船室にぎゅう詰めに押し込められる。たちまち稲妻が船の前後左右に走る。稲妻の直後に雷がとどろくということは、嵐が真上に来ているのだ。

船室の床に工具ベルトが落ちている。わたしは気づいていなかったのだが、ボニーがディーに髭《ひげ》のこびとについて尋ねている。ぼうっとして船に揺られるまま、寒くて吐き気を覚えているわたしには、ふたりの会話が現実かどうかすら定かではない。革の帯に金づちやねじ回しなどが、間隔を置いてずらりとぶら下がっている。ボニーがディーに、ベルトにぶら下がっているのは髭のこびとなのかと尋ねる。ディーがなんの話をしているのかと訊く。ボニーがベルトを指すので、ディーはボニーが幻覚を見ていて、大工道具がこびとだと思っていることを悟る。そのとき初めて、わたしはボニーが自分と同じく睡眠不足に陥っていることに気づく。

ボニーとわたしは、キューバ～フロリダ横断への挑戦で何度か夜間に同じような幻覚を見たことにも気づく。ふたりとも夜空にとてつもなく大きな松の木が見えると思っていた。松の木が水平線のある一点から夜空を横切って、反対側の水平線まで伸びていた。わたしにはくっきりと見えた。ばかでかい幹や枝が夜空を覆って、星が見えにくくなっていた。ボニーも同じものを見た。

今回の挑戦で水から上がるのは二度め。ボニーには髭のこびとが見えていて、わたしは前かがみで揺られながら、次の決定がなされるまで――複数の理由から、わたしのスイマーとしてのキャリアで初めて、自分が関われない決定がなされるまで――正気と体温を保とうとしている。この挑戦はもはや〝段階的な記録〟に分類される。わたしは水中で自分の命運を左右することすらできずにいる。これはまぎれもない災厄。バートレットとマークが現状を伝えにやってくる。

一回めの中断を除いて、わたしが水中にいたのは五一時間五分。だが、たった九〇キロメートルほどしか進んでいない。スタートから一五時間のあいだは基本的に西に、続いての一五時間は東に、ときおり南東に流されていたので、目的地に向かって北へ移動したスピードは、全体で見ると時速一・六キロメートルをわずかに上回る程度だった。バートレットの概算によれば、二・五メートルほどの高波による激しい縦揺れが起きているような荒海では、フロリダまで泳ごうとすれば最低でも五〇時間以上かかるという。この横断には潮流が味方しなかった。さらに、今では天候も敵に回っている。

ボニーとわたしは海のあらゆる方角を見渡す。泡立つ白波《しらなみ》。桁外れの波が押し寄せる。判断に思案の余地はない。二〇一二年の挑戦は失敗に終わった。

キー・ウェストへのもはやおなじみとなった船旅で、眠りは訪れない。いや、そうでもない。実際には何度か意識を失い、伴走船の操舵役のひとり、ナンシー・ジョーダンが両手をわたしの肩に置いて励まそうとする。ナンシーによれば、筋肉が極端に温かく、熱いとも言えるほどだし、まるで今も泳いでいるかのように両肩が前後に揺れ動いているという。あの五一時間が夢にすぎず、まだ四回めの挑戦に乗り出してもいないのではないかと勘違いして、何度かびくっと覚醒する。もうたくさん。四度の試み、四度の敗退。ヤナギハラ博士のジェルのおかげで、クラゲを克服できた。その点は勝利と言える。今回の挑戦をあきらめることについての、ほんのわずかな救いは、自分が納得できそうもない〝段階的な記録〟になるはずだったことだ。最初に五時間も水から上がり、二日めの夜にも上がってしまったのに、別のスイマーがノンストップで横断をやってのけるなんて受け入れられない。ぜったいにいやだ。わたしは自分に課した基準に沿って生きなくてはならない。

猛り狂う海で、猛烈な揺れに悩まされながら九時間がかりで陸地を目指す。キー・ウェストの桟橋への到着で、わたしは心を打ち砕かれる。ついに勝利を得てビーチへ歩いて到達するのではなく、ひどく落胆した友人やマスコミと顔を合わせ、うなだれたまま船から降りるという現実にいやけがさす。

道のりの喜びや感謝の気持ちを見つけ出すのは、今回はさらにむずかしい。わたしたちには超人的なレベルの努力をなしたという実感がある。賢く、調査を徹底し、トレーニングをし、すべてを捧げたチーム。それなのにまた敗退という結果に打ちのめされる。今回は悲しいなんてものではない。腹を立てている。

チームを荒天のなかへ追い立てた自分に、とりわけ腹が立つ。過ちと言うほかはなく、責任はわたしにある。トレーニングと待機の年月を重ねたことが、あだになった。神経がおかしくなり、プロの冷静さを失い、早まってしまった。

今回はロサンゼルスの自宅にも戻らない。悄然とし、絶望が忍び込む。しょうこりもなく、シーズンはまだほんとうには終わっていないと無理やり考え始め、五一時間で失った八キロほどの体重を戻しにかかる。チームは再挑戦に乗り気ではなく、頼みの綱のボニー、マーク、バートレットはつくづくいやけがさしている。バートレットとスティーヴン・ミュナトネスが、わたしと本音で話し合う。ふたりは知恵を出しあって、実験データに基づく計算値を導き出していた。すべての変数が――どれをとっても圧倒されるような障害が――最低でも三日間連続ですべて協力的に働く見込みは、限りなくゼロに近い。もう少し前向きな計算をしても、どんなスイマーであれ、横断を達成する確率は二パーセント。かつてはバートレットにとって崇高な発想だったはずの計画が、不可能の烙印を押されたものに見えている。ほんの一〇週間前、ポールフリーのナビゲーションの不運の直後は、横断計画の無数の謎を解き明かそうと舌なめずりしていたのに。今ではこの横断は『白鯨』を思わせる大長編と化し、バートレットは強大な海に叩きのめされたかのようだ。

この時点ではわたしですら、友人を計画の成功に賭けさせる気にはならなかった。わたしはわけのわからない無謀な夢にとりつかれた頑固な愚か者なのか、それとも自分の信念を崩そうとしない勇猛な戦士なのか。

キー・ウェストでの日常の業務に取り組む。ロサンゼルスに戻ったボニーとは一日に六回も話をする。セント・マーティン島に戻ったマークとも連絡を取り続ける。マークは実行の際にはまたやってくる予定だが、慎重だ。バートレットはわたしがあきらめることを願いつつも、気乗りしないまま待機中。

ディー、ポーリーン、ジョンベリーとともに短距離泳を数回こなしながら、夏が秋へと変わるのを見守る。一〇月一七日、終わりにする。ほとんど言葉も交わさない。わたしの希望がこなごなに砕ける。すでにフロリダのガルフ・コーストの自宅に戻っていたバートレットに宛てて、その日に書いたメール。

二〇一二年一〇月一七日

ジョンへ

言いたいことが山ほど。底が知れないくらい。

おしまいよ。

日曜の早朝に大風が吹いて、日の出には一〇m／s、その日の終わりには一三m／s。一週間は続くでしょう。水温も急に落ちています。

こんなに美しい夢、キューバ。正直言って、トレーニングの長くてつらい一年をくり返したくはない。大一番に臨む準備は整っているのに、大一番そのものがないなんて。

ジョン、あなたが究極の夢《イクストリーム・ドリーム》への挑戦に注いでくれた知識に、精神に、叡智に感謝しています。参加してくれたことは、けっして忘れない。

二〇一二年はおしまいだけれど、たぶんわたしにとっては終わっていないのでしょう。

いつものように、〝進め！〟

ダイアナ

27 意思の力

四度めのあと、以前よりも孤独な自分に気づく。わたしの心でいまだに燃え盛るものが、多くの人にとっては輝きを失っていた。

ロサンゼルスに戻ったティムは、ドキュメンタリー映画の撮影を終了しなくてはならない。撮影に三年もかかっていて、これ以上わたしの夢に時間や能力を投じるわけにはいかないのだ。必要なのは結びのインタビュー。といっても、わたしがまだ成功を信じているので、ティムは思わず映画製作者の立場を逸脱し、甥として苛立ちもあらわに詰問する。「この計画に人生を何年つぎ込むつもりなんですか？」

バートレット：「きみがやめないとわかっていながらひとり残していくのは断腸の思いだが、あまりにも勝算がない。胸の躍る計画だったが、自分の生活に戻らなくては」

妹のリザ：「身勝手な話になってしまったのよ。みんな次の道に進みたいの」

ニーナ：「単純な計算。あなたと船団に海で合流しようと、友人用の船でまる一日かけて、あなたの四、五倍のスピードで対岸から迎えに行く。あなたが船に引き上げられるのはまだコースの半分あたり、そして毎回船で九～一二時間くらいかかってフロリダの岸に戻る。あの距離を泳げるわけがないわ」

ボニー。胸が痛む相手はこの人だけ。ほかの人なら、わたしの確信を共有していないのだからと受け流せる。共有できなくて当然なのだ。それに、みんなに腹を立ててもいない。みんなの誤りを証明してみせるという、反発や意欲の高まりも感じない。ただ淡々と、否定的な論に納得しないだけだ。みんなのあきらめには、共同体としての興奮が失われたのだと少しだけ悲しいけれど、だからといってのめり込む気持ちに変わりはない。けれど、ボニーはわたしという人間を知り尽くしている。ボニーなしで横断はできないし、したくもない。なのに、ボニーから言われる。「ダイアナ、聞いて。この横断に成功する人がいるとしたら、それはあなたのはずだった。心からそう信じてる。でも、とにかくできないのよ。あなたにも。ほかの誰にも」

皮肉にも、当初は反対していたキャンディスが今では、あきらめたくないというわたしの考えに反論しない。最後には成功すると信じるようになったわけではなく、波瀾万丈の旅自体の、気分の高まる体験にわくわくしていて、わたしの極端な粘り強さを評価している。わたしにハバナで拾ったナンバープレートをくれた。緑色のプレートのいちばん下に、〝FAR〟（遠く）という文字が入っている。実際にはキューバ革命軍を表す頭字語なのだが、キャンディスによれば、わたしはこの数年でキューバ～フロリダ間を〝それほど遠くない〟距離に感じさせたという。このプレートは生涯持っていよう。ゆるぎない信念の象徴として。

キャンディスがナンバープレートをくれたときのメモ。

そう、あなたの一徹ぶりに異論の余地はない。四〇年前に出会ったころのあなたのモットーは、〝能力の限界を超えられますように〟。どう見ても、この横断は人類には不可能。それでもあなたは自分を信じているし、あなたにとってはそれだけでじゅうぶん。あなたができると信じているんだから、わたしにとってはそれだけでじゅうぶん。一緒に現場に行かないって手はないでしょ？　あなたが大好きだから。それに、なんでも見逃したくないから。

　ＣＮＮも撤退する。この三年のあいだ横断を感動の物語ととらえていたマスコミは、すべて撤退。成功のあかつきには対岸でわたしを待ち受けるそうだ。

　スポーツ科学者、栄養学者、海洋生物学者、マラソン・スイマー、エンデュランス・アスリート、たくさんのファンから連絡をもらった。今では全世界が、この冒険の旅に不可能という烙印を押していた。南アフリカの友人、ティム・ノークス博士から手紙をもらう（補給食をほんものの食べものにして栄養グミやジェルをあまりとらないよう、ボニーがノークス博士から教わり、ゆでたパスタをハンドラーがひとつかみわたしの口に入れるという方法で、吐き気が著しく軽減されることがわかった）。博士が送ってくれた実験データ表には、グリコーゲン不足の重大さ、うつ伏せの姿勢での消化のむずかしさなど、横断を実行不能にするすべての要因が列挙されていた。

　そう、専門家や一般の立会人、チームの主要メンバー、親しい友人、部外者も、妨げになるものをいくらでも並べ立てて、克服は不可能と見なすこともできるだろうが、何にも勝る大きな要因をすっかり忘れている。人間の精神力だ。

　オフィスの壁に飾っていたセオドア・ローズヴェルトの言葉を引っぱり出してこよう。つまりは、傍観者に軽蔑まじりに呼びかける言葉だ。傍観者は快適な椅子にふんぞり返って、リング上の人物が汚れて血にまみれ、何度も倒れて敗れるのを見守るがいいとあおり、自分は「価値ある大義にわが身を捧げる」リング上の人物でありたいと述べる。そしてこうも続ける。「仮に敗れようと、少なくとも敢然と立ち向かいながら敗れるのだ。勝利も敗北も知らぬ、覇気のない臆病な魂と立場を同じくすることのないように」

わたしはもう、横断の成功にはそれほどこだわってはいない、今ほんとうにだいじなのは投げ出さないこと、自分にはとても価値のある大義なのだとボニーに話すとき、道のりか目的地かという議論に立ち戻っている。この計画の主旨はわたしがふたたび大胆な人生に目覚めること、日々を激しい情熱で満たしたいという強い思いからであり、それは実際にキューバからフロリダへ渡ることよりも貴いことだった。臆病な魂の仲間入りはぜったいにしたくない。

ボニーにこうも話す。自分は愚か者である以上に熟練のプロだ。やみくもに功名を立てようとしているわけではない。今度はこう改善しようという考えがなければ、五回もやろうとはしない。クラゲ対策には刷新の余地がある。あの渦流の謎には解明の余地がある。四度の果敢な挑戦を経て終わりにしても誰も責められないだろうが、家にじっとして、あの目標のために新しい専門的な知識をさらに積み重ねられなかったものかと考えて余生を過ごすのではなく、五回めも失敗かもしれないけれどふたたび挑んで、より優れた計画案をちゃんと導入できたと心安らかでありたい。自分はあきらめなかったと心安らかでありたい。

ボニーとキャンディスが、心からわたしの身を案じていることは理解している。これまで遭遇した自然の力すべてが、いっぺんに協力的になることはまずないともわかっている。だが、五回も海に出るほど肝の太い者のほうが、一回失敗しただけでやめてしまう者よりも、あらゆることを思いどおりにできる見込みはずっと高いという確信がある。わたしには見える。対岸がくっきりと。

黙り込むボニー。無理強いは禁物だ。ボニーがトレーニングの補助を約束し、横断への参加の件は放っておいてほしいと言う。これまではボニーにとっても価値のある大義だったのだから、これから数カ月でまたそういうものになることを願うしかない。

正しかろうが間違っていようが、わたしは思いとどまったりしない。たぶん、度を越した頑固者なのだろう。既定の限界や制約やきゅうくつな定義にはあまり関心がない。わたしの個性としての〝異端者〟のメンタリティは、若いころからのものだ。幼いころに奇怪なほどドラマチックな性格の父と、愛らしいが意気地のない母を観察して、自分だけの道を切り開こう、自分だけのルールを考え出そうと決めたことを覚えている。

スティーヴ・ジョブズが亡くなったとき、ボニーと一緒にCBS『60ミニッツ』の追悼番組を観た。「スティーヴは、ルールを自分にふさわしいものとは考えていなかった。自分を何か別の基準に沿って動く人間と見なしていた」というようなことを誰かが言っていた。仕事仲間はジョブズから、何かのプログラミングや新しいデザインの土台を常識はずれも甚だしい日程で仕上げるよう要求されて、しょっちゅう面食らっていたが、どうにかしてジョブズの思い描いたものを、理不尽な締め切りに合わせて生み出したようだ。

ジョブズが決まりごとを気にも留めなかったという話を聞いたとき、ボニーがゆっくりわたしのほうを向いて見つめた。確かにそうだ。子どものころに家で定められていたルールをはじめとして、社会から求められる規範をあまり重視してこなかった。

横断計画の準備中、ある講演のあとに女性から、どうやってそんなレベルのトレーニングができるのか、年相応のうずきや痛みをかかえているはずなのにと質問された。わたしは「この年齢ではこういう感じだろうという憶測を、わたしにあてはめないでください。そういう限界に関する推測はお断りです。あなたが体のあちこちにうずきや痛みを感じているのなら、そうおっしゃればいい。でも、わたしはそう感じていませんし、人を制御し侮るような、凡人の既定の限界にはとらわれません」と答えた。根っからの反体制派であり、いつも穏やかとは限らず――たぶん分別があるとも言えないことは認めよう。午前四時に赤信号に行き当たったら、停止して全方向を慎重に見渡してから、数分間もそこでじっとしたまま青信号を待たなくてはならない理由が見つからないので、そのまま渡る。テレビ局のお偉方から、取材中の話を時系列に沿って最初から順に構成するよう命じられると、わたしは反抗して指揮系統の頂点に話を持ち込み、この話だからこそ途中から始めて、序盤の部分をあとにもってくるほうが、圧倒的に感動を呼ぶと論じる。シェイクスピアに〝ものごとの核心へ《イン・メディアス・レス》〟の技法を教わるがいい。そして、ありとあらゆる人たちがキューバ～フロリダ横断を不可能と断言したときも、わたしは耳を貸さず、真実と思える答えを求めて、自分の分析と本能に頼った。

二〇一一年の猛烈なトレーニング期間中に、二頭筋腱の損傷について医学的な見解を求め、受け入れがたい知らせがもたらされると、異なる診断を得るために別の医師の予約を取った。そうしてわたしが、わたしの肩が損傷を乗り越えたのは、ひとつには特定の医師による限界の定義をうのみにしようとしなかったからだ。

聡明で博識な人物との作業に魅力を感じないわけではない。共同作業は、道のりの最高の喜びになりうる。この横断計画にしても、今までのところいちばん楽しく充実したひとときは、ボニーとの作業だった。そしてキャンディスも。ティムも。マークも。ディーも。ジョンベリーも。

ポーリーンも。キャシー・ロレッタも。ジョン・バートレットの航海の知識は、みごとと言うほかはなかった。エンジェル・ヤナギハラ博士の、クラゲや海洋関係のもろもろの理解には圧倒される。専門技術のある職人や並外れた魅力のある人物や勇敢な人たちとともにいるとき、わたしはほれ込むと言っていいくらいに尊敬の念をいだく。

わたしはただ、パフォーマンスの上限について一律の見かたを受け入れる気がないだけだ。わたしたちの誰ひとり、人間の精神の力を知り尽くしてはいない。

意思の力には遺伝学的、化学的な要素があると信じる科学者もいる。カリフォルニア大学サンディエゴ校の精神医学者、マーティン・ポーラス博士は、ハーバード大学の神経科学者と共同で、ある研究を数年にわたって続けている。研究の前提となるのは、人が悲惨な物理的環境に陥ると体から脳へ信号が送られて、時間切れが近づき、今を生き延びるのに不可欠な呼吸や心機能などが停止しそうだと知らされるという説だ。両博士の仮説によれば、ある種の人たちはふつうの人とは異なる脳内化学物質のせいで、体からの警告を無効にして、大半の人にとっては身の危険や死すら意味するような限界を超えられるよう、体に命じることができるという。

ポーラス博士らの研究では、MRIで脳を調べる実験もある。MRI検査を受けたことがあれば、異様な電子的な衝撃音が不規則な間隔で、刻々と音色を変化させながら響くようすをご存じだろう。実験ではそういうMRI検査のあいだに、両手の人差し指でボタンを押すことで、簡単な視覚テストに回答する。例えば、あごひげのあるふたりの男性の映像をさっと見せられる。その映像はほんの一瞬だけで消えてゆき、続いて三人めの別の男性の映像が示される。被験者は最初のふたりのうち、どちらのあごひげが三人めのあごひげに近いかを、回答ボタンで知らせることになっている。そして視覚テストのあいだ、当然ながら被験者が競争心にかられ、ほかの被験者の誰より高い得点を挙げたがっている最中に、ときどき酸素の供給が制限される。

被験者はＭＲＩ装置のなかで、シュノーケルに付いているもののようなマウスピースで呼吸する。酸素が制限されるのがいつなのか、どれくらい続くのか、空気管がどれくらい狭められるのかは知らされないが、さまざまなタイミングで豆粒ほどの直径にまで外部から締められる。被験者は突然、細い管から空気を吸うことで緊張状態に陥る。

もちろん、被験者はいつでも警報ベルを鳴らしてテストを終えてよいことを知っている。だが、たとえ健康に害はないと保証されていても、酸素の制限はいやなものだ。ただでさえＭＲＩに閉じ込められているのだから、なおさら閉所恐怖症を起こしそうになる。加えて空気の制限は、制限されるという予測とあいまって、視覚テストに悪影響を及ぼす。そこに実験の目的がある。この実験が調べているのは、ストレス下でのパフォーマンスと、不快に耐える能力なのだ。

というわけで、わたしも実験台になり、ポーラス博士が結果を見せてくれた。まず博士が指し示すのは、グラフのはるか下のドットで、これは両博士の大学や居住地から無作為に抽出された、何千人もの匿名のボランティアから成る対照群の結果だ。ドットの大半は表の底辺に密集していて、その人たちが酸素を制限されているあいだ、そして次の酸素制限を予測しているときに、視覚テストでひどい成績を残したことを示している。続いて対照群よりもかなり上方のドットは、ずっといい成績を残した集団、すなわち海兵隊員。そこからずっと上の集団は、米海軍特殊部隊だ。

それからポーラス博士が、はるか右上の、コンピューターの画面からはみ出さんばかりのドットを指す。それがわたしだという。このテストに限って言えば、わたしはストレス下でも平静さを保ち、物理的なストレスの多い状況で何かをなすことに長けている。

そうかもしれない。人間のありようの相当な部分を遺伝子がつかさどっていることに異論はない。若いころ、ニュージャージー州の医師がわたしの肺活量を調べて、ＮＦＬのニューヨーク・ジェッツの全選手よりも優れていることを突き止めた。巨大な胸腔を備え、従って容積で言うとずっと大きな肺を持つ大男たちと比較しても、わたしには明白な長所があった。長距離水泳の高レベルのトレーニングによって、最大酸素摂取量など肺機能が向上しただけでなく、多数の遺伝的な要因のおかげで、心肺が優れたレベルで機能していた。当時も今も、わたしは呼吸・循環機能の検査で非常に高い水準を示している。

だが、意思の力についてはどうだろうか？　ここで遺伝か環境かという議論に立ち戻る。意思の力に遺伝的な構成要素があるのか、わたしには確信が持てない。例えば、自分に痛みへの抵抗力という天賦の才があるとは思えない。ボニーと一緒にタトゥーを入れたとき、施術中にティーンの女の子たちが笑い声をもらし、男たちが野球のワールド・シリーズの話題に興じているというのに、わたしときたらタオルを嚙みしめ、全身ずぶ濡れにならんばかりに涙にくれていた。

命知らずの遺伝子も持っていない。ルワンダの山々でゴリラ観察のトレッキング中、密林に覆われた滑りやすく急峻な斜面を下る際に、両脚の震えが抑えられなかったのは、激しい運動のせいではなく恐怖からだった。

あのハコクラゲの忌まわしい刺傷の痛みを無効にする遺伝子が、自分に備わっていたとは思えない。襲われたときにはショック状態に陥った。だが、前もって意思を固めていた。あの恐ろしい痛みや、どんな痛みにも耐えられたのは、意図的に覚悟を決めていたおかげだ。ＭＲＩでのテストでも同じ対応をした。マウスピースをしっかりくわえて、体に心拍数を上げないよう命じた。危険な侵入者が家を漁っているあいだクローゼットに隠れているという設定にして、心臓と呼吸を静めた。そして正答しないと命にかかわるかのように、視覚テストの映像に集中した。

人が持久系の離れわざをなすのは、ストレスに耐えたり痛みに抵抗したりするための遺伝的な才能ゆえではないように思える。

地球上の大胆きわまる冒険となると、成否はつねに四つの要素に左右されるようだ。

一：体づくり。トレーニング。自分が完全に支配できるのは、まさに自分の体だけ。あらゆる手段を講じること。

二：自然の力について、妨げとなるものについて、可能な限り知ること。知識こそ力だ。

三：才気あふれる高潔な人物でまわりを固めること。

四：不動の信念。公然と反抗することも辞さない。限界や平凡さを受け入れようとしない。わたしが星に手が届かないなどとは誰にも言わせないのは、手が届く可能性があるからだ。それに、挑み続けなければけっして手は届かないだろう。

トーマス・エジソンの言葉にあるように。

「われわれの最大の弱点は、あきらめることだ。成功への最も確実な道は、もう一度やってみることだ」

五回めの挑戦は、必然なのだ。

28 行き詰まり：二〇一二年

二〇一二年秋、ロサンゼルスの自宅に戻っても、今回は自分を深く省みたりしない。計画にのめり込んでいる。心の奥底の葛藤はいらない。だが、チームは解体の一途をたどっていて、それがひどく不安だ。

誰がナビゲーターを務めるかに困り果てている。横断の成否という意味では、ナビゲーションはスイマーの泳ぎに迫るほど重要な要素だ。この類のない企てについて言うなら、ジョン・バートレットはどんぴしゃりの人物。荒れ狂うメキシコ湾流と予測不能な渦流を渡るコースを練るという難題に、バートレットが興奮を覚えたのはついこのあいだのことだ。なのに二〇一二年の失敗を経て立ち去るのは、つきに恵まれて、順風と進路を妨げない海流のもとでハバナからスタートを切ることを信じられなくなったからだ。電話でわたしの相談にのって、自分にできる助言を個人的に与える気はあるが、本番は辞退するに違いない。

マークはボニーと同じ姿勢だ。ふたたび南へ行って、ＳＸＭ合宿の予定をこなしはするが、キューバに行くつもりはない。そんな。チームの中心メンバーなしで横断するという、ほぼ成功の望みのない挑戦をすることになるのだろうか？　とりあえず今は現実を見ないようにして、自分の準備にまい進し、夏までにすべてがなんとかいい方向に進むと信じるしかない。

ボニーやバートレット、ほかの人も、どこかほかの海で一〇〇マイル級の挑戦をしてはどうかと言う。わたしが二〇代のころ初めてキューバ～フロリダ横断を思いついたときのように、これほどの距離の遠泳を続けるにじゅうぶんな暖かさの、赤道海域の海図を広げて、別の横断計画に胸を躍らせようと試みる。モルディブ諸島には好奇心をそそられる。地球温暖化のせいで、まるごとほんとうに沈没する国のひとつになるだろうから。真夜中の南アフリカでパジャマ姿のルイス・ピューと、三時間も電話で話す。ルイスは地球の〝環境保護スイマー〟だ。海洋生物の違法な殺りくや地球温暖化などの問題に関心を向けてもらうために、北極や南極で、ヒマラヤ山脈の高地で、モルディブ諸島で、常軌を逸した水泳を行った。電話での会話の終わりに、ルイスがモルディブについて話してもむだなのがわかると言う。わたしの心を占めるのはキューバだから。グアム島を検討する。タイランド湾も。だが、ルイスの言うとおりだ。候補の海のどこにも胸が高鳴らない。わたしにはずっとキューバしかなかった。二〇一三年、キューバ。もう一度。

二〇一二年の一一月と一二月を通じて、プールでのトレーニングを苦行と感じないことに心底驚く。〈ローズ・ボウル・アクアティクス・センター〉のプールを往復する一〇時間の練習でも、それほどへばらない。四年めともなると、単調な往復練習のカウントを拷問に近いものになると考えるところだが、車でプールに着くまでの最後の数分間は、一〇時間ずっと退屈しないカウント方法を決めるという難題をしっかり楽しんでいる。きょうは英語で九〇往復、続いてほかの三つの言語で九〇往復ずつ。それから四つの言語で六〇往復ずつ。さらに四〇往復、三〇往復と続けていく。最初のカウントからやる気満々。プールで一〇時間連続で泳ぐことが、もうわたしには常軌を逸した行為とは思えない。

ちなみに人類学者によれば、人間は長時間のゆっくりした持続運動向きにできているという。わたしたちは適度なペースで延々と何かを続けられる数少ない種だ――例えば、はるかむかしの人類がやったように、アフリカからアジアまで歩いたりする。長時間の練習のあいだ、わたしの心拍数は毎分一三〇前後。この強度の運動だと、二日間以上続けても無理ではなくなった。人間の体がLSD〔訳注：ロング・スロー・ディスタンス。長距離をゆっくり進むトレーニング〕に適している理由は説明がつくのかもしれないが、LSDの孤独やくり返しに耐えられる現代人はそう多くない。四年めのだいじな時期に、わたしは毎年毎時間やり続ける特異な能力を、正直なところ自慢に思っている。まぎれもないつわものの自分を。

　トレーニング期間中ずっと、クラゲ問題に万全の解決策を見出そうと心に決めている。天候や渦や海流は解決できない。ある程度は知識に基づく計画に沿いながらも、まったくの運任せだ。五回もあの海に戻るというずぶとさのおかげで、もしかするとようやくなんらかの幸運にふさわしい人間になるかもしれない。だが、あの油断ならないハコクラゲに関しては、パンスト製のフードよりも科学的な解決策があるはずだ。ヤナギハラ博士のジェルは天才的な作品で、役立ったのは間違いないが、前回刺された口を含めて、顔全体を覆えない状態で妥協するわけにはいかない。たとえ軽度でも、クラゲ毒の症状を経験する必要性はない。それに、もし何か不測の事態が起きたら、もし口元を数本の触手ではなく、動物性たんぱく質を狩るクラゲの大群が襲ったらどうなるのか？

　二〇一二年秋、わたしはアスリート用のマウスガードを手掛けるクリス・ナーゲルという、発明の才のある歯科医と話し合いを持ち始めた。ナーゲルがいくつか原型を作ったが、どれも役に立たなかった。シリコンなど数々の素材を試しても、すべて口の中がひどくこすれてしまう。するとナーゲルが、補綴《ほてつ》学の専門家のステファン・クナウス博士を紹介してくれた。クナウス博士は美しくほんものそっくりの、医療用の手や足や顔用マスクを製作していて、わたしの厄介な問題に興味を持った。そして満足のいくものができるまで、九カ月間も試作品づくりに明け暮れた。

わたしは自分のシリコン製マスクに愛着を覚えるようになった。異星人めいた妙な保護マスクを、そっと手に取ってみる。最初は目の部分がうまくいかなかった。クナウス博士がゴーグルの下におさまるような原型を作り続けていたが、そうすると泳いだときにゴーグルに水が入った。ゴーグルを着けた上から型をとることで、この問題がようやく解決した。鼻の部分もしばらく問題があった。ふつう泳ぐときには、口呼吸だけでなく鼻呼吸もする。だがマスクを着けていると、鼻呼吸がまったくできなかった。もっとひどいのは、水が鼻から鼻腔、のど、口へと流れ込むこと――これが塩水となると悲惨なことになる。結局は鼻孔用の原型を別に作って、マスクの装着中に鼻をふさぐことになった。鼻呼吸をせずに泳ぐのは、ひどく不自然だ。やるにはやったが、けっして好きではなかった。酸素摂取量が制限されるのは確実だったし、塩水の乱流がかならず鼻腔への侵入路を見つけて、吐き気を催させた。

口をどうするかには悩まされた。いったいどうやって口全体を覆っても口呼吸ができるようにするのか？　ペニー・ポールフリーが養蜂用の防護ネットに似たものをかぶってケイマン諸島を泳ぐところを、写真で見たことがある。頭部が特大の網細工に包まれて、口と防護ネットのあいだにいくらか呼吸用の空間が残してあった。だが案の定、ペニーはネットのせいで疲弊してしまった。あんなものをかぶって何十万回も頭をすばやく回転させようとするなんて、無理な話なのだ。ペニーは二〇一二年のキューバ～フロリダ横断では防護ネットを使わず、顔じゅうをクラゲに刺された。

保護マスクの目と鼻が完璧になり、頰骨のあたりの形がうまくいき、後頭部に垂らした薄い布状の素材でうなじを覆うと、口の問題に懸命に取り組んだ。

一月、わたしが自宅を離れて温暖な海でトレーニングをしていた時期に、クナウス博士が口の保護マスクの形状に試行錯誤を重ね、わたしがトレーニングの中休みでカリフォルニアでのプール練習に戻った際に、ふたりでそれを試した。問題はつねに、シリコンを歯で口内に巻き込んでマスクがずれてしまうことと、呼吸の調節のために口をじゅうぶん開けられないことだった。するとある日、博士の頭に名案がひらめいた。わたしを紹介元のナーゲル博士のもとへ送り返し、上下の歯の型をとらせてから、その型を使って固定装置を作り、マスクの内側にホットシール加工で取り付けた。このタイプの固定装置を何種類か、複数の素材で検討した。わたしの口にぴったり合って、開閉をコントロールできるほどの硬度がなくてはいけない。ある素材は硬すぎて曲がりにくく、真水のなかでも口に切り傷ができた。塩水となると悪夢のごとき擦過傷になるだろう。別の素材はふにゃふにゃで、あごを休みなく動かすと歯からはずれた。すると、博士が見つけ出した。特殊な歯科用アクリル樹脂だ。口のやわらかい部分を傷つけないよう、ちょっとした突起やふちを絶えず切っては貼りつける作業に、さらに数週間を要したが、完成にこぎつけた。人目をひく奇怪なマスクができあがった。

マスクを着けて泳ぐのは容易ではなかった。最初は〈ローズ・ボウル〉のプールを数往復しただけだったが、酸素をじゅうぶんに吸えなかった。だが忍耐と粘りで少しずつ距離を伸ばした。外洋となるとさらに数十倍もたいへんな作業になった。セント・マーティン島の海で初めてマスクを着けた日は、三角波が立っていた。プールならいつもよりわずかに顔を高く上げるだけですむが、波の高さのせいで、口を完全に水中から上げるには、右手で懸命に水を押しながら、ほとんど伸びあがらなくてはならなかった。また、顔で海水を感じられないので、大波が来る瞬間に息継ぎを飛ばす判断ができないことにも気づいた。マスクがなければ、海がひどく荒れている日でもめったに海水を飲み込むことはなく、あっても数回がぶりと飲み込む程度だ。だが強風の日にマスクを着けると、飲み込んだ海水のせいですぐに波酔いになった。

本番では好天期をちゃんと選べば荒れた海に出ることはないのだからと、自分を納得させた。ボニーは、マスクの改良にこれほどの粘り強さで取り組んだことに感心したが、三角波のなかを着実に前進し続けることがどんなにむずかしいかもわかっていた。マスクがひと晩じゅう、ましてやふた晩、もしかすると三晩ももつのか見当もつかない。

正直に言うと、わたしもマスクについて同じ不安をいだいていた。だが、クナウス博士と自分がマスクの製作で見せた気概を誇りに思ってもいた。その思いだけが頼りだった。

だが二〇一三年の年明けには、ほかの面で自信を覚えている。この年、体は最高の状態にある。パワフルな両肩。頑丈そのものの、強靭なスイマーの肉体を誇っている。

心も同じだ。海での長く孤独な時間に発揮される、終始変わらぬ不屈の精神には自分でも感心する。たとえるなら、ひどいインフルエンザにかかりそうな気がするが、何かだいじなプロジェクトのさなかにいるので、病気になる余裕がないという状態だろうか。そうして責務を果たして気をゆるめてもよくなったとたん、どかんと高熱を出してしまうのは、もはや病を食い止めようとしていないからだ。内なる支配者がわたしを支えていて、二〇一〇年冬の初めての長距離泳に始まり、二〇一二年を経て二〇一三年の冬まで、四年後もまだ機能している。五〇メートルプールで一〇時間ぶっ続けで泳ぐにしろ、海での一五時間泳にしろ、何時間も、何日も、今では何年も、じっとやり過ごし、なんとかして打ち込み続けるのは、意志の力の勝利だ。当初はこんな一途な気持ちは一年間だけと想像していたが、今では自分が多種多様なカウント方法に、数々の歌に関心をいだき続けていて、一度も同じやりかたで数えたり歌ったりしないことに驚いている。ある一四時間泳のあいだの計画は、四カ国語で一〇〇ストロークずつ数え、言語を変える前に同じ組み合わせの歌を挟むというもの。『カントリー・ロード』、『スワニー河』、『思い出のキャロライナ』、ビートルズの『ミーン・ミスター・マスタード』。続いて一〇〇から逆に数える方法に変えて、合間に新しい取り合わせの歌を挟む。ファイン・ヤング・カニバルズの『シー・ドライヴス・ミー・クレイジー』、グレイス・スリックの『ホワイト・ラビット』、エルトン・ジョンの『ダニエル』、バングルスの『マニック・マンデー』。

瞑想をするかとよく訊かれる。ふむ、瞑想の基本定義が、主観や日々のくだらない雑念を払い、平和な満たされた状態を目標に心を解放するということなら、何時間も何時間も泳ぐことほど集中的な瞑想はないだろう。メトロノームのように規則正しいストロークのリズム、六ビートのキックによって、たちまち日々の思考のわなから抜け出せる。プールで一時間足らずの短時間の水泳しかしない人でさえ、心配したり先のことを考えたりの、いつもの思考パターンから遠ざかるのを感じる。だから大海にいて、ターンもなく、プールの壁や他人にぶつかる心配もなく、何年もそうやって泳いできたあとの脳も体も自動操縦という状態を想像してみてほしい。

従来の瞑想と同じように、日々の雑事を意識にのぼらせることなく、海で何時間も続けて泳いだ末に、いつの間にか人生の深い部分が整理されている。海で視覚も聴覚もほとんど機能せずに、感覚遮断という要素が加わることで、意識の代わりに無意識が表に出てくる。例えば、自分がなんらかのストレスを感じていた特定の相手や状況について、自分がずっと考えていたことも気づかないまま、海から上がる。まるで一日じゅう催眠状態にあって、悩まされていた何かについて明確な考えに達したかのように。

そして、夜はとりわけ催眠状態に入りやすい――本番では一心不乱の状態にあって、クラゲという目の前の明らかな危険を意識しているので別だが、トレーニングではそうなってしまう。静寂に異界の不気味な気配が宿る。呼吸音が響きを増して、胎児の超音波検査でのしゅっという音に似ているような気がする。手が水に入るたびに、軽いぱしゃっという音がする。左腕で後方に水を押しながら、生物がゆっくりとあえぐように息を吸う。続いて右腕で水を押すと、もっと低音のしゅっという呼気とともに、空気という強力な生命力がもたらされる。

夜間泳はわたしを主観からはるか遠いところに連れていく。何かが変わるほどの体験だ。人生を変えるできごとと言える。

そんなふうにトレーニングが続いた。昼も夜も。夜も昼も。ずっとそんなふうに。インフルエンザのたとえのとおり、退屈そのものの孤独に倦む余裕はない。ついにことを成すまで、ついに対岸にたどり着くまで、単調さに耐える道を見出すしかない。その日がいつ訪れるのかまるで見当もつかないとあっては、容易ではない。二〇一三年冬までに、これを最後の年と想定しないことを習得済みだ。これまで三年のあいだ、過酷なトレーニングの日々の締めくくりと考えた最後のストロークで、毎年泣いていた。今年はもう、あんな無邪気な想定はすまい。

心身は今までで最高の状態にあるのに、二〇一三年の精神は孤独だ。ボニーとわたしは、むずかしいけれどうるわしい袋小路に入り込んでいる。わたしは計画を断念することはできないけれど、ボニーなしでやってのける自信となると微妙だ。ボニーはわたしの明確なゆくてを阻みたくはないが、わたしにとって危険な行為にも、再度の失敗が目に見えている挑戦にも参加しないという意思ははっきりしている。わたしは同じ失敗をただくり返すつもりはなく、新たな防衛手段を取り入れようとしているので不満だ。だが、少なくともボニーは、セント・マーティン島とメキシコには同行するつもりでいる。トレーニングや休息や新たな栄養補給案、さらなるレベルのクラゲ対策について、今も助言をしてくれる。ふたりとも互いを説得しようとはせず、ボニーが持ち場で見張りに立つことはないと互いに承知しながら、トレーニングの一年を過ごす。ボニーのことが絶えず頭に浮かぶ。海で何十万回も視線を上げてもボニーの姿はないという、想像もできないような想像をして——相棒なしで、無二のライフガードなしで輝かしい目的地を目指すことにむなしさを覚える。相手に腹を立ててはいない。互いに敬意を示す。古来の伝説そのままの友情。むかしからあっぱれなふるまいは男性だけのものとされてきたけれど。等しく献身的なふたり。どちらも自分に忠実。どちらも相手に忠実。

ポーリーン・ベリーがハンドラーを務めることになるだろう。わたしの信頼するポーリーン。ボニーに次ぐ人材だ。ボニーの弟子として奮闘し、大小あらゆる面で優れた人材に育っていて、わたしは守ってくれる人として全幅の信頼を寄せる。ただ、ボニーほどわたしの注意を引いたり重大な決断をなしたりできる人はいないと、みんなわかっているだけだ。それに、ボニーはわたしが水中にいるときの声になってくれる。わたしが考えたり感じたりしていることを精確につかむのは、ボニーだけ。意見を変えてくれると信じるに足る理由は何もない。けれど、わたしはそう信じている。

一方セント・マーティン島では、マークとの関係が重大な局面を迎える。マラソン・スイミングのトレーニングにどんな犠牲が伴うかを把握しているのは、深く関わった者しかいない。ソリンジャー一家はそういう犠牲を払い始めて三年め。この年はハリケーン・サンディによるマリン・スポーツ事業の損失によっても、大打撃をこうむった。長時間労働で会社を立て直すあいだも、わたしのために長期間の海洋練習の日程を組んで実行した。そしてある時点で、マークにはもう与えるものがなくなった。その気配を察するべきだった。察していたのかもしれないが、自分のことで頭がいっぱいだったので、今ではすっかり手順が定まったSXM合宿を続行した。近くの代替地について少しも考えなかったのは、すぐに見つけるのがむずかしそうだったからだ。マークにしてみれば、寝不足で疲れていても、わたしをがっかりさせたくはない。そして四月半ば、マークの気持ちが切れて、SXM合宿が崩壊する。

マークとわたしは一時的な緊張関係で友情を損なうにはあまりにも多くをくぐり抜けてきた。だが、キューバ～フロリダ横断に関しては、マークは見切りをつけた。

こういうタイプの計画での人間関係は、少なくとも主要メンバーに関しては壊れやすい。根深い感情が生じるからだ。責務の多くは重要ではあるものの、実際にキューバに行くまでは生じない。だが、マークにとっては、この時点ですでに労多くして実りなし。苦労に見合う報酬がないという問題でもない。誰も報酬をもらっていない。わたしが四年めの時点で調達したのは、横断計画の現金経費にぎりぎりの一〇〇万ドル。クルーへの給与が必要ならもっとかかるだろう。だがチームの誰もが、この冒険の旅の歴史的な、特殊な、多くの側面のある挑戦に引かれた。二〇一二年の挑戦のあと、カヤッカーのブコにもう一度参加したいと思うかと尋ねた。するとブコは「ダイアナ、ぼくの仕事はエアコンの修理だ。あなたと一緒にあの広大な海に出て、あなたの信じられないほどの粘り強さをこの目で見て、過激でどきどきすることに参加できるなんて。行くよ、また行きたい。あなたとの旅は、人生でいちばんやりがいのある冒険だから」と語った。

マークの件は、けっしてお金の問題ではなかった。合宿中の費用の弁済さえ断られた。二〇一三年の春半ば、マークはとにかく疲れ切って、力尽きて、いやけがさしている。結局はセント・マーティン島での最後の練習となった遠泳を、わたしたちはかろうじてやり遂げ、わたしはマークのなかにもう何も残っていないことを悟る。わたしが補給のために近づいても、いつもの気さくなおしゃべりが無言の視線に変わっている。海で一日じゅうひとこともしゃべらないのは、みじめだ。ただでさえ一四時間も泳ぎ続けるのはきついのに、チームメイトの憤りを感じながらだと、そう、胸が張り裂ける思いだ。

翌朝、荒天のなかでSXM合宿をたたんだ。マークと無言で抱き合う。愛はあるけれど、重苦しい緊張感が漂う。妻のアンジーは動揺していた。どちらの気持ちもわかるから。幼いサムでさえ心を乱されている。そしてわたしはぼろぼろ。横断計画の四年間で、チームメイトが限界に達したり、単に個人の事情で参加できなくなったりすることを学んでいた。あるいは、持ち場にふさわしくない人材とわかって、去ってもらわなくてはならないこともあった。どちらの場合も、両者の感情が大きく揺れ動く。

共通の夢のために長いあいだ懸命に働いてもらった末に、マークの家を出て、マークなしで先へ進むのは、横断計画でもいちばんつらい瞬間に数えられた。フロリダにたどり着いたときにはマークを思うだろうとわかっていた。そのときマークもわたしを思ってくれることを願った。

この目標に携わった人は、ひとり残らず永遠にチームの一員だ。誰もが長期間がんばれるわけではないけれど――この計画はみんなの予想よりもずいぶん長くかかっている――誰もが経験を共有し、最後には一片の勝利を手にする。

チームからマークを失ったことはひどく悲しかったけれど、マークの家を出たとたん、現実の心配ごとに頭が切り替わったことは認めよう。わたしは動転し、不安だった。五月にメキシコのプエルト・モレロスに赴く前に、四月に長距離泳をもう三回こなさなくてはならない。急いで練習の手配をしなくては。いったいどこに行けばいいのだろう？

29 わたしの信じるもの

人生の教訓。順調に守られていたいつもの習慣がくつがえされたときは、よきことがすぐそこに待っていると信じること。そのよきことを進んで思い描き、実現を図ること。マークとの身を切られるような別離からわずか数時間後、セント・マーティン島からロサンゼルスまでの機内で、四月の遠泳三回の場所を二四時間以内に調整すると自分に言い聞かせる。ロサンゼルスに着陸して数分後、ヴァージン諸島セント・トーマス島での、企業向け講演会の依頼の電話が入る。二〇〇九年に本気のトレーニングを始めてから、テレビやラジオへの出演や講演も――収入の道をすべて――基本的にやめていた。だが幸運にも、わたしがセント・マーティン島でトレーニング中と思っていた担当者が、セント・トーマス島への日帰り旅行に興味を示すのではないかと考えたのだった。小金をありがたく稼ぎながらも、目下の関心事にはじゃまが入らないのだから。

わたしが電話をかけるべき相手は当然、ディー・ブレイディ。段取り役のプロだ。三〇年にわたって国際貨物会社の物流管理の仕事をしていた。ディーがセント・トーマス島への旅の下調べと手配を進める。すぐに必要なのは船、船長、現地の海域についての知識、各種の許可、いろいろな備品。ボニーがスケジュールの都合で同行できないことがわかり、ディーがポーリーンとジョンベリー夫妻を確保する。夫妻が留守中の店番を手配する。カリブ諸島のあらゆる島の船乗りを知るキー・ウェストのヴァネッサにも、ディーが連絡をとる。わたしはディーや夫妻と滞在する家を用意する。

新しい環境はとても気分が上がる。セント・マーティン島はまわりが開けていて、淡い青緑色の海を何キロメートルも先まで見渡せるのに対し、セント・トーマス島はヴァージン諸島のアメリカ領とイギリス領の島々の一角を占める。島を行き来するありとあらゆる連絡船や帆船とともに、島から島へ泳いで回るのは楽しいものだ。わたしは左側で息継ぎをするので、セント・ジョン島の丘陵の家や港につながれた船を眺めようと、反時計回りで泳ぐ。

家もすてきだ。キー・ウェストで一緒に過ごした経験があるので、今のところわたしたち四人の息はぴったり。ジョンベリーはしょっちゅうオリオールズの中継に耳を傾け、ディーはきちんと折りたたんだクロスワード・パズルを楽しみ、ポーリーンは補給食を量ってクーラーボックスに入れる作業、わたしの毎日は長距離泳のあいだのいつものパターン。ストレッチ、瞑想、練習前の用具の準備、あるいは疲労のあまりぐったりと使いものにならず、ほとんど食事もとれず、家に戻ると倒れ伏している。ともに過ごすあいだずっと――特に、大半の時間がストレス状態にあったにしては――四人のあいだにはささいなもめごとも一切起きていない。

新たなすがすがしい環境に元気づけられて、セント・トーマス島での三回の長距離練習のあいだ、ずっと気分が高揚したままだ。

自分のなじみの場所でわたしたちがトレーニングをしていることを知ったパドル・ボーダーから、ディーがフェイスブック上で連絡をもらい、海でちょっとおじゃましてもいいかと訊かれる。翌日わたしたちが向かうだいたいの場所を伝えようと、ふたりがやりとりを続ける。翌日の補給のときに、ジョンベリーがその人を見つけたが、海には不似合いな格好をしているという。遠目には巨大なボンネットめいた衣裳を身につけているようだ。ジョンベリーが合図を送る。そこから数時間がかりで合流し、最初にその女性が二年前から悪性のがんに冒されていることを知る。じつは今も化学療法を受けていることも――だからあのようなかぶりものと、長くて分厚い衣類を身につけている。日光に当たると体にさわるからだ。しばらくおしゃべりをして、午後をずっと一緒に過ごす。女性はわたしのファンで、本人によれば、わたしに刺激を受けてプエルトリコの島を初めてパドル・サーフィンで一周したそうだ。さらに、快復したらチームに入れてほしいとも頼まれる。

女性が船を離れる前の最後の会話で、わたしはがんを克服しようという強さをどこから得たのかと尋ねる。すると、女性は神だと言ってから、あなたにこれほど大胆な人生を生きる力を与えたのも神だったのでしょうと語る。女性の別れの言葉。「神とともにここに在ることは、驚嘆に値しますよね。神の恵みをそこらじゅうに感じませんか？」

ふだんは神についての議論を避けているわけではなく、少なくとも相手の押しつけがましさに反発を覚えるときは論じるが、このときは控える。女性に笑顔を向け、無言で練習に戻る。

広大な至福の海で泳ぐあいだ、わたしが神の存在を感じ、神に感謝していると、多くの人が思い込んでいる。わたしの場合は、はるか洋上では深遠な感情や畏敬の念が高まり、性格の強さに後押しされて自力でここまで来たという事実によって、さらに気持ちがふくらむ。地球の曲面に沿って泳いでいるという、目もくらむような感覚を覚えることもある。引き潮を、つまりは月の磁力を感じる。以前、アルゼンチンで陽気なアシカが一日じゅうついてきて、わたしに顔を叩かせたことがある。水中にひょいと潜ってはすぐ近くに浮上して、頬ひげをふるわせながら、顔を叩いたりなでたりしてほしいと何度もせがんだ。実際にストロークをしているときは視覚も聴覚もあまり鋭敏ではなく、大海や地球や宇宙を意識するのは、確かに補給の短い休憩時間だけだ。だが、泳いでいるあいだにもときどきごほうびがあって、このセント・トーマス島で起きているように、数千尾もの青くかわいらしい小魚がわたしを取り囲んで、ちらちら光るみごとな群れの中心になる栄誉を与えてくれる。わたしは海で歓喜にひたるが、それは神を感じるからではない。畏敬の念からだ。

ほかの人の世界観、宗教的な見解、習慣に文句をつける気はない。おそらく人類は、なぜ自分たちがここにいるのか、高次の力に見守られているのかどうかがまったくわからないまま、この世に生まれては去っていくのだろう。あるいは、そういう実存的な問いへの答えがけっしてわからないことこそが、人生というものの定義の一部なのかもしれない。

わたしの場合、自身の世界観を紡ぐ作業は早くに始まった。矛盾した行為だが、父は独自の運命論を、自分の手でこなごなにした――わたしの名前が辞書に太字で〝女子水泳選手の王者《チャンピオン》〟と定義されていると指摘することで、わたしにあてがった運命を――わたしを辱めたときに壊した。その瞬間からわたしは、今はやりの〝なるべくしてそうなった〟という標語に背を向け始めた。人は自分の力でチャンピオンやほかの何かになるのだと、自分の人生の道のりを通じて学んだ。いわく、わたしたちはみな自分がいるべきところにちゃんといて、この世で学ぶべき教えを定められたときに学ぶ、自分の身に起きることにはすべて理由がある、人生の一瞬一瞬がまさにそのように定められていた。そんな人生観――では、希望はどこに？　意思の力はどこに介在するのか？　よりよい自分に変わろうという気づきはどこに？

わたしは既定の計画など感じない。どう考えてもそういう運命だったはずのない、脈絡のない混沌としたできごとが、日常にあふれかえっている。混沌を受け入れて、その大きな混乱のなかでも有意義で喜びに満ちた人生をつくるために全力を尽くすのだと、わたしは子どものころから心がけるようになった。

そして、混沌のなかに織り込まれた山ほどの偶然の一致や思わぬ発見、愉快な気まぐれが人生のありようなのだと悟るようにもなった。ずいぶんむかしにアマゾンに旅した際にお世話になった家族が、子犬が五日もゆくえ不明になっているせいで取り乱していた。みんなそのころにはもう、野生動物にさらわれたものとしてあきらめていた。わたしも自宅で犬を飼っていて、ボニーとボニーのパートナーと三人で面倒をみていた。アマゾンへの出発の直前、その犬が発作を起こし、旅をキャンセルしようかとも思った。滞在した大農場から車で何時間もかけて前哨地へ連れていってもらい、ボニーと衛星電話がつながるまでさらに何時間も待った。ようやく電話がつながると、ボニーはまともに話もできない状態で、「死んだわ。モーゼスは死んだ」と、声をあげて泣いた。わたしは無力だった。ボニーのそばで慰めることもできない。飼い犬の臨終のときに抱きしめてやることもできなかった。

農場に戻るとみんな眠りについていたが、わたしは星空のもとで野原に坐った。日記にモーゼスのことを書いていると、ゆくえ不明の子犬がやせこけて泥まみれの姿でどこからか現れて、ひざに飛び乗った。わたしがみんなを起こすと、涙のお祝いが真夜中に始まった。その子犬が宇宙からのなんらかのサインで、モーゼスの魂がわたしのために転生して抱きしめさせてくれたのだと解釈するのはかんたんだ。だが、わたしにとってそのできごとは、悲しい死に続くしあわせな偶然の一致、混沌を受け入れよという合図であり、喜びと悲しみ、生と死が同時に存在し、互いを打ち消すことはできないという矛盾を示していた。脈絡のないすばらしい世界の一例にすぎず、そういう運命だったわけではない。

そういう無神論が芽吹き始めたのも、八歳くらいの幼い時期だった。自身はギリシャ正教の信者だった父が、ある日わたしをキリスト教の日曜学校に置いていった。あとで迎えに戻ってくると、駐車場でわたしがしょんぼりしていた。父にいったいどうしたのかと聞かれて、わたしは二度と行きたくないと話した。理由を訪ねられて、嘘をつかれるのはいやだと答えた。
「こんなばかばかしい話をされたの。神が一日で海や川をぜんぶつくって、それから森をぜんぶつくって、地球の姿をつくるのに一週間近く忙しかったって。それで疲れちゃったから日曜日に休んで、だからわたしたちはみんな日曜日に休んでお祈りをするんだって。パパ、あそこに坐って、あんなうそを信じてるふりをするなんてできない」
「わかった」。父が強いなまりで言った。「もう行かなあくてもいい。だあが、その話を嘘と呼ぶのは失礼だ。あある種の人たちが信仰の土台として頼みにする美しいい寓話だからね。信仰は、個人てえきなものだ。批判してはいけなあいよ。自分の信じるもおのに向かって進めばいい」

組織化された宗教の教えは、わたしにとって嘘ではなくなっている。読書や探求や観察を通じて、無神論者としてのわたしの思考体系は長年のあいだにどんどん深く強固なものになっているけれど、キリスト教徒、ユダヤ教徒、イスラム教徒、仏教徒、あるいはがんに立ち向かっているあの女性の信じるものに、けっして疑問を呈したりはしない。

ハイスクール時代に心臓病で三カ月間床についていたあいだ、妹がよく図書館から本を借りてきてくれて、わたしはヨルダンで考古学の発掘調査の夏期研修を受けた若者の話にひどく影響を受けた。そういう調査でわくわくするものが掘り出されることはめったにないが、そのときはたまたま失われた都市を丸ごと掘り当てた。若者はつまらない作業を任せられたが、ある日休憩時間に丘に腰かけ、先輩が大きな区画を掘って、土を注意ぶかく払っているところを眺めていた。その都市の道路に残された轍《わだち》のあとや足あとが明らかになっていく。すると、その若者は涙した。かつてこの世に生き、愛し、誰かを気にかけた人たちが、ある日地震などの大災害のさなかに、一瞬にして命を奪われたという思いから涙した。どれだけの数の人たちが二〇年、四〇年、六〇年、八〇年の貴重な人生を生きて、どれだけの人たちが亡くなって忘れ去られたかという思いから、涙したのだった。

その忘れ去られた魂というイメージは、信仰のないわたしではあるけれど、ずっと心に残っている。わたしたちをひとつに結びつけるのは、夏にヨルダンで発掘にあたっていた若者の心を揺さぶったような、人間すべてを――過去、現在、未来の人間を――尊ぶという、何よりもたいせつな考えかたなのだ。

だから、信心とはあくまでも個人の領域であり、宗教上の教えを隣人に、学校の誰彼に、世の人々に押しつけるのは危険なのだ。自由、平等、思いやり、基本的欲求や生活の質に関する不可侵の権利を尊重することが、人間の真価の基盤をつくっている。そこに宗教という覆いをかけるかは、各人の判断に任されるべきだ。宗教は個人の問題であって、普遍の真理ではない。愛こそが普遍の真理だ。

オルドゥヴァイ峡谷の断崖に立って、先史時代の風を顔に感じること、あるいはルワンダのゴリラに混じって霧のなかに坐ることは、人類共通の歴史を感じること、わたしたちの進化を肌で感じることだ。世界の文化に触れたことで、わたしにとって地球は小さくて居心地のいい、心奪われるすみかになり、人類は共通の精神を持つと感じるようになった。母は二〇〇七年に亡くなった。わたし個人は母が天上で自分を見守っているとは信じていない。けれど、母のすべて、母がくれたものすべては、今もわたしのなかに息づいている。人類の祖先ホモ・エレクトスのDNAやエネルギーの名残りが、今もわたしのなかに息づいているのと同じように。強力な、人類共通の精神。わたしたち人間の精神は、優しさと調和を志向する。

わたしのアスリートとしての新たな時代に、この惑星を泳いで横断することは、優しさと調和にひたること。この年齢になり、若い日々を支配していたあの苛烈な克己心を手放した喜び。わたしの意思の力は強固で、限界の定義に屈しないとはいえ、森羅万象も他人も牛耳ることはできないことは、喜んで認めよう。

人は年をとるごとに、視野の広さや知恵と併せて、バランスも身につけるようだ。自宅にあるアンティークの秤《はかり》は、意思の力の勢いと受容の優美さの、独特のバランスを思い起こさせる。三二歳の友人は、がんの猛威と戦った。毅然として立ち向かい、あらゆる科学や見込みのある方法を試し、一瞬たりとも自分を哀れまなかった。けれど、最後は夫と子どもたちに心安らかに別れを告げる優美さを見出すという、さらなる勇気を見せた。

六〇代のわたしの意思の力は、以前と変わらずすさまじい。だが同時に、前よりも計り知れないほど受容する心があり、この横断計画から、意思の力と受容というふたつの特質の調和がたいせつだと、改めて知る。

人生と人生のもたらす驚きに絶えず全力で打ち込んでいるのに、どうして無神論者でいられるのかとよく聞かれる。世間の人たちは無神論者を見誤りがちで、畏れを知らぬ宗教嫌い、希望を持たない陰気な厭世家と考える。無神論者は誤解にもとづいたいわれなき非難を受ける。わたしはどれほど敬虔な信者とも同じ立場で、現世の美しさに息をのみ、動物や人類に心から愛を感じ、わたしたちのかけがえのない命への感謝の念とともに生き、自分はこの地球を分かち合う七〇億人のひとりにすぎず、ほかの人より上でも下でもないという自覚のもとで、謙虚な気持ちでいる。

だからあの女性が、海ではみな神の恩寵を感じると当然のことのように口にしても、間違いではない。あの女性とわたしが感じているものは、とても似ているのだ。女性は神を感じながらパドル・サーフィンで去ってゆき、わたしは畏怖の念をいだく無神論者として泳ぎ続ける。

30 待ち続ける日々

故郷も同然のキー・ウェストという楽園に落ち着く時期になるが、二〇一三年六月の楽園は、わたしには楽しくもあり苦しくもある。今年ボニーはカリフォルニアの自宅にとどまり、長距離泳のためにだけやってくる予定。今はディー、ジョンベリー、ポーリーンが小数ながら誠実なクルーだ。心地よい安らぎの場所をこれまで以上に必要としていたわたしは、ある友人からすてきなコテージを提供される。雨の午後はコテージの小さなベランダで本を読む。ここは安全な繭《まゆ》、わたしは喜んでそこに引きこもる。日が経つにつれて、ボニーがロサンゼルスにいるせいで欠乏感に悩まされはするけれど。

まともな生活ではない。天候の心配からけっして解放されないのだから。一日に最低一回は三つの気象情報源に連絡するだけでなく、一日に何度もネット上のフロリダ海峡の風力予報に残らず目を通す。さらに、ほかの地にいる多数のチームメイトが天候の報告を求めて、ほぼ毎日連絡してくる。

ディー、ジョンベリー、ポーリーンとは港で落ち合う。三人はすでに船の給油を済ませ、アイスボックスに氷を詰めている。一分たりとも遅刻しない。わたしたちは春のきびしいトレーニングを経て、熟練のプロとしてキー・ウェストでの練習を滞りなく、ひたすらこなしていく。予定時刻ぴったりにスタートし、予定時間を泳ぎ、予定どおりに終えなくてはならない。いったん海に出れば、補給のための停止のあいだ笑いが起きたりもする。それまで数時間も船の近くで遊んでいたイルカのビデオを、ポーリーンが見せてくれる。チームの誰かやニュースになった事件について冗談を言う。ディーとは音楽談義。ディーはボイジャー号のエンジンをどうするかを考えるよりも先に、すごいオーディオシステムを据えつけたほどの音楽好きだ。わたしはストロークの途中で、操船中のディーに大声で叫ぶ。

「ディー、リトル・アンソニーの『ティアーズ・オン・マイ・ピロー』の歌詞ってどうだっけ？どうしても思い出せなくって」

ディーはいつでも、どんな曲でも歌詞を知っている。ジョンベリーをオリオールズねたでからかいたいところだが、今年はオリオールズが快走中とあって、ジョンベリーは容赦ない。ささやかながら親密な一団、みんな気分が乗っている。ただ、ボニーの不在が寂しいだけ。

ペニー・ポールフリーが横断に挑んだ去年の六月のように、今年は別の一線級のオーストラリア人スイマー、クローイ・マッカーデルが、サメ除けのケージなしでの初の横断泳に照準を合わせていた。オープンウォーター・スイムでの数々の偉業にもかかわらず、マッカーデルはキューバ～フロリダ横断泳について、超長距離泳のエベレストという声明を出していて、この挑戦を自分のキャリアの頂点と表現している。わたしがキー・ウェストで準備をしていること、水温が高温域に達する七月を待とうと考えていることも承知のうえで、自分が先に行くつもりだ。

ペニーのときと同じように、覚悟を決めろと自分に言い聞かせる。そして、誰かに先を越されようとしている気持ちを知りたがるマスコミに対して、品性とスポーツマンシップを懸命に発揮しようとする。マリーナ・ヘミングウェイのエスリッチ会長を通じて、マッカーデルに旅の安全を祈る言葉を伝える。

みんなで集まってマッカーデルのCNNのインタビューを観る。インタビュアーが、ハコクラゲにどう対処するかという質問の際に、わたしがハコクラゲに刺されて死にかけた話を持ち出す。マッカーデルはわたしに敬意に満ちた態度をとる。わたしの挑戦を心から感嘆しながら追ってきたと話し、あのクラゲの容赦ない攻撃で死ななくてほんとうにほっとしたと言い添える。だが、その自信たっぷりの、自信過剰ともいえる態度に、わたしは急にマッカーデルの二八歳という年齢を意識する——二八歳といえば、わたしが最初にキューバ〜フロリダ横断泳に挑戦した年齢だ。マッカーデルは自分がハコクラゲのめずらしくないオーストラリアの出身であることを視聴者に念押しし、自分のチームはハコクラゲについての科学的な知識を備えていると話す。ハコクラゲ除けのクリームを開発、試験済みなので、何ごともなく乗り切れるとじゅうぶんな確信をもって夜間泳に臨むという。クリームの成分を聞かれると、横断成功のあかつきには世間に公表すると答える。

みんなで顔を見合わせる。え？　ヤナギハラ博士が知らない成分なんてある？　かなり怪しいものだと思う。

それからハバナのスタート地点からの生中継を観る。思ったとおり、チームの人がマッカーデルの肩や上腕や太ももに、白いクリーム状の物質をたっぷり塗りつけているのが見える。各部分にざっと塗るだけで、肌の表面の大半が露出したままだ。まさか。あの物質にはクラゲを寄せつけない化学成分が入っていて、近づいた生きものはみんな逃げていくほどの効果があるとでもいうのだろうか？　マッカーデルのクラゲ対策の専門家が、かつてわたしにクラゲは動物由来の物質に引きつけられるので、羊毛脂を使うのは危険だと説いた人物なので、わたしたちはさらに懐疑的になる。ヤナギハラ博士のおかげで、その説のばかばかしさを学んでいた。ハコクラゲが革のベルトを攻撃するのか？　もちろんしない。

午前一〇時にマッカーデルが泳ぎ出す。わたしたちは経過を追うためにその日を休日にする。みんな神経が参っている。マッカーデルは強靭でスピードのあるスイマー、追跡装置もみごとな進捗状況を伝えている。スタートから八時間はまだ、メキシコ湾流にぶつかっていない。真北に向かっている。続く四時間で、進路が北東にずれる。メキシコ湾流の流れに達したに違いない。そのあとどうしたことか、追跡装置が止まる。これまで二〇分ごとに海図に現在位置が示されていたのに、スタートから約一二時間で新たな位置が表示されなくなる。絶えずチェックするが、一三時間経っても変化なし。一四時間経ってもなし。追跡装置が壊れたか、一時的に不調なのだろうと考える。数時間後、マッカーデルのウェブサイトから、夕暮れどきにクラゲの猛襲を受けたことを知る。命に別状はなく、呼吸は正常。オーストラリア人の医療担当者が入念な準備をしていた。だが、マッカーデルは挑戦をやめ、二度とやらないと言う。トレーニングを重ね、準備を重ねた挙げ句、たった一二時間で叩きのめされて――意気阻喪している。ようこそ、こちら側の世界へ。

はらはらするできごとが終わって、ふたたび七月と高い水温を待つ。この四年間の毎日やあらゆる場所と変わらず、緊張が続くキー・ウェストの夏。食事をしていても、犬を散歩させていても、夜に読書でくつろいでいても、薄皮一枚隔てて横断計画がいつもそこにある。けっして頭を去らない。この四年間で目標だけに意識を絞り込むことをほんとうに忘れたのは、二〇一〇年六月の弟の葬儀、そして二〇一三年五月のティムの結婚式のときだけだ。横断計画は気持ちをしゃんとさせてはくれるけれど、同時に準備と待機が精神に大きな負担をかけている。

毎日かならず、トレーニングのあとにコテージの正面玄関を入ると、重いスイム用バッグを下ろしもせずに、玄関の左側の壁にある写真に立ったまま見入る。巨大なマホガニーのドアを横向きにした額に、カメラに背を向けて海を眺める男性の、粒子の荒いモノクロ写真が収められている。遠く水平線を見つめながら、物思いにふける男性。パブロ・ネルーダの『潮《しお》に寄せる歌』という詩の数行が、額の下側に手書きの文字で入っている。

わかりやすく言うと、その詩は海からのキスと、そのキスが無限の広がりの味がすることを描き出している。

これこそ、わたしの魂のなかにわきかえる思い。無限の広がりを把握すること。無限の広がりを目指して、こうして星に手を伸ばすことが、わたしに生き生きとした人生を送らせてくれた。没頭という魔法にかかった濃密な時間を過ごすことで、海の塩からいキスという無限の広がりへ運ばれた。過酷なトレーニングの苦しさだけをくよくよ考えないよう、この写真の前に立ち尽くすことで自分に気づかせる。大海に彩られた地球の表面を滑るように進み、神々しく官能的な喜びを覚える時間を過ごしたことを。バレエのようなリズムでなめらかに泳いで、海の威風と呼応するストロークの力を感じられることに、気分が高揚したことを。この至高の状態の泳ぎに到達することは、目標に向かっての肉体的なトレーニングという名目のはずだったけれど、何キロも何キロも海を滑っていく純粋な歓びを満喫するだけでじゅうぶんなのだ。わたしは自分の力でなめらかに、効率よく進む大海の旅人になった。そしてこの大海との親密な恋愛関係は、わたしという存在を可能なことすべてに、無限の広がりに向かわせてくれた。この一枚の写真が、ひと夏のあいだわたしを慰め、希望を与える。

今求めるのは、幸運を呼ぶくちびるが挑戦の海のすみずみにまで、無限の広がりを持つ静けさを与えることだけ。

そして、わたしたちにはボニーが必要だ。ボニーが赤ん坊のときに父親が歌って聞かせていた古い民謡を、今はわたしが練習泳の終わりにかならず歌うようになっている。

ボニーは大海原のかなた
ボニーは海のかなた
ボニーは大海原のかなた
わたしのボニーを連れ戻しておくれ

31 ふたたび海へ

　ボニーとの時間をとらなくては。もう一度、本音で話すために。ボニーなしでは成功の見込みが高いとは思えないばかりか、ボニーなしであのまぼろしの対岸にたどり着いたところでなんの意味があるだろうと考えると、わびしい気持ちになる。この計画はわたしにとって数々のものごとを象徴するようになり、そのなかにはボニーとの友情の雄大な力も含まれている。

　ボニーが仲介役に会うのはかまわないというところまで、心を開いてくれた。互いに納得できる仲介役は、スティーヴン・ミュナトネス。わたしは三人で会うためにロサンゼルスに戻る。スティーヴンが最初に双方の言いぶんを聞く。なぜボニーはもう行きたくないのか。なぜわたしは行かなくてはならないのか。納得するスティーヴン。ボニーが、ほかのオーシャン・スイマーに関する豊富な経験をもとにしたスティーヴンの見解を聞きたがる。計画の成功を阻む危険な、あるいは未知の障害がほかにないのか、と。わたしたちが苦労の末に落とし穴を残らず見きわめているのかどうか、ボニーに疑われてもしかたがない。挑戦のたびにプロらしく準備をしたけれど、そのたびに予想もしなかった嵐や、嵐のごとき災いに直面することになった。スティーヴンもそのうち三回に独立の立会人として同行したことがあるが、わたしたちがすでに知っている以上の何かがあるとは考えていない。

　わたしが海でほんとうに死ぬ可能性があるかどうかも、ボニーは知りたがる。スティーヴンいわく、ハコクラゲは笑いごとではすまない話だ。刺されるのはスイマーにとって致命的なできごとだし、今後も変わらない。この問題を解決したと考えているのなら、とてつもないことだ。あの生物の危険がひそむ海域で生き延びるための、画期的な方法を編み出したスイマーは、まだ見たことがない。スティーヴンはチームのサメ除けの態勢にも感心していて、あれほどの不断の努力があれば、わたしが真夜中に海中に引きずり込まれることはないと確信している。

ボニーがスティーヴンに投げかけた最後の質問。「ダイアナにできますか？　議論の余地なく不可能だと、すでにみずから証明したのでは？」

「ありえない挑戦です。すでに申し上げたとおり、誰であれ成功の見込みは二パーセント。ですが、ダイアナにとって〝不可能〟という言葉は、もっと特殊な解釈ができるもののようですね」

話し合いから帰る一時間半の車中、ふたりとも黙りこくっている。わたしのやりかただと、議題のあらゆる点を詳しく説明しまくるのだが、それはボニーのやりかたではないし、ボニーが決める話なのだ。どうなるかわからないままボニーを自宅で降ろし、正直に言って、ボニーが何を考えているのかが怖い。翌日、ボニーが家に来てくれないかと言う。わたしは心を鋼にする。ボニーの気持ちが変わるのではないかと、はかない望みをいだきながらこの一年を過ごしてきた。最後の決断が下される日だ。

ボニーは口数が多い人ではない。数語で言い換えられるならそうする。ボニーの家に入る。前置きは一切なし。わたしがソファに腰を下ろしもしないうちに、ボニーが言う。「行くわ」

わたしは動揺し、泣いてしまう。「ボニー、どうして戻る気になってくれたの？」

「もしわたしが行かないまま、あなたが成功しなかったり、怪我を負ったりしたら、そばにいなかったことを一生後悔するから。もし成功したら、もっと後悔する。一緒にこの道のりをたどり始めたんだから、結末がどうなろうと最後まで見届けるつもり。あなたのローズヴェルトの話に影響されたのね。わたしも傍で見ているだけの臆病者になりたくない。一緒にやりましょう」

世はなべてこともなし。

マークが作戦チーフとして参加しないのは残念だが、ジョンベリーがその役目を引き継いだ。ジョンベリーは冷静で慎重な人だ。重圧のもとで能力を発揮する。わたしは全面的に信頼している。

ところが、ジョン・バートレットのいない航海が、精神に極度の不安を与えることが明らかになる。チームの経験豊かな船乗りにナビゲーターを任せたが、戦略的な大仕事には不向きな人物だと、当初から警報が鳴り響いているのに、ほかの人材を探す余裕がない。スイマーの位置の計算は、潮流に流される距離や、変化する潮流に応じた方角を考えなくてはいけないので、特殊な戦略家にしかできない。

週を追うごとに、練習を重ねるごとに、ナビゲーターがミスを犯し、風や潮流を読み損ね、なかでも最悪なのは、仲間とうまく意思の疎通ができないことだ。暗礁に乗り上げるわたしたち。計算ミスのせいで、トレーニングのスタート地点の近くに戻ることもできない。シャーク・ダイバーとカヤッカーの夜間練習の場でもある、だいじな一八時間泳では、ナビゲーターが夜間に岩礁への近づきかたの判断を誤る。港への何時間もの帰路のあいだ、甲板で寒さにふるえるポーリーンとわたしは、一枚のタオルに一緒にくるまったまま、帰路の最良の方角を論じるナビゲーターにかぶりを振る。ジョンベリーがナビゲーターの指示を無視して、常識にのっとってものごとを運ぶと、ナビゲーターは岸に着くまで船首でひとりふくれ面をしている。チームは今にも反乱を起こしそう。翌日、甲板でのミーティングで事態の収拾をはかろうとするものの、どうしてもバートレットが必要なのは明らかだ。最後の望みをかけてチームづくりの専門家を呼ぶことまでして、互いへの尊敬を取り戻そうとする。結果はさんざん。専門家がディーとジョンベリーに、無礼で屈辱的な言葉で指図を受けたくないという意思表示のために、ナビゲーターに「やめて」の合図として両手を掲げるという、幼稚園並みの指導をすると、部屋の反対側で見ていたわたしにディーが、紺色のサングラスの奥から「こんなたわごと、冗談よね?」というまなざしを向ける。もうおしまいだ。

ナビゲーターとわたしはキー・ウェストの静かな通りを、夜になるまで歩く。その人はここ数年で信頼できる友になっていたし、チームのために別の重要な役割の指揮をみごとにこなしていた。ふたりとも涙を流す。どちらも怒りと失望を感じて。心細さと同志愛を感じて。だが、進むべき道は明らかだ。バートレットに戻ってきてほしいと、ひざまずいて懇願するしかない。

バートレットはボニーと同様に、心の内を容易には見せずに耳を傾ける。すでにトレーニングでの失態の数々については、ほかのチームメイトから聞き及んでいる。目下のところ、芸術品ともいえる船の建造に身も心も捧げていて、完成の締め切りをかかえている。だが、窮地を救うためにすべてを先送りにする。理由その一、わたしが必死にやってもなお困り果てて、動揺しきっている姿に胸が痛むから。その二、温厚なヒッピーめいた気質のバートレットのこと、人を救わずにいられようか? その三、バートレットが二〇一一年と一二年の失敗に、今も心穏やかではないこと。ペニー・ポールフリーの挑戦では、ナビゲーターがどうやら渦流にあまりも無知だったせいで、進路とは逆の南へ進んで計画がとん挫した。そのときに自分がほくそ笑んだこともあって、頭から離れないのだ。あの渦流を予測して抜け出す方法という課題に、どうしても立ち向かいたがっている。ボニーと同様に、バートレットの心がふたたび燃え上がる。みんながこれほど長いあいだ思い描いてきた、あの対岸に一歩を刻むそのときまで、ナビゲーターとして旅の指揮官となることに同意する。

ボニーもバートレットも、わたしをまるごと理解している。ふたりは似た者どうしだ。わたしは挑戦をやめて、いつか誰かがこの魅惑の大海を渡り切るのを傍観する意気地なしにはなるまい。五回めも失敗するほうがましだ。あるいは六回めも。あるいはやめるよりも、死ぬまで失敗するほうがましだ。胃のねじれる思いをしてきたナビゲーションの不安は消えたのだから。

弱風の基準の見直しについて、初めて話し合う。これまではずっと、南か南東か南西からの五m／s未満の風が、最低でも三日間続くことを条件にしてきた。スイマーでないと、海面のわずかなさざ波が前に進む際にどれほどの影響を与えるのか、まったくわからない。とりわけ条件のきびしい日に海洋練習のスタートを切ろうとするわたしたちに、船や桟橋やビーチにいる善良な人たちが「泳ぐには絶好の日だね！」と声を張り上げたことがいったい何度あったことか。ボニーやマークやわたしが、きょうはひどい一日になるとぼやいた大荒れの日にはかならず、そういう声がかかった。

けれど、わたしたちの環境を知らない人たちをどうして責められるだろう？　そういう人たちからの関心には、どれだけ画一的であろうと、ていねいに対応しようとしている。画一的といえば、わたしのいちばん好きな質問は計画の初期に問われたものだが、それはキューバから伴走する船がいるのかどうかだった。わたしは皮肉たっぷりに答える誘惑にかられた。「いえ、いないので、つかまえた魚の皮をはいで食料にできるように、猟刀をくわえて泳ぐつもりです。夜間は天測航法のために星を利用します。そして海水を飲み水に変えられるように、淡水化装置を引っ張りながら泳ぐつもり……まさか、伴走船がいますよ！」だが、いつも礼儀は守った。オーシャン・スイミングの門外漢に知識を要求してもしかたがない。興味を持つ人がいれば、わたしは根気強く、うやうやしい態度をとり、海で何をしているのかを知りたがっているのだとうれしく思う。

じつのところ、海が波立ったりうねったりすると、長時間にわたりまったく別のむずかしい生きものを相手にすることになる。べた凪であれば、海面高く浮いていられる。水の抵抗は最小限だ。風が強くなると、前進だけでなく上下動に明らかに時間を費やしてしまう。だが八月半ばまでに、バートレットとボニーとわたしの意見がまとまる。南方面からの風である限り、今まではり風が強くてもよしとする。真東からの風だとメキシコ湾流とまともにぶつかる。北からの風はスイマーの正面から吹きつけて、抵抗が大きすぎる。西からの風は、メキシコ湾流とともにスイマーを高速で東に流してしまうだろう。

八月の第三週の時点で、わたしの神経はまさにずたずた。夜はたいがい眠れない。午前三時には天気図を前にしている。ボニーがまだロサンゼルスにいるので、ボニーの落ち着いた態度が、ボニーとの暗黙のきずなが恋しい。練習を二日休んで、互いとの中間地点で会うことに決める。ダラスで待ち合わせて、まる一日ボードゲームやトランプをしたり、のんびりしたり、話をしたりする。わたしが求めていた、楽しいひととき。

キー・ウェストに戻るとすぐに、デーン・クラークや気象学者たちが動き始める。デーンは煮え切らない態度だが、八月の最終週に何日かフロリダ海峡の風が弱まる兆しを見て取っている。別の専門家、リー・シェノーはスペインにいるが、すべての情報網を入念に追跡し、デーンよりもさらに強気だ。八月二五日。デーンとシェノーが初めて好天期について意見が一致する。けっして完璧な好天期ではない。だが、八月三〇日金曜日の半ばまでに、東風から南東の風に変わり、ときどき真南からも吹きそうだ。無風とはほど遠い状態。たいがい午後には六時間ほど風速が五～八m/sに上がると、デーンが釘をさす。以前のわたしたちなら思いとどまるほどの突風だ。だが、もう完璧を求めはしない。求めるのは実行の可能性だ。わたしは一日六回も電話でバートレットと話す。ボニーとも。キャンディスとも。八月二六日月曜日と二七日火曜日に、ジョンベリー、ポーリーン、ディーとわたしで何度か集まる。ヴァネッサが急きょ船団の編成に加えて、沿岸警備隊の許可証の手配も始める。八月二八日水曜日、意見の一致をみる。わたしは赤信号を出す。ボニーがロサンゼルスを発つ。

ルーク・ティプルの都合がつかないので、二五歳のニコ・ガズエルがシャークチームの責任者になる。経験は浅いが、夏じゅうわたしたちについていた。もう仲間だ。ニコと内々に話し合い、これまで海中でヨゴレザメに遭遇したことはあるかと率直に尋ねる。強いニューヨーク訛りでニコが答える。「嘘はつけません。遭ったことはありません」。わたしは続いて、水中銃なしでサメに遭遇したことはあるかと尋ねる。「それについても嘘は言えません。遭ったことはありません」と、ニコ。

シャークチームはそれまでの六人ではなく、若者四人。水中銃を使う漁師で、サメの専門家ではない。けれど、ニコが言ってくれる。「期待に応えます。ぼくらが海での安全を保障します」。わたしと一緒にサメ対策をおさらいしながら、緊急手段用のサメ除けの薬品の缶を見せる。この若者を信頼するよりほかに道はない。

スティーヴン・ミュナトネスは夏じゅうわたしたちの計画を最優先にしてくれたが、最後の最後になって日本に向かわねばならず、別の立会人もすぐには見つけられない。そこで、最初のストロークから最後の一歩まで、立ち会いの記録を分刻みで精確につけるやりかたについて助言をくれた。それを実践するために、独立した立会人としてジャネット・ヒンクルとロジャー・マクベイを一行に迎える。スティーヴンによれば、スイマーの家族を立会人にした記録も多々あり、綿密な記録をつけさえすれば何も問題はないという。今回の（チームの一員でも、わたしの親戚でもない）立会人二名はタッグを組み、どちらかひとりは常時ボイジャー号にいて、もうひとりは次のシフトに備えて別の母船で休む。船団が八月二九日木曜日の夕暮れの直前にキー・ウェストを出港し、キューバまで一五時間ほどの船旅をする。

ボニーとわたしは、ある親切な人の四人乗り小型プライベートジェット機に乗せてもらって、まだ暗い早朝にキー・ウェストからマイアミへ向かい、そこでハバナまでのチャーター機に乗り換える。連なる島々、眼下の闇に浮かぶ赤色灯の一連ネックレスの上空を飛ぶのは不気味だ。いつものアドレナリンの大波が、ふたたびわたしたちをあの現実離れしたなじみの場所へ連れていく。

マリーナ・ヘミングウェイに船団よりも四時間早く到着する。船の列が湾を進み始めると、昼近くの太陽に輝く銀髪から、遠目にもキャンディスがわかる。キャンディスと涙する。こうでなくては。キャンディスの仕事はソーシャルメディアを通じて挑戦の話を広めることだが、もしわたしにキャンディスの平静さを特別に〝投与〟しなくてはならない場合は、ボニーがいつでもボイジャー号にキャンディスを呼ぶことになっている。そして、はるかむかしの一九七八年、キャンディスとわたしが若くて気まぐれだったころの計画が、まだ生きている。ついにフロリダの岸が見えたら、キャンディスが天に向かって高らかに歌うのだ。〝星に願いをかけたなら……〟

入国審査が済むと、チームの短いミーティング。続いていつもの記者会見。CNN、ティムのドキュメンタリー映画の撮影スタッフ、《ニューヨーク・タイムズ》紙、『グッド・モーニング・アメリカ』、《ワシントン・ポスト》紙ほかの報道各社は、数年にわたり横断計画を報じていたが──今回はどこも記者を派遣しない。対岸にたどり着いた場合に限って取り上げるつもりだ。それでかまわない。結局のところ、計画が始まった当時は、対岸でたった五人が祝ってくれればいいと思っていたのだ。そのひとりだったティムが、今はいなくて寂しい。マークもだ。けれど、地球上の数々の偉大な冒険から学んだことを思い出さなくては。自然の威力があまりにも圧倒的で、成功に何年もかかることもある。ようやく勝利を収めると、夢の主人公はそれまでの過程で重要な役割を果たしてくれたすべての人たちを、感謝の念とともに思い出す。

成功を信じる人は減ってしまった。だが、キューバの人たちはいまだに関心をいだいている。AP通信ハバナ支局、CNNハバナ支局など──今のところは互いによく知る仲だ。ごく最近、クローイ・マッカーデルがハバナの海岸近くでハコクラゲに襲われるのを見たばかりとあって、記者がハコクラゲ対策について尋ねる。状況が──風や潮流が──前回よりも有望そうかどうかも聞きたがる。キューバとアメリカの関係について、六四歳という年齢のいい点と悪い点も質問される。だが、結局のところおもに聞きたいのは、今回が最後なのかどうか。

わたしが記者会見でスペイン語で語るのは、けっしてあきらめないというりっぱな態度と、夢の前に森羅万象が大きく立ちはだかった場合に人が呼び起こすべき謙虚さとを分ける、微妙な境界線について。自分はきょう、まさにその境界線上にいる。気高き投降者の側には立っていない。まだ今は。いまだに戦っている。いまだに成功を信じている。

続いてチームのミーティング。活気にあふれているが、これまでのように陽気に騒ぐ雰囲気ではない。バートレットがチームに呼びかける。キー・ウェストからハバナまでの船旅で観察した潮流と渦について、慎重ながらも楽観的な見解を示す。その場にいるわたしはバートレットを観察する。豊かな語彙、気配りにあふれる瞳、仮想のピアノを弾く指。バートレットは成否の鍵を握る人物であり、身につけた実直さをもって役割を果たす。

スタートを午前九時に定め、全員と抱き合い、各自がやるべきことをやるために散開する。わたしの場合は、プールでのゴーグルのテスト。装備用バッグの一〇〇回めの点検。ヤナギハラ博士がボニーに会って、翌朝はラノリンのほかに、水着の下の重要な部分に緑色の〃スティング・ノー・モア〃を塗っておくようアドバイスをする。わたしが思うに、ハコクラゲの海域に乗り込むスイマーは誰であれ、船にヤナギハラ博士なしで行くようなばかなまねをしてはいけない。

スタート前夜のパスタの夕食。少しびくついているのは、この四年間ずっと風邪を引いたり病気にかかったりしたことがまるでなかったのに、今夜はのどの痛みと、何かに感染しかけているしるしの、目の奥の奇妙な感覚があるからだ。ボニーがキャシー・ロレッタとともに、翌朝の迅速な出国手続きのために船の用意を済まそうと駆けずり回っているあいだ、キャンディスが鎮静効果のあるマッサージをしてくれる。キャンディスの癒やしの手のおかげで、午後八時までに眠りにつく。

ボニーが午前五時にわたしを起こして、食事と給水とストレッチの開始。風邪の兆候は去った。

最高の気分。手順はこれまでの四度の挑戦とほぼ変わらない。一連の準備はきっちり同じ。装備を神経質に点検。心臓が胸から飛び出さないよう、呼吸法の儀式。

それでも、アドレナリン値が急上昇する。ここからあそこまでのあいだに何が待つのか、ほかの誰にも、わたしにもわからない。猛毒を持つクラゲ、徘徊する肉食のサメ、予測のつかない反時計回りの渦流、風速二二m／sの突風を伴う突然の熱帯性の雷雨。もろもろの感情、不安、期待、横断の夢、画期的なことを成す可能性、四度の失敗、失敗から学んだこと、その旅に出てくれたよき人たち——すべてが今わたしのなかで脈打っている。この二〇一三年八月三一日土曜日は、わたしの日。どこかにうっすらと警戒する気持ちがあるのは確かだが、大半を占めるのは興奮だ。

港口の、スタート地点の岩場の高みにふたたび立つ。キューバの記者たちが、今回こそ最後までやり遂げられるという新たな自信を感じるかと尋ねる。わたしは記者団に、対岸にたどり着くことを過去四回とも全身全霊で信じたと話す。四回ともあきらめざるをえずに打ちのめされた。だが、今回遠い水平線を見つめていると、身のすくむほど広大な行程の、現実離れした重圧ではなく、軽やかな自分を感じている。以前よりも落ち着いて、気持ちの余裕がある、と。

チームが船からガッツポーズをしながら、声援を送る。スイムキャップ、ゴーグル、グリースをつける。ボニーがわたしの肩をつかんでまっすぐに見つめて言う。「道を拓こう」。そして、わたしは身を躍らせる。

32 水平線の光

海は穏やかではないが、波のうねりはわたしの後ろから前へ。心が浮き立つ。ジョー・コッカー『あの娘のレター』の、五〇〇回め。あのしゃがれ声が聞こえる。

太陽がきらめき、ボニーとポーリーンがハンドラー用のデッキに立っていて、バートレットはナビゲーター用の船室で一心に海図に向かい、ディーは操船中、舳先のジョンベリーは携帯無線で話し、ニコは船の屋根で腕組みをしたまま海を見渡している。カヤッカーの主力のドン・マッカンバーとブコ・パンテリスが、わたしの横と後ろについている。わたしはカヤックが隊形をすっと整えるときが大好きだ。わたしのすぐ右側のカヤックは、三時間のシフトの終わりに後ろのポジションにつき、後ろのカヤックは母船に戻る。そして休憩時間を終えた元気なカヤッカーがわたしの横にすばやくつく。わたしがボイジャー号まで七メートル近く泳いで行かずに、手早く水を補給したいときは、横にいるカヤッカーが水のボトルを渡してくれる。

カヤッカーはハンドラーに次いで、終始わたしのいちばん近くにいて、ほかにシャーク・ダイバーとヤナギハラ博士も、海に入っているときは補給の際にわたしと話すが、カヤッカーはいつもそばにいる。もしわたしが何かの問題で停止したら、カヤッカーがボニーに伝える。停止したのは単におしっこをしたいか、ずり上がったスイムキャップを直すためかもしれない。そのあたりをカヤッカーは熟知している。どんなときに励ましの言葉をかけるべきか、どんなときに無言でボニーかポーリーンに任せるべきかがわかっている。今回は親しい友のロイス・アン・ポーターも、第三ハンドラーとして参加している。

ときおりシャーク・ダイバーが下を通り過ぎる。ヤナギハラ博士もいるとはいえ、ダイバーたちの警戒の度は日暮れとともに一〇〇倍にもなるだろう。わたしの下を滑るように進むダイバーは、長いフィンをゆったりと流れるような動きでうねらせ、黒くてつやのある生きものに見える。九〇分ごとの補給の際に振り返ると、今回はキューバの海岸がしだいに消えていっている。確かに海がもっと穏やかになってほしいけれど、八月三一日土曜日は、全体としては良好な日。弟が生きていたら、きょうの六一歳の誕生日はどんなふうだっただろうか。

写真のアルバムをめくっているような気がする。目に浮かぶのは小さなビル、やせっぽちで、愛らしい巻き毛の髪型がいつも少しゆがんでいる。おとなのシャリフも現れて、汚れきったレインコートのボタンを掛け違え、ドレッドヘアをたぶんもう何年も洗っていないけれど、笑顔はむかしみんなが知っていた男の子のまま。

わたしがハイスクール時代に心臓を患ったころ、弟は妹のリザがわたしに図書館の本を山ほど借りてくるのをうらやんで、部屋に来ては読みふけっていた。特に興味を示したのは天体物理学。それから四〇年後、弟とわたしはときどきボストンの公園のベンチに坐って夜空を見上げ、同じ話をする。宇宙は無限に広がっているのだろうか？　わたしたちの理解を超えた概念だ。宇宙には端があって、外とは隔てられているのだろうか？　わたしたちにとってはさらにむずかしい概念。わたしが最近読んだ理論を聞かせる。時間も空間も曲がっているので、もし宇宙をはるか遠くまで眺められるとしたら、ついには自分の後頭部が見える、と。弟が爆笑しながら太ももを叩いて立ち上がる。「そうか！　わかったぞ！　永遠に続いてるわけじゃない。端っこがあるわけでもない。曲がってるんだ！　へえ、どこでそんな話を？」。弟が恋しい。
大海ではかなりのあいだ、特に夜間は、自分なりの宇宙の解釈に自分でとまどっている。わたしの物理的な宇宙に関する理解はごく単純な、ほとんど初歩のレベルだが、宇宙についてじっくり考える際に、海ほど実り多い場はない。ハバナを出て二四時間に近づきつつある今、この地球はビッグ・バンから放出されたほかの全物質と呼応しながら、じつは見た目に反して、じっと静かに存在しているのではないという事実をひたすら考えている。ほんとうは宇宙のすべての物体とともに、計測不能なスピードで空間を疾走していて、すべてのものがどんどん膨張して遠ざかり、いつの日か互いを見たり関係を持ったりできなくなる。手で地球の表面に触れるときに、そのスピードを感じようとする。トリップしているわたし。恍惚として。

　宇宙に魅せられた気の合う友人たちとディナーに出かけたり、船で外洋に出てまばゆい夜空を見上げたりするのもいいけれど、自力でここまで泳いできたという感情によって、思いにひたるときの感嘆の念が急激に増す。

　太陽が天空の西半球を下っていくので、ボニーにクラゲ対策の全装備をいつ着けるべきか、ヤナギハラ博士と相談してほしいと頼む。次の補給で、ボニーが安全を期して午後六時半をめどにすると言う。ヤナギハラ博士は、ハコクラゲが夕暮れどきに群れをなして出てくる見込みを判断するにあたって、天文薄明《てんもんはくめい》〔訳注：太陽高度が水（地）平線下一二～一八度のときの薄明〕の時刻、満月の何日後か、海底の大陸棚の深度など、数々の要因を考え合わせる。そういう要因が夜ごとに変化することから、なぜペニー・ポールフリーが横断に挑んだ際に、ひと晩めはクラゲに刺されなかったのにふた晩めには刺されたのか説明がつく。ヤナギハラ博士の情報によると、今夜は要因のひとつが影響を及ぼすので、完全武装の準備をすべきだという。わたしはあの面倒な身支度が、特にマスクがうっとうしくてならない。まだマスク姿で一二時間泳ぎ切ったことがないが、今夜はそれをやってのけなくてはならない。日が長かった夏のようなぜいたくは許されないのだ。

　ボニーとポーリーンが午後六時半にホイッスルを鋭く吹き鳴らし、わたしはしぶしぶボイジャー号の舷側へ寄っていく。冬のSXM合宿のときよりも、全装備を身につける作業が確実に速くなっているけれど、苛立たしくてひどく疲れることに変わりはない。ラテックス製の外科用手袋をはめるだけでも、濡れた肌の上で手袋をミリ単位でじりじりと動かすために、たいへんな忍耐を要する。それでも指先に気泡が残ってしまう。両手を海上に出し続け、指一本ずつ作業を進めるために、かなり激しく水を蹴っている。ようやく手袋をはめ終わると、しばらくのあいだ仰向けに浮かんで息を整えなくてはならない。全身を覆う防護スーツの着用も、数センチ単位での苦しい作業だ。手袋とブーツの縁はテープで巻いて、手首や足首にすき間ができないようにする。ダクトテープを巻くために、バランスをとりながら片脚ずつ海上に出すのは、相変わらず大仕事だ。さて、ゴーグルをまた着けてから、マスクの装着。口に固定装置を押し込み、鼻栓を鼻孔の奥深くまでしっかり入れる。それからマスクの固定と、首回りの保護用の覆いをたらすために、ライクラのフードをマスクの上からかぶる。仕上げにスイムキャップをフードの上からかぶれば、頭部の装備を固定できる。一瞬誇らしさを感じたのは、この何層もの装備を粘り強く開発し、ほかのスイマーが可能とは思わなかった場所にいま自分がいて、死を招く生きもののなかに夜間に入っていこうとしているのに、安全が見込まれるからだ。だが、最後の身支度のキャップをきっちりかぶると、水泳に不似合いな衣装にじゃまされながら夜を乗り越えるための、気合いの入った状態に戻る。泳ぐことは自由になること。今のわたしは身動きもままならない。最初のストロークでふたたび集中する。ここががんばりどころだ。ぐちはこぼすまい。夜を乗り越えよう。しっかりと。

そこからの一二時間はこの世の地獄。ひと晩じゅう波が立っている。息継ぎのたびに顔を海面から高く上げるために、右手で激しく水を押して体力を消耗する。顔で波のようすを感じ取れないので、まともに海水の壁が叩きつける。吐き気に襲われ、マスクの内側に吐いてしまう。もはや指先の感覚と細かい動きが失われているので――海で長時間泳げばふつうそうなるのだが、ラテックスの手袋のせいでさらにひどい――マスクの下側をつまんで歯から固定装置をはずし、鼻の上までマスクを持ち上げて吐いたものを流すという作業が、とてもむずかしい。猛烈な波酔いのまま、ひと晩じゅう泳ぎ続ける。太陽の光を探すこともできない。マスクのせいで視力はゼロ。海中の吹き流しの赤色LED灯がせめてもの救い。とにかく生き延びなくては。

午前七時ごろ、ホイッスルで停止し、クラゲ対策の装備をすべて脱ぐ。言いようのない安堵感。多数のクルーも船酔いにひと晩苦しんだことを知る。口内組織が――頬の内側、舌の側面と裏側、上あごが――ひどく傷んでいる。塩水で長時間泳ぐと、口の中が腫れたり、擦りむけたりもするのがつねだ。塩水にさらされた組織が膨張し、あごをほぼ一秒に一回は開閉するので、歯のとがったところが組織を刺激し始める。だが、今回はこれまでの経験よりもひどい気がする。歯にかぶせた固定装置のアクリル樹脂を、極限まで薄くなめらかにそぎ落とす努力をしたものの、夜どおし口内組織がこすり削られた挙げ句、激痛が走るまでになっていた。その傷が塩水に洗われるせいで、絶えずずきずきと痛みにさいなまれる。

昼間。燃える太陽が勇気をくれる。メキシコ湾流の青と調和する青空に心地よく包まれて、明るい面に集中しようとする。結局はマスクの完全な防護効果への信頼のおかげで、ハコクラゲに刺されて死ぬという恐怖を克服できたのだ。だが目下のところ、そんな理屈も口内で猛威を振るう激痛の前には無力だ。ひどい裂傷を何が通過しても痛むので、食べたり飲んだりすることすら耐えがたい苦役になる。〈ショット・ブロックス〉を口に入れることすら、毎回ちゅうちょする。ハンドラー三人が――ボニー、ポーリーン、ロイス・アンが――一日じゅうわたしをなだめすかして高カロリードリンクを飲み込ませて、夜間の嘔吐で失われたぶんを必死に補おうとし、さらには今夜またマスクをつけて消耗するぶんを先に補給しておこうとする。ボニーが医療班をボイジャー号に呼ぶが、泳いでいるあいだは口の切り傷をどうすることもできない。医療班の心配ごとは、のどの奥がさらに腫れること。わたしはマスクを取ったときに、軽い喘息の症状があるような気がすると、ボニーとポーリーンに話していた。医師たちがハンドラーの持ち場に下りて、しばらくわたしを診てから、のどが締めつけられる感じがするのは喘息ではなく、塩水にさらされたのどが腫れているからだと診断する。その時点のわたしは自分が半ば譫妄《せんもう》状態にあることがわかっていたが、医師の診察のさなかに〝緊急気管切開術〟という言葉を聞いたと断言できる。ボニーが医療班にジョークを飛ばす。

「ダイアナが息ができるかどうかなんて考えなくていいわ。治療でしゃべれなくなることのほうが悲劇よ！」。医療班が、もしわたしがのどの腫れがさらにひどくなっていると訴えたら知らせてほしいと頼んで、母船に戻る。口のなかはうずくけれど、がまんならないほどではない。わたしたちは進み続ける。

正午までにいい知らせが届く。スタートから約三〇時間、わたしは補給中で、いつもより少々時間を要するのは、口の痛みで飲食に時間がかかるからだ。わたしはボニーに、問題が生じているだろうか、九〇分ごとの補給に六〜七分間ではなく、おそらく一〇〜一二分間停止しているので東に流されているだろうかと尋ねる。バートレットがナビゲーター用の船室から、宝くじでも当てたように喜色満面で飛び出してきて、潮流と相対する理想的な位置にいると言う。これまではそんなふうに海でわたしたちの喜ぶ見立てをしたことはない。もし補給時間を長めにとりたいならこの時間を利用すべき、このあと潮流の方角が変わって、補給をごく短時間で済ませなくてはならないという事態に備えて、今やっておくべきだという。バートレットが上機嫌なら、わたしたちみんなも上機嫌。しかもバートレットは有頂天だ。

こんなときにはご機嫌な曲がなくては。イズリアル・〝イズ〟・カマカヴィヴォオレの『虹の彼方に』と『この素晴らしき世界』を組み合わせた曲が、口の痛みを忘れさせてくれる。わたしは午後ずっとこの曲を何度も何度も歌い続け、〝進め!〟のさなか、イズのすばらしい歌声が内臓や口の苦痛を和らげる。

空から見下ろした風景を思い描いてみると、わたしたちは一マイルずつ、一時間ごとに着実に行進する船団だ。中心はボイジャー号、その右舷から六メートルほどの位置にスイマーの二本の腕、二艇の細いカヤックがスイマーのすぐ横と後ろについて、イルカのような数人のダイバーが飛び込み、偵察のためにスイマーのまわりや下を忙しく動き回り、四艇の母船が二艇ずつ側面と後方に陣取っている。息もぴったり。これぞチームワーク、わたしたちが懸命になし遂げようと努力してきた頑強な、頼もしい進行ぶり。スイマーの腕が確かな規則正しいリズムで持ち上がっては水中を滑るのと同じように、チームメイトのひとりひとりが自分の仕事をプロの落ち着きをもって円滑に、くり返しこなす。きょう九月一日の日曜日は、危機とは無縁。

夕方に近づき、頭脳の明晰さが失われつつあることを自覚する。ある時点では自分がメキシコにいると勘違いをして、はるばるプラヤ・デル・カルメンまで行く予定なのかと尋ねる。そしてボニーとポーリーンから、クラゲ対策の装備をいつ着けるかを話し合うために呼び寄せられて、最初はうろたえる。時間の経過を把握できなくなって、暗くなるまでだいぶ時間があると思っていたのだが、実際にはすでに午後五時。ふたりによれば、ヤナギハラ博士が何度か潜ってみる予定だが、博士は今夜ハコクラゲの危険性は低いと、ほぼ一〇〇パーセントの確信をいだいているという。あの固定装置を腫れあがった口にどうやったらはめられるのか、正直言って想像もつかない。

やはり午後六時半に、装備の着用開始の合図がある。ヤナギハラ博士がボイジャー号の下をきびきびと泳いでは、数秒おきに海面に顔をのぞかせてボニーに話をする。ボニーからの、これ以上ないほどの吉報。防護スーツ、手袋、ブーツ、ダクトテープで完全武装しなくてはいけないが、マスクは着けなくていい。そのかわりに、ヤナギハラ博士が緑色の〝スティング・ノー・モア〟をわたしの頰、くちびる、鼻、首に塗り広げるという。わたしは博士に声をかける。博士はまだ水中で近くにいる。ぜったいにマスクなしで安全という確信があるのか、博士に尋ねる。マスクを装着するのは拷問に等しいだろうが、わたしがあの生きものを恐がるのは当然のことで、記憶のなかにはいまだに刺されたトラウマがはびこっている。博士がわたしに、全装備が必要だった昨夜からわずか二四時間後のきょう、なぜ危険が大幅に減りそうなのかを手短かに明かす。べとべとする薬がゴーグルやスイムキャップに広がるのはいやだが、マスクなしの自由の身はとんでもない僥倖なので、わたしは仰向けに浮かんで安堵の深いため息を何度ももらす。もうひと晩マスクを耐え忍ばなくてもいいとあって、いきなり防護服が大した負担ではないように思える。

さらにいい知らせ。闇が訪れるにつれて、風が弱まる。べた凪とはいかないが、限りなく近い。補給時間のたびにバートレットに声をかける。マスクがあると盲目に近い状態だった。ボイジャー号も、ボニーも、カヤッカーさえも見えなかった。見えたのは赤色LED灯だけ。今夜はどうしてもゴーグルが例のジェルで汚れるせいで、うっすらともやがかかっているとはいえ、昨夜よりもよく見える。ハンドラーの持ち場のすぐ上の窓から、バートレットの頭がのぞくのも見える。わたしにぐっと親指を立てて、あの満面の笑みを変わらず浮かべている。わたしには現在位置がまったくわからないが、望ましい方角にしっかりと向かっているのだと実感する。

体はちゃんと耐えているようだが、頭は衰えていっている。たそがれどきから数時間が経っている気がするが、やりたいことに集中するよう頭に命じることができない。何か単純な行進曲を歌いたい。例えば『聖者の行進』を。だが思考が遠くさまよい、グレイス・スリックの『ホワイト・ラビット』が頭から離れない。止められない。不思議の国のアリス。水たばこを吸うイモムシ。もう神経を集中させられない。わたしたちがどこにいるのか、何をしているのかを忘れてしまう。海はしばらく穏やかで快かったけれど、今は波立っている。補給時間のホイッスルを聞いても、ハンドラーの持ち場まで行けそうもない。犬かきをする。懸命に。でも着かない。顔を水につけて、ボイジャー号へクロールで数ストローク。懸命に。それでも着かず、ボニーとポーリーンと南部訛りのロイス・アンの、ここまで来てと呼びかける声がする。カフカの『城』の世界に入り込んだよう。主人公のKはどうしても自分のいる位置がわからず、どうしても城門にたどり着けない。シャーク・ダイバー四人が全員まわりにいるのが見える。サメが襲ってくるのだろうか？　ようやく船の近くまで行くと、ハンドラーとわたしのあいだに、みっしりとエッチングの施された大きなガラスの壁がある。エッチングに魅せられるわたし。手を伸ばしてつるりとしたガラスに触れて、エッチングの輪郭線を感じようとするけれど、手は宙をさまようだけ。人の顔らしき影は見えるけれど、ガラスの壁を隔ててゆがんでいる。声は聞こえても、まるでアメフトのグラウンドの向こうから呼びかけているよう。もはやいつもの調子での水泳のリズムではなく、歓迎の軽口付きのいつもの補給時間ではない。わたしは途方に暮れる。

ボニーが大声を出す。ボニーの命じる声で現実に、あるいは半現実に引き戻される。「ダイアナ、もうじき嵐が来るわ」

わたしも大声で返す。「今度こそ船には上がらない」

ボニー：「わかってる。準備はしておいた。風がすぐに強くなる。ダイバーが全員あなたと一緒にいるから。最悪の状況を乗り切るまで、しばらく船から離れていて。立ち泳ぎでいいから。体を温めなくちゃいけないなら、平泳ぎも混ぜて。ニコがコンパスを持ってる。方角を教えてくれるわ。これから船はぜんぶあなたの風下に向かう。だいじょうぶ。ダイバーはあなたにさわれないけど、必要なら水をくれる。粘るのよ。わかった？」

わかった。

四人のダイバーと、五時間ほどと思われる時間を過ごす。それがたった九〇分間だったと、あとになって知る。立ち泳ぎで踏ん張り続ける。たまに両手を小刻みに動かし始めて、そのせいで水に沈む。口は水面から二センチもなく、眠ってしまいそうになる。ダイバーたちがわたしを囲んで話しかける。

ニコ：「ダイアナ、ダイアナ！　しっかりして。こっちを向いて。ぼくを見るんだ」

真っ暗闇。ダイバーたちの声は聞こえるけれど、何も見えない。みんなすぐ近くの、わたしから数十センチのところで囲んでいるのに、誰の顔も見えない。震えがきている。歯がガチガチと鳴る。

ニコ：「ダイアナ、ちょっと泳いで体をあったためてみる？」

わたし：「うん」

ニコ：「この緑色のライトが見える？」

蛍光グリーンのライトが縦に一五センチほど並んだ明かりを手にしている。それをわたしの正面にかざして、大きなフィンでキックをしながら後方へ進み、明かりへ向かってドルフィンキックの平泳ぎをするわたしに絶えず話しかける。

ニコ：「そうそう。こっちへ。すごいな。グリーンの明かりを目指して。ダイアナ、明かりが見える？　体はあったまってる？」

催眠状態に等しい。明かり。ニコのニューヨーク訛り。ほかの三人のダイバーにぐるりと囲まれての安心感。こんなちょっとした運動でも、ちゃんと体が温まる。平泳ぎのあと止まって、手を小刻みに動かし、さらに平泳ぎ、さらに立ち泳ぎをして震えるという流れを、何度かくり返す。ボニーはどこ、と訊く。ボニーをちょうだい。子どもじみたわたし。そうして右に視線を向けると、漆黒の闇のなかにくっきりと、タージ・マハルが見える。ほんもののタージ・マハル。高く大きく、眼前に迫り、尖塔やアーチや丸天井が心を奪う。となりのジェイソンにあれが見えるかと尋ねると、見えるという。泳ぎを再開できない。タージ・マハルのとりこになって。タージ・マハルがフロリダ海峡の海の上で何をしているのかという考えは浮かばない。インドに行ったこともないし、タージ・マハルに魅力を感じたこともないので、なおさら謎だ。意識にのぼったことのない人や場所でいっぱいの夢を見ていたよう。

まるでエヴァーグレイズをそっと進むステルス艇のように、いきなり左側にボイジャー号が現れる。自分がエヴァーグレイズの沼地にいて、睡蓮の葉から水蒸気が立ちのぼり、葦が高く伸びているような気がする。ボイジャー号の船体に小波が静かに打ち寄せる音がするが、わたしはボイジャー号が湿地の泥に立つ桟橋だと思っている。アリゲーターが周囲を音もなく徘徊しているのではないかと不安になる。ボニーの声ではっと我に返る。ボニーがダイバーたちに話している。嵐が過ぎたので、これから任務を再開する。わたしは自分たちが何をやっているのかをつかむのに、少し時間がかかる。ボニーがわたしをうまく誘導する。しばらくクロールと平泳ぎを交互に行う。進路を見失ったわたしが、誤ってボイジャー号のうしろに回り、船体の下に姿を消して、危うく後部エンジン翼にずたずたにされそうになると、ボニーが船団を停止させる。いつもより容赦のない口調。

「ダイアナ！　ぶち壊しにしたいの？　みんなでさんざん苦労した挙げ句、ここで何もかもだめにしたいっていうの？」

その声にじっと聞き入る。

「どうやるのかはわからない。でも、持ち前の強い精神力を発揮しないと。さあ。やるのよ。集中して。数を思い浮かべて。カウントを始めるの。目標の数まで気持ちをそらしてはだめ。**聞こえる!?**」

まだわたしのなかにわずかに残っていた意識の冴えを、ボニーが救い出してくれた。人知を超えた精神の力。意思の力が勢いよく働き始めるのを感じる。たちまち頭がはっきりする。ボニーに向かって両のこぶしを突き上げる。ボニーの声がちゃんと聞こえる。目標の数を思い浮かべて、数え始める。

全員が本来の活動に戻る。補給を何度かこなす。体温を保つためのカロリーが必要なので、補給を四五分間隔にする。ボニーがわたしの気持ちを癒やそうと、さらにひんぱんにわたしを呼びよせる。マスクをはずしてからずっと、口内が絶え間なく塩水に洗われたおかげで、痛みが和らいだように思える。かなり食べたり飲んだりできるものの、胃はむかむかする。補給時間に両腕と、水中の両脚を見て肝をつぶす。海水と重度の日焼けで、腫れあがってぶよぶよ。自分の体とも思えない、異質な生きもの。

確信はないけれど、見え続けている。わたしの真下に〝黄色いレンガの道〟が。そう、『オズの魔法使い』の黄色いレンガの道だ。わたしは無言のまま、興味しんしん。すると、人が見える。人が道を歩いている。わたしは誰なのか見きわめようと目を凝らす。道をたどる人たち。ようやく見える。はっともう一度見直したのは、黄色いレンガの道をスキップしているはずのドロシーやほかのキャラクターではないからだ。小さなザックを背負って進んでいるのは、七人のこびと。しばらくじっと眺めてから、ボニーに叫ぶ。「ボニー! わたしの真下に黄色いレンガの道と七人のこびとが見える?」。ボニーがわたしの視線の先をじっと見て、大声で返す。「ええ、見えるわ。こびとたちの何がすごいかわかる？　あなたが進む方向とぴったり同じ。こびとについていくのよ、いい？」

そう、こびとにどれほど助けられたか言い表せないほどだ。何時間もついていったように思う。ひとりひとりの名前を思い出そうとする。こびとが曲がりくねった道を元気よく行進するようすを見ているうちに、時間が飛ぶように過ぎる。息継ぎのために顔を左へ向けると、右耳が海底に向いて、こびとたちの歌声と口笛がかすかに聞こえる。

今はこびとが歌っていたことも遠い記憶に思える。さらに調子が落ちる。泳いではいるけれど、かろうじてという状態。両腕がストロークの動きをなぞるあいだも、体が震える。いつもなら停止しているあいだしか寒さは感じない。もはやストロークの動きでも、震えを止めるには足りない。両手で水を後ろに押す力も弱まっている。もがくわたし。ボニーがわたしを呼び寄せる。ゴーグルを上げてキャップを取れと言う。今まで一度もなかった指示だ。いったん顔が腫れあがったら、ぜったいにゴーグルを動かさないようにするものだ。二度と元に戻せないかもしれないから。ゴーグルを取るのは防護マスクを着けるため、またはゴーグルが浸水して取り換えなくてはならないときだけだ。または――ゴーグルを取れと言われる理由がもうひとつ。今まで四回みじめな思いで聞いたのと同じ、悪い知らせを聞くのだろうかと恐怖にとらわれる。上陸できそうな場所はバハマ諸島しかない。上陸までさらに一〇〇時間はかかる。挑戦は終わり……。

だが、そのどれでもない。

バートレットと申し合わせたよりもずっと早くよい知らせをもたらすことで、精神的に参っているわたしを一気に覚醒させようという、ボニーの判断だった。

ボニー：「ダイアナ、聞こえる？　わたしの言うことがわかる？」

うなずくわたし。相変わらず真っ暗。ボニーの輪郭がぼんやり見えるだけ。まぼろしのエッチングガラスの壁がまだある。それより何より、ボニーの声がちゃんと聞こえる。

ボニー：「だいじな話がふたつあるの。一、もう防護スーツを着なくてもいい。二度とね」

うまく頭に入らない。三晩めはクラゲの問題がまったくないという意味だろうか？

とまどうわたしを見て、ボニーが言う。「三晩めはないの。もうスーツを着る必要はなくなる」

わあ、わあ、うわあ！　つまり、わたしがこの腕を上げたり水をかいたりし続けられたら、日中のどこかで向こうに着くということ？　頭がゆっくりと働き出すのが感じられるけれど、果たしてそういう意味なのだろうか？

そう、そういう意味だ。

仰向けになって涙する。これから何時間かかろうとかまわない。ボニーが、もう二四時間もからないと話している。計算してみる。今何時なのかわからないが、どんなに用心深く見積もっても、ボニーは午後七時までにはフィニッシュすると考えている。狂喜するわたし。ゴーグルをひたいに上げたまま、涙が頬を静かに伝う。

ボニーが歓喜のひとときを許してくれるが、すぐにまだ道は遠いことを思い出させる。ここからあそこまでに何があるかわからないのだから、全力を尽くし、通常のリズムの泳ぎに戻って、いつもの前進を続けなくては。

スイムキャップとゴーグルを着け直し始めると、ボニーが「でも、ほかにもあるの」と言う。

わたし：「悪い話？」

ボニー：「すごくいい話。前を見て。水平線のちょっと右寄り。見える？」

少し伸びあがる。嵐が去って、海面はまた凪もなく穏やかになっている。視力が極端に損なわれているとはいえ、ボニーが指すあたりに白い光の筋が見える。日の出の兆しだ。ずっと寒かったけれど、これでもうすぐクラゲ対策の装備を脱いで、日光の暖かさを体で感じられるだろう。

わたし：「日の出！」

ボニーが言葉に詰まる。「ちがう。日の出よりもいいもの」

沈黙。長い沈黙。じっと目を凝らす。日の出よりもいいものって？

ボニー：「あれはキー・ウェストの明かり」

呆然として黙り込む。三五年のあいだ思い描いてきた明かり。三五年のあいだ、いつかきっとはるか向こうへ渡り切るという信念を捨てようとはしなかった。涙がさらに勢いを増す。

33 不屈

もう歌わない。数も数えない。森羅万象に陶然とすることもない。最後のすべての時間を意識のある厳粛な気持ちで過ごしたい。この道のりにどんな意味があったかに集中したい。

この横断の夢に一緒に飛び込んでくれた人たちを、ひとりずつ思い描き始める。挙げていけばきりがない。トレーニングを手伝ったけれどキューバに来ることのなかった数多の人たち、資金調達の道をつけた人たち、この企てに感動して大小の無数の手助けをした友人や見知らぬ人たち。ストロークを続けながら、ひとりずつ顔を思い浮かべ、その人のことを思う。熱意をもって働いたが、今回の挑戦には同行していない現場担当のチームメイト――今ここにいる四四人と同じくらい深く心に残っていて、わたしと一緒に対岸に上陸するだろう。それぞれの顔が、まるでゴーグルのレンズに映し出されているかのように目の前に浮かぶ。ざっと数えてみて、そういうよき人たちが最低でも二〇〇人は確実にいることがわかる。村でもひとつできそうな数。

闇がわたしの推測よりも数時間も長く続く。九月二日月曜日の早朝、わたしは幻覚と現実のあいだを漂っている。シフトについているふたりのカヤッカーがわたしに、「左、左、左!」に行けと叫んでいる。わたしはボイジャー号の右側のはるか遠くへさまよい出て、時には船から一〇〇メートル近くも離れる。ハンドラーもダイバーもカヤッカーも、わたしが船からあまりに遠く離れることに苛立っているのは、安全上の理由からだ。だが単純に考えても、吹き流しの真上にいて、目的地の方向である北へ向かうのではなく、幾度となく東へ泳いでから西へ苦労しながら戻るというむだが生じている。いつもは温厚なブコが、補給時間にわたしに直談判する。

「ダイアナ、泳ぐ距離をずっと少なく、何キロメートルも少なくできるんだよ、右へ大きくそれずに、吹き流しのところにとどまっていれば」

「わかってる、ブコ。吹き流しの上にいられるならそうしてる」

カヤッカーがどうしてしつこく「左！」と叫ぶのか、ときどきわからなくなる。なんで焦ってるの？　ふとした瞬間に、キューバ〜フロリダ横断は終わって、自分たちがここで何か別のことをしているという気になる。どうしてあの人たちはやたらとわたしを急かすのだろう？

ブコが強硬手段に出ることにする。自分のカヤックをわたしの体の右側から数センチのところにつける。わたしの右手が何度かブコのカヤックをかすり、わたしは視線を上げてブコをにらむ。パドルのブレードに手を打ちつけたときは、怒り心頭。カヤッカーのパドルがぜったいにわたしの手に触れないよう、入念な練習を重ねてきたというのに。ブコはわたしの逆鱗に触れたことを知っていながら、涼しい顔だ。カヤッカーの何時間もの「左！」という大声も、右へ大きくそれて左へ戻り、右へそれてまた左へ戻るというジグザグの泳ぎを防げなかったので、ブコがボニーから、わたしを威嚇する許可をもらっていた。わたしはいきりたったが、おかげでジグザグ走行は終わった。

ウルトラマラソン・スイミングの教えを改めて学ぶ。順調に進んでいると思ったそのとき、別の谷に落ちるものなのだ。夜がひどく長い。おおかたの時間は正気を失っている。あのエッチングガラスの壁が、わたしとハンドラーのあいだに不意に現れる。食事に吐き気を催している。ボニー、ポーリーン、ロイス・アンが、バナナやプロテインバーやはちみつのサンドイッチをほんのひと口でも飲み下すよう、強く勧める。固形物をなんとか飲み込もうとするたびに、吐きそうになる。液体に頼るしかない。少なくともなんらかの栄養がわたしの体力をもたせてくれるよう、ハンドラーがプロテイン粉末と電解質を水に溶かし込む。

谷は深く、わたしは谷底近くをのろのろと進んでいる。頭のなかでもがいている。ここはどこ？　わたしは誰？　ああそうだ。さあ。よく考えて。ちょっと待って。すると、正直に言ってその夜が昼になったことも覚えていないのだが、夜明けのしるしが現れる。

右の水平線にひと筋の光が差す。一時間後、太陽がふたたび勢いを増す。わたしも同じだ。意識が研ぎ澄まされる。気分が明るくなる。あとどのくらいとは尋ねない。前方すら見ない。ボイジャー号のクルーの身振りに、興奮の気配はない。もうクラゲ対策のスーツや手袋やブーツを脱いでもだいじょうぶなはずと思ったのに、ボニーによれば、午前の中ごろに到達する予定の、岸から離れた珊瑚礁にヤナギハラ博士が神経をとがらせているという。そこを白昼に通過する予定なのは、安心できる要素だ。夜間だとメカジキが珊瑚礁で捕食中なので、スイマーにとっては、控えめに言ってもとんでもない危険のひそむ場所になるだろう。メカジキは鋭利な吻《ふん》を左右に振り回しながら突進し、小魚の群れを通り抜ける。それから円を描いて戻ってきて、小魚の血まみれの肉片を餌にする。幸い今朝はメカジキに遭遇はしないだろうが、わたしにはクラゲ対策の装備をそのまま着けていてほしいという。異論なし。

いきなり黒のウエットスーツと黒っぽいフィンが、強烈な青を背景にくっきりと浮かび、四人のシャーク・ダイバー全員とヤナギハラ博士が、わたしの周囲や下を滑るように泳いでいる。

「ボニー、サメがいるの？」

ボニー：「違う、珊瑚礁に近づいているからよ。サメやメカジキやクラゲの偵察。そのまま泳いでいて。でも船から離れないでね、わかった？　まだ終わったわけじゃないから。あと数時間はかかる」

「わかった」全面的に賛成。まだ歓喜のときではない。下を向いて。左でかいて、右でかいて。数時間後、いったん止まって手首のダクトテープを引っ張りにかかる。ボニーが叫ぶ。「ちょっと。待って！　何をしているの？」

「もう珊瑚礁は通り抜けたはずでしょう？　博士が、珊瑚礁を抜けたらぜんぶ取っていいって言ったから」

ボニー：「そんなことは言わなかったはずよ」

いつもならボニーの指示には忠実に従うが、これ以上装備を着け続ける理由がわからないので、テープをぐいぐい引っ張り続けてスーツだけになる。

母船にいる博士を、ボニーが無線で呼ぶ。博士が動転する。直ちに装備を着け直すよう求める。重大な過ちになるかもしれないけれど、もうこれ以上耐えられない。自由に泳ぎたい。日の出の直後にスーツを脱ぐというごほうびを、ずっと思い描いていたのだ。今は太陽が空高くのぼっている。博士に、ボニーに逆らうわたし。愚か者だ。命令に従う気がないのなら、博士ほどの専門家を迎えた意味がないではないか。

いっこうに船に騒ぎが起きない。みんながあわただしく動くのを絶えず期待している。クルーが荷物を整理し、装備をしまうのが見えたら、ついに陸に近づいていることがわかるだろう。それは練習泳の終わりにいつも待ち望む光景だ。だが、クルーは前方を見てもいない。どうやら詩にあるように〝眠りにつくまでまだ道は遠い〟。

バートレットの仕事も終わっていない。この何年か、バートレットがわたしたちに何度も話していた。横断のフィニッシュ地点はキーズ諸島のどこかにならざるをえない、スイマーはメキシコ湾流に引っぱられて、目指すキー・ウェスト島に上陸するのはぜったいに無理だ、と。だが、どこかの島にいよいよ上陸しようとしていることに、わたしが半ばショック状態にあるのと同じように、バートレットも自分が一行をアメリカ最南端のキー・ウェスト島にきっちり導きつつあることに、ひどく驚いていた。しかし、引き潮のせいで最後の数時間の航海が複雑になっている。ある時点では、一行が北と東にさらわれて、おそらくシュガーローフ・キーに上陸することになりそうなので、バートレットの機嫌がよくない。バートレットが無線で地元の情報源から潮や海流の情報を得る声が、チーム全体に響き渡る。わたしがマングローブの密集する厄介な湿地を歩くはめになるかもしれないので、キーズ諸島の北方に到達することも避けたがっている。こんなに長時間泳いだ挙げ句、マングローブの根がみっしりとからみあうところを、バランスをとりながら必死に進むのはつらいだろう。バートレットはなんとかしようと決めていた。潮が変わるときに弧を描きながら進むことで、進路を調整する。成功だ。わたしたちは美しいキー・ウェスト島のどまんなか、スマザーズ・ビーチにまっすぐに向かっている。

左手にクルーズ船が見えて、わたしたちを航跡でじゃましないよう、通常のルートをそれて特別に大きく迂回してくれたと聞かされる。クルーズ船の巻き起こした上昇流が、クラゲや冷たい海水など、こんなときに遭遇したくないようなあらゆるものを運んでくる。航路を変更してくれた親切な船長の話を聞いてから、まさに一分後、どかん！　全身を刺される感触にショックを受ける。ハコクラゲではないが、体全体をちくちくと刺される感触がいきなり襲ってきて、頭のてっぺんからつま先まで悪寒が走る。停止はしないが、感情を爆発させる。「うあああああ！」

どうやら無数のミズクラゲの大群のなかを通過しているようだ。シャーク・ダイバーのひとりが、わたしの正面のクラゲを網に追い込もうという善意を発揮したのだが、実際にはクラゲの体をばらばらにしてしまい、わたしを飲み込む破片の雲のなかで刺胞が発射される。すぐにヤナギハラ博士がダイバーに、網を使わないよう指示する。博士は真昼間に、ハコクラゲまですくい上げている！　わたしは少し怖じ気づいてしまう。まだ前方は見ない。顔は伏せたまま。ボニーがホイッスルを鳴らすので、停止して見上げる。ボニーがわたしの背後を指す。振り返ると、大型ヨットがわたしの頭のほぼ真上にそびえている。わたしたちの船団の船ではない。大きすぎる。確信がない。すると、目に飛び込んでくる。ティムのドレッドヘアが青空に映える。ニーナもいて、グランド・キャニオン並みに大きな笑顔。ふたりとも泣いている。わたしももらい泣き。誰も言葉が見つからない。ふたりに投げキス。ふたりもキスを返してくれる。上空にヘリコプターが何機か群がっているのも見える。そして船も左右から合流する。ドローンが近くを突っ切っていく。

自然にわき上がる思いから、ボニーに四艇の母船を近くに集めてほしいと頼む。みんなに話をしたい。シャーク・ダイバーとヤナギハラ博士はわたしと一緒に海中に、ボイジャー号はすぐ近くにいて、船団のほかの四艇もわたしの声が聞こえるように半円形に陣取る。わたしは赤ん坊のように泣いている。何か話をしたいのだが、感極まってのどが詰まる。話ができるようになっても、みんなが理解できるかどうか自信がない。口のなかの切り傷のせいでうまくしゃべれないから。

「もうすぐあのビーチによろめきながら上陸するでしょう。たぶんわたしの写真を撮る人たちもいる。でも、みんなで一緒にこれをやったことを忘れないで。みんなで一緒に歴史をつくったの。どれだけみんなが尽くしてくれたか、けっして信じることをやめなかったか、ぜったいに忘れない。このチームを心から誇りに思います」

岸へ泳ぐ前の、船団がまだ半円の陣形を組んでいるあいだに、キャンディスが堂々と立って両腕を広げ、船の船首像になって、三五年のむかしにふたりで決めていたとおり、わたしに、世界に歌って聞かせる。

星に願いをかけたなら
あなたの夢はかなうでしょう

仰向けに浮かんでキャンディスの美声に聞きほれ、体の芯まで満たされる。わたしは星に手を伸ばし、夢をかなえた。

岸に向き直ると、椰子の木の輪郭がほんとうに見える。もうすぐだ。二〇〇〇ストロークほどだろうか。まわりのすべてが非現実から超現実にまで変わる。泳ぎに戻る。ひょっとしてわたしは、あのまぼろしの岸にほんとうに上陸できそうだというあふれる喜びよりも、最後のわずかなストロークを味わいながら、壮大な、神話的とも言える冒険談を締めくくるこの場面への慈しみを、より強く感じているのだろうか?

キャンディスがハンドラー用のデッキに下りていることに気づく。ボニーと抱き合って、ふたりで泣いている。今度はポーリーンとボニーが抱き合って泣く。そして、クルーがあわただしく行き来している。

ボニーがハンドラー用のデッキを離れ、甲板で無線で話している姿が見える。報道各社に現在位置と、今のようすを伝えている。ポーリーンとジョンベリーが、キー・ウェストでのトレーニングで数えきれないほどの時間そうしていたようにデッキに下りていて、わたしに手を振って左舷に導く。

生まれたときから続くおとぎ話の、ふしぎなエンディングのように感じる。わたしたちはほんとうに、あの遠すぎて到達できないように思われた対岸に達しようとしているのだろうか?

スマザーズ・ビーチに何千もの人がいることなど、わたしには予想もつかない。浅瀬にさしかかると、砂紋のついた海底まで一メートルもなく、水中の眺めといえば、いたるところにある人の脚。人々がわたしを迎えようと海に入っていた。先に船を降りていたチームの面々が、人間の壁を両側につくって、マラソン・スイムの規則にあるように〝その先に海水がない地点〟に達するまで、誰かがたとえ悪気がなくとも、わたしの肩や指に少しでも触れないようにしている。足首やつま先さえも水につからず、ほんとうの意味での大地に立つまでは、計時用の時計は止まらない。

水深が五〇センチほどになったところで、立ち上がろうとする。脚が海で弱ったせいで、よろめいてくずおれる。ふたたび立ち上がろうとするが、また浅瀬にひざをついてしまう。ジョンベリーの大きな声が聞こえる。「泳ぐんだ、ダイアナ、泳ぎ続けろ!」

こんな浅瀬ではまともにストロークもできないけれど、もう三〇回ほど水をかきながらぎこちなく進む。両側に見えるさまざまな脚は、人間のバリケード。壁のあいだの通路には障害物が何もない。もう深さはたった数センチなので、また立とうとする。ぐらぐらと危なっかしく、倒れ込みそうになるが、ふらつきながら数歩進んでから、今度はゆっくりとではあるが着実に歩いている。左右に知り合いの顔が見える。チームメイトと友人たちが腕をがっちり組んで脚を踏ん張り、叫んでいる。「**触れないでください！　下がって！　誰かが触ったら失格になります！　下がって！**」

ボニーがいずこからともなく目の前に現れる。後ずさりしながら両腕をこちらに大きく広げて、自分に向かってまっすぐに進むよう身振りで示す。人々の声がする。絶叫している。あたりを見回す。たくさんの人が泣いている。わたしはスイムキャップとゴーグルを取って、もっとよく見えるように、聞こえるようにする。今まで経験のないほどの高揚感。

キャンディスが涙している。ティムも。ニーナも泣いている。ポーリーンも。

ボニーが少しずつ後ろに下がりながら、〝その先に海水がない〟境界を見きわめようと下を見ている。人垣がさらに密になり、集団の熱気が燃えるような暑さを生む。ボニーは後ろに、わたしは前に、じりじりと勝利の歩みを進める。すると、ボニーが自分の胸に飛び込むよう合図をする。陸地に達したのだ。とうとうわたしの美しい夢が現実になった。

二〇一三年九月二日、労働者の日。

一一〇・八六マイル（約一八〇キロメートル）。

五二時間五四分一八秒。

34 かけがえのない未踏の人生

対岸に歩いて上陸して間もない時間。まだ上陸の瞬間の昂ぶりが続いている。海からよろめきながら陸を上がっていくと、幾千もの顔が視界に入っては消えていく。多くの人が涙を隠そうともせず、群衆の昂奮によってその場が灼熱の温度に達し、午後の日差しよりも人々の歓喜から熱気が生じている。わたしはボニーの腕にかかえられたままだ。ここまでの道のりを越えてきた姿と変わらず、ぴったりと寄り添って視線を合わせながら進む。わたしの両側の、わずか数センチのところにキャンディスとティムがいる。視界にちらつく青は、混沌のいたるところに散らばるチームのTシャツのロゴ。チームメイトも見知らぬ人たちも、全員がこの物語に望んでいた結末に一様に酔っている。大歓声の渦にひたるわたし。信頼するクルーひとりひとりと目を合わせる。誇りが胸にほとばしり、宇宙へ放射される。

三五年のあいだずっと、この雄大な冒険の終点であるビーチでの、堂々たる演説を温めていた。けれど、実際は違う展開になる。最後の数分間の泳ぎで、わたしはわけがわからなくなる。上陸という瞬間にさらわれ、その激しさにのまれて、言葉を失う。感情だけがある。感情の爆発が。そうして無意識の真実の泉から、言葉がわき出てくる。横断のあいだ、数年がかりの企てのあいだ胸に秘めていたメッセージを、その言葉が伝える。

「一：何があろうとあきらめないで」

「二：夢を追うのにけっして遅すぎることはない」

「三：個人競技に見えるけれど、これはチームのスポーツ」

わたしにとってスマザーズ・ビーチでの場面は、スポーツの一場面ではなかった。人生の一場面だった。自分の足で砂に触れること、それがわたしなりの星に手が届くことだった。きわめて激しく大胆な自分に豊かな人生を送らせるために、もしかすると不可能なこの横断の夢を追い、体はいまにも崩れそうでも、精神は確かに激しく大胆な状態でビーチに立った。

三つめの言葉で力尽きた。その後数カ月も唯一の後悔の種になったのは、あのとき振り返ってチームの全員を抱きしめるような、体力や心の落ち着きがなかったこと。ジョン・バートレット、ヤナギハラ博士、ディー、ポーリーン、ジョン・ベリー、ブコ、ドン・マッカンバー、ニコ。みんなに向き直って、栄光の時間をともに祝う気力があればよかったのに。けれど、あれからチームのみんなは、上陸の数時間前にわたしが〝演説〟をしたときがかけがえのない時間だったと語る。わたしがチームに感謝を伝える場面にふさわしいのは、海の上だった。

ボニーがチームと喜びを分かち合っていると、シャーク・ダイバーチームの若き司令塔、ニコがいた。「ニコ、スタートのときは子どもだったけど、おとなになってフィニッシュしたね」とボニー。自分の命よりもわたしの命を優先し、海で一緒に長いふた晩を過ごし、海の捕食者とわたしのあいだに立ちはだかったダイバーたちに、どうしたら感謝の念を伝えられるだろう。

ビーチでは肉体的に虚脱状態にあった。ほとんど抜け殻だった。あれからさらに一〇時間泳げただろうか？　もし必要だったら、もうひと晩泳ぎ通しただろうか？　それは誰にもわからない。

あのビーチから数百メートルのところに、マスコミがフィニッシュ会場を用意していたことを、あとになって知った。撮影機材用の台を設け、わたしが取材陣の中央へと誰にも触れられずに進んでいけるよう、ブイで花道まで作っていた。あとで作戦チーフのジョン・ベリーが、どうしてマスコミのすてきな会場にわたしを誘導しなかったのかと聞かれた。

「五三時間もぶっ続けで泳いだあとなんだから、どこであれダイアナがいちばん都合のいい場所に上陸して、迎えるほうが何メートルか歩いていけばいいって判断だったんじゃないかな」

横断の五三時間だけでなく、夢の目的地にたどり着くために要したつらい数百時間を経て、しっかりした砂浜に立ち、心は喜びと安堵ではちきれんばかり。やはり刺激をくれたのは、道のりだった。この旅が三五年もかからなかったら、四度の失敗に耐えて最先端の解決策に至らなかったら、ハコクラゲで死にかけなかったら、この特別な人たちが道のりをともにしてくれなかったら、スマザーズ・ビーチでの最後の場面は、わたしやチームや世間にとって、雄大な道のりの結末にはならなかっただろう。だから、道のりか目的地かという議論で言うと、わたしには道のりがすべてだ。確かに結末は記憶に刻まれたし、あのビーチに歩いていった気持ちは今も強烈な幸福感を呼び起こす。けれど、そこまでの道のりは、記憶よりもっと深いどこかに息づいている。

椰子の木陰のストレッチャーにしばし乗せられて、点滴の針を静脈に入れたまま、わたしたちの到着を待っていたよき人たちと、わずかな時間ではあるけれどともに過ごす。何人かの人が、遠く水平線にボイジャー号の姿を初めてとらえた瞬間に、本能に訴えるものを感じたと語った。その話は、地球が丸いことを人類が初めて知ったときとほとんど同じように聞こえる。平面のかなたに全体像がごく小さく見えてから、こちらに近づくごとに大きくなるというふうではなく、船全体のかわりにマストの先端が洋上に現れ、船の姿が上から下へと少しずつ見えてきたので、人は船が曲面上を進んでいることを知った。ファンの話によれば、双眼鏡で監視を続けていたところに、ボイジャー号の上部デッキが小さな点として見えてきて、心が舞い上がったという。わたしはまだ遠い洋上のボイジャー号の姿を思って涙した。油断のならない大海を延々と渡ってきたのちに姿を現した船は、希望と究極の勝利の象徴だった。

続く数時間をキー・ウェストの病院で過ごしながら、心臓と脳の検査を受け、点滴で水分とカロリーを取り戻した。病院の人たちは、ずたずたになった口内組織がどれほど苦痛の種になっているかはわかるのだが、あまり打つ手がなかった。口内組織は治りが非常に速いのが救いだそうだ。一〇日も経てば固形物が食べられるだろう。キャンディス、ティム、ニーナが見舞いに来た。チームの仲間は通関手続きに手間取っていた。マークがセント・マーティン島から伝言をくれた。

「マジすげえ！」

ボニーはわたしに付きっきりだった。今回の出発前に、〝心はひとつ〟を意味する日本語の〝以心伝心〟というタトゥーをお揃いで入れた。キューバ〜フロリダ横断という雄大な企ては、おもにボニーとの雄大な友情のおかげだった。わたしが〝以心伝心〟という一生消えない文字を喜んで刻んだのは、人生を賭けた横断計画に親友のボニーと臨むことで、唯一無二の気高い道のりになったからだ。ボニーとわたしは今までも、そしてこれからも、けっして臆病者にはならない。ローズヴェルトが言ったように、わたしたちは「敢然と立ち向かい」、ふたりのきずなは勇気と個性によって永遠にしっかりと結ばれた。

病院から解放されたのは夜中だったと思う。口内の痛みにさいなまれながら、数時間の浅い眠りから覚めると、地元の天気予報が聞こえた。それまでの四年間で初めて、天気予報が何を予告しようが知ったこっちゃなかった。

夜明けとともに外に出ると、コテージの向かいの空き地が、記者たちの無法地帯のようなありさまになっていた。明け方に豪雨に見舞われたので、カメラを覆うためのテントが張られていた。ABC、NBC、CBS、ESPN、FOX、外国の通信社などの、半円形に並んだテントを眺める。ヒラリー・クリントンがツイッターで「こちらはサメと泳いでいるような日々だけど、あなたはほんとうにサメと泳いだのね！」と書いた。ヒラリーからは「進め！」というサインの入った手書きのメッセージももらった。オバマ大統領のツイート。「おめでとう@ダイアナ・ナイアド。何があろうと夢をあきらめてはいけない」

午前一〇時ごろに、チーム全員がぎゅう詰めの記者会見場に集まった。わたしは〝Happy〟というロゴ入りのTシャツ姿。気持ちを表すのにそれ以上の言葉が見つからない。チーム全員で勝利を分かち合う初めての場面、みんなの喜びで会場がはちきれそう。

視聴者やリスナーや読者の代表であるマスコミの人たちは、これがスポーツのイベントではないことも理解していた。世間は物語の本質がわかっていた。横断の夢をこんなにも長いあいだ追い続ける力をくれた、挑戦の基調をなす信条のために、チャンネルや周波数を合わせた。あるアスリートの、あまりにもなじみのない極端な挑戦を、ただ拍手を送るだけで共感は覚えないまま客観視していたのではない。けっしてあきらめようとしなければ夢はかなうと、身をもってはっきりと示したひとりの人間に引かれたのだ。そして、わたしはその後もずっと、この旅への世界の反応を耳にしている。人類は粘り強さという特質を共有していて、打ち負かされても立ち上がり、また挑むのだ、と。何度も打ち負かされたが、敗北に耐えて最後に勝利を手にした。そんなひとりの人間を目の当たりにして、世の人は心を動かされた。わたしがはるか洋上で人間の偉大な精神力にひたったとするなら、陸地に戻ってからもその力を浴び続けている。

マラソン・スイマーの一団が数日にわたってあら探しをして疑ったのは、達成不能と信じられていた偉業をやってのけた者に、難癖をつけたかったからだろう。わたしがこっそり水から上がって、船で何時間も睡眠をとったに違いないと言いがかりをつけられたのだ。ジョン・バートレットが、そういう一派の代表者たちと長時間の電話会議を行って、自分のGPSの海図から四分の一マイルごとの追跡データを引用し、潮流がどの方角にどれくらいの速さだったのか、さらに四分の一マイルごとのわたしの速度がどれくらいと計算されたかも示した。わたしは証拠となるすべてのデータに加えて、二名の独立の立会人による一分ごとの記録をネット上に公開した。それから、GPS追跡装置を銀行の金庫室に保管した。横断に同行して証人となった四四名とわたしがこの世を去っても、歴史上の事実が消えることのないように。バートレットの偉大な知性が発揮され、たどったコースに関する証拠に、いわゆるネット上の〝ヘイター〟数人を除いて誰もが納得した（ニール・アームストロングが月面を歩いたことを、いまだに認めない人たちもいるのだ）。チームの四四人のあいだに隠しごとはない。この横断は気高い冒険の旅であり、チームのひとりひとりにとって疑う余地のない倫理の問題だった。正々堂々と岸から岸へ泳いで横断したと、なんのやましさもなくみんなぐっすり眠れている。

横断のあと、毎日少なくともひとりはわたしに「次は何を？　次はどんな挑戦をするんですか？　太平洋横断？」などと訊く。質問の意味はわかる。キューバからフロリダまで、追跡データをリアルタイムで追うのは胸の躍ることだった。就寝前に追跡データをチェックし、起きたらパソコンに走って、横断がまだ進行中だと知ってどきどきするという体験について、何千もの人が手紙で知らせてきた。それから仕事に行って、帰宅して、もうひと晩寝て、また追跡データをチェックすると、陸に向かってまだ泳いでいるわたしがいた。左でかいて。右でかいて。何があろうとあきらめない。わたしだって、もう一度あの劇的な体験をしたいという欲望を確かに感じている。

今でも軽度の外傷後ストレス症候群とよく似た発作に見舞われている現実を思えば、そんな欲望を口にすることさえ異常かもしれない。熱いシャワーを浴びようとするたびに身震いし、「二度と寒い思いはしなくていいんだ」とつぶやく。ハコクラゲの恐怖がまざまざとよみがえって、「体が焼ける！　ボニー、助けて！」と叫びながら目覚める夜もある。いつ終わるとも知れぬ苦しみを二度と味わわなくていいとほっとしながらも、とことん生きているという感覚、究極の体験に身も心もひたりきることに、永遠に別れを告げるのは寂しい。あれほど耐えがたいことはこの先ないでしょうとしょっちゅう言われるが、それは慰めになると同時に強い願望も呼び起こす。南極探検家のロバート・ファルコン・スコットの、探検隊全員が死亡した遠征時の有名な日誌を読んで、スコットが死の当日に「わが家で何不自由なくゆったりくつろぐよりも、どれほどよかったか」と記したことに胸を打たれた。

横断後は、全身全霊を捧げる挑戦の場をほかの舞台に見つけなくてはならない。あれほど強烈な冒険の物語はほかに見いだせない。どんな遠泳も、とうていキューバほど心を揺さぶらない。横断は終わった。大半の人と同じように、わたしも偉大な物語が大好きだ。横断計画でそんな物語を生きることができた。〝わたしの絶頂〟だったとも言えるのだろう。けれど、陸地への勝利の歩みだけでなく、波瀾万丈の旅を通じて〝絶頂〟にあった。関わった人全員の〝絶頂〟でもある。わたしたちの人生は総じて、打ち込むべき〝絶頂〟なのだ。わたしたちのかけがえのない未踏の時間。

　横断計画から生命力を得ること、それ自体が目標だった。六〇歳になったときに、時計の針のあまりの勢いにひそかにおののいたのは、何かに打ち込んでいなかったからだ。過去のくだらない後悔と、未来のむなしい夢想に時間をむだにしていた。キューバ～フロリダ横断は、情熱へ続く道だった。どんどん過ぎる時間にも、もうびくつかない。人はいつも、もう六月、もう感謝祭、もう月曜だなんて信じられないと言っている。だが、わたしは信じられる。〝小爪の幅ほどの余力も残さない〟日々に戻った今、そういう激しさをもって生きていれば、時計の音に後悔したりくよくよしたりするひまはない。最近は起きているあいだじゅう、自然な高揚感のもとで全力で活動している。

　横断からわずか六週間後の二〇一三年一〇月半ば、ニューヨーク市へラルド・スクエアのプールで、エンパイア・ステート・ビルの影のもとで四八時間泳を行った。じつのところ完全に回復はしていなかったが、ハリケーン・サンディの被災者のための募金を集める催しで、ハリケーンがニューヨーク近郊の多くの町を破壊してから一年、数千人がまだ家もない状態だった。消防士が、救助隊員が、ハリケーンの被災者が、災害を生き抜いた犬までが、わたしのとなりのレーンを一五分ずつ泳いだ。これからは極端な水泳は募金集めのためにしかやらないだろうが、定期的な水泳という心身の美徳を、最初の引退後のようにやめることはないだろう。ずっと泳いで、ずっとスイマーでいるつもりだ。

　ボニーとわたしは太平洋から大西洋まで、アメリカを歩いて横断する計画を練っていて、一〇〇万人の人たちと一緒に歩く予定だ。何かの記録を狙っているわけではない。もっと長く歩いた人はたくさんいる。この計画はアメリカ社会の変化を呼びかけるもの、肥満と坐ってばかりのライフスタイルのまん延、運動不足が原因の小児糖尿病と重い心臓疾患という悪名高い問題を改善するためのものだ。個人的にも、わたしたちの壮大な国をはるばる歩いて渡るのが待ちきれない。〈イクストリーム・ドリーム・チーム〉の面々も数多く参加するだろう。

わたしはロサンゼルスのオフィスでこの自叙伝を書いていて、パブロ・ネルーダの詩『潮《しお》に寄せる歌』が額の下枠に刻まれた、男性が海を見つめる写真は、キー・ウェストから自宅に移されている。海の無限の広がりとの感覚的なきずなを、今も体じゅうで感じていて、永遠に消えない。ある壁画家が、ハバナの街路や海原などのキューバの風景に、わたしのボイジャー号と、船上のクルーのシルエットを大きく配した絵を、自宅の一室に描いた。キューバとアメリカの国旗も自宅の前庭に並んでひるがえっている。モハメド・アリが水中でファイティング・ポーズをとるアイコン的な写真がオフィスの壁にかかっているのは、マーク・ソリンジャーがわたしのなかにけっしてくじけない闘士の姿を見て、この写真を贈ってくれたからだ。オフィスの机には、たいせつなチームメイトのジョンとポーリーン・ベリー夫妻がわたしのために製作した、『跳躍』という本がある。夫妻は練習泳に赴くたびに、わたしが船のデッキからさまざまな水着で、さまざまな海に飛び込むところを写真に撮った。何度も何度も飛び込む。ほんものの跳躍。信念の跳躍。この本と、ジョンとポーリーンとの友情は、深く根を張っている。ベリー夫妻とディーは、キューバ人の画家による日暮れどきのボイジャー号の美しい絵も贈ってくれて、わたしのパソコンの真上に飾られたその絵は、本書の執筆中ずっとひらめきを与える存在だった。

同じ壁に、キャンディスにもらった〝FAR〟のナンバープレートがあって、「それほど遠くない」という信念の言葉は、人間の精神力を日々思い出させてくれる。

ティムの「ちょっとしたホームビデオ」は、ショータイムチャンネルのドキュメンタリー番組『対岸』として賞まで獲得した。ティムをどれほど誇りに思っていることか。そして、わたしがかけているネックレスはニーナからのもので、飾りの部分にキューバのむかしの地図が手描きで入っている。

スマザーズ・ビーチによろよろと上陸して以来、わたしの人生は宇宙船並みの勢いで過ぎている。与えられた数々の栄誉に恐縮しきりだが、山場が訪れたのは横断成功から一周年、二〇一四年の労働者の日の週末だったもしれない。チームでハバナに招かれたのだが、わたしの奔放な想像力をもってしても、何を与えられるのか予想もつかなかった。みんなでキューバ政府の壮麗な式典会場に入っていくと、アメフトの競技場の半分はあろうかという、白亜の大理石の床が広がっていた。横一列に並ぶわたしたち。一〇メートルほど離れた向かい側には、キューバの要人の列。文化省副長官、スポーツ大臣、畏友のエスリッチ会長、そして革命時にカストロ、カミーロ、チェ・ゲバラとともに高位の指揮官だった将軍。別の列には、スポーツ分野の偉大なチャンピオンたち。世界を制したヘビー級ボクサーのフェリックス・サボンなど、わたしの長年のあこがれの人たちだ。中央を行進する軍隊がキューバとアメリカの国旗を並んで掲げ、キューバの公的な建物で両国の旗が同時にひるがえったのは、三〇年ぶりのこと。キューバ国歌の演奏。チームはじっと立ったまま敬意を表す。続いてアメリカの国歌『星条旗』が演奏され——これもおおやけの場で演奏されたのは、三〇年ぶりのことだった。いつもなら、国歌を聞いても涙することはない。けれど、この日のわたしは涙にむせんだ。自分の右側のボニー、そのとなりのキャンディス、ディー、ヤナギハラ博士、ジョンベリーとポーリーン、キャシー・ロレッタ、マヤ・マーチャントほか、チームの面々をうかがう。ひとり残らず胸に手を当てたまま人目もはばからず泣いていた。キューバの人たちも泣いているのを見て、さらに込み上げるものがあった。わたしたちがどれほど光栄に思っているかが伝わっていた。高官たちのスピーチは、堅苦しい儀礼的なものではなく、温かくて誠実だった。そして、誰ひとり「女性」とか「六四歳」とか、「アスリート」という言葉すら使わなかった。スピーチにあったように、キューバの人たちが評価したのは「全人類の秘められたる力」だった。わたしの人生のメッセージが世界共通のものとわかってくれていた。〝対岸がなんであれ、やらねばならないことがなんであれ、情熱をかきたてるものがなんであれ、きっとそこに至る道が見つかる〟

そしてもちろん、キューバとアメリカに人間のきずなが生まれた。その日わたしはアメリカ人としては通商禁止令後初めて、キューバスポーツ栄誉賞を授けられた。わたしはチームの代表として受賞し、チームのみんなで大喜びした。その夜は一〇歳の子どものように、美しいメダルをパジャマにピンで留めてベッドに入り、何度もボニーを起こしては、「見て！　キューバスポーツ栄誉賞！」と騒いだ。

ふたたび〈ホテル・アクアリオ〉に滞在し、チームのみんなとマリーナ・ヘミングウェイのスタート地点の岩場に行くのは、現実感を欠くできごとだった。恐怖やアドレナリンとは無縁の自分が、奇異に思えた。もちろん、残りの人生を毎日キューバ～フロリダ横断泳の思い出にとらわれて生きるつもりはないけれど、横断からちょうど一年後の、ハバナでのその週末は終始、一年前にわたしたちがいた場所へと連れ戻された。石畳の絵のように美しいプラサ・ビエハで、みんなでサルサを踊っていたあいだも、わたしは時計をちらっと見て日曜日の午前一時と知ると、二〇一三年九月一日日曜日の午前一時を思い出した。あの夜の猛烈な波、マスクの苦しさは忘れられないだろう。ボニーと安らぎに満ちた気持ちで長いあいだたたずんだまま、北の水平線を見つめた。ありがとう、愛する友よ。あなたなしではけっしてできなかった。以心伝心の友。

キャンディスともハバナの海岸で長時間抱き合った。全五回の挑戦の前にはいつも一緒に立ち、いつかたどり着くという望みを毎回捨てなかった。わたしとキャンディスにとって、どれほど特別な道のりだったことか。冒険と達成を分かち合う、ほんものの人生。

ディーが個人的に会いに来た。チームの名物のヒッピーが、あの体験をひとことで言い表した。「すごくクール」。ディーもそうだ。

マルチナ・ナブラチロワがウィンブルドンの芝のコートに現れ、チャンピオンとしてプレーをした日々をあとにするときに、ひざをついてコートの芝を摘み取ったように、わたしは自分のウィンブルドンのセンターコートである、キューバとフロリダのあいだの無人の大海をじっと眺めた。オーシャン・スイマーのチャンピオンになれて、言いようもないほどしあわせだった。この類のない壮大な海が、知恵の積み重ね、友情、失敗の屈辱、堂々たる勝利の舞台となったのだから。

海は歴史を通じて、文学や芸術のドラマチックな魅惑の題材だ。その歴史の一端を担うのは、この上ない栄誉というほかはない。

チームは労働者の日の祝典のために、キー・ウェストへ戻った。ここでもわたしは、横断のときの時間を昼も夜も強烈に意識し、労働者の日の午後二時まで刻々と追っていった。スマザーズ・ビーチのフィニッシュ地点で、市民や当局の人たちがお祝いをしてくれた。堂々たる立派なブロンズ製の銘板がつくられ、フィニッシュ地点のコンクリートの土台に収められて、わたしたちのなしたことを称えている。

二〇一三年九月二日、ダイアナ・ナイアドがハバナからキー・ウェストまで一一〇・八六マイルを連続して泳いだのち、スマザーズ・ビーチの当地点に上陸、サメ除けのケージなしでの完泳という偉業を初めて達成した。この計画に初めて挑んだのは一九七八年であり、五回めの挑戦での成功（五二時間五四分）であった。この地の数々の人々が、そして世界の数多の人々が、人生を賭けた夢の実現について、六四歳のダイアナが最初に口にした言葉に感銘を受けた。
「何があろうとあきらめないで」

たった一年前にチーム全員が疲れ果てながらも意気揚々と立った場所に身を置くという、陶酔のひととき。ひとりで波打ち際まで歩いて、しばらく水平線を眺め、亡き母に語りかけた。「何十年もむかしに、ママがキューバを指さして、わたしに『泳いで渡れるくらい近いのよ』って話したことを覚えてる？　ああ、きょうママに『渡った人はいるよ』って言えたらよかったのに」

後日、オバマ大統領とラウル・カストロ議長によるキューバ・アメリカの国交正常化のニュースを聞いたとき、さまざまな感情がどっと胸にあふれた。キューバの人たちのために感動し、明るい未来を期待している。まがりなりにも隣人どうしの両国のために、しあわせな気持ちでいる。そしてキューバ～フロリダ横断泳が、待望の和解へのささやかな意思表示だったと考えると、誇りを感じる。

横断泳後の唯一の苦しみは、チームの賢人ジョン・バートレットを失ったことだ。まだ六六歳だったのに、横断泳から三カ月後に心不全で亡くなった。あの挑戦と勝利が人生の山場だったと、ジョンがわたしに語ったことがある。ジョンこそわたしにとってかなめの人物だったとわかっていたはずだけれど。死のわずか数週間前にくれたメモを、永遠にとっておくつもりだ。ジョンのGPS追跡装置とともに、銀行の金庫室にしまってある。

ダイアナへ

まだきみのことを絶えず考えている。

あんな歴史的なできごとに加わるのはどんな感じだったかと、知り合いからよく聞かれる。これがぼくの答えだ…どんな報道も前評判も予想も超えるような、深みのある人柄、献身、現場での粘り、力量、自分の決めた目標を達成するための堅忍不抜の意思を見守る体験だった。

月並みな言いかただが、口先の人と実行の人がいる。やはり実行がすべてじゃないだろうか？　ひとりの信じられない人物による信じられない〝実行〟をこの目で見て、その一員になったことに、さまざまな思いがわく。

きみの率いるどんな作戦にも、そばで尽くそう。

ジョン

わたしたちの恐れを知らぬナビゲーターよ、安らかに。

さまざまな胸躍るできごとやチームと分かち合う賛辞を超えて、わたしをほんとうに満たしているのは、あきらめなかったことに心から満足する内なる声だ。トレーニングの一日一日を、失敗を、不動の粘りを思い出す。午前三時を指す時計をふと見るたびに、あのころはぜったいに寝過ごさなかったと、誇りをもって吐息をつく。一二時間泳のためにちゃんとベッドを離れた。けっして一二時間泳を一一時間五九分でよしとはしなかった。落胆に終わった挑戦から戻り、計画の立て直しにまた淡々ととりかかった。ヘンリー・デーヴィッド・ソローの言葉そのままに生きてきた。「目標の達成によって得るものは、目標の達成による自分の変化ほど重要ではない」

キューバ〜フロリダ横断泳という冒険の旅が、わたしの価値観を確かなものにした。横断泳は自分が心からあこがれる人物になるための、つらい旅路の案内役だった。わたしを特徴づけるのは、つかの間の名声や、幼少期の性的虐待や、世界記録ではない。わたしは女性、高齢者、レズビアン、民主党の支持者、人権派、無神論者、平和主義者、動物愛護家、環境保護論者として、日々目覚めるのではない。どれも自分なのかもしれないけれど、どんな肩書きよりもまず、大胆な道のりを慈しむひとりの人間だ。このかけがえのない未踏の人生が平凡に過ぎていくことを拒む、ひとりの人間なのだ。

2013年9月2日、キー・ウェスト、スマザーズ・ビーチ。
歴史的な挑戦に成功し、ともに歩んだボニーに迎えられるダイアナ。写真：ZUMA Press ／アフロ

訳者あとがき

「なんでまたそんなことを？」

ウルトラ・スイミングで低体温症に陥って病院に担ぎ込まれた著者に、ボートレースで大怪我を負った若者が問うシーンがある。数年前、著者のキューバ〜フロリダ横断泳のニュースにふれたときに、訳者も同じことを思った。単なる功名心ゆえと片づける人もいるだろう。だが、エンデュランス・スポーツの一ファンとして、このウルトラ・スイマーが何を考え、何を目指したのかがどうしても知りたくなり、原書の刊行を楽しみに待った。

ようやく手にした本は、期待にたがわぬ内容だった。特に、本書の大きな柱である横断泳のエピソードには圧倒される。著者は六〇歳にして横断泳への再挑戦を決め、過酷なトレーニングを始める。しかし、一〇〇マイル級のオーシャン・スイミングのむずかしさは、その距離だけではない。どれほど強靭なスイマーであっても、天候、風や海流の向き、水温、危険な海洋生物など、自然の課すさまざまな障害にゆくてを阻まれる。厳しいトレーニングと入念な準備だけでは成功は保証されず、体力や精神力に加えて、知力や運も求められる。本書にも何度か出てくるように、これはオーシャン・スイミングのエベレストなのだ。スイマーはもちろん、エンデュランス・スポーツの経験のある読者なら、はるかな頂《いただき》に挑む著者と自分を重ね合わせ、トレーニングのつらさ、レース中の苦しみ、リタイアの悔しさ、フィニッシュの歓喜を、同じ〝ドM〟として共有するだろう。（エンデュランス・アスリートは、はたから見ればマゾヒストとしか思えない行為に挑む自分たちを、自虐的に、そしていささかの誇りを込めて、「ドM」、「変態」などと呼んだ

りする）

だが、著者に共感を覚える読者は、アスリートだけではないはずだ。本書のもうひとつの柱である著者の人生や生きかたには、「アスリート」、「女性」、「六〇代」という枠を超えた普遍性がある。著者はいわゆるスポーツ・エリートではなく、オリンピックに出るような天才との差を埋めようと、懸命に努力を重ねた人だ。性的虐待や親との関係で、深い心の傷を負った人でもある。フロリダ海峡の荒波のごとき人生の試練を必死に乗り越え、六〇代でふたたび星に手を伸ばす。「あきらめなければ、いつか夢はかなう」という、ともすれば陳腐になりかねないメッセージが説得力を持つのは、著者が多くの意味で〝ふつうの人〟だからこそだろう。

著者は六七歳の今も、フィットネス事業を中心に精力的に活動を続けている。二〇一六年には、最終章にある「太平洋から大西洋まで、アメリカを歩いて横断する計画」の第一回として、ロサンゼルスからサンディエゴまで二〇〇キロメートルを超える距離を、参加者や盟友ボニー・ストールとともに歩いた。この〈Ever Walk〉は、二〇二〇年のフィニッシュを目指して続けられる予定だ。（詳しくは著者のホームページ http://dianayad.com/で見ることができる）

著者のウルトラ・スイマーとしてのキャリアは、スマザーズ・ビーチで終わったのだろうか？もしかすると「なんでまたそんなことを？」という〝ドM〟な計画を、ひそかにあたためているところかもしれない。

二〇一六年一二月

菅しおり

著者

ダイアナ・ナイアド　Diana Nyad

1949年生まれ。幼少期より水泳に親しみ、20代でウルトラ・スイミングの世界へ。26歳でマンハッタン島1周をなし遂げ、男女を通じての新記録を樹立した。30歳で現役を退いたのち、スポーツ番組のキャスターなど放送分野で活躍したが、60歳で一念発起し、20代からの夢だったキューバ〜フロリダ横断泳に挑戦した。現在はフィットネス事業や講演活動を行っている。

訳者

菅しおり

1966年生まれ。お茶の水女子大学卒。出版社勤務を経て翻訳者に。訳書にエド・シーサ『2時間で走る』（河出書房新社）、スティーヴン・パーク『ル・コルビュジエの住宅 3Dパース全集』（エクスナレッジ）がある。エンデュランス・スポーツのファンとして、みずからもトレイルランニング、ウルトラマラソンなどのレースに参加している。

組版：佐藤裕久

対岸へ。オーシャンスイム史上最大の挑戦

2016年12月30日　第1刷発行

著者　ダイアナ・ナイアド
訳者　菅しおり

発行者　林 良二
発行所　株式会社 三賢社
〒113-0021　東京都文京区本駒込4-27-2
電話　03-3824-6422
FAX　03-3824-6410
URL　http://www.sankenbook.co.jp

印刷・製本　中央精版印刷株式会社

Printed in Japan
ISBN978-4-908655-04-3 C0098